Anki Edvinsson
Die tote Wassernixe



EDITION M

## Das Buch

Eine brutal ermordete Frau wird aus dem Fluss gezogen: Ein Fall für Charlotte von Klint und Per Berg von der Kriminalpolizei im nordschwedischen Umeå. Noch bevor sie eine heiße Spur haben, passiert eine weitere Gewalttat: Ein junger Mann begeht auf dem Rathausplatz ein blutiges Selbstmordattentat.

Charlotte und Per müssen alles daransetzen, um die Fälle zu klären und die Angst in ihrer Stadt zu stoppen. Obwohl sie auch privat vor große Herausforderungen gestellt werden und ihren Familien mehr Aufmerksamkeit schenken müssten, ermitteln sie fieberhaft – und kommen zu einer düsteren Vermutung: Auch wenn erst nichts darauf hindeutete, müssen die beiden Ereignisse in irgendeinem Zusammenhang stehen.

## Die Autorin

Bevor sie mit dem Schreiben von Kriminalromanen begann, war Anki Edvinsson eine bekannte schwedische Fernsehjournalistin und Moderatorin. Ihr Autorendebut erfolgte 2018 mit dem Titel »Lust att döda«. Der vorliegende Titel »Die tote Wassernixe« ist der zweite Band ihrer schwedischen Bestsellerkrimi-Reihe um die Ermittler Charlotte von Klint und Per Berg.
Anki Edvinsson lebt mit ihrem Mann in der Nähe von Stockholm.

ANKI
EDVINSSON

# DIE TOTE WASSER NIXE

Ein Fall für von Klint und Berg
KRIMINALROMAN

Aus dem Schwedischen
von Peter Zmyj

EDITION M

Die schwedische Ausgabe erschien 2022 unter dem Titel »Sjöjungfrun« bei Norstedts, Stockholm.

Deutsche Erstveröffentlichung bei
Edition M, Amazon Media EU S.à r.l.
38, avenue John F. Kennedy, L-1855 Luxembourg
Oktober 2023


Die Übersetzung dieses Buches wurde durch Amazon Crossing ermöglicht.

Umschlaggestaltung: bürosüd⁰ München, www.buerosued.de
Umschlagmotiv: © Andreas Gradin / Shutterstock; © Willyam Bradberry / Shutterstock
Lektorat: Cathérine Fischer
Korrektorat: Manuela Tiller/DRSVS
Gedruckt durch:
Amazon Distribution GmbH, Amazonstraße 1, 04347 Leipzig /
Canon Deutschland Business Services GmbH, Ferdinand-Jühlke-Straße 7, 99095 Erfurt /
CPI books GmbH, Birkstraße 10, 25917 Leck

ISBN 978-2-49671-042-7
e-ISBN 978-2-49671-041-0

www.edition-m-verlag.de

# Prolog

***Rathausplatz, Umeå***

Erik griff in die Tasche seiner Jeans und tastete nach seinem Handy, während er an dem Eisstand am Rathausplatz vorbeiging. Die Warteschlange war kürzer als früher in diesem Sommer, aber immer noch lang genug, dass die Frau hinter dem Verkaufsfenster alle Hände voll zu tun hatte. Er dachte an die Zeit zurück, als Helen und er oft zusammen mit den Kindern in dieser Schlange gestanden hatten. Das war erst ein paar Monate her, fühlte sich jedoch wie ein anderes Leben an.

Die Sonne, die an diesem Spätsommertag die Einwohner von Umeå in die Stadt gelockt hatte, wärmte sein Gesicht. Erik holte das Handy hervor und sah, dass es bald halb eins war. Er musste nach Hause. Helen müsste nach den Aktivitäten der Kinder wieder zurück sein.

In der Sonne wirkten die Ziegel des Rathauses noch röter. Eriks Blick wanderte an dem Gebäude vorbei zu dem Würstchenverkäufer, der jeden Samstag am selben Platz stand, seit Erik in Umeå wohnte. Er hob die Hand zum Gruß und erhielt als Antwort ein Lächeln. Ein kleines Mädchen stand mit seiner Mutter an, um einen Hotdog zu kaufen. Es trug eine rosa Schleife im Haar und dazu passende Schuhe.

»Hallo, wie geht's Ihnen?«

Erik drehte sich um und fand sich seinem Nachbarn gegenüber. Ihm fiel sofort auf, dass die Halskrause weg war. Der Mann hatte vor einiger Zeit einen Autounfall gehabt und musste lange eine Nackenstütze tragen, wie der Nachbar des fiktiven Ermittlers Martin Beck in der Krimiserie »Kommissar Beck«. Auch dieser Nachbar trank gern ein Bier oder einen Schnaps, unglücklicherweise am liebsten in Eriks Gesellschaft. Vermutlich lag das daran, dass Erik eher wortkarg war, was den Nachbarn erst recht zum Reden ermunterte.

»Ach, Sie sind es, hallo. Seit die Sommerferien vorbei sind und die Schule wieder angefangen hat, gibt es viel zu tun«, erwiderte Erik und suchte einen Ausweg. Er war nicht zu einem Plausch aufgelegt, da der Nachbar zu Weitschweifigkeit neigte.

»Was ist jetzt mit Helen? Haben Sie die Situation wieder einigermaßen im Griff?«, fragte der Nachbar.

»Ja, ihr geht's gut«, sagte Erik leicht nervös.

Was sollte er sonst sagen?

Glücklicherweise erhielt der Nachbar einen Anruf auf seinem Handy, und Erik steuerte schnell eine freie Bank bei der Bronzeskulptur an. Der Bronzemann war deutlich größer als Erik selbst. Erst heute hatte ihm jemand ein Halstuch mit dem Emblem des lokalen Eishockeyvereins IF Björklöven um den Hals gewickelt. Erik setzte sich auf die Bank und versuchte erneut, Helen anzurufen. Sie ging nicht ran.

Ein Lehrer von seiner Schule winkte ihm von Weitem zu, und Erik erwiderte den Gruß. *Sind heute alle in der Stadt?*, dachte er.

Im selben Augenblick hallte ein Schrei *über den Rathausplatz*, dem weitere folgten. Erik erhob sich und sah, wie ein Vater sein Kind in die Arme nahm und mit weit aufgerissenen Augen davonrannte. Das kleine Mädchen mit der rosa Schleife im Haar und seine Mutter wirkten zunächst wie erstarrt. Ketchup tropfte von dem Hotdog auf die Hand des Mädchens. Schließlich zog die Mutter ihr Kind so schnell weg, dass es den Hotdog fallen ließ.

Dieselben Menschen, die soeben noch einen gewöhnlichen Samstag erlebt hatten, stoben nun in alle Richtungen auseinander wie aufgescheuchte Ameisen in einem Haufen, in dem jemand mit einem Stock herumstocherte. Ein Mann, den Erik noch nie gesehen hatte, packte ihn an der Jacke und versuchte, ihn wegzuziehen.

*»Laufen Sie weg, verdammt noch mal!«, schrie der Mann.*

Doch Erik blieb stehen und vergaß zu atmen. Erst als seine Lunge brennend nach Sauerstoff verlangte, sog er Luft ein.

Er hörte das Geräusch sich nähernder Polizeiwagen, drehte den Kopf und folgte den Blicken der anderen, die alle in dieselbe Richtung gingen. Ein junger Mann stand vor dem Eingang zum Utopia-Einkaufszentrum. Erik wusste, wer er war. Ein Migrant, der vor etwa einem Jahr nach Umeå gekommen war. Er lungerte häufig vor der Schule herum, an der Erik als Sozialarbeiter tätig war. Es gab Gerüchte, dass er Raubüberfälle beging und für eine kriminelle Bande Drogen vertickte. Die Jugendlichen in der Stadt hatten Angst vor ihm. Jetzt trug der junge Mann eine grüne Weste mit Plastiksprengstoff und Metallrohren. Menschen, die sich in Sicherheit gebracht hatten, konnten es nicht lassen, ihn zu filmen – Erik sah mehrere Smartphones, die um die Ecken von Gebäuden lugten. Sein Mund war trocken, die Lippen zusammengepresst, und das Herz pochte in der Brust. Er stand schlecht, zu nahe. Uniformierte Polizisten riefen allen Anwesenden zu, den Platz zu verlassen. Einige Schaulustige wurden gewaltsam entfernt.

Erik wich ein paar Schritte zurück und stieß gegen die Bank, auf der er vor einem Moment gesessen hatte. Er rannte los, bog nach rechts und suchte Schutz hinter einer Litfaßsäule. Der junge Mann mit der Weste schrie etwas, das Erik nicht verstand.

# Acht Tage zuvor

# 1

***Freitag, 26. August***

Charlotte bekam glühende Wangen, als sie das Dezernat für Schwerkriminalität betrat. Olas Duft haftete noch in ihrem Gedächtnis. Seit mehreren Wochen schliefen sie miteinander, und das Ganze fühlte sich allmählich ernst an. Niemand außer Per wusste von ihrer Beziehung mit dem Kollegen. Jeder Tag, an dem sie ins Polizeirevier ging, kam ihr wie ein »Walk of Shame« vor.

Charlotte zog ihre Jacke aus und hängte sie an den bereits vollen Garderobenständer. Sie fuhr mit beiden Händen durch die dunklen Haare und prüfte, ob ihr Nackenknoten fest saß. Dann vergewisserte sie sich, dass die Bluse ordentlich zugeknöpft war, und trug den roten Lippenstift auf.

Die Kollegen waren bereits anwesend. Anna war gerade dabei, die Fahrradschuhe auszuziehen. Der Helm lag auf dem Schreibtisch, und ihre Haare waren schweißnass. Das mit Abstand fitteste Mitglied des Teams fuhr jeden Tag sechs Kilometer mit dem Fahrrad zur Arbeit und wieder nach Hause. Obwohl Anna seit einigen Jahren im Dezernat arbeitete, hatte sie kein Bedürfnis, die Karriereleiter hochzuklettern. Sie war mit ihrer jetzigen Position zufrieden, weil sie ihr genügend Zeit für andere Dinge ließ. Zum Beispiel Trainieren.

Charlotte schaute im Chefbüro vorbei, aber Per war nicht da. Die Jacke, die über seinem Bürostuhl hing, wies darauf hin, dass er sich im Haus befand, und Charlotte zuckte zusammen, als er hinter ihr auftauchte.

»Guten Morgen. Bereit für den Tag?«, fragte er und nahm eine Mappe vom Schreibtisch.

Charlotte nickte und folgte ihm zum Besprechungszimmer. »Hoffen wir, dass es ein ruhiger Freitag wird, wir waren ja in letzter Zeit ein bisschen verwöhnt«, sagte Charlotte und schlüpfte an Per vorbei in den Raum.

Der schüttelte den Kopf. »Wir haben es mit einem oder sogar mehreren Raubüberfällen auf Jugendliche zu tun«, sagte er und betrat nach ihr das Zimmer.

Charlotte nickte ernst. »Unglaublich, dass hier in Umeå so viele Raubüberfälle passieren.«

»Warum sollte so etwas nicht hier passieren können?«, warf Kicki ein.

Die Archivarin des Dezernats saß bereits an ihrem Platz und nutzte wie immer die Gelegenheit, Charlotte gegenüber auf Konfrontationskurs zu gehen. Kicki hatte sich von Anfang an alle Mühe gegeben, der neuen Kollegin das Leben schwer zu machen. Subtile Sticheleien wechselten sich mit offener Ausgrenzung ab. Zum Beispiel, als sie sämtliche Kollegen außer Charlotte zu sich nach Hause zu einem Sommerfest einlud. Mobbing unter Erwachsenen.

Ihr Handy vibrierte. Eine Textnachricht von Ola, den sie vorhin im Auto geküsst hatte.

*Ich vermisse dich jetzt schon.*

Kaum hatte Charlotte eine Antwort geschrieben, stand Ola vor ihr im Besprechungszimmer und sprach mit Per.

Dabei lächelte er und entblößte seine blendend weißen Zähne. Manchmal fand sie, dass er wie eine Ken-Puppe aussah. An ihm war einfach alles perfekt. Per nannte ihn Dressmann, weil er den Typen in den Werbespots des gleichnamigen norwegischen Modeunternehmens ähnelte. Ola gehörte zur Personenschutzabteilung, weshalb er und Charlotte im selben Gebäude, aber nicht im selben Dezernat arbeiteten. Und das war gut so.

Charlotte betrachtete ihn. Unter dem einwandfrei gebügelten Hemd verbarg sich etwas, von dem sie sich nicht losreißen konnte. Und sie bemerkte seinen Duft, einen Hauch von Lavendel. Dieser kam von Charlottes Duschgel, das Ola sich auslieh, wenn er bei ihr übernachtete. Das Einzige, was sie an ihm störte: Er war morgens zu frisch und munter. Allzeit bereit, wie ein Pfadfinder. Im letzten Urlaub hatte er sie zu einer gemeinsamen Bergwanderung überreden wollen, Mücken und Schlangen inbegriffen. In dieser Hinsicht waren sie grundverschieden, denn Charlotte bevorzugte im Urlaub Fünf-Sterne-Hotels.

»Hörst du mir zu?«

Sie wandte den Blick von Ola ab und drehte den Kopf zu Kicki.

»Erde an Charlotte«, sagte die Kollegin. »Ich rede mit dir.«

»Wirklich? Das hätte ich jetzt gar nicht erwartet«, erwiderte Charlotte mit einem breiten Lächeln.

Kickis Miene verfinsterte sich. »Kannst du den Schrieb, der hier vor dir liegt, an alle weiterleiten? Es ist eine Bestandsaufnahme der Raubüberfälle, die ich zusammengestellt habe«, sagte sie und deutete auf Charlottes Tisch.

»Selbstverständlich«, erwiderte sie und fragte sich, ob Kicki das Dokument wirklich selbst angefertigt hatte. Diese Art von Bestandsaufnahme war normalerweise etwas, um das sich der

Geheimdienst kümmerte. Vielleicht wollte sie sich nur in ein besseres Licht rücken.

Ola ging zur Tür, doch bevor er den Raum verließ, trafen sich ihre Blicke, und Charlotte verschwendete keinen Gedanken mehr an Kicki. *Heute wird ein guter Tag*, dachte sie und richtete ihre Aufmerksamkeit auf Per, der mit der Besprechung begann.

»Gestern Abend habe ich einen Anruf von Roger Ren erhalten, den ich vom Eishockeytraining meiner Söhne kenne«, sagte Per. »Sein Junge, Adrian, spielt in derselben Mannschaft wie mein ältester Sohn. Er wurde gestern in einem Park von drei Jugendlichen ausgeraubt und dabei schwer verletzt. Der Vorfall hat den Jungen traumatisiert. Ich möchte, dass wir uns mit diesen Raubüberfällen befassen, die unsere Stadt erschüttert haben. Der Angriff auf Adrian war schlimmer als die vorherigen Fälle, und wir müssen anfangen, Präventionsarbeit zu leisten.« Per ließ den Blick über sein Team wandern.

»Aber wurde das nicht schon getan?«, fragte Anna, die immer noch ihre verschwitzten Sportklamotten anhatte.

»Wie ihr in der Bestandsaufnahme sehen könnt, die Kicki zusammengestellt hat, gab es in den letzten vier Wochen vier Raubüberfälle. Innerhalb kurzer Zeit kam es auch zu vier Anzeigen, aber zwei der Opfer wollen nicht aussagen, weil sie Angst haben. Es kursieren Gerüchte über eine bestimmte Gruppe Jugendlicher mit Migrationshintergrund. Leider haben wir nichts Konkretes, keine eindeutigen Personenbeschreibungen oder andere Hinweise, die es uns ermöglichen, die Typen zu einer Vernehmung aufs Revier zu bringen. Aber vieles deutet darauf hin, dass sie die Hauptverdächtigen sind. Kicki wird gleich mehr dazu sagen und berichten, was wir bisher unternommen haben.«

»Aber was ist mit diesem Adrian? Hat er wegen des Überfalls Anzeige erstattet?«, fragte Charlotte.

»Ja, obwohl er offenbar große Angst hatte und gegenüber den Ermittlern nicht als Zeuge aussagen möchte, aber …« Per wurde vom Klingeln seines Handys unterbrochen. Er hielt es hoch und zeigte dem Team das Display. »Roger, der Vater, ruft mich alle fünfzehn Minuten an. Es macht ihn wahnsinnig, dass wir nicht einfach die Personen festnehmen, von denen alle glauben – oder seiner Ansicht nach *wissen* –, dass sie schuldig sind. Er begreift nicht, dass wir sie grundsätzlich auf frischer Tat ertappen müssen.«

Per überließ Rogers Anruf der Mailbox, aber Charlotte konnte die Gefühle des Vaters nachvollziehen. Das Opfer eines Verbrechens erlebte oft einen größeren Freiheitsverlust als der Täter.

»Aber wir können doch bestimmt die Verdächtigen zur Vernehmung aufs Revier bringen und uns ein wenig mit ihnen unterhalten«, sagte Charlotte.

»Solange wir nichts haben, was den Verdacht bestärkt, kommen wir nicht weiter. Wir können sie nicht nur aufgrund von Gerüchten festnehmen.«

»Was ist mit Augenzeugen? Überwachungskameras? Gibt es denn gar nichts, was sie mit dem Tatort in Verbindung bringen kann?«, fragte Anna.

»Nein, nichts. Und die mangelnde Bereitschaft der Opfer, auszusagen, erschwert die Ermittlungen. Andererseits gibt es Indizien, die auf die Kerle hindeuten, und wir haben die Absicht, gegen sie vorzugehen.«

»Was genau werden wir tun?«, fragte Charlotte.

»Das Übliche, was wir bei dieser Art von Bandenkriminalität immer machen. Die Verdächtigen kontrollieren, wenn wir sie in der Stadt sehen, und sie nach Waffen und Drogen durchsuchen. Wir stören sie ganz einfach, geben ihnen das Gefühl, dass wir sie ständig im Auge behalten.«

»Okay, dann müssen wir das intern mit der Interventionspolizei koordinieren, damit mehr von ihnen die Kerle aktiv stören«, sagte Charlotte.

Per nickte.

»Diese Leute können sich also einfach so herumtreiben und nach Belieben Jugendliche ausrauben?«, sagte Anna. Es war mehr eine Feststellung als eine Frage.

Per seufzte. Charlotte sah, dass Roger ihn schon wieder anrief. Er ging jedoch auch diesmal nicht ran.

»Ich möchte, dass Anna und Kicki sich auf die sozialen Medien konzentrieren. Roger meint nämlich, dass die Jugendlichen sich darin über die Bande austauschen. Sie posten Warnungen und Hinweise, welche Orte man meiden sollte und wo die Kerle zuletzt gesehen wurden. Schaut nach, ob ihr unter den Posts etwas findet, das wir verwenden können. Und nehmt euch die Überwachungskameras in der Umgebung vor. Vielleicht können wir herausfinden, ob Mitglieder dieser Bande oder andere Personen sich zur Tatzeit in dem Park aufgehalten haben.«

»Aber sind die Täter nicht vielleicht Jugendliche aus einer der kriminellen Banden in der Stadt? Zum Beispiel die aus Stockholm und Karlstad, die sich hier oben mehr und mehr etabliert haben. Schließlich handeln sie mit Drogen und haben bereits ein paar Geschäfte ausgeraubt, oder?«, fragte Charlotte.

»Die Abteilung für Jugendkriminalität hat ein Auge auf sie. Offenbar haben die Neuen sich ausschließlich auf Raubüberfälle auf Einzelpersonen spezialisiert.«

Per machte eine Pause und deutete auf Kicki, woraufhin diese das Wort ergriff.

»Wie ihr meinem Bericht entnehmen könnt, weisen alle Raubüberfälle eine ähnliche Vorgehensweise auf«, sagte sie. »Und außerdem sind es immer drei junge Männer. Zwei begehen den Raub, einer steht Schmiere. Sie sind schwarz gekleidet und verbergen ihre Gesichter unter Sturmhauben oder Halstüchern, weshalb wir über keine brauchbaren Personenbeschreibungen verfügen. Die Täter bedrohen ihre Opfer mit einem messerähnlichen Gegenstand.«

Stille im Raum. Alle lasen mit.

»Adrian wurden die Bankkarte, die Jacke und das Handy entwendet. Schaut euch die Kontoaktivitäten an, wenn jemand mit der Karte Geld abhebt, können wir handeln«, sagte Per. »Kicki hat unsere drei Hauptverdächtigen unter die Lupe genommen.«

»Sie sind noch nicht sehr lange im Land«, sagte sie, »und zwei von ihnen, Samir Al Tajir und Omar Athar, wohnen auf einem Campingplatz in Nydala. Als sie vor einem Jahr nach Schweden gekommen sind, hatten sie dem Migrationsamt gegenüber ihr Alter mit sechzehn Jahren angegeben. Die beiden sind ohne Papiere nach Europa geflüchtet und auf einem Frachtschiff via Spanien oder Deutschland hierhergelangt. Sie haben eine Aufenthaltserlaubnis auf Probe. Bei der dritten Person handelt es sich um den gleichaltrigen Ibrahim Hatim. Er besitzt eine feste Aufenthaltserlaubnis.«

Per befestigte die Fotos der drei jungen Männer am Whiteboard und schrieb ihre Namen darüber. Das Dezernat für Schwerkriminalität wechselte zwischen dem Gebrauch einer physischen Tafel und einer digitalen Präsentation auf einem Bildschirm, je nachdem, wer die Ermittlungen leitete. Die digitale Variante setzte sich immer mehr durch, aber Charlotte hatte sich noch nicht an Smartphones und Tablets gewöhnt. Per anscheinend auch nicht.

Ibrahim war der Einzige der drei Hauptverdächtigen, dessen Aussehen mit seinem angegebenen Alter übereinstimmte, fand Charlotte. Sein Gesicht entsprach dem eines Siebzehnjährigen.

»Ich finde, dass Samir und Omar auf den Fotos, die wir von ihnen haben, älter wirken, aber das können wir nicht beweisen«, sagte Per, als hätte er Charlottes Gedanken gelesen. »Wir müssen von den Unterlagen des Migrationsamtes ausgehen. Es ist allerdings völlig normal, dass Neuankömmlinge ein niedrigeres Alter angeben, weil das die Bewilligung der Aufenthaltserlaubnis beschleunigt.«

»Ja, wer würde das in dieser Situation nicht genauso machen«, sagte Charlotte.

Kicki nickte und fuhr fort. »Ibrahim kommt aus Syrien und wirkt in dieser Gruppe irgendwie fehl am Platz. Dank seiner Aufenthaltsgenehmigung wurde er bei einer Pflegefamilie hier in Umeå untergebracht. Er lernt in einem Integrationskurs Schwedisch und möchte laut eigenen Angaben, die er zu einem früheren Zeitpunkt gegenüber dem Migrationsamt gemacht hat, aufs Gymnasium gehen. Seine Pflegeeltern haben mitgeteilt, dass er gewissenhaft und fleißig ist und die Chancen nutzen möchte, die ihm hier in Schweden geboten werden. Er hat auf der Flucht über das Mittelmeer seine gesamte Familie verloren und blieb als Einziger übrig. Zu dem Zeitpunkt war er elf Jahre alt.«

Charlotte sah sich die Fotos genauer an. Ibrahims schwarze Haare glänzten, und Locken umrahmten sein schmales Gesicht. Lange Wimpern umrandeten die dunklen Augen. Sein Blick war intensiv, und das schiefe Lächeln verlieh ihm etwas Schelmisches.

»Ist seine Familie ertrunken, oder was ist passiert?«, fragte Per.

»Ja, die Mutter, der Vater und zwei jüngere Geschwister. Furchtbar.«

»Wie hat er den langen Weg nach Schweden allein geschafft?«, fragte Charlotte.

»Laut den Informationen, die uns vorliegen, kommen hier Omar und Samir ins Spiel«, sagte Kicki. »Die beiden haben den

Jungen während seiner Reise durch Europa unter ihre Fittiche genommen.«

»Und wie konnte Ibrahim so schnell eine Aufenthaltserlaubnis bekommen?«

Kicki zuckte mit den Schultern. »Vermutlich, weil seine Identität von Anfang an nachgewiesen werden konnte. Er ist auch der Einzige der drei Jungs, der sich offenbar bei uns ein geregeltes Leben aufbauen möchte. Ibrahim hat sich für staatlich finanzierte Integrationskurse angemeldet, während Omar und Samir dieses Angebot nicht genutzt haben. Laut Migrationsamt wollte er nach Schweden, weil seine Familie dorthin unterwegs war.«

»Hat er hier Verwandte? Wollte die Familie deshalb hierher?«

»Soweit wir wissen, nicht.« Per deutete auf das Foto von Samir und gab Kicki zu verstehen, sie solle mit ihm fortfahren.

»Samir kommt nach eigenen Angaben ebenfalls aus Syrien«, sagte sie, »aber eigentlich wissen wir das nicht mit Sicherheit. Während der Geflüchtetenwelle im Herbst 2015 haben viele Syrien als ihr Heimatland angegeben. Samir tauchte zusammen mit Omar und Ibrahim in Schweden auf und nannte Gefahr für sein Leben als Grund für seinen Asylantrag. Das ließ sich aber nicht bestätigen, da seine Identität nicht festgestellt werden konnte. Angeblich sollte er vom Islamischen Staat als Kindersoldat zwangsrekrutiert werden. Seine Familie wurde umgebracht, weil der Vater Englisch-Dolmetscher war, aber der Junge wurde verschont, um zu kämpfen. Nach eigenen Angaben bot sich zwei Jahre später die Gelegenheit zur Flucht in den Irak.«

»Der Junge musste also für dieselbe Räuberbande kämpfen, die seine Familie umgebracht hat?«, fragte Charlotte.

Kicki nickte.

»Oh Gott, was für ein Schicksal. Stellt euch vor, wie viele Geflüchtete solche schrecklichen und unverarbeiteten Traumata mit sich herumtragen«, sagte Anna.

»Und Omar?«, fragte Per.

»Laut Unterlagen des Migrationsamtes kommt er ursprünglich aus Afghanistan. Mehr wissen wir nicht, da er keine Angehörigen angegeben hat. Alle drei sind mithilfe von Schleusern nach Schweden gelangt. Keiner der Jungs taucht bisher in unserem Strafregister auf.«

Charlotte seufzte. Sie dachte an die vielen Menschen, die auf diese Weise lebten. Was machte es mit einem, wenn er staatenlos war, ohne Rechte und ohne Pflichten?

Per räusperte sich. »Okay, wir machen weiter. Ihr wisst, was ihr tun müsst. Um diese Raubüberfälle auf Jugendliche zu unterbinden, müssen wir gegen die Täter Anklage erheben können. Arbeitet sorgfältig. Die Sache kann schnell eskalieren, wenn wir nicht vorankommen.« Er machte eine kurze Pause. »Charlotte, wir beide fahren zu Roger Ren und reden mit ihm und seinem Sohn Adrian«, sagte Per zu ihr.

Sie nickte und musste an ihre Tochter Anja denken. Charlotte wäre hysterisch geworden, wenn ihr Kind ausgeraubt worden wäre.

Pers Handy klingelte erneut. Er hielt ihr das Display hin. Es war wieder Roger. »Wenn wir die Kerle nicht schnappen, wird er es wahrscheinlich tun«, sagte Per und schüttelte den Kopf.

# 2

Erik blickte auf seine Füße. Die grauen Socken verschmolzen mit dem hellblauen Badezimmerteppich, dessen Fransen gegen die Fußballen drückten. Er passte auf, dass seine jüngste Tochter das Zähneputzen nicht vernachlässigte, und wartete darauf, dass sie fertig wurde. Der süße Geruch der Zahnpasta erinnerte ihn an Erdbeeren. Erik richtete den Blick auf sein eigenes Spiegelbild. Die schmalen Schultern, die er während seiner Jugend erfolglos durch Hantelstemmen zu verbreitern versucht hatte. Sein Körper reagierte nicht auf das Training. Egal, wie sehr er sich abmühte, er blieb dünn. Jemand hatte ihm erklärt, dass er keine Muskelmasse aufbauen konnte, weil seine Muskeln lang waren. Mit vierundvierzig hatte er gelernt, diese Tatsache zu akzeptieren, und begnügte sich mit gelegentlichem Lauftraining, um keinen Kugelbauch zu bekommen.

»Ich bin jetzt fertig, Papa«, sagte Elsa und spuckte ins Waschbecken.

Erik tätschelte seiner Tochter den Kopf, sagte jedoch nichts. Sie ging vor ihm in ihr Zimmer, um sich umzuziehen. Während er ihr nachblickte, dachte er, dass auch dieses Nachthemd zu klein wurde.

»Beeil dich«, sagte er und blieb vor der Tür zu ihrem Schlafzimmer stehen. In ein paar Wochen würde sie sechs Jahre alt sein, da konnte sie sich wirklich allein anziehen.

Dann ging er in die Küche, wo seine Frau Helen die Teller, die sie beim Frühstück benutzt hatten, in die Geschirrspülmaschine räumte. Es sah routiniert aus. Erik setzte sich an seinen üblichen Platz am Tisch und sah ihr zu, wie sie das Spülbecken reinigte. Ihr Haus war immer makellos.

»Bist du sauer?«, fragte er und trank einen Schluck von dem Kaffee, der auf dem Tisch stand. Heute würde er erst mittags zu arbeiten anfangen und hatte es nicht eilig.

Helen schloss die Tür der Geschirrspülmaschine, hielt den Spüllappen unter den laufenden Wasserhahn, wrang ihn aus und wischte damit ab. Sie hielt inne und strich sich mit der Hand etwas aus der Stirn. Die ganze Zeit stand sie mit dem Rücken zu ihm.

»Hörst du mich?«

Mit dem Spüllappen in der Hand drehte sie sich um und sah ihn direkt an.

»Ich muss es wissen«, sagte Erik. »Du warst in letzter Zeit komisch. Du verschwindest für längere Zeit, ohne von dir hören zu lassen, und bist mir gegenüber kurz angebunden. Und du suchst keine Nähe zu mir.«

Helen lehnte sich an die Spüle und stützte sich mit beiden Händen an der Arbeitsplatte ab. »Ich treffe mich mit niemand anderem. Wie sollte ich das zeitlich schaffen?«

Ihr Ton war sanft, aber ihr Blick war hart. *Ihr ganzes Auftreten schrie nach Untreue,* dachte er. Gestern Abend hatte er sie unverblümt gefragt, und Helen hatte geschaut, als wäre sie auf frischer Tat ertappt worden.

Erik stand auf und ging zu ihr. Er hob die Hand und strich ihr eine Haarlocke hinter das Ohr. Er mochte ihre blonden, lockigen Haare, die in alle Richtungen abstanden.

Bei ihrer ersten Begegnung vor zwölf Jahren waren es genau diese Locken gewesen, die seine Aufmerksamkeit erregt hatten. Er war beim Amtsgericht als Beistand für ein Kind aus seiner damaligen Schule aufgetreten. Die zu der Zeit siebenundzwanzigjährige Helen war dort gewesen, weil ihr Vater wegen schwerer Körperverletzung angeklagt war, nachdem er sich in einer Kneipe mit einem Mann über Klimapolitik gestritten hatte. *Wie bescheuert*, dachte Erik. Die Schlägerei hätte den Mann beinahe das Leben gekostet, und das Gericht verurteilte Helens Vater zu einer Haftstrafe von drei Jahren. Erik hatte sich mit Helen am Kaffeeautomaten unterhalten, und schließlich hatte sie ihm ihre Telefonnummer gegeben.

Dann ging alles schnell. Nach sechs Monaten wurde Helen mit ihrem Sohn schwanger, und sie zogen zusammen. Zu Beginn ihrer Beziehung war sie indoktriniert von den radikalen Ansichten ihres Vaters gewesen und dessen Auffassung, dass Migranten an allem schuld waren, was in Schweden falschlief. Aus ihrem Mund war eine Flut von rassistischen Äußerungen gekommen, doch irgendwann war es Erik gelungen, sie zu überreden, den Kontakt zu ihrem Vater abzubrechen. Zunächst protestierte Helen, aber nachdem sie den Vater eine Zeit lang nicht mehr gesehen hatte, erkannte sie, dass seine Denkweise falsch war. Erik hatte sie aus dieser destruktiven Beziehung befreit. Er hatte sie gerettet. Genauso wie er viele Jugendliche gerettet hatte, denen er bei seiner Arbeit begegnete – junge Menschen, die von Anfang an keine Chance gehabt hatten, die täglich mit der verzerrten Realität ihrer Eltern konfrontiert waren.

Erik hatte Helen geholfen. Sie beide gegen den Rest der Welt. Als Liam geboren wurde, machte er ihr auf der Entbindungsstation einen Heiratsantrag. Sie weinte vor Glück, und er war stolz darauf, eine Familie zu haben. Ein Jahr später heirateten sie in Malmö.

Helen sah Erik an, während sie sich in der Küche gegenüberstanden.

»Ich habe mich freiwillig als Elternsprecherin für Liams Klasse gemeldet, und wir planen eine Klassenfahrt«, sagte Helen. »Und den Rest der Zeit, wenn ich nicht hier bin, bin ich auf der Arbeit.«

»Okay«, sagte Erik. »Ich habe nur das Gefühl, dass du abwesend bist. Das ist alles.« Er neigte den Kopf, fasste ihr ans Kinn und führte Helens Mund zu seinem. »Ich liebe dich«, sagte Erik und küsste sie. Versuchte, ihre Laune zu verbessern.

Sie wurden unterbrochen, als Liam in die Küche kam.

»Mama, wo ist mein neuer Hoodie?«, fragte der Elfjährige und streckte beide Arme aus, als hätte er das Teuerste verloren, das er besaß.

Helen schlüpfte an ihrem Sohn vorbei. »Ich muss zur Arbeit. Papa hilft dir.« Sie zog ihre Jacke an, nahm die Handtasche und verließ das Haus.

Liam geriet schier außer sich, während er seinen neuen Kapuzenpulli suchte. »Ich muss ihn heute anziehen!«, sagte er laut.

Erik deutete warnend mit dem Zeigefinger auf ihn.

»Entschuldigung«, sagte Liam.

»Ich helfe dir beim Suchen«, sagte Erik. »Ich schau im Bad und im Wäschekorb nach.«

Eigentlich glaubte er nicht, dass das Kleidungsstück sich dort befand. Helen würde niemals etwas unnötig waschen, und der Pulli war noch ganz neu. Trotzdem riss er alles aus dem Korb und legte es auf den Boden. Der Kapuzenpulli war nicht dabei. Ganz unten lag Helens Jeans, und Erik holte sie ebenfalls heraus, um sich zu vergewissern, dass der Pulli nicht darunterlag. Auf dem einen Hosenbein befand sich ein roter Fleck, der wie Blut aussah. Als er die Jeans in den Korb zurücklegen wollte, fiel etwas aus der Tasche – ein Nokia-Handy. Es sah aus wie ein älteres Modell, nicht wie ein Android-Gerät. Erik hatte es noch nie gesehen. Er nahm es an sich und drückte auf die Tasten. Aus. Er ließ sich auf dem Toilettensitz nieder und betrachtete das Handy. Wem gehörte es?

»Habe den Hoodie gefunden!«, hörte er Liam rufen. »Er lag auf dem Sofa!«

Erik antwortete nicht. Er versuchte, sich in das Handy einzuloggen, aber dafür benötigte man einen PIN-Code. Was sollte er tun? Helen konfrontieren? Sie hatte ihm soeben hoch und heilig versichert, dass sie sich mit niemandem traf, aber hier war der Beweis, dass sie ihm etwas verheimlichte. Er blieb auf der Toilette sitzen, als Liam hereinkam.

»Was machst du?«, fragte sein Sohn.

Erik blickte zu ihm auf. »Ist das deins?«, fragte er und hielt das Handy hoch.

»Was? Nein, wieso sollte ich zwei Handys haben? Außerdem ist das Ding uralt. Ich fahre jetzt mit dem Fahrrad zur Schule«, sagte Liam und ließ Erik allein im Bad zurück.

Die Entdeckung fühlte sich an wie ein Faustschlag ins Gesicht. Er hatte einen Verdacht gehabt, und jetzt schien sich sein Bauchgefühl zu bestätigen. Am liebsten hätte er laut geschrien, aber stattdessen beugte er sich über das Waschbecken, formte die Hände unter dem Wasserhahn zu einer Schale, ließ Wasser hineinlaufen und benetzte damit sein Gesicht. Helen tat etwas hinter seinem Rücken.

# 3

Per und Charlotte bogen in die Garageneinfahrt zu Roger und Adrians Haus. Vor dem geschlossenen Tor lag ein Rechen.

»Meinst du, sie lassen sich dazu überreden, uns bei den Ermittlungen zu helfen?«, fragte Charlotte.

Per schaltete den Motor aus. »Das werden wir sehen. Adrian war heute nicht in der Schule, weil es ihm nicht gut geht. Wir müssen behutsam vorgehen.«

Per war schon ein paar Mal hier gewesen und hatte Adrian zum Eishockeytraining abgeholt. Manchmal konnten die Eltern nicht alle Trainings- und Spieltermine unter einen Hut bringen und halfen sich gegenseitig. Das Haus hatte er jedoch noch nie von innen gesehen, da Adrian stets pünktlich herauskam. Der Junge war ein Jahr älter als sein Sohn Simon, aber die beiden Jungs verstanden sich offenbar gut.

Charlotte stieg aus und Per folgte ihr.

»Nicht übel, wie die wohnen«, sagte sie und zog die Jacke enger um ihren Körper.

Per tat es ihr gleich, als seine Jacke in dem hartnäckigen Wind flatterte. Über die Villa hatte er nie groß nachgedacht. Er konnte jedoch verstehen, dass sie Charlotte gefiel. Mit ihren zwei weißen Säulen am Eingang und einer Veranda erinnerte sie an die amerikanischen Südstaaten. Eine Architektur, die im Stadtteil Teg hervorstach.

»Grandios«, sagte Charlotte und betätigte die Türklingel, die eine heitere Melodie spielte. »Weniger grandios«, fügte sie lächelnd hinzu.

Roger öffnete die Tür, bevor die Klingel verstummte. Die kurz geschnittenen Haare waren perfekt in Form gegelt. Auf seinem Gesicht war noch ein wenig Sommerbräune zu sehen, die seine blauen Augen hervorhob. »Kommen Sie rein«, sagte Roger mit ernster Miene. »Sie können die Schuhe anbehalten.«

Per zog seine aus, Charlotte streifte ihre an der Fußmatte ab, bevor sie eintrat.

Das Haus bestand aus offenen Räumen, Küche und Wohnzimmer bildeten eine Einheit. Adrian saß direkt vor ihnen am Esstisch, zusammen mit seiner Mutter. Sein Arm steckte in einem Gips, Pflaster und Nähte verliehen seinem Gesicht ein zusammengeflicktes Aussehen. Das eine Auge war geschwollen und blau, der Rücken gekrümmt. Er trug einen Kapuzenpulli und eine Jogginghose – das gleiche Björklöven-Outfit, in dem Simon und Hannes ihre Tage verbrachten. Auf dem einen Hosenbein prangte eine 15, seine Trikotnummer in der Eishockeymannschaft.

»Möchten Sie einen Kaffee?«, fragte die Mutter.

»Ja, gern. Mit Milch«, sagten Per und Charlotte gleichzeitig. Sie lachten.

Per setzte sich neben den Jungen, Charlotte ans andere Tischende. Die Kaffeemaschine machte ein lautes Geräusch, während sie die Bohnen mahlte, und das Aroma verbreitete sich im ganzen Raum. Per hatte eine Schwäche für guten Kaffee und kaufte am liebsten italienische Bohnen mit kräftigem Geschmack. Offenbar wusste diese Familie guten Kaffee ebenfalls zu schätzen, denn das Gerät war sehr anspruchsvoll.

»Wie geht es dir?«, fragte Per Adrian, während er seine Tasse entgegennahm. Sein Blick fiel auf den Jungen und die Spuren, die die Täter hinterlassen hatten. Am liebsten hätte er ihn umarmt. Der Raubüberfall hätte genauso gut Simon oder Hannes treffen können.

Adrian erwiderte Pers Blick. »Haben Sie die Kerle schon geschnappt?«, fragte er.

»Nein. Wir sind hier, um herauszufinden, ob du oder ihr es euch anders überlegt habt und uns bei den Ermittlungen helfen wollt.«

Adrian sah Per müde an. »Sind Sie verrückt? Auf keinen Fall. Dann kommen sie wieder.«

Per nickte. Der Junge hatte recht, aber das konnte er nicht sagen.

Charlotte mischte sich in das Gespräch ein. »Um sie festzunehmen und vor Gericht zu bringen, benötigen wir leider deine Zeugenaussage. Sonst ist die Gefahr groß, dass sie davonkommen.«

»Wie zum Teufel kann das sein?«, sagte Roger laut. »Jeder weiß, wer die Kerle sind. Verdammte Migranten, die hierherkommen und unsere Kinder ausrauben.«

Per sah ihn an. »Noch können wir nicht mit Sicherheit sagen, dass es die sind, die Sie meinen. Deshalb brauchen wir deine Hilfe, Adrian. Das würde uns mehr Spielraum bei unseren Ermittlungen geben und uns ermöglichen, die Jungs festzunehmen und zu befragen.«

»Blödsinn! Wir wissen, wer die Täter sind, die Kinder wissen es, und ihr wisst es auch. Nehmt sie einfach fest und setzt sie ein bisschen unter Druck. Schweden ist ein verdammtes Warmduscherland.«

»Papa, hör auf«, sagte Adrian und senkte den Blick.

»Ich bin einfach nur verdammt wütend. Wegen denen traut mein Sohn sich nicht mehr aus dem Haus, und jetzt muss man sie offenbar auf frischer Tat ertappen, um sie vor Gericht zu stellen«, sagte Roger und lief im Zimmer auf und ab. »Ich bin Arzt und habe andere Jugendliche versorgt, die von dieser Bande misshandelt wurden. In was für einer Welt leben wir eigentlich? Warum schiebt man die Kerle nicht ab oder bestraft sie wenigstens?«

»Weil wir ihnen die Tat nachweisen müssen. Wir können niemanden aufgrund von Hörensagen und Gerüchten einsperren. So funktioniert unser Rechtssystem nicht«, sagte Charlotte.

Adrian drückte seinen Gipsarm und seufzte.

»Was hast du da für eine Verletzung am Arm?«, fragte Per.

»Ein Riss. Bis der verheilt ist, kann ich kein Eishockey spielen«, sagte er und presste die Lippen zusammen.

»Du kannst am allgemeinen Fitnesstraining teilnehmen und deine Beine, dein Gleichgewicht und deine Beweglichkeit trainieren«, sagte Per, wohl wissend, dass es dem Jungen wehtun musste, den ersten Teil der gerade erst begonnenen Saison zu versäumen. Der halbe Spaß am Eishockey bestand darin, mit den Mannschaftskameraden im Umkleideraum und während der Busfahrten zu Auswärtsspielen abzuhängen. Das gab ihnen ein Zusammengehörigkeitsgefühl.

Adrian antwortete nicht, starrte nur auf den Tisch.

Per beugte sich zu ihm vor. »Als unsere Kollegen gestern unmittelbar nach dem Raubüberfall mit dir gesprochen haben, hast du gesagt, die Gruppe hätte dich bedroht. Kannst du uns mehr darüber erzählen?«, fragte er und trank noch einen Schluck von dem perfekten Kaffee.

Adrian zuckte mit den Schultern. »Sie haben mich gefilmt und gedroht, das Video in den sozialen Medien zu verbreiten. Außerdem muss ich mit mehr Schlägen rechnen, wenn ich mit euch rede. Und sie …«

Er blickte schnell zu seiner Mutter.

»Und sie haben was getan, Adrian? Erzähl«, sagte die Mutter. Sie stellte sich hinter ihn und legte ihm beide Hände auf die Schulter. »Du musst uns alles erzählen, was passiert ist.«

Adrian beugte sich vor, um die Hände seiner Mutter loszuwerden. Der freie Ellenbogen stieß gegen die Tischplatte. »Sie werden mir Dinge antun … Sie …« Er holte tief Luft und verzog vor Schmerz das Gesicht, als der Brustkorb sich ausdehnte. »Ich will nicht darüber reden, die sind krank im Kopf. Ich will nur, dass alles vorbeigeht.«

»Das verstehe ich, aber …«

Weiter kam die Mutter nicht, denn Adrian stand auf, mahlte so fest mit dem Kiefer, dass man es sehen konnte, und sah Per direkt an.

»Kapiert ihr das nicht?« Adrian hob die Stimme. »Wenn ich rede, gehen sie mir wieder an den Kragen! Die sind zu allem fähig. Ein Mädchen in der Schule wurde von ihm zum Sex gezwungen, von Samir, diesem Idioten. So was ist Vergewaltigung, verdammt noch mal. Er nimmt sich einfach, was er will, und niemand stellt sich ihm in den Weg. Niemand traut sich, mit euch zu reden, weil der Typ völlig durchgeknallt ist, und ihr könnt einen Scheiß tun. Er kommt mit allem ungeschoren davon!« Adrians Wangen waren rot angelaufen. Tränen liefen ihm übers Gesicht. Er trat ein paar Schritte zurück und verschwand in ein anderes Zimmer.

Die Mutter folgte ihm. Roger breitete die Arme aus.

»Bis vor ein paar Tagen war mein Sohn bestens gelaunt und hat sich auf die Eishockeysaison und die Schule gefreut … Jetzt ist er … ein Wrack. Und wofür? Damit Samir, oder wie auch immer er heißt, ein bisschen Spaß haben kann? Wenn der Kerl noch einmal meiner Familie zu nahe kommt, bringe ich ihn um.«

Er sagte das mit einer solchen Ruhe, dass Per ihm glaubte.

»Das würde ich Ihnen nicht raten«, sagte Charlotte. Offenbar hatte sie den Mann genauso verstanden.

Roger sah sie an. »Haben Sie Kinder?«, fragte er.

»Ja, eine achtzehnjährige Tochter.«

»Dann ist sie also nur ein paar Jahre älter als Adrian. Wie hätten Sie reagiert, wenn Samir ihr etwas angetan hätte?«

Per hielt den Atem an und hoffte, dass sie ihm keine ehrliche Antwort geben würde. Er wusste, dass sie sich Samir vorknöpfen würde.

Charlotte stand auf und stellte sich Roger gegenüber. »Das weiß ich ehrlich gesagt nicht. Ich weiß aber, dass ich mich genauso gefühlt hätte wie Sie. Machtlos. Frustriert. Wütend. Rein gefühlsmäßig hätte ich ihn erschießen wollen. Aber …«

»Genau«, sagte Roger. »Was ist dann das …«

»Lassen Sie mich bitte ausreden«, fiel Charlotte ihm ins Wort. »Aber dann käme ich ins Gefängnis, und die Kriminellen würden trotzdem gewinnen.«

Per atmete auf.

Charlotte redete weiter, während sie zu dem Zimmer blickte, in das Adrian sich zurückgezogen hatte.

»Per und ich verstehen, dass die Sache nicht einfach ist. Aber lassen Sie uns bitte unsere Arbeit machen«, sagte sie und ging zur Tür. Per trank seinen Kaffee aus und folgte ihr.

»In der Zwischenzeit können wir nur hoffen, dass die Kerle nicht noch weitere Opfer ausrauben«, sagte sie und öffnete die Tür.

# 4

Klara zog die Decke über ihren nackten Körper. Ibrahim schlief neben ihr. Sie fuhr ihm sanft mit dem Zeigefinger über die buschigen Augenbrauen. Sein Gesicht war entspannt. Manchmal träumte er Dinge, die ihn dazu brachten, sich von einer Seite auf die andere zu wälzen und unruhig zu murmeln. Es machte ihr Angst. Aber sie kannte die Ursache. Erinnerungen an seine Zeit auf der Flucht.

Sie beugte sich vor, berührte seine Lippen mit ihren und schmiegte anschließend die Wange an seine Brust. Ihr Zeigefinger erforschte weiterhin seinen Körper. Zwei Narben auf der rechten Seite seines Bauches ließen zumindest teilweise erahnen, was er durchgemacht hatte. Schon als kleines Kind mit einem Messer verletzt. Eine weitere Narbe an der Schulter. Sie stammte von einer Auseinandersetzung mit Samir – etwas, worüber Ibrahim nicht reden wollte. Er hatte ihr nicht alles über seine Vergangenheit erzählt. Über gewisse Dinge konnte er nur schwer sprechen, hatte er gemeint. Klara wusste, dass er aus Syrien stammte. Seine Eltern waren Christen und mussten deshalb das Land verlassen. Seit seiner frühen Kindheit war Ibrahim auf der Flucht gewesen. An sein Heimatland konnte er sich nur verschwommen erinnern, aber in seinen Träumen, behauptete er, sah er die Stadt Raqqa. Klar und deutlich, wie in einem Film. Und er erinnerte sich an seine Familie.

Klara hatte oft darüber nachgedacht, wie es sich anfühlen musste, wenn man keine Familie und keine Heimat hatte. War man in Schweden geboren, war es selbstverständlich, einen Pass, eine Identität und ein Zugehörigkeitsgefühl zu haben. Ibrahim besaß nichts davon. Er schlief in einem Zimmer bei einer Pflegefamilie, die sich bereit erklärt hatte, ihm ein sicheres und stabiles Umfeld zu geben. Um den Rest musste er sich selbst kümmern.

Ibrahim besuchte den staatlich finanzierten Integrationskurs für Einwanderer, und sein Schwedisch wurde von Woche zu Woche besser. Als Klara ihn kennengelernt hatte, hatte er gebrochen und zögerlich gesprochen. Jetzt kamen die Worte fließend, wenn auch oft in falscher Reihenfolge. Und manchmal brachte er Präsens und Imperfekt durcheinander. Sie fand das süß.

Heute war Freitag, und Klara schwänzte die Schule, um ausschlafen zu können. Ibrahim hatte frei, da wollte sie den Tag mit ihm zusammen verbringen. Sie lauschte auf Geräusche außerhalb des Zimmers. Von der Familie, bei der er wohnte, schien niemand zu Hause zu sein. Es war ruhig und gemütlich bei ihm.

Klaras Handy vibrierte auf dem Nachttisch. Sie hob den Kopf von seiner Brust. Eine Freundin hatte ihr eine Textnachricht geschickt.

*Wo bist du?*

Sie antwortete.

*M*

Klara blickte auf die drei blinkenden Pünktchen. Die Freundin schrieb zurück.

*Pass auf, dass du nicht bald eine Burka tragen musst. LOL.*

Klara wandte sich von Ibrahim weg.

*Hör auf. Er ist nicht so.*

*War nur ein Scherz. Sehen wir uns morgen Abend? Party bei A. Kuss*

Ibrahim wachte langsam auf. Klara schrieb schnell eine Antwort.

*Nee, werde hier mit M abhängen. Kuss*

Klara spürte seine Arme um ihren Körper und rückte näher an ihn heran, damit er sie umarmen konnte. Ibrahim war der netteste Junge, den sie je getroffen hatte. Keines der Gerüchte, die sie über junge Männer mit Migrationshintergrund gehört hatte, traf auf ihn zu. Er war sanft, akzeptierte sie, wie sie war, und verurteilte sie nie. Als sie das erste Mal miteinander schliefen, fragte er sie dreimal, ob sie es auch wirklich wollte, bevor er sich traute, sie zu berühren. Manchmal spürte sie Unterschiede, zum Beispiel, wenn er mit ihr auf eine Party ging. Er blieb stets in ihrer Nähe, wie ein Beschützer. Trank nie Alkohol und konnte anderen Jungs gegenüber unangenehm vorlaut sein.

»Guten Morgen«, sagte Ibrahim und drückte sie fester an sich.

»Siebenschläfer«, sagte sie und lachte.

»Sieben… was?«

»Ach, nichts. So nennt man eine Person, die lange schläft. Siebenschläfer.«

»Warum sieben?«

Karla lachte laut. »Ich weiß nicht, warum es so heißt. Meine Mama nennt mich manchmal so.«

Klara drehte sich um und betrachtete ihn. Sein perfektes Gesicht. Ibrahim war hübsch, wenn man dieses Wort für Jungs benutzen konnte. Ihre Freundinnen redeten oft darüber. Er wäre auch ein gut aussehendes Mädchen gewesen.

»Erzähl mir etwas, das deine Mutter zu dir gesagt hat, falls du dich daran erinnerst.« Sie strich ihm über die Wange.

Er sagte etwas in seiner Muttersprache, und Klara gab ihm mit ihrem Blick zu verstehen, dass sie damit nichts anfangen konnte.

»Was heißt das?«

»Wenn der Magen schläft, schläft auch der Mann.«

Klara musste wieder lachen. »Erzähl mir von deiner Mutter«, sagte sie.

Ibrahim legte sich auf den Rücken.

»Ich erinnere mich an ihre dunklen Haare, die nach Zitronen rochen. Sie hatte dünne Hände und schlanke Finger. Sie war … wie heißt das … wenn man von niemandem Hilfe annimmt und allein klarkommt?«

»Stark?«, fragte Karla.

»Nein, nicht von jemandem abhängig?«, sagte er.

»Selbstständig?«

»Ja, sie war selbstständig. Sie kam und ging, wie sie wollte. Das weiß ich noch, weil es unter den Müttern meiner Freunde eine große Sache war.« Ibrahim lächelte bei der Erinnerung daran. »Aber wir waren Christen in einer muslimischen Kultur, also hat sie ein Kopftuch getragen, wenn sie aus dem Haus gegangen ist«, sagte er. »Als wir in Lagern für Geflüchtete gelebt haben, hat sie oft geweint. Die Flucht hat sie traurig und leer gemacht. Ich weiß nicht, wie ich es sagen soll.«

Ibrahim legte sich auf die Seite, sodass er Klara zugewandt war. Als sie ihm in die Augen sah, stockte ihr beinahe der Atem, so schön war er.

»Mein Vater hat mir einmal gesagt, dass Frauen klüger sind als Männer. ›Heirate eine kluge Frau und höre auf sie‹«, sagte Ibrahim und strich ihr mit dem Zeigefinger ein paar Haarsträhnen aus der Stirn.

Klara wollte gerade weitere Fragen stellen, als Ibrahims Handy klingelte. Auf dem Display stand kein Name, nur eine Nummer. Er seufzte laut und sprang aus dem Bett.

»Lass es einfach klingeln«, sagte sie.

»Das geht nicht.« Er schlang den Morgenmantel um seinen nackten, schlanken Körper und nahm den Anruf entgegen. Gleichzeitig verließ er das Zimmer und schloss die Tür hinter sich.

Klara hasste es, wenn er sich beim Telefonieren von ihr entfernte. Als wollte er etwas vor ihr verbergen. Das wohlige Gefühl wurde von Misstrauen verdrängt, eigentlich ohne Grund. Dieses Misstrauen tauchte manchmal auf, wie eine lästige Fliege, die sich auf den Arm setzte. Sie verscheuchte es, aber zu ihrem Verdruss kam es immer wieder zurück.

Ibrahim sprach leise in dem anderen Zimmer. Er klang, als sei er auf den Anrufer wütend.

Klara zog sich Slip und T-Shirt an, setzte sich mit dem Rücken zur Wand im Bett auf und scrollte durch ihr Handy, während sie darauf wartete, dass er sein Gespräch beendete. Sie beantwortete ein paar Nachrichten auf Snapchat und versuchte gleichzeitig mitzubekommen, was er sagte.

Plötzlich stieß Ibrahim die Tür mit solcher Wucht auf, dass der Luftzug ihre Haare aus dem Gesicht wehte.

»Was ist los?«, fragte sie und zog die Beine an den Körper.

»Wir können morgen Abend nicht zusammen abhängen«, sagte er. »Ich muss ein paar Kumpels bei einer Sache helfen. Tut mir leid.«

»Was? Wem musst du helfen?« Klara glaubte ihm nicht.

Er setzte sich auf die Bettkante, ohne zu antworten.

»Was habt ihr vor?«, fragte sie.

»Ein paar Sachen von außerhalb abholen. Ich muss mitkommen, um zu dolmetschen und beim Tragen zu helfen.«

»Können die nicht selbst Schwedisch lernen und aufhören, dich auszunutzen?«, fragte Klara und klang genauso irritiert, wie sie war. Es kam ihr so vor, als ob Ibrahim nur Befehle befolgte und nichts zu sagen hatte.

»Das ist nicht so einfach. Samir kann nicht auf einer Schulbank sitzen, dafür ist er zu unruhig. Er hat zu viel Schlimmes durchgemacht.«

»Du musst doch nicht ständig machen, was sie dir sagen, oder?«, sagte sie trotzig.

Ibrahim zog die Augenbrauen hoch, öffnete den Mund und breitete die Arme aus.

Klara bereute ihre Worte augenblicklich. Sie klangen, als würde sie ihn beschuldigen, ein Feigling zu sein. Dabei wollte sie nur, dass Ibrahim für sich selbst einstand.

Ibrahim schüttelte den Kopf und fuhr sich mit den Händen durch das dichte Haar.

»Wir haben schon öfter darüber geredet. Du weißt, dass ich da nichts machen kann. Kannst du nicht einfach damit aufhören?«

Er wirkte aufrichtig genervt, und Klara bereute ihre Worte. *Verdammt*, dachte sie und kämpfte gegen die hervordrängenden Tränen an.

»Entschuldige. Ich habe nur den Eindruck, dass sie dich herumkommandieren.«

»Du kannst das nicht verstehen«, sagte Ibrahim.

Klara wischte eine Träne weg, die es trotz ihrer Anstrengung geschafft hatte, an die Oberfläche zu dringen.

»Es ist nur morgen Abend, danach können wir uns wieder sehen, das verspreche ich dir.« Er seufzte sichtlich irritiert und fuhr ihr mit der Hand über das Bein.

»Okay«, erwiderte sie.

Klaras Handy vibrierte. Eine Textnachricht. Sie kam von einer Nummer, die sie kannte, aber nicht in ihrer Kontaktliste gespeichert hatte.

*Kannst du morgen Abend zwischen 18 Uhr und Mitternacht auf die Kinder aufpassen?*

Sie zeigte Ibrahim die Nachricht.

»Das kommt gelegen. Dann arbeite ich morgen«, sagte sie in einem Versuch, die Wogen zu glätten. Sie lächelte vorsichtig und versuchte, in seinem Gesicht zu lesen, ob er sie weniger liebte, nachdem sie ihm Schwäche vorgeworfen hatte.

»Komm her«, sagte er und zog sie an sich, diesmal ernst. Klara schloss die Augen. Sie mochte seinen warmen Körper, mochte, wie er roch.

»Falls mir etwas zustößt, musst du wissen, dass du das Beste bist, was mir je passiert ist.«

Klara sah ihn an. Ihr wurde schwer ums Herz. »Wie meinst du das? Was sollte dir zustoßen?«

# 5

Per hielt die Hand von Mia, seiner Frau. Vor ihnen saß ihre Ärztin und gab etwas in ihren Computer ein. Die hölzerne Armlehne drückte ihn am Unterarm, aber Per wollte ihn nicht wegnehmen, da er sonst Mias Hand loslassen müsste.

»Ja, wir haben alles getan, was wir konnten, und jetzt müssen wir nur noch die Testergebnisse und die Röntgenbilder analysieren«, sagte die Ärztin.

Mia beugte sich vor.

»Wie lange dauert das normalerweise?«

»Wir werden es nicht in die Länge ziehen. Falls sich der Krebs ausgebreitet hat, werden wir es innerhalb von ein paar Tagen wissen. Aber machen Sie sich keine Sorgen. Nach dem, was wir heute gesehen haben, bin ich zuversichtlich.«

Per gab sich Mühe, nach außen hin ruhig zu wirken, aber innerlich zitterte er wie Espenblatt im Sturm. Wenn die eigene Frau an Krebs erkrankt war, fühlte sich das Leben an wie ein Wandeln am Abgrund. Man konnte jederzeit in die Tiefe stürzen.

»Wann genau werden wir es erfahren?«, fragte Mia.

Die Ärztin sah sie über den Rand ihrer Lesebrille an. »Ich verstehe, dass Sie gerade eine schwere Zeit durchmachen.

Aber ich verspreche Ihnen, Mia, dass ich Sie anrufe, sobald ich Näheres weiß. Versuchen Sie, in den nächsten Tagen Ihr normales Leben zu führen. Denken Sie daran, was Sie und Per bereits gemeinsam durchgestanden haben. Sie beide sind stark und haben es bisher immer geschafft.«

Per wandte sich seiner Frau zu. Sie trug Jeans und einen schwarzen College-Pullover. Sämtliche Kleider hingen lose an ihr. Langsam, aber sicher musste sie kleinere Größen kaufen. Ihre Wangenknochen stachen hervor, das Tuch, das sie sich um den Kopf gebunden hatte, saß eng und hob das abgemagerte Gesicht hervor. Die Krankheit zehrte sie aus, und die Chemotherapie verursachte ihr Übelkeit. Auf ihrer Oberlippe war eine mehrere Wochen alte Entzündung sichtbar.

»Okay, danke.«

Mia stand auf und verließ zusammen mit Per das Zimmer. Draußen blieben sie stehen. Sie fühlten sich wie gelähmt.

»Hast du gehört, was die Ärztin gesagt hat? Sie ist zuversichtlich. Darüber sollten wir uns erst mal freuen. Wenn sich etwas anderes ergibt, nehmen wir die Dinge, wie sie kommen.«

Mia nickte und lehnte die Stirn an seine Brust. »Ich habe es so verdammt satt, ständig auf schlechte Nachrichten zu warten, die uns immer tiefer herabziehen. Bisher haben wir nichts anderes bekommen. Ich traue mich schon nicht mehr, zu hoffen …«

Per legte die Arme um sie und spürte ihre Rippen deutlich durch die Kleider. »Du bist gesund. Und wir werden gemeinsam eine Lösung finden. Geh jetzt nach Hause und ruh dich aus.«

Mia blickte zu ihm auf. »Mein ewiger Optimist«, sagte sie und lächelte schwach.

»Was ist die Alternative?«

»Pessimismus mit der Hoffnung auf eine Überraschung.«

Per lachte. »Ja, so kann man es auch sehen.«

Sie rechnete stets mit dem Schlimmsten. Jede Nachricht, die sie im Laufe des letzten Jahres erhalten hatten, war Wasser auf ihre Mühle gewesen. Per drückte die Daumen, dass die neue Nachricht die Überraschung sein würde, von der sie gesprochen hatte.

Als sie die Abteilung verließen, in der sie sich mit der Ärztin getroffen hatten, vibrierte Pers Handy. Es war Kennet Eriksson, der Polizeidistriktchef von Umeå.

»Geh ran, vielleicht ist es wichtig«, sagte Mia.

Per blieb stehen und ließ sie allein weitergehen.

»Hallo Kennet. Kann ich dich zurückrufen? Ich bin mit Mia im Krankenhaus.«

»Ja, aber es gibt etwas, das ich mit dir persönlich besprechen muss. Kannst du in mein Büro kommen, wenn du fertig bist?«

»Jetzt?«, fragte Per. »Ich muss mich nach dem Mittagessen mit Charlotte treffen und an unserem Fall weiterarbeiten. Hat das bis zum Nachmittag Zeit?«

»Nein, komm, so schnell es geht.«

Sie beendeten das Gespräch, und er holte Mia ein.

»Was wollte er?«, fragte sie.

Per zuckte mit den Schultern. »Ich weiß nicht. Ich soll zu Kennet ins Büro kommen. Aber wenn ich ehrlich bin, klang er komisch. Kurz angebunden.«

»Vielleicht ist es Zeit für eine weitere Umstrukturierung«, sagte Mia und lachte.

Per war sich nicht sicher, ob er noch mehr davon verkraften würde. Bei der letzten Reform hatte man den gesamten Polizeiapparat auf den Kopf gestellt, und zwar nicht zum Besseren, wie Per fand. Er war der Auffassung, dass die Zuständigkeiten und Aufgaben der Führungskräfte klarer definiert werden müssten. Die damit verbundenen Unklarheiten sorgten für Unsicherheit und beeinträchtigten die Effizienz der Polizeiarbeit. Die Absicht hinter der Umstrukturierung war mehr Bürgernähe, aber Per wusste aus Erfahrung, dass man damit genau das Gegenteil erreicht hatte.

Er hatte ein flaues Gefühl im Magen. Kennet hatte ihn mehr oder weniger zu sich bestellt, und das war ein Hinweis darauf, dass im Team etwas Großes im Gang war.

»Vielleicht schmeißt er dich raus, oder jemand anderen im Team?«, sagte Mia und gab ihm mit einem Augenzwinkern zu verstehen, dass sie das nur zum Spaß meinte.

Per hatte den gleichen Gedanken gehabt.

# 6

Ibrahim blickte zum Fenster hinaus und sah die Hauswände vorbeiziehen. Da der Bus nur halb voll war, hatte er zwei Sitze für sich. Vor ihm saß ein junger Mann mit einer Markenjacke, und Ibrahim war froh, dass Samir nicht dabei war. Der hätte nämlich dem Typen die Jacke weggenommen.

Samir und Omar hatten angefangen, mit einer lokalen Bande abzuhängen, die ziemlich viel Mist baute. Samir war fest entschlossen, in der Hierarchie aufzusteigen, und tat, was dafür nötig war. Er hatte versucht, sich anderen kriminellen Banden in Europa anzuschließen, musste aber immer wieder fliehen, weil er dauernd Streit anfing. Samir war ständig vor irgendetwas auf der Flucht, und Ibrahim hatte es satt.

Er dachte an Klara. Seine Freundin mochte Samir und Omar nicht, und Ibrahim konnte es ihr nicht verübeln. Es gab Dinge, die er vor ihr verbarg, und sie spürte es.

Die Landschaft draußen vor dem Fenster veränderte sich, je näher der Bus dem Fahrtziel Nydala kam. Häuser wurden weniger, Bäume mehr. Auf Ibrahims Handy ging eine Snapchat-Nachricht von Klara ein.

*Entschuldige, dass ich so zickig war. Versprich mir, dass du heute Abend anrufst. Kuss*

So verhielt sie sich oft. Stritt mit ihm, nur um es kurz darauf zu bereuen und ihm zu sagen, dass es ihr leidtat. Diese Unruhe war typisch für sie. Ibrahim fand das sogar ein bisschen süß, denn in seiner Welt war das kein echter Streit. Aber er hatte ein Problem damit, wenn man ihn wie einen Feigling behandelte.

Ibrahims Blick fiel auf sein eines Bein, das in schnellem Takt auf- und abwippte. Er biss die Zähne fest zusammen und hatte das Gefühl, als befänden seine Nerven sich außerhalb des Körpers. Er wusste, was Samir wollte. Wenn Klara die Wahrheit erfuhr, würde sie ihn hassen. Der Junge, den sie liebte, war eine Illusion.

Er antwortete auf ihre Nachricht.

*In Ordnung. Rufe später an. Kuss*

Er drückte auf den roten Halteknopf. Just in dem Moment, als der Bus in die Haltebucht bog, rief Samir an.

»Hej Bruder, wo bist du? Wir gehen was essen.«

»Bin in fünf Minuten da. Ich habe keinen Hunger, Alter«, erwiderte Ibrahim und wechselte wie immer, wenn er mit Samir sprach, ins Arabische. Sogar Omar tat dies, obwohl es eigentlich nicht seine Muttersprache war.

»Komm endlich, heute Abend geht richtig was ab. Wird ’ne geile Sache. Große Pläne.« Samir legte auf.

Ibrahim seufzte. Das erste Mal, als er Samir gesehen hatte, war auf einem überfüllten Boot voller Geflüchteter im Mittelmeer gewesen. Als das Boot kenterte, fielen alle ins Wasser, und Ibrahims gesamte Familie verschwand in der dunklen Tiefe. Er erinnerte sich, wie Mama schrie, wie ihr Kopf aus dem Wasser auftauchte und wieder verschwand, ein Vorgang, der sich mehrere Male wiederholte. Wie Papa Ibrahims kleine Schwester hielt und mit den Armen zappelte, damit sie nicht untergingen. Plötzlich waren beide verschwunden. Er erinnerte sich an Mamas roten Schal, der neben ihm auf der Wasseroberfläche trieb. An den Bruder, den er nie wiedersah.

Ibrahim selbst klammerte sich an eine Planke. Er schrie, konnte aber das Stück Holz, das seinen Kopf knapp über Wasser hielt und ihn vor dem Ertrinken bewahrte, nicht loslassen. Auf dem Meer herrschte völlige Anarchie. Jeder versuchte, andere herunterzuziehen, um sich selbst zu retten. Ibrahim hatte auf einen Mann eingeschlagen, der versuchte, ihm die Planke streitig zu machen. Sie war der Unterschied zwischen Leben und Tod. Keiner in seiner Familie konnte schwimmen. Jetzt, wo Ibrahim in Schweden lebte, wollte er es lernen, aber der Sommer würde bald vorbei sein, und bisher war aus seinen Vorsätzen nichts geworden. Er traute sich nicht mehr ins Wasser.

Ein Schiff hatte die Überlebenden dort draußen auf dem Meer aufgesammelt. Samir und Omar waren ebenfalls in dieser Gruppe und saßen Ibrahim gegenüber. Was die Ereignisse danach betraf, waren seine Erinnerungen verschwommen. Er ging in der Türkei an Land und erinnerte sich nur noch an die Decke um seinen durchnässten Körper und das Weinen derer, die ihre Angehörigen verloren hatten. Plötzlich kam ein Mann zu ihm, packte ihn am Arm und führte ihn von der Gruppe weg. Ibrahim ließ es mit sich geschehen. Er stand noch unter Schock, hatte Angst und war vor Trauer wie gelähmt. Samir sah den Mann, lief ihm nach und schlug ihn zusammen, bis er unbeweglich auf dem Boden lag. Das war Ibrahims deutlichste Erinnerung an das Leben auf der Flucht, gleich nach dem Schal seiner Mutter, der auf der Wasseroberfläche trieb. Der Mann auf dem Boden. Samirs Fußtritte, die den Kopf des Mannes so oft trafen, dass seine Hirnmasse herausquoll. Sein Wutausbruch, der Ibrahim davor bewahrte, einem Menschenhändler der übelsten Sorte zum Opfer zu fallen. Das war seine zweite Begegnung mit dem Tod gewesen und bei Weitem nicht die letzte.

Ibrahim stieg aus dem Bus und ging in Richtung Campingplatz, wo seine Kumpels zurzeit wohnten. Samir und Omar zogen häufig um. Manchmal wohnten sie bei Landsleuten in deren Wohnung, manchmal hier oder auf einem anderen Campingplatz. Anscheinend legten sie keinen besonderen Wert auf einen festen Wohnsitz. Es gefiel ihnen in Schweden, und Ibrahim war derjenige, der sie hierhergebracht hatte. Er hatte auf sie eingeredet, sie sollten Schwedisch lernen und etwas Besseres aus ihrem Leben machen, anstatt immer nur Mist zu bauen. Aber Samir hatte nur gelacht und gesagt, er wäre bereits ein hoffnungsloser Fall und würde sowieso nicht mehr lange leben. Was sollte er mit Schwedisch anfangen? Er konnte kaum in seiner eigenen Sprache lesen und schreiben.

Ibrahim fand das traurig. Samir und Omar hatten keine Zukunftsperspektiven, nichts, was ihrem Leben einen Sinn gab. Sie holten sich ihre Kicks mit Gewalt und Drogen. Es war, als würde ihr eigenes Leben sie langsam erwürgen, so hatte Klara es formuliert. *Irgendwie traf das zu,* dachte Ibrahim, als er den Campingplatz betrat.

Auf dem Gelände traf er auf Mitglieder einer Bande, die auf einer Bank vor dem Hauptgebäude saßen. Sie nickten ihm zu, deuteten auf den Wohnwagen, in dem Samir und Omar hausten, und folgten ihm mit ihren Blicken. Die Typen wussten, dass er ein Kumpel von Samir war, und ließen ihn deshalb in Ruhe. Samir hatte sich innerhalb kürzester Zeit bei den anderen Bewohnern des Campingplatzes Respekt verschafft, da er sie mit gestohlenen Handys und Drogen versorgte. Die kriminelle Bande, mit der Samir Umgang pflegte, hatte ihn wie ein Magnet angezogen. Er wusste auch, dass seine Neigung zu Gewalt in solchen Gruppen sehr nützlich war. Das war schon immer so gewesen. Ibrahim hegte außerdem den Verdacht, dass Samir in seinem Element war, wenn er Gewalt ausübte. Seit seiner Kindheit kannte er nichts anderes. Was diese Bande machte, war nicht schlimmer als die Dinge, zu denen Samir als Kindersoldat gezwungen worden war. Er konnte sich gut behaupten. Ibrahim stellte ihm nicht mehr viele Fragen zu seiner Vergangenheit.

Als er bei dem Wohnwagen ankam, flog die Tür auf. Ein Junge sprang heraus und lief an ihm vorbei. Einer von Samirs jungen Kurieren. Ibrahim blickte ihm nach, ehe er eintrat.

»Hallo«, grüßte Omar, der in der Nähe der Tür saß und Pillen in einen kleinen Plastikbeutel verpackte.

Ibrahim blieb bei der Tür stehen. Sein Herz verkrampfte sich, als er sich umsah. Schimmelige Teller in der Spüle, weiße Pulverreste auf dem Küchentresen. Dichter Zigarettenqualm von Omar, dem Kettenraucher. Pizzaschachteln mit halb aufgegessenem Inhalt. Ein Loch in der Toilettentür, das von einem Wutausbruch zeugte. Vor ein paar Jahren hatte auch Ibrahim so etwas als normal empfunden. Auf der Flucht landeten die Menschen oft im Elend. Ein Wohnwagen, egal in welchem Zustand, bot Schutz und ein Dach über dem Kopf. Erst seitdem Ibrahim in einem sauberen Zuhause lebte, fielen ihm Dinge auf, die ihm früher entgangen waren.

Er setzte sich auf die Sofakante und sah Omar zu, wie dieser die für die Straße bestimmten Drogen verpackte.

»Ist der Junge euer neuer Kurier?«, fragte er.

Omar lachte, vermied jedoch Augenkontakt. »Nicht unserer, sondern von der Bande. Wenn die Bullen ihn schnappen, werden sie ihn nicht einmal vernehmen, weil er so jung ist. Sie lassen ihn einfach laufen. Er versteckt bei sich zu Hause Waffen für Samir.«

»Ey Alter!« Samir kam von draußen in den Wohnwagen. »Wir werden heute ein paar Sachen organisieren.«

»Tun wir das nicht immer?«, fragte Ibrahim.

Samir baute sich vor ihm auf. »Willst du mich infrage stellen, oder was?«

Er nahm eine Pille von Omars Haufen und steckte sie sich in den Mund. Er hatte gerötete Augen und blickte gleichgültig drein. »Was ist?«, sagte Samir, als Ibrahim nicht antwortete.

»Sorry, ich wollte damit nur sagen, dass wir gut darin sind, Sachen zu organisieren.«

Man widersprach Samir nicht.

»Du, übrigens, deine Freundin«, sagte Samir plötzlich. »Kann sie uns nicht helfen, ein bisschen Kohle zu machen? Wir könnten reich werden. Ist sie hübsch?«

Ibrahim blickte zu Samir auf und hätte ihm am liebsten die Faust in das grinsende Gesicht geschlagen, war jedoch klug genug, seine Gefühle nicht zu zeigen. Wenn er es täte, würde Samir erst recht mit der Stichelei weitermachen.

»Sie gehört mir, keinem anderen«, sagte er stattdessen. »Kapiert?«

Das war eine Sprache, die Samir verstand. Ehre.

Omar und Samir waren nach eigenen Angaben Muslime, legten jedoch auf diese Religion keinen besonderen Wert, außer dass sie hin und wieder, wenn es ihnen gerade in den Kram passte, Sätze aus dem Koran zitierten. Ibrahim vermutete, dass die beiden irgendwann den Glauben an alles verloren hatten. Er hatte oft über seine eigene Religion nachgedacht, darüber, dass er als Christ in einer Kultur geboren war, wo die Mehrheit aus Muslimen bestand. Aber sein Leben als elternloser Geflüchteter, in dem es nur ums nackte Überleben ging, hatte seinen Glauben zerstört.

Samirs schallendes Gelächter füllte den Wohnwagen. Omar schüttelte den Kopf.

»Ja, verdammt noch mal, ich hab's kapiert. Kein anderer darf sie ficken. Respekt, Alter!«

Ibrahim erwiderte nichts. Das Einzige, woran er im Augenblick denken konnte, war, dass Klara niemals Samir begegnen durfte. Manchmal vergaß er, wie krank im Kopf sein

Kumpel war. Samir war so viele Jahre sein Beschützer gewesen, dass er für ihn wie ein Bruder war, aber das gab es nicht umsonst. Ibrahim bezahlte mit seinem Gehorsam. Man machte, was Samir wollte. Das war für Ibrahim eine Selbstverständlichkeit.

»Hast du vielleicht 'ne andere Braut, die wir nehmen können? Eine Freundin von deiner Tussi oder so?«

»Muss überlegen«, sagte Ibrahim, aber er dachte überhaupt nicht daran, dieser Aufforderung nachzukommen. »Was machen wir heute Abend?«

Samir setzte sich an den Tisch. »Es ist Wochenende, und die Ungläubigen gehen aus und lassen sich volllaufen. Und ich brauche mehr Sachen.«

Omar lachte laut. »Verdammte Ungläubige, die sollte man erschießen«, sagte er.

Ibrahim wusste, dass er das nur sagte, um Samir zu imponieren. Er dachte an Klara. Auch sie war in den Augen seiner Kumpels eine Ungläubige.

Auf dem Boden stand eine Kiste voller Handys, die eigentlich weitergegeben werden sollten. Samir schluderte in dieser Sache. Einige dieser Telefone ließ er entsperren, um an private Informationen in Form von Fotos heranzukommen, mit denen er die Besitzer erpressen konnte. Er kannte einen Typen, der Smartphones entsperren konnte, und schickte meistens Ibrahim zu ihm. Ein festes Muster hatte sich etabliert: Die Bande gab Samir Aufträge, die er von Omar und Ibrahim erledigen ließ.

»Wir gehen erst mal was essen, dann kümmern wir uns um das andere.« Samir zog sich die Kapuze über den Kopf und schnappte sich eine Jacke von einem Haufen Jacken, die er nicht selbst gekauft hatte.

Manchmal verkaufte er das Diebesgut, behielt jedoch bestimmte Sachen für sich. Jeder wusste, dass Samir dafür nichts bezahlt hatte, und das verschaffte ihm Respekt. Wenn er Klamotten verhökerte, dann an Leute auf dem Campingplatz, aber auch an ganz normale Schweden. Sie bezahlten ein paar Hunderter für eine Markenjacke, die im Laden das Zehnfache kostete. Uhren ließen sich am leichtesten zu Geld machen, aber Samir gab sie an die Bande weiter. Als Gegenleistung erhielt er Anerkennung und Schutz.

Samir holte ein paar Kreditkarten aus seiner Hosentasche.

»Was machen wir heute Abend? Was ist so wichtig?«, fragte Ibrahim.

»Das erfährst du, wenn es so weit ist.«

Die Antwort ließ auf weitere Raubüberfälle schließen.

Wer würde das Opfer des heutigen Abends sein?

# 7

Charlotte saß Ola gegenüber und war bereit, das Mittagessen zu bestellen. Der Freitag war zur Hälfte vorbei, und sie hatten auf der Arbeit eine Menge geschafft, dachte sie. Der Kellner nahm ihre Bestellung auf und verließ den Tisch. Ola hatte darauf bestanden, sie einzuladen. Das war wichtig für ihn. Anfangs bestand Charlotte darauf, selbst zu bezahlen, wenn sie gemeinsam essen gingen, aber irgendwann begriff sie, dass er ein Kavalier sein wollte, und ließ ihn die Rechnung begleichen. Sie fand es süß und nervig zugleich.

Heute hatte er das Restaurant ausgesucht und sich für Orangeriet Boule & Bistro entschieden. Bei ihrem letzten Besuch dort hatte Charlotte eine Partie Boule gegen Per gespielt. Es war eines der wenigen Male, dass sie mit ihm zu einer After-Work-Party gegangen war. Sie hatte verloren und war nicht im Geringsten an einem Revanchespiel interessiert gewesen.

Sie blickte zu dem Kellner auf, als er ihnen das Essen brachte. Er stellte den Salat auf ihre Seite des Tisches. Der Hamburger landete vor Ola.

»Typisch«, sagte sie und tauschte die Teller.

Charlotte nahm einen großen Bissen von ihrem Burger, während Ola in seinem Salat herumstocherte. Er hatte seinen

Vater früh wegen eines Herzinfarkts verloren, und Charlotte wusste, dass er deshalb ein Gesundheitsfanatiker war. Indem er regelmäßig Sport trieb und sich gesund ernährte, versuchte er, die Kontrolle über den eigenen Körper zu bewahren und zu vermeiden, dass ihn ein ähnliches Schicksal wie seinen Vater einholen würde.

»Ich habe mich für dieses Jahr zum Vasalauf angemeldet«, sagte er.

»Wow!«

Ola kaute auf dem Salat herum. »Als ich es meiner Mutter erzählt habe, hat sie gelacht. Sie nimmt seit zwanzig Jahren regelmäßig daran teil.«

»Läufst du mit ihr zusammen?«

Er sah Charlotte an.

»Vielleicht mit dir?« Er zog die Augenbrauen hoch.

»Nein«, erwiderte sie. »Mich kriegst du in keine Loipe. Nicht mal zum Training.«

Ola lächelte breit. »Meine Ex und ich sind oft Langlaufen gegangen, das ist sexy.« Er zwinkerte ihr zu.

»Was?« Sie schüttelte den Kopf. »Ein Grund mehr für mich, nicht mitzulaufen. Wir beide sollten unsere eigenen Erinnerungen schaffen, anstatt deine und die deiner Ex miteinander zu teilen.«

»Wie denn? Schlag etwas vor, das du mit mir zusammen unternehmen möchtest.«

»Bergsteigen?«

Beide brachen bei dem absurden Gedanken in Gelächter aus und fingen an, ausgelassen über das Bild herumzualbern, das sie vor sich sahen – Charlotte, wie sie in einer Felswand am Seil hing. Sie liebte Ola, weil er es immer wieder schaffte, sie zum Lachen zu bringen. Zwar konnte er manchmal so langweilig sein, als würde man Farbe beim Trocknen zusehen, im nächsten Augenblick war er aber der witzigste Mann, der ihr je begegnet war.

Charlotte betrachtete ihn. Das Hemd spannte sich über seinen Muskeln. Sie dachte an ihre erste Begegnung mit Ola im Polizeirevier von Umeå. Als er damals im Dezernat für Schwerkriminalität auf sie zugekommen war, hatte ihr der Atem gestockt. Aufrechte Haltung, selbstsicher, männlich. Und dann dieser durchtrainierte Körper. Unter den Kollegen war er wegen seines guten Aussehens unter dem Spitznamen »der schöne Ola« bekannt. Eigentlich müssten er und Anna ein Paar sein. *Aber dann würden sie sich gemeinsam zu Tode trainieren,* dachte Charlotte und tunkte ihre Pommes in ein Schälchen mit Ketchup.

Ola sah sie einen Augenblick lang an, ehe er seine Frage nach einer gemeinsamen Aktivität wiederholte. »Ich fahre nach Riksgränsen und gehe einen Monat lang im Gebirge wandern. Willst du nicht mitkommen? Bitte?«

Sie nahm die Serviette von ihrem Schoß und tupfte sich den Mund ab. »Niemals. Mir macht so etwas keinen Spaß.«

»Warum? Soviel ich weiß, hast du es noch nie ausprobiert.«

»Doch, vor vielen Jahren. Die Wanderung hat mir nichts gebracht außer wunde Füße, Mückenstiche, eine Oberschenkelprellung und Zeckenbisse. Also … Nein, danke. Du kannst wandern, wo du willst, aber ohne mich.«

Ola ergriff ihre Hand, mit der sie sich gerade mehr Pommes nehmen wollte. »Du musst mal von Umeå wegkommen und was anderes sehen.«

»Dann fahre ich nach Italien, checke im Hotel Villa Cordevigo ein und wandere in den Weinbergen von Valpolicella«, sagte sie und drückte seine Hand.

Ola widmete sich wieder seinem Salat. »Du kannst ganz schön versnobt sein. Du solltest mal ein bisschen was Neues wagen«, sagte er.

»Du auch.«

Pers Anruf erwies sich als ihre Rettung. Ohne sich zu entschuldigen, ging sie ran.

»Hi. Ola und ich sind gerade beim Mittagessen. Kann ich dich später zurückrufen?«

»Nein. Ich hatte gerade eine Besprechung mit Kennet. Kannst du zu mir kommen? Ich sitze bei der Boulebahn Nummer eins.«

»Was? Du bist auch im Orangeriet?«

»Ja.«

»Woher wusstest du, dass Ola und ich hier sind? Spionierst du mir nach, Per?«

Er lachte in ihr Ohr. Im selben Augenblick sah sie, wie Ola jemandem hinter ihr zuwinkte. Anscheinend war er froh, dass noch jemand von ihrer Beziehung wusste.

»Komm her, Charlotte. Ich brauch dich kurz.«

Sie blickte sich um, und da saß Per und wedelte wie verrückt mit den Händen.

»Aber ohne Ola, er bekommt dich gleich zurück.«

Charlotte stand auf, entschuldigte sich bei Ola und erklärte ihm, dass Per ihr etwas Wichtiges mitteilen wollte. Dann ging sie in Richtung Ausgang, ließ sich auf einem der Sessel in der Nähe der Boulebahn Nummer eins nieder und wandte sich ihrem Chef und Kollegen zu.

»Was um Himmels willen ist passiert? Geht es Mia schlechter?«

Per schüttelte den Kopf. »Wir haben noch keine Antwort erhalten. Das hier betrifft dich und mich.«

»Hat man dich gefeuert?«, fragte sie. Dass sie es nur zum Scherz meinte, entging Per.

»Kennet wird für ein halbes Jahr krankgeschrieben«, sagte er. »Er muss ein paar Operationen über sich ergehen lassen. Die Ärzte haben einen Herzfehler entdeckt …«

»Oh nein! Geht es ihm gut?«

»Ja, er ist guten Mutes. Aber ich werde vorübergehend seinen Posten als Polizeidistriktchef übernehmen.«

Charlotte war erfreut und enttäuscht zugleich »Das ist ja toll! Allerdings nicht für mich. Ich will keinen anderen Kollegen haben«, sagte sie und blickte auf einen Mann, der soeben auf der Boulebahn einen äußerst schlechten Wurf gemacht hatte.

»Nett, dass du das sagst, aber ...«

Charlotte fiel ihm ins Wort, ehe er den Satz vollenden konnte. »Und wer übernimmt deinen Dienst? Sag bloß nicht Kicki. Sag bloß nicht Kicki«, wiederholte sie.

Per brach in Gelächter aus. »Deshalb bin ich hier, um mit dir zu reden. Du bekommst keinen neuen Chef.«

»Wie meinst du das?«

»Ich konnte mit dieser Nachricht nicht länger warten. Du ... du wirst in der Zwischenzeit das Dezernat leiten.«

Charlotte streckte den Rücken durch und sah Per an. Sie öffnete den Mund, um etwas zu sagen, wusste aber nicht, was. Die Beförderung kam unerwartet. »Ich soll also Interimschefin sein?«

»Ganz genau.«

»Ich war zwar bisher stellvertretende Ermittlungsleiterin, bin aber von allen am kürzesten hier. Die anderen werden dir die Hölle heißmachen. Entschuldige meine Ausdrucksweise.«

»Der Vorschlag und die Entscheidung kamen von Kennet. Du bist von allen am besten geeignet.«

Charlotte lehnte sich zurück »Ist das dein Ernst?«

»Ja.«

Charlotte spürte ein Kribbeln im Magen und wäre am liebsten vor lauter Freude in die Luft gesprungen. Sie lächelte den Mann auf der Boulebahn an, der etwas trank, das wie Bier aussah. Gleichzeitig kam ihr ein anderer Gedanke.

»Wir werden unterbesetzt sein. Wer soll meine Stelle übernehmen?«

»Das wurde bereits extern gelöst. Kennet wird die Person in den nächsten Tagen vorstellen.«

»Extern?«, wiederholte Charlotte. »Wie hat Kennet das geschafft? Schließlich dürfen wir kein Personal aus anderen Landesteilen rekrutieren. Außerdem ist der Rekrutierungsprozess im Polizeiapparat furchtbar langsam. Er muss es wohl schon eine Zeit lang gewusst haben?«

»Ja, er hat dafür gekämpft. Soviel ich weiß, hat er bei der Personalabteilung unten in Stockholm ein Machtwort gesprochen, und angesichts der Ereignisse hier oben konnten sie nur schwer Nein sagen.«

»Wer ist die Verstärkung?«

»Er heißt Alex Alvarez und kommt aus dem Dezernat für Schwerkriminalität in Göteborg«, sagte Per.

Charlotte spürte, wie ihr das Blut aus dem Kopf wich.

Sie kannte Alex Alvarez gut. Sie wusste sogar, welche Unterhosenmarke er trug.

# 8

***Sonntag, 28. August***

Per öffnete die Glastür und schlüpfte an Simon und Hannes vorbei, die vor ihm die »Scheune« betreten hatten. Die Eishalle hieß eigentlich Winpos-Arena und war das Heimstadion des Eishockeyvereins IF Björklöven. Der Name wechselte so oft, dass Per kaum noch hinterherkam. Die Sonntage – oder vielmehr die ganzen Wochenenden – waren nun dem Eishockey gewidmet. Es war sieben Uhr morgens und Per erinnerte sich an eine Zeit, in der man sonntags ausschlafen konnte. Aber er konnte für den gestrigen Samstag dankbar sein, denn er hatte weder arbeiten noch seine Söhne zum Training begleiten müssen. Er hatte sich nur ausgeruht.

Die jüngeren Spieler trainierten selten in dieser Arena. Heute war jedoch eine Ausnahme, da Simon ein Probetraining für die Aufnahme in die Mannschaft der über Sechzehnjährigen absolvierte. Die Jungs verschwanden schnell in den schmalen Korridor, und die Gummimatte in der Mitte des Bodens dämpfte ihre Schritte. Per stellte die Tragetasche mit der gesamten Ausrüstung ab und sah seinem ältesten Sohn nach, dessen blonder Haarschopf am Ende des Ganges nicht zu übersehen war.

»Simon! Komm und hol deine Sachen! Du musst lernen, dich um deine Ausrüstung zu kümmern. Ihr zieht euch in Nummer drei um«, sagte er und deutete auf die entsprechende Tür.

Sein Sohn holte die Tragetasche, die so groß war wie sein Oberkörper. Per schämte sich ein bisschen, als er sah, wie schwer sie für den Jungen war. Trotzdem trug er sie, ohne zu jammern. Mit Spielern zu trainieren, die zwei Jahre älter waren als er, war eine große Sache. Per sorgte sich am meisten wegen Verletzungen, aber die Mannschaft schien überzeugt, es mit Simon zu versuchen, und setzte langfristig Hoffnungen auf beide Brüder, die offenbar Talent zeigten. Per verstand nicht, woher dieses Talent kam. Schließlich hatte sonst niemand in der Familie jemals etwas mit Eishockey zu tun gehabt.

Während er in den Umkleideraum blickte und sich vergewisserte, dass Simon zurechtkam, holte er das Handy hervor und rief Mia an, um sie zu wecken. Sein Sohn saß auf einer Bank und unterhielt sich mit einem anderen Jungen.

»Hallo«, sagte Per, als Mia nach dem zweiten Läuten ranging. »Ich habe zu Hause Kaffee für dich gemacht. Wie fühlst du dich heute?«

»Eigentlich ganz okay. Ich glaube, ich hätte mit zum Training kommen können.«

Bald würden sie erfahren, ob der Krebs aus Mias Körper verschwunden war. Bis dahin versuchten sie, so normal wie möglich zu leben.

Der Preis, den er persönlich dafür bezahlte, bestand darin, dass er sich um den gesamten Haushalt und um seinen Job kümmerte. Manchmal kam es ihm vor, als würde er an dem Stress kaputtgehen. Mia würde jedoch bald wieder mehr am

Familienleben teilnehmen können, und er müsste nicht mehr die alleinige Elternlast tragen.

»Wie geht's den Jungs?«, fragte sie.

»Gut, glaube ich. Hannes hängt mit den Jüngeren ab und Simon zieht sich gerade um. Er hat gesagt, er käme allein zurecht.«

Mia lachte. »Das ist verständlich. Wer will schon den Vater mit im Umkleideraum haben?«

Per lehnte sich mit dem Rücken an die orangefarbene Backsteinwand. Neben ihm stand ein Heimtrainer. Der Gestank war penetrant. Wie der Schweiß eines alten Mannes, der ewig nicht geduscht hatte. Es war schlimmer hier, wo die erwachsenen Spieler sich umzogen und trainierten.

»Kommst du mich ablösen, falls auf der Arbeit was passiert?«, fragte er.

Es knackte im Hörer.

»Ja, natürlich. Jemand muss dabei sein und zuschauen. Und sich um Hannes kümmern, der sonst die ganze Trainingsanlage niederreißt.«

Per lächelte in sich hinein, erleichtert darüber, dass seine Frau wieder zu ihrem ironischen Humor zurückfand. Dieser war während der schwierigen Zeit verschwunden, als sie erfahren hatten, dass ihr Körper auf die erste Behandlung nicht reagiert hatte. Mia dachte damals an Selbstmord, und Per musste zu einer Psychologin gehen, um nicht zusammenzubrechen. Als schließlich die Nachricht kam, dass die zweite Behandlung zu wirken begann, wurde ihre Stimmung so hell wie die Haare, die sie einst gehabt hatte und wieder zurückbekommen würden. Bis dahin trug sie ein Tuch um den Kopf. Eine Perücke war für sie nie infrage gekommen.

»Ruf an, wenn was passiert«, sagte sie und legte auf.

In diesem Moment kam Simon in seiner Eishockeymontur aus dem Umkleideraum. Auf Schlittschuhen war er noch größer als seine eins vierundsiebzig. *Mein Kleiner*, dachte Per und wollte zu seinem Sohn gehen, um ihn zu umarmen und ihm Glück zu wünschen. Aber er ließ es bleiben und machte es wie die Eltern der älteren Jugendlichen, indem er stehen blieb und ruhig zusah, wie sein Junge an ihm vorbei aufs Eis ging. Simon wirkte ernst und angespannt, und Per wusste, dass dieses Probetraining wichtig für ihn war. Eishockey war sein Lebensinhalt geworden. Als Vater betrachtete Per das mit gemischten Gefühlen. Einerseits war er froh, dass sein Sohn fast seine gesamte Freizeit damit verbrachte, zu trainieren und von Eishockey zu träumen, anstatt sie vor dem Computer mit Videospielen zu vergeuden. Andererseits machte er sich Sorgen, denn er wusste, dass es nicht leicht war, sich in dem Milieu zu behaupten. Die Konkurrenz war hart.

Die Mutter eines anderen Jungen kam herbei und stellte sich im Gang neben ihn.

»Komm, Per, setzen wir uns in die Tribüne.«

Per musterte die Frau. Kannten sie sich? Er konnte nicht einordnen, wessen Mutter sie war.

»Wir sehen uns jeden Tag, ich arbeite in der Polizeikantine«, sagte sie als Antwort auf seinen fragenden Blick. Per wäre am liebsten im Boden versunken. Sie trug ihr Haar stets zu einem seitlich herabhängenden Zopf geflochten, aber der wurde im Augenblick von ihrer Jacke verdeckt.

»Ja, jetzt erkenne ich Sie. Hallo. Ich wusste nicht, dass Ihr Sohn hier spielt«, sagte Per und klang dabei übertrieben freundlich. Er musste sich diesen Kommentar oft selbst anhören.

»Torhüter«, sagte sie und deutete auf einen der zwei Jungs, die eine schwerere Ausrüstung trugen.

Per traute sich nicht, sie zu fragen, wie sie hieß, aus Angst, sich zu blamieren. Hoffentlich würde einer der anderen Eltern sie ansprechen, damit er auf diese Weise ihren Namen aufschnappte.

Per folgte ihr zur Tribüne. Er war an kalte Eishallen gewöhnt, aber hier drinnen fühlte es sich an wie ein warmer Frühlingstag. Sie setzten sich und Per sah Simon zu, wie er anfing, auf dem Eis Runden zu drehen.

»Schön, dass Simon heute dabei ist. Hoffentlich kommt er in die Mannschaft. Wir brauchen gute Verteidiger«, sagte sie.

Per antwortete, während er den Blick aufs Eis richtete. »Schauen wir mal, wie es läuft. Es tut ihm einfach gut, wenn er Widerstände überwinden muss.«

Hannes setzte sich neben ihn. Seine Mannschaft würde in einer Stunde in einer anderen Halle trainieren. Wie immer nahm das Eishockeytraining seiner Söhne Pers Zeit doppelt in Anspruch.

»Sagen Sie, war das nicht furchtbar, was mit Adrian passiert ist?«, sagte die Frau mit dem Zopf und beugte sich zu Per. »Haben Sie sich Samir und die Bande schon vorgeknöpft?«

Per sah sie an und fragte sich, woher sie wissen konnte, wer die Verdächtigen waren.

»Ich kann nicht über einen laufenden Fall sprechen, und auch nicht darüber, wer für die Ermittlungen interessant ist«, sagte Per und sah Simon zu, wie er auf dem Eis immer schnellere Runden drehte.

»Warum? Jeder weiß doch, wer die Täter sind«, sagte Hannes.

Per zog die Augenbrauen hoch und sah seinen jüngeren Sohn an. »Was weißt du darüber?«, fragte er und sah, wie die Frau mit dem Zopf aufstand und ihren Platz verließ.

Hannes zuckte mit den Schultern. Er trug die hellbraunen Haare im Nacken etwas länger, und seine Augen waren blau wie ein Sommerhimmel. *Sieht gut aus*, dachte Per.

»Ach Papa, du bist doch Polizist. Jeder weiß, wer sie sind.« Hannes holte sein Handy hervor und scrollte durch Facebook.

»Hier kannst du sehen, wie sie sich Sturmhauben überziehen. Total krank. Und schau dir das an, da wird ein Mann ausgeraubt.«

Per nahm Hannes' Handy an sich und sah einen Videoclip, in dem ein älterer Mann mit Rollator seiner Uhr und seiner Brieftasche beraubt wurde. Er leistete keinen Widerstand und ließ sich alles wegnehmen. Per konnte sich nicht erinnern, dass es zu diesem Raubüberfall eine Anzeige gegeben hatte.

Er spielte die Filmsequenz noch einmal ab. Es war schwer, die beiden Räuber zu unterscheiden, aber Omars Gesicht war deutlich zu erkennen. Und die Schuhe, die sie trugen, sahen aus wie diejenigen, die Adrian in seiner Aussage gegenüber der Polizei beschrieben hatte.

»Von wem hast du diesen Film, Hannes? Oder weißt du, wer ihn ins Internet gestellt hat?«

Hannes richtete seine Aufmerksamkeit auf seinen älteren Bruder auf dem Eis. »Wieso, der macht in den sozialen Medien die Runde, habt ihr ihn nicht gesehen? Der ist mehrere Wochen alt. Klar sind das die Typen, die Adrian ausgeraubt haben. Die hängen immer am Campingplatz unten in Nydala ab.«

»Schick mir den Videoclip«, sagte Per und sah erneut auf die Eisbahn. Es gab also einen Zeugen zu einem der Raubüberfälle. Das war gut. Jetzt mussten sie nur noch herausfinden, wer den Vorfall gefilmt hatte. Wie hatten sie den Film im Internet übersehen können?

In diesem Moment sah Per, wie Simon hart von Spieler Nummer zwölf angerempelt wurde und so fest gegen die Bande fiel, dass es in der gesamten Arena widerhallte.

Per hielt nach Anzeichen einer Verletzung Ausschau, aber sein Sohn schien den Zusammenprall gut überstanden zu haben. *Rowdy*, dachte er und starrte auf den Jungen mit der Nummer zwölf. Plötzlich klingelte sein Handy. Es war Kennet.

»Hallo, und das an einem Sonntag. Was kann ich für dich tun?«

»Hallo Per, ich rufe an, um dir deinen freien Tag zu ruinieren.«

# 9

Charlotte zog den Bademantel zu und ging mit der Gießkanne zu der Pflanze auf der Veranda. Den schlaff herabhängenden Blättern sah man an, dass sie schon länger kein Wasser mehr bekommen hatten.

»Sollen wir den Kaffee drinnen oder draußen trinken?«, rief Ola.

»Komm raus, es ist schön hier.«

Sie goss die übrigen Pflanzen, die sich der Morgensonne entgegenreckten. Dann sah sie Ola durch das große Panoramafenster zu, wie er in der Küche das Frühstück zubereitete. Aus irgendeinem Grund waren sie bereits um acht Uhr aufgewacht. Eine unchristliche Zeit für einen Sonntag, fand sie. Sie hatten im Bett gelegen und über Charlottes neue Aufgabe als Interimsleiterin des Dezernats für Schwerkriminalität gesprochen. Wie es sich auf das Team auswirken würde und auf die angespannte Dynamik zwischen ihr und Kicki. Obwohl die meisten Kollegen ihre Arbeit respektierten, rechnete sie mit starkem Gegenwind.

Charlotte setzte sich auf die Terrasse, die sie im Frühjahr angelegt hatte und mit der sie sehr zufrieden war. Ola und sie hatten im Sommer viel Zeit unten beim Bootssteg am Fluss verbracht. Nach dem Haus in Falsterbo war ihr neues Zuhause auf Ön die beste Investition, die sie jemals gemacht hatte. Vier Wochen lang hatte ihre Tochter Anja, die erst vor Kurzem achtzehn geworden war, ihnen hier Gesellschaft geleistet. Charlotte hatte gehofft, dass Anja im Herbstsemester an der Universität von Umeå anfangen würde, aber sie hatte nicht den richtigen Studiengang gefunden und war in Stockholm geblieben. In den Klauen von Charlottes Ex-Mann Carl, der mit dem Lauf der Dinge sehr zufrieden war. Immerhin waren sie übereingekommen, Anja eine Wohnung zu kaufen. Es würde ihr guttun, allein zu wohnen und selbstständig zu werden. Allein schon, dass sie selbst den Müll hinaustragen und sauber machen musste, ohne dass jede Woche eine Reinigungskraft kam. Zurzeit verbrachte Anja ihre Sonntage mit Wohnungsbesichtigungen. Die Suche erwies sich als nicht leicht, denn offenbar taugten ihr nur ein paar Straßen auf Östermalm, wo sich ihr gesamter Freundeskreis aufhielt. Eine völlig falsche Einstellung, fand Charlotte. Die Alternative war jedoch, dass Anja weiterhin bei Carl wohnte und womöglich noch unausstehlicher und verwöhnter wurde.

Während sie auf der Terrasse frühstückten, scrollte Ola auf seinem Handy und schien etwas Bestimmtes zu suchen. Charlotte legte ihr Handy neben den Blumentopf auf dem Tisch. Sie hatte die Beine angezogen und die Füße auf einen Stuhl gelegt, trank ihren Kaffee, betrachtete ihre Zehen und fand, dass sie eine Pediküre nötig hatten. Ola saß ihr gegenüber und aß ein belegtes Brötchen. Er war leicht gebräunt und sein dunkles Haar war vom Duschen nass. Seine Kleidung – kurze Hose und T-Shirt – deutete darauf hin, dass er nach dem Frühstück joggen wollte. *Aber warum hat er dann überhaupt geduscht?*, dachte sie, sagte jedoch nichts.

»Du, Charlotte, wir müssen über etwas reden.«

»Worüber?« Charlotte hatte sofort ein ungutes Gefühl.

»Ich habe von Interpol Berichte über Tony Israelsson erhalten«, sagte er und schwenkte sein Wasserglas.

Ihr Bauchgefühl hatte recht gehabt. Das war nicht gut. Tony Israelsson war ein Schwerkrimineller, der es auf Charlotte abgesehen hatte. Grund dafür war ihre Zeit als Polizistin in Stockholm.

»Ja?«, sagte sie vorsichtig.

»Die spanische Polizei hat ihn wegen eines schweren Drogendelikts festgenommen. Wie es aussieht, werden sie ihn dort unten vor Gericht bringen und höchstwahrscheinlich zu einer langen Haftstrafe verdonnern.«

Charlottes Muskeln entspannten sich. Sie hatte schon befürchtet, Tony befände sich wieder in Schweden. Es bestand immer noch die Gefahr, dass er zurückkehren würde, aber wenn er in einem spanischen Knast einsaß, wäre das Risiko bedeutend geringer.

»Das sollten wir heute Abend feiern. Champagner!« Sie beugte sich zu Ola vor. Ihre Lippen berührten sich.

»Haben wir gestern nicht schon genug getrunken, als wir auf deine neue Position angestoßen haben?«, fragte er und verpasste ihrer Freude einen Dämpfer.

»Wir haben uns eine Flasche Sassicaia geteilt. Das war doch nichts Besonderes, nur reiner Genuss. Heute Abend feiern wir.«

»Okay, das machen wir«, sagte er gut gelaunt.

Als Ola aufstand, folgte sie ihm mit ihrem Blick. Sie fand ihn einnehmend und fühlte sich stark zu ihm hingezogen. Manchmal kam sie sich in seiner Nähe wie eine Teenagerin vor. Unersättlich. Nur sein Mangel an Lebensfreude störte sie. Das war ihr an ihm aufgefallen, je mehr Zeit sie miteinander verbracht hatten. Charlotte öffnete gern mitten in der Woche eine Flasche guten Rotwein. Ola dagegen wollte damit bis zum Wochenende warten und gab ihr das Gefühl, eine halbe Alkoholikerin zu sein.

»Wir trinken höchstens drei Flaschen pro Woche zusammen. Das ist nicht viel, Schatz«, sagte sie.

Ola gab ihr einen Kuss auf die Wange und ließ sie auf der Terrasse allein. Sie sah seinen Rücken verschwinden, als er sich auf den Weg zu seiner morgendlichen Laufrunde machte.

In diesem Moment rief Per an.

Charlotte ging ran. »Vermisst du mich?«

»Nicht direkt«, sagte er. »Wir haben soeben einen Notruf empfangen. Eine Frau wurde ermordet unten am Kai gefunden, unter der Tegsbrücke. Wir sehen uns dort in fünfzehn Minuten.« Per legte auf.

*Jetzt ist Schluss mit der Sommerruhe*, dachte sie und trank ihren restlichen Kaffee aus.

# 10

Erik drehte sich zu seinem Auto um und drückte ein zweites Mal auf die Fernbedienung des Autoschlüssels, bis das Blinken ihm anzeigte, dass die Tür verriegelt war. Er hatte das Fahrzeug in der Nähe des Rathausparks abgestellt.

»Sonntags ist das Parken hier kostenlos, oder?«, sagte er zu Helen, die ein paar Schritte vorausging.

»Ja, ich glaube schon«, sagte sie.

Die Kinder rannten vor ihnen auf dem Gehsteig, als Helen und Erik am Stora Hotellet vorbeigingen und nach rechts in Richtung Wasser und Strandpromenade abbogen. Im Park blühten die Blumen in kräftigen Farben. Erik griff in die Jackentasche und holte die Sonnenbrille hervor, die das grelle Licht auf ein angenehmes Maß reduzierte. Die Familie hatte den gesamten Vormittag mit Hausputz verbracht, einer gut eingeübten Wochenendroutine. Den Kindern war ein Ausflug ins Café versprochen worden, und die Freude auf die bevorstehenden Leckereien machte sie ganz zappelig. Sie liefen hüpfend auf das Kulturzentrum Väven zu, das wie ein weißer Zuckerwürfel hervorstach und sich zum Fluss Ume älv erstreckte. Es war relativ neu und unterschied sich stark von den anderen Gebäuden der Stadt. Mit seiner weißen Hochglanzfassade und den schwarzen Fenstern sah es aus wie ein Raumschiff.

»Jetzt macht mal ein bisschen langsam«, sagte Helen zu den Kindern. Wie auf Befehl blieben sie stehen. Sie legte ihrem Sohn eine Hand auf die Schulter, um ihn zu beruhigen.

»Ich geh schon mal mit den Kindern bestellen«, sagte Erik und deutete auf das Café. »Du kannst in der Zwischenzeit einen Tisch für uns suchen.«

Helen nickte, und Erik ging zum Verkaufstresen. Während er seine Bestellung aufgab, sah er, wie sie sich an einen Tisch im Freien setzte, den Blick geradeaus gerichtet. Sie saß auf der Stuhlkante und hatte die Handtasche auf den Schoß gelegt, als wollte sie gleich wieder gehen. Hin und wieder blickte sie verstohlen auf ihr Handy – nicht das, welches sie vor ihm versteckt hatte. Bisher hatte Erik das Handy, das er im Wäschekorb gefunden hatte, nicht erwähnt. Er war immer noch unschlüssig, was er tun sollte. Der Gedanke, dass seine Frau Geheimnisse mit jemand anders teilte, war schwer zu verdauen.

Die Bedienung hinter dem Verkaufstresen füllte ein Tablett mit Kaffee, Limonade, zwei Schokoladenbällchen für die Kinder, einer Vanilleschnecke für ihn und einem Biskuit für Helen – ihr Lieblingsgebäck.

Erik nahm das Tablett und musste sich konzentrieren, um auf dem Weg zum Tisch keinen Kaffee zu verschütten. Helen saß allein. Er hielt Ausschau nach Liam und Elsa. Die Kinder spielten ein Stück weiter weg mit einem Klassenkameraden von Liam.

Er setzte sich und lehnte sich mit dem Rücken gegen das Rattan, das vertraut knarrte. Die Wärme trieb ihm den Schweiß aus den Poren. Erik folgte dem Beispiel der anderen Gäste und zog seine Jacke aus.

»Für einen Spätsommertag ist es ziemlich warm«, sagte er und stellte die Getränke und das Gebäck für die Familie auf den Tisch. Durch seine hastige Bewegung verschüttete er ein bisschen Kaffee auf die Untertasse. Helen war schnell bei der Hand und wischte sie sauber.

»Ja, wirklich«, sagte sie, behielt jedoch ihre Jacke an. Ihre langen, lockigen blonden Haare standen wie immer in alle Richtungen ab. Sie hatte immer noch ihre Hochsommerbräune. Ihre blauen Augen verbargen sich hinter den Gläsern ihrer Sonnenbrille.

»Zieh die Jacke aus, du schwitzt dich sonst zu Tode«, sagte Erik.

Sie lehnte sich zurück, ohne etwas zu erwidern, stellte die Handtasche auf den Boden und griff nach der Kaffeetasse. Im selben Moment übertönte Sirenengeheul sämtliche Geräusche im Außenbereich des Cafés.

Ein Krankenwagen raste auf den Kai zu, dicht gefolgt von zwei Polizeiwagen mit blinkenden Blaulichtern. Erik reckte den Hals, um sehen zu können, was passiert war.

Ein Stück weiter weg unter der Tegsbrücke riegelte die Polizei einen Bereich mit Absperrband ab.

Sämtliche Gäste drehten die Köpfe in diese Richtung. Jemand stand auf, andere wechselten fragende Blicke. Die einzige Person, die nicht hinsah, war Helen. Sie trank in Ruhe ihren Kaffee.

»Was ist passiert?«, fragte eine Dame im Rentenalter, die am Nebentisch saß.

Erik zuckte mit den Schultern. »Keine Ahnung.«

Nervöse Blicke von den anderen Cafégästen.

»Die ganze Zeit passieren schlimme Dinge, sogar hier in Umeå«, sagte Helen mit sarkastischem Ton und blickte zu der Stelle hinüber.

»Ja, aber das hier scheint ernst zu sein. Ich gehe mal nachsehen«, sagte Erik und stand auf.

»Warum?«, fragte Helen.

»Einfach so, aus Neugier.«

Als Erik den Außenbereich des Cafés verließ, verschränkte er die Arme. Die Luft war kälter, wenn man nicht im Windschatten saß. Auf dem Fußweg knirschte der Kies unter seinen Schuhen. Zu seiner Linken lag der Fluss, zu seiner Rechten Beton. Direkt unterhalb der Tegsbrücke, an der Kaimauer, stand ein alter Holzschuppen. *Seltsam platziert*, dachte Erik. Sein Blick wanderte nach oben zu der Brücke, über die stetiger Autoverkehr floss. Eine Gruppe Menschen hatte sich versammelt und schaute, was unten bei der Absperrung los war. Unter den Schaulustigen erkannte Erik einen jungen Mann. Er hatte zwar noch nie mit ihm gesprochen, wusste aber, dass er mit Klara, einer Schülerin an seiner Schule, zusammen war. Das Mädchen kam manchmal zu ihnen ins Haus und hütete die Kinder. Sie hatte oft über ihn gesprochen und erwähnt, dass er nächstes Jahr aufs Gymnasium gehen wollte. Anscheinend besuchte er gerade einen Integrationskurs für Einwanderer. Erik versuchte, sich an seinen Namen zu erinnern, wurde aber aus seinen Gedanken gerissen, als er bei der Absperrung ankam.

Eine Polizistin forderte ihn auf, zurückzugehen.

»Was ist passiert?«, fragte Erik, sah jedoch im selben Moment, was der junge Mann und die anderen auf der Brücke sahen.

Zwei Polizisten standen über die Kaimauer gebeugt und zogen an etwas. Erik streckte sich, um einen Blick auf den Gegenstand im Wasser zu erhaschen.

Im Fluss gleich unterhalb des Holzschuppens an der Kaimauer, direkt unter der Brücke, schwamm ein menschlicher Körper. Erik konnte nur die Haare sehen, die auf der Oberfläche trieben, da die Person mit dem Gesicht nach unten im Wasser lag. Er starrte eine Weile auf sie, ehe er sich umdrehte und beobachtete, wie sich eine Menschenmenge bildete. Der Tod sorgte stets für Aufmerksamkeit.

»Hier gibt es nichts zu sehen, lassen Sie die Kollegen in Ruhe ihre Arbeit machen«, sagte die Polizistin und drängte die Schaulustigen am Kai zurück. Erik fühlte sich peinlich berührt, kam sich vor wie ein Spanner. Während er zurückwich, blickte er sich um und sah zum lokalen Stromversorgungsunternehmen Umeå Energi hinüber. Die mit Pflanzen bewachsene Fassade hatte viele Fenster, die zum Fluss hinausgingen. *Vielleicht hat jemand dort etwas bemerkt*, dachte er. Unterhalb des Gebäudes befand sich ein Skatepark, in dem sich normalerweise viele junge Leute tummelten. Erik ging mit vor der Brust verschränkten Armen zurück zum Café. Während er am Jugendzentrum vorbeiging, war er froh, dass die Kinder die Leiche nicht zu Gesicht bekommen hatten.

Als Erik zum Außenbereich des Cafés zurückkehrte, verzehrten Liam und Elsa gerade ihre Schokoladenbällchen, ohne sich bewusst zu sein, dass sich in der Nähe eine Leiche befand. Bevor er sich setzte, warf er einen letzten Blick auf den abgesperrten Bereich. Helen stellte ihm keine Fragen, aber die ältere Dame war neugierig.

»Was ist passiert?«

»Ich weiß nicht. Es sah so aus, als ob jemand unter der Brücke im Wasser lag.«

»Um Himmels willen!«, sagte sie und schüttelte den Kopf.

Helen lächelte schwach. »Vielleicht war jemand betrunken und ist ins Wasser gefallen«, sagte sie knapp. Sie hatte immer noch die Jacke an und bis oben zugeknöpft.

»Frierst du?«, fragte er. »Bist du krank?«

»Nein, aber ich will sie anbehalten«, sagte sie und klang dabei wie ein trotziger Teenager.

Erik lachte kurz, um die Stimmung aufzulockern. »Mach, was du willst. Du bist schließlich eine erwachsene Frau.«

Sie lächelte ihn an, aber Erik war sich nicht sicher, ob es lieb oder spöttisch gemeint war. Liebte sie ihn nicht mehr? Er suchte nach Anzeichen für das Gegenteil.

Er musste wieder an das Handy im Wäschekorb denken und bekam ein flaues Gefühl im Magen. Die Unruhe lastete wie ein Betonklotz auf ihm. Nach seiner Entdeckung des Nokia-Handys hatte er sich noch einmal mit dem Gerät in der Hand hingesetzt und sich den Kopf darüber zerbrochen, ob seine Frau einen anderen hatte. Wo und wie trafen sie sich? In einem Hotel? Zu Hause bei diesem Mann? Und wann? Er stand kurz davor, durchzudrehen. Zunächst dachte er daran, sie anzuschreien und ihr mitzuteilen, dass er Bescheid wusste, nur um eine Sekunde später Pläne zu schmieden, wie er sie auf frischer Tat ertappen könnte.

Erik beugte sich zu seiner Frau vor und musterte sie, während sie auf der Stuhlkante saß. Auf ihrem Jackenärmel befand sich ein roter Fleck, genau wie der, den er auf ihrer Hose im Wäschekorb gefunden hatte.

»Was ist das hier?«, fragte er und versuchte, den Fleck mit dem Fingernagel wegzukratzen.

»Nasenbluten«, erwiderte sie gereizt und zog den Arm zurück.

Erik sah sie an. Sie war die ganze Zeit so wütend.

# 11

Per zog einen weißen Schutzanzug und einen Mundschutz an und wollte gerade die Gummihandschuhe überziehen, als Charlotte mit ihrem Porsche Cayenne auf das Gelände fuhr. Der Wagen war nagelneu und besaß einen Hybridmotor, der eine geräuschlose Ankunft ermöglichte. Per war dankbar dafür, denn das bedeutete weniger Blicke und weniger Gerede hinter ihrem Rücken. Carola, die verantwortliche Kriminaltechnikerin vor Ort, winkte ihr zu. Per zwängte seine Hand in den engen Handschuh. Das Gummimaterial knisterte. Charlotte war leger in Jeans, Jacke und darunter ein einfaches T-Shirt gekleidet. Keine Uhr oder irgendwelchen Schmuck, die sie in ihrem Schreibtisch im Polizeirevier einschließen musste.

Sie standen auf dem Parkplatz des Jugendzentrums. Ein Stück weiter gab es ein Café mit Außenbereich, der heute voll war. Per war schon oft mit seinen Söhnen dort gewesen.

»Und, was haben wir?«, fragte Charlotte und bekam von Carola Handschuhe ausgehändigt. Mit ihren lebhaften Augen und dem breiten Lächeln sah die Kriminaltechnikerin Kronprinzessin Victoria zum Verwechseln ähnlich.

»Eine Frau in den Fünfzigern. Vermutlich wurde sie ermordet. Wir haben sie aus dem Wasser gefischt.« Carola deutete auf eine Leiche, die zugedeckt auf der Kaimauer lag. »Sie weist Verletzungen auf, die möglicherweise durch Folter entstanden sind.«

»Können Sie die Verletzungen beschreiben?«, fragte Per.

»Darauf komme ich noch«, sagte Carola und ging auf die Brücke zu. Das Wasser glitzerte in der Sonne.

Charlotte streifte sich die Handschuhe über.

»Hier ist nach wie vor eine kriminaltechnische Untersuchung im Gang.« Carola deutete mit einer ausladenden Handbewegung auf den abgesperrten Bereich, den die Polizei gerade ausweitete, um in Ruhe arbeiten zu können. »Sie kennen die Regeln und dürfen sich nur dort aufhalten, wo ich hinzeige.« Sie hob das Absperrband und ließ Per und Charlotte auf das Gelände.

»Gibt es Anzeichen für eine Vergewaltigung?«, fragte Charlotte.

»Das wissen wir noch nicht, aber sie war bekleidet«, sagte Carola. »Als wir sie gefunden haben, sah sie aus wie eine Wassernixe.«

»Eine Wassernixe?«

»Ja, das lag am Design der Hose und daran, wie die Beine im Wasser zusammenlagen. Sie wurde mit dem Gesicht nach unten gefunden, und die Strömung ließ die Leiche auf und ab schaukeln. Es sah aus, als würde sie schwimmen wie eine Wassernixe. Die Haare trieben auf der Wasseroberfläche.«

Per sah vor seinem geistigen Auge Arielle, die Meerjungfrau, aus dem gleichnamigen Disney-Zeichentrickfilm.

»Hatte sie irgendwelche Ausweisdokumente bei sich?«

»Nein, wir haben nichts gefunden, was auf ihre Identität hindeutet. Wir vermuten, dass sie anderswo gefoltert und hier ins Wasser geworfen wurde. Aber das sind bisher nur Spekulationen. Kommen Sie mit, dann sehen Sie selbst.«

Per und Charlotten folgten Carola zu dem Holzschuppen unter der Brücke. Davor lag die Leiche und steckte bereits in einem Leichensack. Carola öffnete den Reißverschluss und gab den Blick auf ein Frauengesicht frei. Die Augen waren geschlossen, die Haut weiß, die Lippen blau. Da sie sich eine Zeit lang im Wasser befunden hatte, war die Leiche aufgedunsen.

»Wie lange hat sie im Fluss gelegen?«, fragte Charlotte.

»Ungefähr sechs bis acht Stunden, würde ich sagen. Sie ist nicht untergegangen, aber das Gewebe hatte Zeit, anzuschwellen.«

Per war froh, dass die Leiche noch nicht angefangen hatte zu stinken. Die Frau trug ein schmutziges T-Shirt, das ein bisschen hochgerutscht war und den Blick auf ihren Bauch freigab. In den dunklen schulterlangen Haaren hingen Laubblätter. Mehr konnte man nicht sehen.

Carola fuhr fort. »Die Frau trägt eine Jeans. Sie ist bis zum Oberschenkel blau und geht darunter in lila und einen paillettenähnlichen Stoff über, glaube ich. Auf jeden Fall ist sie bunt«, sagte Carola und deutete auf die Beine der Frau, die der Sack verbarg.

»Warum ist sie nicht untergegangen?«

»Irgendwie hat sich ihre Jeans an einem Haken an der Kaimauer verfangen«, sagte Carola und deutete auf das Wasser.

Per trat zwei Schritte vor und blickte hinab.

»Ist die Frau ertrunken oder war sie schon tot, bevor sie hier gelandet ist?«, fragte er.

»Bevor ich das beantworten kann, muss ich sie erst untersuchen. Aber sie hat keine Anzeichen, die normalerweise auf Tod durch Ertrinken hindeuten, wie zum Beispiel weißen Schaum um Nase und Mund. Um das mit Sicherheit sagen zu können, ist allerdings eine Obduktion erforderlich.«

»Konnten Sie den Todeszeitpunkt feststellen?«, fragte Charlotte.

»Nein, noch nicht. Der Verwesungsprozess verläuft im Wasser bedeutend schneller. Wie gesagt, wir werden sehen, welche Erkenntnisse uns die Obduktion liefert.«

Per sah zu, wie Carola den Reißverschluss des Leichensacks wieder schloss.

»Dann ist da noch etwas.« Sie stand auf und streckte den Rücken durch. »Etwas, das Ihre Arbeit erschweren wird.«

»Was?«, sagte Charlotte ungeduldig.

»Der Rechtsmediziner wird die Frau genauer untersuchen müssen, aber wir haben bereits jetzt gesehen, dass ihr sämtliche Zähne gezogen wurden. Jeder einzelne. Das erfordert sowohl Technik als auch Kraft. Außerdem ist so eine Prozedur für das Opfer äußerst schmerzhaft. Sie wäre dabei sicher in Ohnmacht gefallen.« Carola zog den Mundschutz bis zum Kinn herunter.

Per folgte ihrem Beispiel und sog Luft in die Lunge. »Das hört sich an, als wäre es etwas Persönliches gewesen, kein Raubüberfall oder eine Körperverletzung, die aus dem Ruder gelaufen ist.«

»Ja, und es erschwert die Identifizierung, wenn ihre Fingerabdrücke nicht in eurer Datenbank sind. Bis jetzt haben wir jedenfalls keine Zähne in der Umgebung gefunden.«

»Glauben Sie, dass die Misshandlung hier passiert ist?«, fragte Per.

Carola sah zu dem Leichensack mit der Frau. »Ich bin mir ziemlich sicher, dass sie hierhergebracht wurde. Wie Ihnen vielleicht aufgefallen ist, hat sie Druckstellen an den Handgelenken, die darauf hindeuten, dass sie gefesselt war«, sagte Carola und sah zu ihnen auf.

»Und außerdem hätte jemand sie schreien hören müssen, glaube ich«, gab Per zu bedenken und blickte sich um. »Oder auch nicht, falls es nachts passiert ist. Dann ist es hier völlig ausgestorben.«

Er sah Charlotte dabei zu, wie sie die Handschuhe auszog und sich an die Haare in ihrem Nacken fasste. Anscheinend wollte sie prüfen, ob der Knoten richtig saß.

»Wir müssen Taucher anfordern«, sagte sie. »Wenn die Frau eine Handtasche oder etwas Ähnliches bei sich hatte, wurde die vielleicht auch in den Fluss geworfen. Sogar die Zähne könnten dort unten liegen.«

Per schaute auf den Fluss hinaus. Er lag still da. Auf der Wasseroberfläche spiegelte sich der Schatten der Brücke und sah aus wie eine exakte Kopie derselben.

»Schaffen wir das noch vor Sonnenuntergang?«, fragte Charlotte.

Per sah auf seine Armbanduhr. Sie zeigte 10.47 Uhr an. »Ja, das müsste gehen.«

Per und Charlotte verließen den Tatort und warfen Handschuhe und Mundschutz weg. Ihre Autos waren nebeneinander geparkt. Per lehnte sich mit dem Hinterteil gegen die Motorhaube seines schwarzen Volvo XC40. Charlotte leistete ihm Gesellschaft und verschränkte die Arme.

»Womit haben wir es hier zu tun?«, fragte Per.

»Mit einem ungewöhnlich brutalen Mord«, sagte Charlotte und blickte auf den Fluss hinaus. »Wer ist das Opfer? Wir brauchen ihre Identität, um ein Motiv zu erstellen. Als Erstes müssen wir herausfinden, ob jemand mit ihrer Personenbeschreibung in unserer Gegend, aber auch in anderen Bezirken als vermisst gemeldet wurde. Und wir müssen herausfinden, ob ihre DNA in unserer Datenbank vorhanden ist. Kicki soll sich darum kümmern.«

»Ja, und außerdem sollten wir überprüfen, wo es hier in der Nähe Überwachungskameras gibt«, sagte Per, als Charlotte zu ihrem eigenen Wagen ging. »Vielleicht lässt sich auf diese Weise rekonstruieren, was die Frau vor der Tat gemacht hat. Zum Beispiel, wo sie dem Täter begegnet ist.«

»Vor allem müssten die dort drüben funktionierende Kameras haben«, sagte Charlotte und deutete auf das lokale Energieversorgungsunternehmen, während sie die Wagentür öffnete.

Per wusste, dass Charlotte eine verdammt gute Teamleiterin abgeben würde, wenn sie seinen Posten übernahm. Besser als er selbst.

# 12

Klara setzte sich im Bett auf. Wie spät war es? Sie griff nach ihrem Handy und stellte fest, dass sie den halben Sonntag verschlafen hatte. Sie war aufgewacht, weil ihre Eltern stritten. Worum es ging, bekam sie nicht mit. Sie stritten nicht so oft, aber manchmal war der Teufel los.

Klara schloss die Augen und lauschte, darauf wartend, dass einer von ihnen aus dem Haus ging und wütend die Tür zuknallte. Sie atmete ein paar Mal tief durch, um keine Bauchschmerzen zu bekommen. Die Stimmung im Haus fühlte sich so giftig wie Tschernobyl an.

»Scheiße!«, sagte sie laut und zog die Füße an sich heran.

Die Sonne schien in ihr Zimmer. Am Abend zuvor hatte sie auf die Kinder von Erik und Helen aufgepasst, war nach Hause gefahren worden und sofort schlafen gegangen. Das war vor zwölf Stunden gewesen. Jetzt öffnete sie Snapchat. Ibrahim hatte ihr drei Nachrichten geschickt. Sie wollte gerade ein Selfie aufnehmen und es ihm schicken, als er anrief.

»Hallo Süße, wo bist du?«, fragte er, als Klara ranging.

»Zu Hause«, sagte sie. »Wann sehen wir uns?«

»Vielleicht später.« Er klang kurz angebunden. »Ich muss noch etwas erledigen.«

Klara biss sich auf die Unterlippe und schlug auf dem Bett die Beine übereinander. Manchmal fragte sie sich, ob mit ihr etwas nicht stimmte. Sie wollte die ganze Zeit mit Ibrahim zusammen sein. Er hatte anscheinend nicht so dringend das Bedürfnis. Ein Problem, mit dem Klara zu kämpfen hatte, war ihre Eifersucht. Sie hatte Angst, verlassen zu werden, konnte aber nicht erklären, warum.

»Okay. Ich würde dich auf jeden Fall gern sehen«, sagte sie.

Ibrahim schwieg eine Weile, ehe er antwortete. »Ich auch, aber es wird etwas später. Okay? Ich wollte mich nur mal kurz melden und hören, dass es dir gut geht.«

»Warum sollte es mir nicht gut gehen?«

Er lachte auf, antwortete jedoch nicht.

Klara traute sich nicht, weitere Fragen zu stellen. Das wäre falsch. Sie durfte nicht länger so misstrauisch sein. Aber gleichzeitig zerbrach sie sich den Kopf darüber, was Ibrahim wohl machte, und verspürte dabei Unbehagen.

Sie streckte die Beine aus und lehnte sich mit dem Rücken gegen das Kopfteil des Bettes. An der Wand direkt vor ihr hing ein runder Spiegel, und sie betrachtete sich darin. Ihre blonden glatten Haare fielen bis zu den Brüsten herab und rahmten ihr Gesicht ein. Sie hatte eine hohe Stirn und eine gerade Nase. Die langen Stirnfransen waren an den Enden heller. Wie immer im Sommer war sie durchweg blonder geworden. Obwohl Klara die Sonne mied, hatte ihre weiße Haut trotzdem ein paar Nuancen Goldbraun abbekommen. Ihre Sommersprossen waren im Begriff zu verschwinden – der einzige Effekt der Sonne auf ihr Gesicht, der ihr gefiel.

Sie betrachtete weiterhin ihr Spiegelbild. Die Lippen waren nicht dick genug, sie wollte größere haben. Sobald sie genug Geld verdiente, würde sie sie aufspritzen lassen.

Sie hörte, wie Ibrahim am anderen Ende einatmete.

»Komm später zu mir. Ich glaube, ich bin um fünf zu Hause. Geht das?«, fragte er.

Klara wandte den Blick vom Spiegel ab und zwirbelte eine Haarsträhne um ihren Zeigefinger. »Ja, das geht«, sagte sie.

Was auch immer er tat, sie liebte ihn. Es war wie eine toxische Abhängigkeit. Er war ihre Droge.

»Bis später«, sagte Ibrahim. »Ich muss jetzt Schluss machen. Kuss.«

Nachdem er sich verabschiedet und aufgelegt hatte, hörte sie ihre jüngere Schwester Svea nach ihr rufen. Sie fragte, ob Klara ihren neuen Pullover genommen hatte. Erst jetzt merkte Klara, dass das Geschrei zwischen Mama und Papa verstummt war.

»Nein! Warum sollte ich?«, erwiderte Klara und stand vom Bett auf. Sie öffnete den Kleiderschrank und vergewisserte sich, dass sie den Pulli nicht versehentlich ausgeliehen hatte. Mit beiden Händen wühlte sie in den Kleidern herum. Da lag der Pullover. *Scheiße*, dachte sie. Svea wird ausrasten.

Ihre Schwester war zwei Jahre jünger und sehr anstrengend. Aber sie hielten zueinander, wenn die Eltern sich anschrien. Irgendwie schweißte das die beiden Mädchen zusammen.

Der Pulli war zerknittert. Sie strich ihn glatt und faltete ihn ordentlich. Doch dann überlegte sie es sich anders und knüllte ihn wieder zusammen. Sie öffnete die Tür, schlich ins Bad und warf ihn in den Wäschekorb.

Die Schwester fluchte in ihrem Zimmer. Klara begab sich dorthin und sah Svea zu, wie sie in ihren Sachen herumwühlte, die überall verstreut lagen. Es fiel ihr schwer, Ordnung zu halten.

»Hast du im Wäschekorb nachgeschaut?«, fragte Klara und lehnte sich an den Türrahmen. »Mama hat die Angewohnheit, alles zusammen hineinzuschmeißen.«

»Gute Idee«, sagte Svea und stürzte an ihr vorbei. Sie verströmte einen Duft nach Veilchen.

Klara freute sich diebisch über ihre Raffinesse. Doch schon einen Augenblick später musste sie eilig das Zimmer ihrer Schwester verlassen, als in ihrem eigenen ihr Handy klingelte.

Es war Helen, der sie am Abend zuvor geholfen hatte.

»Hallo. Entschuldige bitte, dass es gestern so spät wurde«, sagte Helen.

Klara setzte sich aufs Bett. »Das ist okay.«

»Mir ist eingefallen, dass du dein Geld noch nicht bekommen hast«, fuhr Helen fort. Ihre Stimme klang angestrengt, ähnlich wie die von Klara vorhin, als sie mit Ibrahim gesprochen hatte.

»Ja, ich war so müde, dass ich es vergessen habe«, erwiderte Klara. »Das macht nichts.«

»Ich schicke es dir sofort mit Swish. Wie viel war es?«

»Fünfhundert.«

»Kommt gleich«, sagte Helen. »Ich fahre nächste Woche weg, aber Erik ist zu Hause. Danke, dass du immer für uns da warst. Die Kinder haben dich sehr gemocht. Das sollst du wissen.«

Für uns da *warst*, *haben* dich gemocht? Was meinte sie damit?

»Danke, ich mag die beiden auch«, erwiderte Klara verwirrt. »Sind Sie lange verreist?«

Schweigen am anderen Ende.

»Hallo …?«, sagte Klara.

»Ich habe dir soeben das Geld geschickt.«

»Okay. Bis demnächst dann?«, fragte Klara.

»Tschüss«, sagte Helen und legte auf.

Klara blieb auf dem Bett sitzen und starrte geradeaus auf den offenen Kleiderschrank. *Seltsames Gespräch*, dachte sie.

In letzter Zeit hatte sie öfter bei Stenlunds die Kinder gehütet und fühlte sich bei ihnen wie zu Hause. Natürlich lagen ihr vor allem die Kinder am Herzen, sie kam aber auch mit Erik gut klar. Helen dagegen war ernst und kühl, und es war schwieriger, locker mit ihr zu reden. Das Gefühl, dass etwas mit der Frau nicht stimmte, ließ Klara nicht los, nachdem sie aufgelegt hatte.

Hatten Helen und Erik vor, sich scheiden zu lassen?

# 13

Der Aufzugknopf im Polizeirevier leuchtete auf, als Charlotte daraufdrückte. Per stand daneben und fuhr mit dem Handy über seinen Unterarm. Das Gerät piepste. Er blickte auf das Display.

»Wie ist dein Blutzuckerwert heute?«, fragte sie.

Er ließ sie einen Blick auf das Display werfen. Es zeigte einen Strich, der wie ein alpiner Abfahrtshang aussah. Steil nach unten.

»3,3 und fallend. Ich hab gespürt, dass etwas nicht stimmt«, sagte Per, holte eine Packung Traubenzucker aus der Tasche und schob sich drei Stück in den Mund.

»Ich dachte, du magst keinen Traubenzucker?«

»Ja, ich habe zu Beginn meines Diabetes so viel davon gegessen, dass er mir aus den Ohren rauskam. Aber es ist praktisch, welchen dabeizuhaben, wenn man draußen im Einsatz ist.«

»Warum beharrst du auf Spritzen? Warum besorgst du dir nicht einfach eine Pumpe, die dir automatisch Insulin verabreicht?«, fragte Charlotte, obwohl sie die Antwort kannte.

»Ich will nicht noch mehr Technik in meinem Körper. Mir reicht das Messgerät im Arm.«

Der Klingelton des Aufzugs ertönte, und die Türen glitten auf. Per und Charlotte stiegen ein.

»Jetzt, wo wir die ermordete Frau haben, müssen wir das Bereitschaftspersonal anfordern. Wir werden heute zusätzliche Unterstützung benötigen«, sagte Charlotte.

»Schon erledigt. Das habe ich im Auto auf dem Weg hierher gemacht«, sagte Per. »Außerdem habe ich alles, was wir bisher über den Raubüberfall wissen, an das Jugenddezernat abgegeben. Jetzt, wo wir in einem Mordfall ermitteln müssen, sollen die sich darum kümmern.«

Der Aufzug hielt wie immer abrupt an. Das Dezernat für Schwerkriminalität befand sich im ersten Stock.

Während sie ausstiegen, klingelte Pers Handy. Als die Melodie des Schlagers »Snabbköpskassörskan« ertönte, musste Charlotte laut lachen.

»Hannes macht sich einen Spaß daraus, meinen Klingelton zu ändern. Jeden Tag ein neuer«, sagte Per, ehe er den Anruf annahm.

Charlotte ging in die Küche, wo sie Kicki antraf, die gerade Kaffeepulver in den Filter der Kaffeemaschine gab.

»Oh, danke, wir hatten denselben Gedanken«, sagte sie.

Kicki lächelte ihr zu, was ziemlich ungewöhnlich war, reagierte jedoch nicht auf den Kommentar, sondern drückte nur auf den Einschaltknopf und verließ den Raum. *Dir auch ein Hallo*, dachte Charlotte und holte sich eine Tasse aus dem Schrank. Sie entfernte die Brühkanne, stellte ihre eigene Tasse unter den Ausguss der Kaffeemaschine, füllte sie mit dampfendem frischem Kaffee, den Kicki zubereitet hatte, und begab sich ins Besprechungszimmer. Ihre Gedanken wanderten zu Ola, den sie nach dem Frühstück bei sich zu Hause zurückgelassen hatte. Seitdem hatte sie kein Wort mit ihm gesprochen.

Sie holte ihr Handy hervor und teilte ihm per Textnachricht mit, dass sie zum Revier gefahren war. Er antwortete sofort.

*Alles klar, habe von der Frau gehört. Kuss.*

Im Besprechungszimmer sah sie Per zu, wie er einen TV-Monitor heranzog. Ein neuer Fall, ein leerer Bildschirm, der mit Ermittlungsmaterial und Anhaltspunkten gefüllt werden musste. Charlotte fragte sich, wie lange es dauern würde, bis er wieder geleert werden konnte. Ein beunruhigend langer Prozess schien vor ihnen zu liegen. Im Augenblick wussten sie nicht einmal, wer die Tote war.

»Hört mal alle her«, sagte Per und stellte sich mit einem iPad in der Hand vor den Bildschirm. »Einige von euch wurden herbeizitiert, weil heute Morgen im Wasser unter der Tegsbrücke eine ermordete Frau gefunden wurde. Ein paar von euch sind bereits im Bilde, aber ich werde euch berichten, was wir bisher haben und was jetzt zu tun ist.«

Anna kam mit schweißnassen Haaren herein. Ihre Trainingskleidung war noch durchnässter.

»Entschuldigung, dass ich zu spät komme. Wenn man mit dem Rad fährt, dauert es einfach etwas länger«, sagte sie und setzte sich. Sie trug immer noch ihre Fahrradschuhe und legte den Helm vor sich auf den Tisch. Charlotte wusste, dass sie auf dem Weg zur Arbeit einen Umweg fuhr, um zu trainieren, verkniff sich jedoch einen Kommentar. Die Kollegin imponierte ihr. Anna war Single, hatte aber einen Sohn, den sie in Dänemark allein zur Welt gebracht hatte. Etwas, das Charlotte bewunderte. Sie fand es mutig.

Per schrieb auf dem iPad und wandte sich dann dem Bildschirm zu, auf dem ein schwarzer Text erschien.

*Unidentifizierte Frau, wer ist sie?*

Außerdem gab es Fotos von der toten Frau zu sehen. Eins nach dem anderen. Ein paar davon zeigten sie, wie sie bei der Kaimauer im Wasser schwamm und ihr Haar in der Sonne glitzerte. *Sie sieht tatsächlich wie eine Wassernixe aus*, dachte Charlotte.

»Das Opfer war schätzungsweise zwischen fünfundvierzig und fünfundfünfzig Jahre alt und wurde offenbar körperlich misshandelt. Laut forensischem Bericht geschah der Mord vermutlich nicht am Fundort. Man geht davon aus, dass die Frau nicht mehr lebte, als sie ins Wasser geworfen wurde. Die Leiche wird gerade obduziert. Danach wissen wir mehr.«

»Die Misshandlung, ist die in der Nähe passiert?«, fragte Anna.

»Nach derzeitigem Erkenntnisstand glauben wir das nicht. Der Frau wurden sämtliche Zähne gezogen, aber wir haben keine Blutspuren und auch keine Hinweise auf einen Kampf gefunden. Außerdem hätte es lange dauern müssen, so viele Zähne zu ziehen.«

»Alle Zähne, jeder einzelne?«, fragte einer der Polizisten, die man an ihrem freien Sonntag ins Revier bestellt hatte.

»Richtig, alle. Wir wissen nicht, ob das getan wurde, um die Identifizierung zu erschweren, oder ob es ein persönlicher Akt gegen die Frau war.«

»DNA, Fingerabdrücke?«, fragte Anna.

»Keine Treffer in unserer Datenbank. Also hatte sie vermutlich keine Vorstrafen.«

Erneut kam Charlotte der Gedanke, dass es eine Vermisstenanzeige geben müsste, falls die Frau in ihrem Polizeidistrikt verschwunden war.

»Haben wir irgendwelche Hinweise auf ihre Nationalität, etwas an der Leiche, das Aufschluss darüber geben kann, woher sie kommt?«, fragte sie.

»Nein, nichts.«

»Was ist der nächste Schritt?«, fragte Anna.

»Im Augenblick gehen wir in der Umgebung des Fundorts von Tür zu Tür und befragen potenzielle Zeugen. An mehreren Stellen in der Nähe gibt es Überwachungskameras. Die Aufnahmen werden gerade eingesammelt.«

»Wie läuft die Suche im Fluss?«, fragte Kicki.

»Die Taucher sind vor Ort, haben aber noch nichts gefunden. Und wie ihr wisst, ist die Gefahr groß, dass die Strömung etwaige Gegenstände fortgeschwemmt hat, die jemand ins Wasser geworfen haben könnte.«

»Dass ihr alle Zähne gezogen wurden, klingt sadistisch. Das ist Folter. Wer tut so etwas?«, sagte Anna und stellte ihre Wasserflasche auf den Tisch.

»Vielleicht hatte sie Feinde, die wollten, dass sie den Mund hält? Die herausgezogenen Zähne könnten eine Markierung sein. Aber solange wir sie nicht identifiziert haben, tappen wir im Dunkeln.«

Kennet, der Polizeidistriktchef von Umeå, klopfte und trat ein. Für seine hohe Position war er ungewöhnlich engagiert, was die Ermittlungsarbeit anging. Charlotte wusste, dass die Kollegen darüber geteilter Meinung waren. Manche wussten sein Interesse zu schätzen, während andere fanden, dass er sich um seine eigenen Aufgaben kümmern und sich nicht einmischen sollte. Noch wusste niemand im Team, dass Per für sechs Monate seinen Posten übernehmen würde. Diese Information würden sie nächste Woche erhalten, wenn auch Alex, der neue Kollege, vorgestellt werden sollte. Charlotte graute davor, ihm zu begegnen. Sie hatten sich lange nicht gesehen. Beim letzten Mal war sie verheiratet gewesen, und sie waren sich nur ganz flüchtig im Polizeirevier in Stockholm über den Weg gelaufen. Obwohl sie von der plötzlichen Begegnung völlig überrascht war, hatte sie souverän reagiert, wie sie fand. Hatte nur kurz gegrüßt und war weitergegangen. Sie konnte immer noch seinen Blick in ihrem Nacken spüren.

»Entschuldigt bitte die Störung, aber es ist eine neue Information zu der ermordeten Frau eingetroffen«, sagte Kennet und stellte sich neben Per. Das Hemd spannte sich über dem Bauch, und er knöpfte die Jacke zu. Charlotte machte sich Sorgen wegen der Operationen, die ihm bevorstanden.

»Anscheinend war sie ohne festen Wohnsitz«, fuhr Kennet fort. »Bei der Befragung der Nachbarschaft hat uns die Leiterin der Notunterkunft der Stadtmission erzählt, sie habe sich Sorgen um eine Obdachlose gemacht, die ein paar Tage zuvor in die Unterkunft gekommen sei. Sie war ein völlig neues Gesicht und behauptete, sie würde von jemandem verfolgt oder bedroht. Die Frau wurde als verängstigt und nahezu manisch beschrieben. Da das Opfer nicht als vermisst gemeldet wurde, könnte es sich lohnen, der Sache nachzugehen. Fahrt hin und überprüft die Geschichte.« Kennet gab Per mit einer Handbewegung zu verstehen, er solle mit der Besprechung fortfahren.

»Okay, gut. Dann haben wir schon mal einen Anhaltspunkt. Charlotte und ich fahren zur Stadtmission unten in der Kungsgatan und reden mit den Leuten dort.«

»Eine Obdachlose ist ein leichtes Opfer, aber warum wurde sie bedroht?«, fragte Charlotte.

# 14

Ibrahim warf sich die Sporttasche über den Rücken. Sie war nicht sonderlich schwer, aber unhandlich. Er war an der üblichen Bushaltestelle ausgestiegen und nahm jetzt den Weg zum Campingplatz. Kies knirschte unter seinen Füßen. Auf der Tasche stand »Umeå IK«, aber es befanden sich keine Sportsachen darin, sondern die Beute eines Raubüberfalls. Samir hatte ihm gesagt, er solle sie bei sich zu Hause verstecken, aber Ibrahim wollte sie nicht länger dort haben. Jedes Mal, wenn er das Zeug sah, bekam er ein flaues Gefühl im Magen. Natürlich war ihm klar, dass der Teufel los sein würde, wenn er die Tasche bei Samir und Omar abstellte.

Ibrahim holte sein Handy hervor und rief Samir an, doch es meldete sich nur die Mailbox. Seit letzter Nacht konnte man ihn nicht erreichen, nicht nach dem, was passiert war. Und er führte etwas Böses im Schilde, davon war Ibrahim überzeugt. Die Frage war nur, was.

Als er den Campingplatz betrat, glitt ihm die Tasche vom Rücken. Die Hand, mit der er den Griff gehalten hatte, war feucht, und die Knöchel traten weiß hervor. Er kannte den Weg und ging an denselben Typen vorbei wie beim letzten Mal. Sie nickten ihm zu. Die Wohnwagentür stand einen Spalt offen. Ibrahim steckte den Kopf hinein und rief nach Omar.

»Hier drinnen, Alter«, erwiderte dieser. Ibrahim trat ein.

Omar saß wie immer am Tisch. In der Spüle stand immer noch das schmutzige Geschirr, Fliegen schwirrten umher. Weiter hinten im Wohnwagen lag eine junge Frau in Decken gehüllt und schlief. Die Sonnenstrahlen drangen durch das Fenster neben dem Bett herein und fielen auf ihre dunkle Haut. Ibrahim deutete auf sie und warf Omar einen fragenden Blick zu.

»Ich helfe ihr und lasse sie hier pennen, damit sie von ihrem kranken Vater wegkommt. Der Kerl ist verrückt.«

Ibrahim schüttelte den Kopf und warf die Tasche auf den Tisch.

Omar riss die Augen weit auf und sprang hoch. »Du spinnst wohl! Das kannst du nicht machen!«

Aber Ibrahim setzte sich zur Wehr. »Ich habe keinen Bock mehr, das Zeug bei mir zu haben. Dafür kann ich in den Knast kommen. Ihr müsst es hier aufbewahren.«

Omar schloss die Tür mit einem Knall und drückte Ibrahim mit solcher Wucht gegen die Wand, dass der Wohnwagen zitterte. Das Mädchen wachte auf und fuhr hoch.

»Du hast ein ganzes Haus, um die Tasche zu verstecken. Was zum Teufel ist dein Problem? Bist du ein Schisser?«

Omar kam mit dem Gesicht so nahe, dass Ibrahim seinen Atem spürte. Die Pupillen waren so groß wie Aschenbecher.

»Kapier es endlich! Ich will das Zeug nicht bei mir haben. Ich kann es wegwerfen, wenn du willst.«

Omar starrte ihn an. Seine Hand lag immer noch auf Ibrahims Brust.

»Ist alles in der Tasche?«, zischte er.

»Ja, was glaubst du?«

Omar drückte Ibrahim noch einmal gegen die Wand, gleichsam als Warnung. Dann ließ er ihn los. Das Mädchen zog sich an. Ibrahim rückte die Kapuze zurecht, die verrutscht war und schief saß.

»Du hast echt Nerven, damit hierherzukommen. Wenn Samir das erfährt, bist du am Arsch.«

Omar warf die Tasche auf ihn.

Ibrahims Herz raste, seine Schläfen pochten. Sämtliche Muskeln waren angespannt. Er war innerlich auf eine körperliche Auseinandersetzung vorbereitet.

»Ich nehme das Zeug nicht mehr mit zu mir nach Hause. Von mir aus könnt ihr es verbrennen. Macht, was ihr wollt, aber haltet mich da raus.«

»Raushalten? Du steckst bereits mit drin, Alter. Sobald Samir zurück ist, teilen wir die Sachen auf.«

Die Luft im Wohnwagen fühlte sich stickig an. Ibrahim warf Omar wieder die Tasche zu. Der ließ sie auf den Boden fallen. Seine Nasenlöcher blähten sich beim Atmen auf und seine Augen waren geweitet. Ibrahim setzte sich und starrte auf die Tasche mit dem Diebesgut. Gewöhnlich war es Samir, der die Beute aufteilte oder verkaufte, doch der war nicht erreichbar.

»Was zum Teufel machen wir jetzt damit?«, sagte Omar, der sich wieder ein wenig beruhigt hatte. »Samir will die Sachen nicht hierhaben.«

Ibrahim zuckte mit den Schultern. »Keine Ahnung. Vergrabt sie.«

»Gute Idee«, sagte Omar.

Ibrahim sah ihn an und fand, dass er ziemlich leicht nachgab.

»Wie viel hast du genommen?«, fragte er und deutete auf die Pillen.

»Verpiss dich!« Omar lehnte sich auf der Couch zurück. Völlig zugedröhnt.

Ibrahim öffnete die Tür. Er hatte erledigt, weswegen er gekommen war. Manchmal wollte er seinem Kumpel helfen, aber heute war nicht so ein Tag. Stattdessen machte er sich auf den Weg zur Bushaltestelle.

In diesem Moment sah er, wie ein Polizeiwagen auf den Parkplatz des Campingplatzes rollte. Alle, die draußen herumsaßen, verschwanden in verschiedenen Wohnwagen. Ibrahim selbst suchte hinter einem der Häuser Schutz. Zwei Polizisten in Uniform stapften geradewegs auf den Wohnwagen zu, in dem Omar im Drogenrausch vor sich hin dämmerte. Ibrahim zögerte. Sollte er Krawall machen, um Omar Zeit zu verschaffen und ihm eine Möglichkeit zur Flucht zu geben?

»Scheiß drauf«, sagte er schließlich und machte sich eilig aus dem Staub, froh darüber, dass er den Wohnwagen gerade noch rechtzeitig verlassen hatte.

# 15

Charlotte drückte auf die Türklingel, die keinen Laut von sich gab. Per stand hinter ihr auf der Treppe. Das Holzgebäude, in dem sich die Stadtmission befand, machte einen gepflegten Eindruck. Sie horchte nach Geräuschen von drinnen, sah sich die beiden Briefkästen an der Tür an und wandte sich Per zu.

»Die wissen Bescheid, dass wir kommen, oder?«, fragte sie, als ihr einfiel, dass Sonntag war.

Per nickte und zog die Mundwinkel herunter. »Ich habe mit der Leiterin gesprochen, bevor wir losgefahren sind. Vielleicht ist sie noch nicht da.«

Charlotte fegte mit dem Fuß ein paar Laubblätter beiseite, die der Wind auf die Treppe geweht hatte, und klopfte an die Tür.

Das Schloss klickte. Charlotte drückte die Klinke herunter und trat ein. Als drinnen niemand auf sie wartete, vermutete sie, dass jemand die Tür mit einer Fernbedienung geöffnet hatte.

»Hallo, wir sind von der Polizei«, sagte sie. Ein blumiger Geruch nach Weichspüler schlug ihr entgegen.

Hinter ihnen ging die Tür zu und es klickte, als sie automatisch geschlossen wurde. An der Wand neben dem Eingang hing ein schwarzes Brett mit Informationen zu Verhaltensregeln und anderen Dingen. Geradeaus befand sich eine Treppe ins Obergeschoss, links ein Korridor mit geschlossenen Türen.

Per deutete auf einen der Räume rechts von der Treppe. »Ich glaube, wir können da reingehen. Das ist ein Gemeinschaftsraum.«

»Du kennst dich hier aus«, sagte Charlotte und ging zu dem Zimmer.

»Das tun alle Kollegen, die in Umeå im Streifendienst gearbeitet haben«, erwiderte Per.

»Scheißbullen!«, ertönte eine Stimme.

Charlotte drehte sich um und sah einen dünnen Mann mit dichtem Bart die Treppe herunterkommen. Seine grauen Haare waren zurückgekämmt, und er sah frisch geduscht aus. Er hielt sich mit einer Hand am Geländer fest.

»Hey, Janne«, entgegnete Per. »So etwas sagt man nicht.«

Der Mann lachte und klopfte Per freundschaftlich auf den Rücken.

»Wie geht's dir?«, fragte Per.

»Wie einem satten Prinzen.« Janne lächelte und entblößte dabei ein paar graue Vorderzähne. Viele hatte er nicht mehr.

»Hast du Lollo gesehen? Wir möchten mit ihr reden.«

»Na klar, sie ist in der Küche und macht Kaffee.« Janne wies mit ausgestrecktem Arm auf den Gemeinschaftsraum. »Wartet dadrinnen. Ich hole sie.«

Während Per vorausging, blickte Charlotte dem Mann nach, den ihr Kollege gut zu kennen schien.

»Er ist wohl schon lange hier«, sagte sie.

»Ja, das stimmt. Es ist ein Wunder, dass er noch lebt. Seit über zwanzig Jahren ist er Alkoholiker und obdachlos. Er hat das Herz am rechten Fleck, kann aber nicht aufhören zu trinken. Er war mal Direktor an meiner Schule und hat anscheinend schon damals getrunken.«

Janne kam zurück und stellte sich diesmal neben Charlotte. »Lollo kommt gleich«, sagte er mit seiner heiseren Stimme und sah sie an. »Wie heißt denn die schöne Dame?«

»Charlotte. Angenehm«, sagte sie und nahm auf einem der Sofas Platz.

Der Mann setzte sich neben sie und drückte seinen Oberschenkel gegen ihren. Per grinste und schüttelte den Kopf.

»Angenehm sogar. Was führt eine so schöne Polizistin hierher?«

Janne streckte den Rücken durch, und Charlotte betrachtete sein Gesicht. Freundliche braune Augen, grobe Furchen, gerötete Haut.

Sie legte ihm die Hand auf den Arm und wollte gerade antworten, als eine Frau mit einer Kanne Kaffee und Keksen in den Gemeinschaftsraum kam. Strahlende Augen, schnelle Bewegungen, breites Lächeln. Charlotte wandte ihre Aufmerksamkeit der Person zu, von der sie glaubte, dass sie Lollo, die Leiterin, war. Der Mann blieb neben ihr sitzen und zuckte auf eine Weise, die Charlotte vermuten ließ, dass er an Parkinson litt.

Die Frau nahm auf dem Sofa gegenüber von Charlotte Platz und schenkte ihr eine Tasse Kaffee ein, ohne zu fragen, ob sie eine wollte.

»Alle Polizisten trinken Kaffee«, sagte sie und reichte ihr die Tasse.

Charlotte nahm sie lächelnd entgegen.

Per dagegen bekam ein Glas mit Saft, und Charlotte konnte sich ein Lachen nicht verkneifen.

»Warum bekommt er Saft statt Kaffee?«, fragte sie.

Lollo deutete auf Per, der sich gerade hingesetzt hatte. »Als er vor vielen Jahren mal hier war und uns einen Obdachlosen gebracht hat, hat er plötzlich einen Blutzuckerabfall erlitten und musste ins Krankenhaus gefahren werden. Jetzt bekommt er immer etwas Zuckerhaltiges, wenn er hierherkommt«, sagte sie lachend.

»Damals war ich jung und habe viel gearbeitet«, sagte Per.

»Ich erinnere mich noch gut an dich, als du jung warst, Per. Die Mädchen waren scharf auf dich wie Alkoholiker auf einen Schnapsladen«, sagte Janne und lachte. »Du warst ein richtiger Casanova.«

»Sie machen mich neugierig. Darüber müssen Sie mir später mehr erzählen«, sagte Charlotte.

Janne nickte und stand auf. »Seid ihr hier, um uns zu der Frau unter der Brücke zu befragen?«, fragte er. Als der eine Arm zuckte, legte er den anderen darüber, um ein erneutes Muskelzucken zu verhindern.

Charlotte blickte zu ihm auf und holte ihren kleinen Notizblock aus der Jackentasche. »Sie haben es in der Zeitung gelesen, nehme ich an?«, sagte sie.

Die Leiterin räusperte sich. »Ja, Janne war die ganze Woche hier und kann wohl am meisten darüber berichten«, sagte sie und lehnte sich bequem auf dem Sofa zurück. Das abgenutzte braune Leder knarzte, als sie sich bewegte.

Per zeigte ihr ein Foto der toten Frau.

Lollo nickte. »Das ist sie. Ich erinnere mich gut an ihre Hose, die sah ungewöhnlich aus mit den Pailletten und verschiedenen Farben.«

»Sind Sie sich sicher?«, fragte Per und sah die Leiterin an.

»Ja, sie ist mir aufgefallen, weil wir sie noch nie zuvor bei uns gesehen hatten.«

»Wer war sie?«, fragte er.

»Alle hier nennen … nannten sie ›Saubere Lena‹«, sagte Janne und griff nach einem Keks.

Charlotte notierte sich den Namen in ihren Block. »Saubere Lena?«, wiederholte sie.

»War Lena ihr Vorname?«, fragte Per, nachdem er seinen Saft getrunken hatte. Der Orangenduft verbreitete sich um den Tisch.

»Sie hat diesen Namen im Anmeldeformular verwendet. Ich habe nicht weiter nachgefragt.«

Janne brach ein Stück von dem Keks ab und steckte es sich in den Mund. Wegen der fehlenden Zähne schien ihm das Kauen schwerzufallen.

»Wie hieß Lena mit Nachnamen?«, fragte Charlotte und sah ihn an.

»Keine Ahnung. Sie hat sich als Lena vorgestellt, und hier stellt man keine weiteren Fragen, wissen Sie? Aber wir anderen haben über sie geredet, wenn sie nicht da war, weil sie so … so gut erhalten war …«

»Was meinen Sie damit?«, fragte Charlotte und gab sich Mühe, nicht auf seinen zuckenden Arm zu starren.

»Sie hat getrunken und nach Alkohol gerochen, als sie hier war. Aber sie war wohl noch nicht besonders lange obdachlos, weil alle ihre Zähne schneeweiß waren. Nach ein paar Jahren auf der Straße sind die nicht mehr ganz so frisch.« Janne zeigte seine verfärbten Zähne.

»Ihr wisst also nicht, wie Lena mit Nachnamen hieß?«, fragte Per und wandte sich Lollo zu.

»Nein, leider nicht«, sagte sie. »Aber ich weiß, dass sie am Montag kam und zwei Nächte blieb. Am Mittwoch hat sie die Unterkunft verlassen.«

»Um wie viel Uhr ist sie von hier weggegangen, wissen Sie das?«, fragte Per.

Lollo sah zum Fenster hinaus und überlegte, doch bevor sie etwas sagen konnte, antwortete Janne an ihrer Stelle.

»Lena ist gegen elf Uhr gegangen. Ich weiß das noch, weil sie mich gefragt hat, wie spät es ist.«

»Wie wirkte sie da auf Sie?«, fragte Charlotte.

»Ruhig. Sie hat mich angelächelt«, sagte Janne. »In dem Moment habe ich mich darüber gefreut, dass sie so gut drauf war. Davor war sie nur … angespannt. Als ob sie vor etwas Angst hatte.« Plötzlich schnippte er mit den Fingern. »Ja, genau, sie hatte Angst«, stieß er hervor. »Sie hat gesagt, jemand würde sie bedrohen.«

»Das wissen wir nicht«, sagte Lollo. »Aber sie kam mir vor wie ein scheues Reh. Ich frage mich, wie sie auf der Straße zurechtkam. Das ist ein hartes Leben, besonders für Frauen. Sie sind höchst gefährdet.«

»Etwas Konkreteres hat sie nicht gesagt? Zum Beispiel, wer sie ihrer Ansicht nach bedroht hat?« Charlotte trank einen Schluck Kaffee. Er schmeckte nicht besonders, aber sie brauchte das Koffein.

»Mir gegenüber hat sie nichts erwähnt«, sagte Lollo und sah Janne fragend an. Der schüttelte den Kopf.

»Ohne Scheiß, sie war verschlossen wie eine Auster, diese Lena. Und ich hätte nicht im Traum daran gedacht, dass jemand sie ermorden würde, sonst hätte ich sie doch gefragt, wer sie bedroht, oder? Ich dachte einfach, das wäre nur so ein Angstgefühl gewesen, wie man es manchmal hat.«

»Hatte sie mit jemandem hier in der Unterkunft Streit?«, fragte Charlotte.

Lollo schüttelte den Kopf. »Nein. Sicher, hin und wieder gibt es Knatsch. Aber an den zwei Tagen, an denen Lena hier gewohnt hat, ist nichts Besonderes passiert.«

»Wir werden sämtliche Bewohner befragen müssen, die während dieser Zeit hier waren und womöglich ausführlicher mit Lena geredet haben.«

Lollo lächelte und reichte Charlotte ein Blatt Papier. »Ich weiß doch, wie die Polizei arbeitet. Hier ist eine Liste mit den Personen, die zu dem besagten Zeitpunkt eingetragen waren, einschließlich des Personals.«

Charlotte mochte Lollo.

»Hat Lena mit irgendeinem Dialekt oder Akzent gesprochen?«, fragte sie die Leiterin.

»Fließendes, akzentfreies Schwedisch. Bei dem Wenigen, das sie zu mir gesagt hat, ist mir kein Dialekt aufgefallen.«

»Erinnern Sie sich, ob sie eine Handtasche oder andere persönliche Habseligkeiten bei sich hatte?«

Lollo schien eine Weile zu überlegen, ehe sie antwortete. »Jetzt, wo Sie es sagen, fällt mir ein, dass sie nichts weiter als ein Handy hatte. Oft kommen die Leute mit Plastiktüten und Kleidung, die gewaschen werden muss. Aber Lena … sie hatte nur die Kleidung, die sie trug, als sie zu uns kam.«

»Checkt die rote Gefahr«, sagte Janne und fuhr sich mit der Hand durch den Bart.

»Was?«, fragten Per und Lollo gleichzeitig.

»Ja, sie hat in den Nächten, in denen sie nicht hier war, in einem roten Auto geschlafen. Sie nannte es ›die rote Gefahr‹.«

»Wo steht es?«, fragte Per.

»Das hat sie nicht gesagt, und ich habe sie nie danach gefragt.«

Das Klingeln von Pers Handy unterbrach das Gespräch. Als er das Zimmer verließ, um den Anruf anzunehmen, warf Charlotte einen Blick auf ihr eigenes Handy und stellte fest, dass es bereits nach neun Uhr abends war. Sie erhob sich. »Danke für den Kaffee und die Information«, sagte sie und legte Janne eine Hand auf die Schulter.

»Falls mir noch was einfällt, melde ich mich«, sagte er. »Ich freue mich immer, wenn ich helfen kann.«

Sie verließ die Gesellschaft und ging hinaus zu Per, der auf der Treppe vor dem Eingang stand. Es hatte zu regnen begonnen und Regentropfen fielen auf seine Brillengläser. Das kleine Dach über dem Eingang bot nicht ausreichend Schutz. Er beendete das Gespräch, nahm die Brille ab und rieb sich die Augen.

»Das war Anna. Sie haben die Aufnahmen der Überwachungskameras in der Umgebung der Tegsbrücke gecheckt. Da sieht man, wie Lena vier Tage, bevor ihre Leiche gefunden wurde, über die Brücke gelaufen ist. Sie kam aus der Stadt und ist in Richtung Teg gegangen. Das stimmt mit dem Zeitpunkt überein, an dem sie die Unterkunft verlassen hat.« Per zog die Jacke enger um seinen Körper.

»Dann müssen wir herausfinden, wo sie zwischen Mittwoch um elf Uhr und Samstagnacht war. Irgendjemand wird sie wohl getroffen oder gesehen haben«, sagte Charlotte.

»Ich habe das Team gebeten, sämtliche Streifenwagenbesatzungen anzuweisen, nach einem roten Fahrzeug Ausschau zu halten, das schon länger an derselben Stelle parkt. Sie sollen in der näheren Umgebung mit der Suche beginnen. Finden wir das Auto, werden wir wohl herausfinden, wer diese Lena ist«, sagte Per.

»Ja, bis dahin müssen wir mit dem arbeiten, was wir haben. Gute alte Polizeiarbeit«, sagte Charlotte.

# 16

***Montag, 29. August***

Per hatte letzte Nacht gut geschlafen, und die Ermittlungsarbeit ging weiter. Den ganzen Vormittag hatten seine Gedanken um die Frau im Ume älv gekreist. Wer war Lena?

Er schloss den Deckel seiner Brotzeitdose. Die Reste von gestern mussten für das heutige Mittagessen herhalten. Es gab mehrere im Team, die ihre Mahlzeiten aufwärmen mussten. Anna war die Erste in der Warteschlange vor dem Mikrowellenherd, und was sie auf dem Teller hatte, sah nicht gerade appetitlich aus.

»Mit deinem Diabetes müsstest du mehr solche gesunden Sachen essen«, sagte sie und zeigte ihm den Teller. Per sah eine Menge Broccoli.

»Kaninchenfutter«, sagte er.

»Brolinsalat«, sagte Anna.

»Was?«

»Brolinsalat.«

Per versuchte zu verstehen, was das bedeutete.

Anna bemerkte seine Verwunderung. »Ja, ich nenne ihn so, weil ich das Rezept von Tomas Brolin geklaut habe«, sagte sie lachend.

»Was, ist der nach seiner Fußballkarriere jetzt Koch?«

Anna nahm eine Gabel aus der Besteckschublade. »Nein«, sagte sie. »Aber ich kenne ein Paar hier in Umeå, das mit Tomas und seiner Frau befreundet ist. Dieses Paar hat mir mal diesen Salat angeboten und ihn Brolinsalat genannt, weil das Rezept von Tomas stammt.«

Per reckte den Hals, um genauer zu sehen, was sich auf ihrem Teller befand.

»Probier mal«, sagte Anna. »Roher Broccoli, Rosinen, Erdnüsse, rote Zwiebeln und Hellmann's Mayonnaise. Das ist alles.«

Per holte sich eine eigene Gabel aus der Schublade. Während er damit ein großes Stück Broccoli und ein bisschen von den anderen Zutaten aufspießte, dachte er zurück an die Fußball-WM 1994, als Brolin der König auf dem Spielfeld war. Es knackte schön beim Kauen.

»Verdammt, das schmeckt echt gut«, entfuhr es ihm spontan. Er wollte sich mehr nehmen, doch Anna zog den Teller weg.

»Nun mal langsam. Mach dir deinen eigenen.«

»Wie kann das so gut sein, mit nur fünf Zutaten? Eigentlich ist es nur Broccoli.«

Ehe Per eine Antwort von seiner Kollegin bekam, klingelte sein Handy. Anna entfernte und setzte sich, während er den Anruf entgegennahm. Es war sein Sohn Simon.

»Hallo Papa, ich komme nicht in die Ü16-Mannschaft.«

Per hörte die Enttäuschung in der Stimme und ließ die Schultern hängen. Alles Negative, das seine Kinder traf, fühlte sich für ihn zehnmal so schlimm an.

»Das tut mir leid, Simon, aber du musst weitertrainieren und es später noch mal versuchen. Du hast einen guten Eindruck gemacht, das hat mir jedenfalls der Trainer gesagt. Du bist erst vierzehn und hast noch viel Zeit. Es wird wieder eine Chance geben.«

Plötzlich fing Simon an zu lachen. »Das war nur ein Scherz. Ich bin reingekommen. Morgen geht es los. Stell dir vor!«

*Verdammter Bengel*, dachte Per.

Das Gewicht auf seinen Schultern fühlte sich sofort leichter an. Das bedeutete noch mehr Training, aber Mia und er würden irgendwie eine Lösung finden müssen. Die Ü16-Mannschaft trainierte frühmorgens vor der Schule und gegen sieben Uhr abends. Eigentlich sehr viel, aber die Freude seines Sohnes entschädigte ihn für den ganzen Aufwand. Hannes dagegen trainierte gegen acht Uhr abends. Mit anderen Worten: Mia und er hätten bis nächsten Sommer keine Zeit mehr, auch nur eine einzige Fernsehserie anzuschauen.

»Hast du es Mama schon erzählt?«, fragte er.

»Das mache ich jetzt. Tschüss, Papa«, sagte Simon und legte auf.

Per wollte gerade zu Anna gehen und das Gespräch über Tomas Brolins Salat fortsetzen, als Kicki auf ihn zutrat. Das Erste, was ihm auffiel, waren ihre schweren roten Lederstiefel.

»Du gehst nicht ran, wenn ich anrufe«, sagte sie kurz angebunden.

»Ich habe gerade mit meinem Sohn telefoniert.«

»Du musst mitkommen.«

Per streckte die Hand nach seiner Brotzeitdose aus, die er soeben aufgewärmt hatte. »Kann ich nicht erst essen?«

Kicki drehte sich um und ging. »Nein, das musst du dir jetzt ansehen.«

Per folgte Kicki ins Dezernat für Schwerkriminalität. Die meisten Kollegen waren in der Mittagspause, aber einige arbeiteten. Kicki setzte sich an ihren Schreibtisch und rief eine Datei auf ihrem Computer auf. Die Armbänder an ihren Handgelenken klimperten, während ihre Finger über die Tastatur glitten.

»Was ist so wichtig, dass ich als Diabetiker nicht erst was essen darf?«, fragte Per.

»Hier«, sagte sie und drehte den Monitor so, dass Per ihn besser sehen konnte. »Das hier ist eine Aufzeichnung einer Überwachungskamera von Umeå Energi, die auf die Västra Strandgatan zeigt. Die Stelle am Fluss, wo Lena gefunden wurde, ist nicht mit drauf, aber dafür etwas anderes, wenn du einen Augenblick wartest …«

Sie startete den Film. Laut Zeitangabe stammte die Aufzeichnung aus der Nacht auf Sonntag. Ein Timer zeigte die Uhrzeit und zählte in rasantem Tempo herunter. Bei 3.45.34 drückte Kicki auf Pause.

»Erkennst du den?«, fragte sie und deutete auf einen jungen Mann, der von links ins Bild lief.

Per beugte sich näher an den Bildschirm heran. »Was zum Teufel … Samir!«

»Genau«, sagte Kicki und lehnte sich zurück.

»Er war also in der Nähe der Stelle, wo Lena gefunden wurde, nur einen Steinwurf entfernt, in genau dem Zeitfenster, in dem wir die Tat vermuten. Das kann unmöglich ein Zufall sein«, sagte Per. Sie spielten die Filmsequenz noch einmal ab. Samir lief die Västra Strandgatan entlang, am Skatepark vorbei und dann weiter, weg von der Tegsbrücke.

»Ist er zu einem brutalen Mord fähig?«, fragte Kicki.

»Ich weiß nicht. Vermutlich ist er einer der Räuber und besitzt ein großes Gewaltpotenzial, aber Lena wurde gefoltert. Was ist das Motiv? Soviel wir wissen, hat sie nichts Wertvolles besessen. Was hat er davon, einer wehrlosen Person so etwas anzutun? Ist er vollkommen abgestumpft?«

»An dieser Frage werden wir uns womöglich die Zähne ausbeißen«, sagte Kicki.

»Ich rufe beim Jugenddezernat an. Samir muss zu einer Vernehmung aufs Revier geholt werden«, sagte Per.

»Bestimmt versteckt er sich irgendwo«, sagte Kicki.

»Wir knöpfen uns auch seine Freunde vor und versuchen herauszufinden, was sie wissen.«

»Sein Kumpel Omar wurde gestern auf dem Campingplatz wegen Drogenbesitz festgenommen. Ihn könnt ihr schon jetzt vernehmen«, sagte Kicki.

»Perfekt! Lasst Samir zur Fahndung ausschreiben und schnappt euch weitere Personen aus seinem Umfeld. Wir müssen herausfinden, was sie wissen«, sagte Per und machte sich auf den Weg zu seinem Büro.

# 17

Ibrahim schrieb eine kurze Textnachricht an Samir.

*Alter, wo bist du? Omar ist bei den Bullen.*

Er hatte ihm bereits etwa ein Dutzend ähnlicher Nachrichten geschickt und wusste eigentlich, dass Samir nicht antworten würde. Trotzdem hoffte er, dass die Information über Omar ihn aus der Reserve locken würde.

Er saß auf der Kaimauer, ließ die Beine baumeln und wartete auf Klara, die ebenfalls in der Schule Mittagspause hatte. Der von der Sonne aufgeheizte Steinboden wärmte seinen Hintern. Der Winter lag noch in der Ferne, und Ibrahim hatte keine Angst davor. Zum ersten Mal in vielen Jahren würde er die kalte Jahreszeit in einem warmen Zuhause verbringen.

Als er ein Kindergeräusch vernahm, drehte er sich um. Eine Familie ging mit einem Kinderwagen spazieren. Ibrahim warf einen Blick auf das Baby, das in eine Decke gehüllt war. Er dachte darüber nach, wie unterschiedlich die Lebensumstände sein konnten. Es war fast schon komisch. In welchem Teil der Welt man geboren wurde, machte den Unterschied zwischen Wärme und Kälte, Hunger und Sattheit, Sicherheit und Flucht aus. Ohne zu wissen, was für ein glückliches Los es gezogen hatte, schaute das Baby zu Ibrahim hinüber und lachte.

»Du sitzt hier am Wasser und beobachtest die Leute«, sagte Klara und setzte sich neben ihn. Sie trug eine neue blaue Jacke, und ihr Käppi drückte die Haare, die ihr Gesicht umrahmten, nach unten. »Hast du nicht mal gesagt, du hättest Angst vor Wasser?«

Sie legte einen Arm um seine Schultern und schmiegte sich an ihn.

»Ja, schließlich ist meine ganze Familie ertrunken«, sagte er und deutete auf den Fluss, der ruhig dahinfloss.

»Du sprichst nie darüber, was passiert ist.«

Er drehte den Kopf von ihr weg und ließ sich die Sonne auf die Haut scheinen. Sie war direkt und fragte, als wäre es selbstverständlich. Ibrahim wollte darüber reden, wusste aber nicht, wie. Klara dagegen tat sich damit leicht.

»Hör zu«, sagte sie und sah ihn warmherzig an. »Mit mir kannst du reden.«

Ibrahim seufzte. Jedes Mal, wenn er an seine Familie und die Flucht über das Mittelmeer dachte, löste das wie auf Knopfdruck ein Gefühlschaos in ihm aus. Es fühlte sich an wie ein Presslufthammer im Kopf, und er musste die Erinnerungen verdrängen, um nicht verrückt zu werden. Gleichzeitig musste er versuchen, sich Klara gegenüber ein wenig mehr zu öffnen. Er hatte mit ihr nie richtig darüber gesprochen und wollte ihr etwas geben.

»Tut mir leid, es fällt mir einfach so schwer, darüber zu reden«, sagte er und blickte auf den Fluss hinaus. »Mama hatte einen roten Schal, den sie sich immer locker um den Kopf gewickelt hat, nachdem wir geflüchtet sind. Ich erinnere mich, dass sie aufgehört hat, ein Kopftuch zu tragen, als wir Syrien verlassen haben. Der rote Schal hat ihr Gesicht eingerahmt und mich irgendwie an eine Figur aus einem Märchen erinnert. Er trieb auf der Wasseroberfläche und war das Letzte, was ich von meiner Mutter gesehen habe.«

Klara rückte mit ihrem Gesicht näher an ihn heran, und er roch ihren Duft. »Hast du ihn noch? Den Schal, meine ich.«

Ibrahim schüttelte den Kopf. »Alles ist weg.«

»Ich kann mir nicht vorstellen, was du durchgemacht hast.«

Er sah Klara an. »Samir und Omar wurden meine neue, extrem dys… Wie heißt das? Ein komisches Wort, ich musste es mal in der Schule beschreiben. Dysfunkt? Eine Familie, die nicht funktioniert, wie sagt man das auf Schwedisch?«

Klara lächelte. »Dysfunktional?«

»Genau, die beiden wurden meine dysfunktionale Familie.«

»Wie habt ihr gelebt, bevor ihr hierhergekommen seid?«, fragte sie.

Weiße Vögel zogen über der Wasseroberfläche ihre Runden. Sie schienen nach Fischen zu suchen und kreischten.

Ibrahim sah ihnen zu. »Von einem Tag auf den anderen«, sagte er. »Wir haben an verschiedenen Orten übernachtet, in Wohnungen voller Menschen oder in baufälligen Häusern.«

»Woher habt ihr Geld bekommen? Ihr musstet schließlich auch was essen.«

Er senkte den Blick. Das war nichts, was er mit Klara teilen wollte. Die Raubüberfälle, die Diebstähle. Samir war gut darin, Drogen für lokale Kriminelle zu verticken. Aber irgendwann hatten sie sein großkotziges Auftreten satt, fühlten sich unsicher und fingen an, mit Gewalt zu drohen. Daraufhin zogen die drei weiter. Blieben nie länger als ein paar Monate in derselben Stadt. Schließlich landeten sie in Spanien und gelangten mithilfe von Schleusern auf einem Frachtschiff nach Malmö.

»Wir haben uns durchgeschlagen«, sagte er stattdessen. »Man kann über Samir sagen, was man will, aber er ist ein echter Überlebenskünstler. Wusstest du, dass er Kindersoldat beim IS war, bevor ihm die Flucht gelang?«

»Shit«, sagte sie. »Kein Wunder, dass er so ist, wie er ist.«

»Er ist abgetaucht, ich kann ihn nicht erreichen. Keine Ahnung, was er macht.«

»Wann hast du zuletzt mit ihm gesprochen?«

»Am Samstag«, sagte Ibrahim und spürte wieder den Presslufthammer im Kopf. Dasselbe Gefühl, das er verspürte, wenn er an seine Familie dachte.

»Kannst du nicht auf Snap Map sehen, wo er ist? So wie wir es machen, wenn wir uns finden wollen?«

Ibrahim lachte laut. Sie war süß. »Samir hat kein Snapchat. Er benutzt andere Apps.«

»Was glaubst du, wo er sein könnte?«, fragte sie und trat mit den Füßen gegen die Kaimauer.

Ibrahim erwiderte ihren Blick. Diese blauen unschuldigen Augen. Konnte er ihr vertrauen?

Also wirklich, zu hundert Prozent?

Er dachte an die Frau, deren Leiche im Wasser gefunden wurde, nur ein paar Hundert Meter von der Stelle, wo sie saßen. Die Wassernixe, wie die Zeitungen sie nannten. Sollte er es ihr erzählen?

# 18

Erik parkte bei der Rathausesplanade gegenüber von Helens Arbeitsplatz und blickte zu ihrem Fenster im zweiten Stock hoch. Es sah aus, als ob kein Licht brannte, aber wegen des Tageslichts war es schwer zu erkennen. Er wollte hochgehen und ihr Hallo sagen, ihr vielleicht etwas zum Mittagessen vorbeibringen, zögerte jedoch. Helen mochte keine Überraschungen. Jetzt saß er also hier und beschattete den Arbeitsplatz seiner Frau. Wie ein erbärmlicher Loser.

Erik rief Helen an, doch sie ging nicht ran. Er musste Zeit finden, um mit ihr zu reden, wollte wissen, ob sie untreu war oder ob es bei dem Telefon, das sie im Wäschekorb versteckt hatte, um etwas ganz anderes ging. Aber wenn ja, um was?

Er schaltete den Motor aus, blieb im Auto sitzen und bezahlte die Parkgebühr mit seiner App. Die Politessen machten hier oft die Runde und verteilten Strafzettel, da die Gegend stark frequentiert war. Dann klappte er die Sonnenblende herunter und betrachtete sich in dem kleinen Spiegel. Die dunklen Bartstoppeln mussten entweder gestutzt oder abrasiert werden. Sie kratzten, als er mit der Hand darüberfuhr. Erik bekam oft zu hören, dass er nett aussah, nicht attraktiv. Das schmale Kinn wies eine dicke Narbe auf, die aus seiner Kindheit stammte, und es gab eine leichte Tendenz zu schütterem Haar. Aber obwohl der Haaransatz zurückging, hatte er zumindest noch Haare auf dem Kopf, wie Helen einmal bemerkt hatte.

Er klappte die Sonnenblende so ruckartig hoch, dass sie gegen die Innenverkleidung des Autodachs knallte, und starrte auf das Armaturenbrett. Seine Schultern fühlten sich schwer an, sein Atem noch schwerer. Helens Verhalten in letzter Zeit ging ihm durch den Kopf. Sie war etwas kurz angebunden und ging immer seltener ran, wenn er sie anrief. Falls sie nicht untreu war, zu wem hatte sie dann über das heimliche Nokia-Handy Kontakt? Zu ihrem Vater? Erik wusste, dass er sich in rechtsextremen Kreisen bewegte und in der Nordischen Widerstandsbewegung aktiv war. Helen war mit seinen Ansichten und seinem Menschenbild aufgewachsen, hatte sich jedoch davon losgerissen, was sie Erik verdankte. Was, wenn ihr Vater wieder in ihrem Kopf und in ihrem Leben war?

Er verdrängte diese Themen. Daran wollte er gar nicht erst denken.

Sein Magen knurrte, er hatte noch nichts zu Mittag gegessen. Erik öffnete das Staufach der Mittelkonsole und entnahm ihm einen Schokoriegel. Sein Notproviant. Er brach ein Stück ab und sah im selben Moment, wie Helen aus dem Haus kam und nach rechts in Richtung Rathausplatz abbog. Ihr Mantel flatterte im Wind. Sie band sich den Gürtel um die Taille und setzte sich eine rote Mütze von ihrer Lieblingsmarke auf. Erik hatte sie ihr vor langer Zeit als Geschenk gekauft.

Zunächst folgte Erik ihr mit seinem Blick. Wo wollte sie hin? Dann stieg er aus und ging ihr zu Fuß hinterher. Helen bog nach links in die Kungsgatan. Sie lief schnell und verschränkte die Arme vor der Brust, als ihr zwischen den Häusern der Wind entgegenwehte. Ihre Handtasche hatte sie nicht dabei. Wollte sie sich etwas zum Mittagessen holen?

Erik kam sich vor wie ein Polizist bei einer Observierung. Hielt ausreichend Abstand. Dank der roten Mütze verlor er sie nicht aus den Augen. Vor der Apotheke blieb sie stehen, als jemand, den sie kannte, sie ansprach. Doch dann trat sie zwei Schritte nach vorn und wollte weitergehen. Sie lächelte angestrengt und winkte der Person zu, ehe sie mit schnellen Schritten weiterlief. Erik fiel es schwer, an ihr dranzubleiben, ohne selbst schneller zu laufen.

Er rief ihr Handy an und sah, wie sie es aus der Tasche holte, auf das Display schaute und es wieder einsteckte.

Ein deutlicheres Zeichen war nicht nötig.

In der Vasagatan blieb Helen vor einer Filiale der Sportmodenkette Stadium stehen. Sie schien auf etwas zu warten. Hinter einer Säule drückte sie sich an die Wand und blickte auf den Boden, wobei sie die Mütze ein bisschen ins Gesicht zog. Ihr dichtes Haar hatte darunter kaum Platz. Wäre die Situation eine andere, hätte er den Anblick beinahe süß gefunden.

Erik wollte nicht hier stehen und seine Frau beschatten. Sie stritten zwar hin und wieder – wie in jeder Ehe ging es um Kleinigkeiten. Wer einkaufen gehen sollte. Warum es im Haus unordentlich aussah. Die Planung der Aktivitäten der Kinder. Solche Dinge. Ansonsten lief die Beziehung aber gut, und Erik war sich sicher, dass Helen glücklich war. Sie und die Kinder waren die Familie, die er sich immer gewünscht hatte, und er wollte sie nicht verlieren.

Er bekam Kopfschmerzen und ein flaues Gefühl im Magen. Es wurde noch schlimmer, als ein grauer Volvo anhielt und Helen hineinsprang, ohne zu zögern. Das Auto fuhr schnell weiter – so schnell, dass Erik weder den Fahrer sehen noch sich das Kennzeichen notieren konnte.

Er holte sein Handy hervor, fuhr mit dem Finger über das Display und wählte erneut ihre Nummer. Als sie ranging, beschleunigte sich sein Puls.

»Hey Erik«, sagte sie kurz angebunden.

»Hallo, möchtest du mit mir zum Mittagessen gehen?« Er gab sich Mühe, ruhig zu klingen. »Ich hatte heute keine Zeit, in der Pause zu essen.«

»Ich habe eine Menge zu tun. Vielleicht ein anderes Mal?«

»Okay, du bist auf der Arbeit? Kann ich kurz vorbeikommen?«

»Ja, ich bin hier, aber das ist keine gute Idee. Ich habe gerade zu viel zu tun.«

Helen beendete das Gespräch, und Erik blickte gekränkt auf das Telefon in seiner Hand. Er fühlte sich, als wäre er überfahren worden.

# 19

Charlotte musterte ihr Spiegelbild in der Personaltoilette des Polizeireviers. Die Falten waren ausgeprägter geworden. Sie fand, dass sie ihr gut standen. Zum ersten Mal seit der Scheidung von Carl war sie mit ihrem Leben zufrieden. Ein Grund dafür war Ola, aber es handelte sich mehr um ein Gefühl von Stärke. Sie war von niemandem und nichts abhängig. Das Einzige, was in ihrem Leben fehlte, war Anja. Heute war Montag, und ihre Tochter würde vielleicht zum Wochenende kommen. Charlotte sehnte sich wahnsinnig nach ihr. Jetzt, wo Anja nach dem Sommer ihr Studium an der Universität in Stockholm begonnen hatte, hatte sie keine Zeit für ihre Mutter übrig. Ihr neues Leben nahm sie voll in Anspruch. *Aber so ist das nun mal,* dachte Charlotte, nahm ihren Lippenstift und schminkte die Lippen mit dem dezenten Rotton, den sie liebte. Anschließend fuhr sie sich wie gewöhnlich mit den Händen über das Haar. Der Knoten saß, aber ein paar Strähnen hatten sich gelöst. Sie entfernte eine der Haarnadeln, die den Knoten zusammenhielten, und steckte ihn erneut. Danach zog sie die Schultern zurück und verließ den engen Raum. Die erste Person, die sie im Flur traf, war Kicki.

»Du weißt schon, dass du dein Auto nicht dort parken darfst, wo es jetzt steht? Ich habe eine Mail darüber verschickt«, sagte die Kollegin.

»Was meinst du damit?«, fragte Charlotte.

Kicki drehte sich um. »Dein Wagen, der steht auf einem Platz, der für das Nachtschichtpersonal reserviert ist. Du darfst dort nicht parken.«

»Alle parken dort, bis die Kollegen von der Nachtschicht zum Dienst kommen. Selbst du machst das manchmal.«

»Lies die Mail«, sagte Kicki und verschwand im Pausenraum.

Charlotte zog die Augenbrauen hoch und holte ihr Handy hervor. Tatsächlich – da war eine Mail von Kicki betreffend Charlottes Auto, die sie an alle im Polizeirevier verschickt hatte, inklusive der Vorgesetzten.

Sie atmete dreimal tief durch und biss die Zähne zusammen, um nichts zu sagen, was sie später bereuen würde. Die Kollegin hatte zwar in der Sache recht, aber sie hätte es Charlotte auch unter vier Augen sagen können.

Kicki kam mit einem Apfel in der Hand aus dem Pausenraum und nahm einen großen Bissen von der Frucht, während sie mit geradem Rücken an Charlotte vorbeiging.

Charlotte blieb einen Augenblick stehen, damit sie nicht irritiert und schlecht gelaunt zur Vernehmung von Omar kam. Das Jugenddezernat hatte ihn wegen Verdachts auf Raubüberfall und Drogendelikte festgenommen. Eine perfekte Gelegenheit für das Dezernat für Schwerkriminalität, ihm ein paar Fragen zu Samir zu stellen, den sie suchten, nachdem er in einem dieser Überwachungsvideos aufgetaucht war. Ob deren Kumpel Ibrahim an dem Raubüberfall beteiligt gewesen war, wusste niemand, aber mit ihm würden sie ebenfalls reden müssen.

Charlotte fasste an die Türklinke zum Vernehmungszimmer, stellte jedoch fest, dass sie vergessen hatte, ihre Armbanduhr abzunehmen. Schnell ließ sie die Patek Philippe in ihre Hosentasche gleiten, bevor sie die Tür öffnete.

Sobald sie den Raum betrat, dachte sie nicht mehr an Kickis Mail.

»Entschuldigung, dass ich zu spät komme.«

Per blickte auf. Er saß mit dem Rücken zur Wand und tippte etwas in den Computer. »Macht nichts, Omar ist gerade erst mit seinem Anwalt gekommen.«

Per deutete auf einen Mann im Anzug. Charlotte sah ihn zum ersten Mal und nickte ihm zu. Im Zimmer befand sich auch ein Dolmetscher, von dem sie nicht wussten, inwieweit sie seine Dienste benötigen würden. Omar saß breitbeinig und mit verschränkten Armen daneben. Die Bomberjacke war zu groß, aber teuer. Schwarzes Käppi, Gucci-Schuhe. Das eine Bein zuckte ständig, und sein Blick war starr.

*Er ist festgenommen und kommt nicht an Drogen ran*, dachte Charlotte. Jugendliche Straftäter hatten ein Problem damit, in Polizeigewahrsam zu sitzen, und knickten meistens nach ein paar Tagen ein. Es würde sich zeigen, aus welchem Holz Omar geschnitzt war.

Per eröffnete die Vernehmung mit den üblichen einleitenden Bemerkungen, und nachdem die Anwesenden sich vorgestellt hatten, kam Charlotte gleich zur Sache.

»Omar, Sie sind festgenommen wegen Verdachts auf ein Betäubungsmitteldelikt im Normalmengenbereich und Raub.«

Er starrte sie an, während der Dolmetscher übersetzte. Als er fertig war, lächelte Omar.

»Ich bin unschuldig. Das waren nicht meine Drogen, und ich habe niemanden beraubt.«

Charlotte seufzte. »Deswegen sind wir nicht hier. Wir möchten uns mit Ihnen über Ihren Freund Samir unterhalten.«

Omar beugte sich zu Charlotte vor. Sie erwiderte seine Geste.

»Kein Kommentar«, sagte er.

Charlotte betrachtete den jungen Mann, der vor ihr saß. Er wusste nicht viel mehr, als wie man von einem Tag auf den anderen lebt. Aus den wenigen Informationen, die sie im Laufe der Ermittlungen zutage gefördert hatten, ging hervor, dass Omars Familie noch lebte, er jedoch an verschiedenen Orten in Europa auf der Straße aufgewachsen war. Seit seiner Ankunft in Schweden und Umeå hatte man ihn zusammen mit einer kriminellen Bande gesehen, die in dem Verwaltungsbezirk berüchtigt war und in der er und Samir sich hochzuarbeiten schienen. Es gab nichts, was Per oder Charlotte tun konnten, um ihn zum Reden zu bringen. Für ihn waren die beiden ungefähr so gefährlich wie Kuscheltiere. Ein Steinchen, das ein bisschen im Schuh rieb. Eine vorübergehende Irritation, mehr nicht.

Omar lachte auf, als hätte er ihre Gedanken gehört. Er hob die Stimme, und sie spürte die absolute Verachtung, die er für sie empfand, als er etwas in seiner Muttersprache hervorstieß.

Charlotte vermutete, dass der Dolmetscher die Botschaft nicht wortgetreu wiedergab. Er übersetzte folgendermaßen: »Ich weiß nichts über Samir.«

Charlotte fixierte Omar weiterhin mit ihrem Blick. Sie mussten die Taktik ändern, um zu ihm durchzudringen.

»Okay, Sie wollen also dieses Spiel spielen«, sagte sie.

Charlotte signalisierte Per mit einem Blick, dass er übernehmen solle.

»Am Donnerstag, den fünfundzwanzigsten August, wurde ein Jugendlicher ausgeraubt und brutal verletzt. Man hat ihm sein Handy, seine Jacke und seine Bankkarte entwendet. Gut zwei Tage später haben Samir und Sie mit dieser Karte an einem Bankautomaten im Stadtteil Ersboda Geld abgehoben. Wie erklären Sie sich das?«

»Sie lügen, ich habe noch nie jemanden ausgeraubt«, sagte Omar auf Englisch. »Samir hat …«

Omar verstummte. Er hatte sich dabei ertappt, wie er Samir ans Messer geliefert hatte.

*Gut*, dachte Charlotte. *Jetzt kommen wir der Sache näher.*

»Wo steckt Samir? Wir wissen, dass Sie es wissen.«

»Keine Ahnung.«

Charlotte sah Per an. Der verzog keine Miene.

»Kann ich jetzt gehen?«, fragte Omar.

»Dann müssen Sie auf direktem Weg zurück in Untersuchungshaft, weil wir noch nicht mit Ihnen fertig sind. Wir dürfen Sie noch vierundzwanzig Stunden festhalten«, sagte Per.

Charlotte bemerkte, dass Omars Atem schneller ging, als er einsah, dass er noch länger in Polizeigewahrsam bleiben würde.

»Wenn Sie nach Hause gehen wollen, müssen Sie uns sagen, wo Ihr Kumpel Samir steckt.«

»Fuck you!«, sagte Omar.

Per stand auf und Charlotte übernahm wieder die Vernehmung.

»Was haben Sie und Samir in der Nacht von Samstag auf Sonntag gemacht? Nach Mitternacht?«, fragte sie.

Omar unterbrach sein hektisches Atmen und öffnete den Mund. Das Grinsen, das er die ganze Zeit während der Vernehmung im Gesicht gehabt hatte, verschwand. Er zog die Arme näher an seinen Körper.

»Wir haben den begründeten Verdacht, dass Samir vielleicht etwas über eine schwere Straftat weiß«, fuhr sie fort. »Er ist ein potenzieller Zeuge, mit dem wir Kontakt aufnehmen müssen.«

Der Anwalt legte Einspruch ein und faselte etwas von losen Indizien, die nichts mit seinem Mandanten zu tun hatten. Er hatte recht, aber Charlotte scherte sich nicht darum.

»Erzählen Sie uns, was Sie in dieser Nacht gemacht haben, Omar.«

Er sah sie an. Seine Beine zitterten unter dem Tisch. »Weiß ich nicht mehr.«

»Sie wissen es nicht mehr? Was wissen Sie nicht mehr?«

Omar blickte nervös hin und her. »Ich habe niemanden getötet«, sagte er leise auf Englisch.

»Ich habe Sie nicht beschuldigt, jemanden getötet zu haben. Warum sagen Sie das?«

»Sie sitzen hier und stellen mir eine Menge Fragen zu einer schweren Straftat. Glauben Sie, ich habe nicht kapiert, dass es um die Frau geht, über die alle reden? Ich weiß nichts über irgendeinen Mord.«

Die Erwähnung von Samstagnacht hatte offenbar etwas in Omar ausgelöst. Entweder hatte er nur eine Heidenangst, ins Kreuzfeuer der Ermittlungen zu geraten, oder er wusste etwas über Lena. Charlotte war überzeugt, dass Letzteres zutraf. Dass Omar mehr über den Mord wusste, als er zugab.

»Rücken Sie endlich mit der Wahrheit heraus. Was haben Sie in dieser Nacht gemacht?«

»Ich war zu Hause und habe mir einen Film angeschaut.«

»Kann das jemand bestätigen?«

Omar starrte auf den Tisch und biss sich auf die Unterlippe. »Ibrahim«, sagte er.

»Ibrahim kann es bestätigen?«, wiederholte Charlotte. Ihr war klar, dass die beiden sich vermutlich gegenseitig ein Alibi geben würden.

Omar fuhr sich mit der Hand über die Nase. Sein Mund stand noch offen, und er befeuchtete die Lippen mit der Zunge. Das Wasserglas, das vor ihm stand, hatte er bisher nicht angerührt.

»Wir müssen Samir kontaktieren. Wenn Sie uns helfen, helfen wir Ihnen«, sagte Per.

Omar blickte auf. Die geröteten Augen ließen die Iriden noch dunkler wirken.

Er sagte etwas kaum Hörbares in seiner Muttersprache.

»Ich habe seit dieser Nacht nicht mehr mit ihm gesprochen. Er ist nicht erreichbar. Ich weiß nichts über irgendein Verbrechen«, übersetzte der Dolmetscher.

»Sie wissen mehr, als Sie uns sagen, aber … Wir sind vorerst mit Ihnen fertig. Sie müssen zurück in Ihre Zelle«, sagte Charlotte und stand auf.

»Sie sind wohl schwer von Begriff! SAMIR IST WEG!«, schrie Omar auf Englisch.

Charlotte war von dieser heftigen Reaktion überrascht.

»Was meinen Sie mit ›weg‹? Wann ist er verschwunden?«, fragte Per.

»Das weiß ich doch nicht! Er geht nicht ans Telefon, und ich habe ihn seit Samstag nicht mehr gesehen.«

Der Anwalt verlangte, dass sie die Vernehmung beendeten.

Charlotte ignorierte ihn. »Was haben Sie in dieser Nacht gemacht, Omar?«, fragte sie erneut.

Aber ehe Omar antworten konnte, klopfte es an der Tür, und seine Aufmerksamkeit richtete sich auf Kicki, die den Kopf ins Zimmer steckte. Per brach die Vernehmung ab, und Charlotte hatte den Eindruck, dass der junge Mann erleichtert war, wieder in seine Zelle zurückkehren zu dürfen.

Draußen im Flur händigte Kicki Per eine Mappe aus. Er blätterte darin herum. Man hatte den Zeugen gefunden, der einen der Raubüberfälle gefilmt hatte. Jetzt lag also ein zusätzlicher Beweis gegen Omar vor. Allerdings hatten die Kollegen nichts finden können, was Omars Aussagen über Samir widerlegte, obwohl sie sein Handy nach Informationen durchforstet hatten. Seit Samstag hatte er fünfundfünfzigmal versucht, Samir anzurufen, eine Menge Textnachrichten geschickt und gefragt, wo er steckte. Der Ton der Nachrichten klang gestresst und wütend.

»Schnappen wir uns Ibrahim. Es ist Zeit, dass wir auch mit ihm reden«, sagte Per.

»Omar hat vor irgendetwas Angst«, sagte Charlotte.

# 20

Erik saß im Auto auf dem Schulparkplatz und umklammerte mit beiden Händen das Lenkrad. Sein Arbeitstag war vorbei, aber er hatte keine Lust, sofort nach Hause zu fahren. Den Kopf an die Nackenstütze gelehnt, sah er zu, wie die Regentropfen auf die Windschutzscheibe fielen. Er dachte an Helen und an das Auto, in das sie vor der Stadium-Filiale gesprungen war. Und daran, dass sie ihn angelogen hatte.

Erik startete den Motor. Das Radio ging mit unerwarteter Lautstärke an. Er stellte es leiser, als ein Anruf einging.

Helen.

»Hallo, entschuldige, dass ich vorhin so kurz angebunden war, aber auf der Arbeit war heute ziemlich viel los. Wie geht's dir?«

Sie zeigte sich besorgt, aber ihre Stimme klang kalt. Erik antwortete nicht, da es ihm schwerfiel, sich nichts anmerken zu lassen.

»Wo bist du?«, fragte sie schließlich.

»Im Auto vor der Schule«, sagte er müde.

»Alles in Ordnung? Du klingst komisch.«

Erik schloss die Augen und lauschte den Regentropfen, die auf das Autodach fielen. »Wo bist du?«, sagte er, anstatt auf ihre Frage einzugehen.

»Auf dem Heimweg von der Arbeit.«

*Du und deine Lügen, ihr widert mich an*, dachte er.

»Ich komme gegen sechs Uhr nach Hause, bist du dann da?«, fragte er.

Stille am anderen Ende.

»Hallo Helen?«

»Ja. Ich mache das Abendessen.«

»Gut, wir müssen reden«, sagte er.

»Ich muss nach dem Essen weg«, sagte sie. »Elsa hat Turnen.«

Erik presste die Lippen zusammen. »Wo ist das Training?«

»In der Hagaskolan, wie jeden Montag.« Helen klang wieder kurz angebunden.

»Wie lange bist du weg? Es wäre schön, wenn wir ein bisschen Zeit hätten, um zu reden.«

»Ungefähr zwei Stunden. Und morgen hat Liam Floorball.«

Erik umklammerte das Lenkrad fester. Helen fand ständig Ausflüchte.

»Okay, dann kann man nichts machen«, sagte er, und Helen schien mit der Antwort zufrieden zu sein.

Sie beendeten das Gespräch, und Erik war wieder mit der Musik im Radio allein. Irgendein alter Song von Dr. Alban. Er überlegte, ob Klara, ihre Babysitterin, an einem Abend unter der Woche auf die Kinder aufpassen könnte, damit er Helen beschatten und sehen konnte, was sie so trieb. Er konnte einfach lügen und sagen, dass er zu einer Konferenz müsse oder etwas in der Art.

Klara war der Liebling der Kinder, hatte es in Rekordzeit auf den ersten Platz geschafft. Erik mochte sie. Sie war stets für die Kinder da, ohne viel Aufhebens um sich zu machen. Außerdem war sie immer fröhlich und freundlich. Der Schulleiter hatte gemeint, dass es nicht gut sei, eine Schülerin als Babysitterin zu engagieren, aber Erik war das egal. Während eines ihrer Gespräche in der Schule hatte Klara es selbst vorgeschlagen. Sie brauchte Geld, und Helen und Erik brauchten Hilfe mit den Kindern. Was war das Problem?

Gedankenverloren machte Erik sich auf den Heimweg. Es war wie eine Fahrt im Nebel, plötzlich war er da.

Als er in die Einfahrt zur Villa bog, brannte in allen Fenstern das Licht, obwohl es draußen noch recht hell war. Erik seufzte. Da er dies für Verschwendung hielt, machte er jedes Mal einen Rundgang durchs Haus und schaltete überall, wo sich niemand aufhielt, das Licht aus. Aber wenn er nicht zu Hause war, leuchtete das Anwesen wie ein Weihnachtsbaum. Die Stromrechnungen wurden immer teurer.

Nachdem er den Motor abgestellt hatte, blieb er im Auto sitzen und scrollte auf seinem Handy. Er scheute sich davor, ins Haus zu gehen. Jedes Mal, wenn er Helen sah, spürte er ein Druckgefühl in der Brust. Im ersten Moment wollte er sie mit dem Verrat konfrontieren, den sie an der Familie begangen hatte, im nächsten wollte er den Kopf in den Sand stecken und hoffen, dass sich alles wieder einrenken würde.

Erik zuckte zusammen, als es an der Fensterscheibe klopfte. Der Nachbar war mit dem Hund im Regen hinausgegangen.

»Hallo«, grüßte er, als Erik die Wagentür öffnete.

»Sie haben mich aber erschreckt«, erwiderte Erik und stieg aus.

Der Nachbar streichelte den Hund. Erik mochte Tiere nicht besonders, aber zum Glück hielt der Vierbeiner sich zurück.

»Elsa hat heute Abend ja Turnen«, sagte der Nachbar.

Erik lachte auf. »Und woher wissen Sie das?«

»Es ist wohl nicht zu übersehen, dass Helen jeden Montag um die gleiche Zeit zusammen mit Elsa in ihrem hübschen rosa Ballerina-Kleid wegfährt. Ich bin doch nicht auf den Kopf gefallen«, sagte der Nachbar und lachte. »Aber es gibt etwas, worüber ich mit Ihnen reden möchte. Wegen Helen.«

Erik zog die Augenbrauen hoch und nahm seine Aktentasche aus dem Auto. »Was denn?«

»Also, sie steht nachts draußen und telefoniert«, sagte der Nachbar und klang besorgt.

Erik lief ein kalter Schauer durch den Körper. Der Regen drang bis zur Kopfhaut durch und lief die Wangen hinunter.

»Was meinen Sie mit ›steht nachts draußen‹?«

»Na ja, ich habe sie ein paar Mal gesehen. Sie steht draußen auf dem Balkon und telefoniert mitten in der Nacht. Ich will nicht neugierig sein, aber … ist zwischen Ihnen alles, wie es sein sollte? Ist alles in Ordnung mit ihr?«

Erik zwang sich, den Blick des Nachbarn zu erwidern. »Warum stehen Sie nachts draußen und beobachten unser Haus? Ist das nicht noch merkwürdiger?«

Der Nachbar lachte erneut. »Ja, den Eindruck könnte man haben, aber in einer dieser Nächte war es so warm, dass meine Frau und ich nicht schlafen konnten. Wir saßen draußen auf der Veranda und haben die Stille genossen. Helen hat sie unterbrochen, kann man sagen.« Der Nachbar wirkte verlegen. Seine Erklärung klang glaubwürdig.

»Mit ihr ist alles in Ordnung«, sagte Erik kurz angebunden.

»Ich verstehe, und entschuldigen Sie, wenn ich mich einmische, aber ich habe ein bisschen von ihrer Unterhaltung mitbekommen. Es war nicht so, dass ich gelauscht habe, sie klang nur so wütend mitten in der Nacht.«

»Was? Was hat sie gesagt?«, fragte Erik und scherte sich nicht darum, dass seine Kleidung ihn nicht mehr vor der Nässe schützte.

»Ich habe nur ein bisschen was gehört, irgendwas mit ›lösen‹. ›Du musst es lösen, tu es einfach, sonst bringe ich ihn um‹, hat sie gesagt. Und dann habe ich nicht mehr zugehört, weil es mir und meiner Frau ein bisschen Angst gemacht hat. Wir dachten, sie hätte vielleicht Ärger mit jemandem.«

Der Nachbar redete weiter, aber Erik blendete ihn aus. Er hörte nur noch den Regen.

# 21

Klara hatte auf Ibrahim gewartet und blickte zu ihm auf, als er endlich in sein Zimmer kam. Weißes T-Shirt, schwarze Jeans und ein Kapuzenpulli. Er sah immer so frisch im Gesicht aus, nie blass. Klara selbst hatte sich geschminkt und viel Zeit darauf verwendet, es perfekt hinzubekommen. Sie war ein großer Fan der Influencerin Bianca Ingrosso und versuchte, wie sie auszusehen, obwohl sie bei Weitem nicht so hübsch war.

Klara saß wie immer auf Ibrahims Bett und hatte von dessen Pflegemutter Apollonia eine Zimtschnecke angeboten bekommen, die halb gegessen auf dem Nachttisch lag.

»Hej, wie lange hast du gewartet?«, fragte Ibrahim.

»Vielleicht eine Viertelstunde.«

Er warf sich auf das Bett. Ihr leichter Körper zitterte von der Wucht des Aufpralls. Sie griff nach seiner Hand und verschränkte ihre Finger mit seinen.

»Was wollen wir machen?«, fragte Klara.

Ibrahim zog sie zu sich heran, legte sich neben sie und umarmte sie von hinten.

»Schlafen?«, fragte er, aber sie schüttelte den Kopf.

»Wir könnten die Stadt unsicher machen, um die Häuser ziehen oder so.«

»Was heißt das, ›um die Häuser ziehen‹?«

Klara wollte es ihm gerade erklären, als es an der Tür klingelte. Er setzte sich schnell auf, und ihre Körper lösten sich voneinander. Sie hörten, wie die Familie Besuch empfing, aber Ibrahim schien sich nicht groß dafür zu interessieren. Er beugte sich über sein Handy.

»Omar ist bei der Polizei«, sagte er, ohne den Blick vom Display zu nehmen.

»Warum?«

Ibrahim schüttelte den Kopf. »Ich weiß nicht. Vielleicht hat es was mit den Drogen zu tun, die er vertickt.«

»Und Samir? Ist er auch dort?«

Ibrahim zuckte mit den Schultern und setzte zu einer Antwort an, doch in diesem Moment klopfte es an der Tür.

»Es ist die Polizei«, sagte Apollonia von draußen. »Sie wollen mit dir reden.«

»Weißt du, worum es geht?«, erklang die Stimme von Martin, ihrem Mann.

Ibrahim sah Klara an. Seine Miene wirkte genauso verwirrt wie sein Kommentar.

»Was?«

Die Tür ging auf und zwei Männer in Uniform betraten das Zimmer. Klara setzte sich auf.

»Hallo Ibrahim. Wir müssen mit Ihnen reden. Es geht um … ein paar Dinge. Würden Sie bitte mit uns aufs Revier kommen?«

»Worüber reden?« Ibrahim erhob sich vom Bett.

»Sie sind keiner Straftat verdächtig. Aber wir müssen Ihnen ein paar Fragen zu Samir stellen.«

Klara sah den Polizisten an. »Samir?«, sagte sie und erhob sich ebenfalls.

»Ja, wir interessieren uns für ihn im Zusammenhang mit Ermittlungen zu einer schweren Straftat.«

»Was für eine Straftat?« Apollonia trat ins Zimmer und stellte sich neben Ibrahim.

»Darüber erfahren Sie mehr auf dem Revier«, sagte der Polizist zu ihr.

»Okay, ich komme mit«, sagte Ibrahim.

Klara starrte ihren Freund an, als er in Richtung Haustür ging. Sie wollte mit ihm gehen, aber einer der Polizisten hielt sie zurück.

»Ibrahims Vormunde, Apollonia und Martin, dürfen mitkommen, aber Sie müssen hier warten.«

Klara sah zu, wie Ibrahim in Begleitung der Polizisten verschwand. Nachdem die Haustür ins Schloss gefallen war, blieb sie einsam in beklemmender Stille zurück. In ihrem Kopf war es jedoch alles andere als still. Sie hatte eine Menge Fragen. Worin war Ibrahim verwickelt? Sie wusste, dass Samir und Omar krumme Dinge drehten, aber ihr Freund war ein guter Mensch.

»Scheiße!«, schrie sie, aber im Haus war niemand, der sie hörte.

*Dieser verfluchte Samir*, dachte sie und ging zurück in Ibrahims Zimmer. Die Absätze ihrer Schuhe klapperten auf dem Fußboden.

Plötzlich vernahm sie von irgendwoher ein summendes Geräusch, wie der Vibrationsalarm eines Handys. Erst stand sie still, dann drehte sie sich um und versuchte, das Geräusch zu orten. Ibrahims Handy konnte es nicht sein, denn er hatte es mitgenommen, und ihr eigenes steckte in der Gesäßtasche. Hatte er irgendwo im Zimmer ein Telefon versteckt?

Klara biss einen Nietnagel ab und fing an, sich in Ibrahims Sachen umzusehen. Sie bückte sich und hob vorsichtig die Matratze seines Bettes an. Dann ging sie zum Schreibtisch, zog vorsichtig eine der Schubladen heraus, hob die darin befindlichen Gegenstände hoch und tastete mit der Hand herum, ehe sie die Schublade wieder schloss. Was machte sie da?

Herumschnüffeln wie eine Verrückte. Sie fuhr sich mit den Händen durchs Haar und biss die Zähne zusammen. Sämtliche Muskeln waren angespannt, und sie konnte nicht stillhalten. Ihr Herz stellte ihr Tun infrage, aber das Hirn wollte weitersuchen.

Sie öffnete die nächste Schublade. Das vorsichtige Suchen verwandelte sich in Herumwühlen. Wie ein Junkie auf der Suche nach Drogen durchstöberte sie den gesamten Inhalt, fand aber nur Bücher, Notizblöcke, Ladekabel und andere gewöhnliche Gebrauchsgegenstände. Als Nächstes nahm sie sich den Kleiderschrank vor, öffnete ihn und starrte hinein. Es herrschte eine penible Ordnung, als hätte er Angst um seine Kleider. Sie wollte gerade darin herumwühlen, als sie erneut das Summen vernahm. Das gleiche Geräusch wie vorhin, nur lauter. Klara riss die Kleider heraus. Ein Samsung-Smartphone landete vor ihren Füßen. Auf dem Display, das nach oben zeigte, stand *Liebling*. Das Foto zeigte ein bildhübsches Mädchen, das ein paar Jahre älter als Klara aussah. Ein kalter Schauer durchfuhr sie. Sie starrte auf das Display, dessen Blinken einen eingehenden Anruf anzeigte. Hatte Ibrahim eine andere? Wieso besaß er zwei Handys?

Sie bückte sich, hob es auf und wollte den Anruf entgegennehmen, doch in diesem Moment legte *Liebling* auf. Angewidert warf sie das Telefon aufs Bett, als wäre es eine große Spinne. Sie lehnte sich mit dem Rücken an die Wand und glitt auf den Boden hinunter. Dort blieb sie sitzen und schaffte es nicht, den Blick von dem Handy abzuwenden. Ihre Gedanken überschlugen sich. Sie führte den Zeigefinger zum Mund und biss noch einen Nietnagel ab. War er untreu? Wenn ja, hatte sie mit ihrem nagenden Bauchgefühl richtiggelegen.

Klara fing an zu heulen und warf sich aufs Bett. Sie landete auf dem Bauch und drückte das Gesicht in das Kopfkissen, damit niemand ihr Weinen hören konnte, obwohl sowieso keiner im Haus war. *Nein*, dachte sie. *Das kann nicht wahr sein.*

Sie griff erneut nach dem Handy, das sie gefunden hatte, aber es hatte sich gesperrt. Das Foto des Mädchens war weg, an seiner Stelle befand sich ein Naturfoto. Das Handy hatte eine Schutzhülle mit braunem Krokodilmuster. Das Akkusymbol leuchtete rot. Zur Entsperrung benötigte man einen sechsstelligen Code. Sie versuchte es mit Ibrahims Geburtsdatum. Fehlanzeige. Mit ihrem eigenen. Fehlanzeige. Sie drückte und drückte, bis das Gerät schließlich ganz den Geist aufgab.

Klara wischte sich die Tränen aus dem Gesicht, nahm das Handy und ihre Jacke und verließ eilig das Haus. Sie musste herausfinden, wer *Liebling* war.

# 22

Charlotte musste lachen, als sie Per in das Vernehmungszimmer kommen sah. Seine Brille saß schief, und ein Haarbüschel stand hoch wie bei dem Schauspieler Lasse Åberg in der Rolle des Stig-Helmer Olsson.

»Kaputt?«

»Das kann man wohl sagen.«

Charlotte fühlte sich genauso, aber die Tätigkeit einer Mordermittlerin beschränkte sich nun mal nicht auf normale Bürozeiten. Andere Familien saßen jetzt beim Mittagessen, aber sie musste arbeiten. Und bis zum Wochenende würde Kennet bekannt geben, dass sie als Interimsleiterin des Dezernats fungieren würde, während Per den Chefposten übernahm. Die Hierarchien zwischen den verschiedenen Abteilungen und der Konkurrenzkampf um die höchsten Positionen war ermüdend. Ein ständiger Kampf um Ergebnisse. Trotzdem ging es bei der Polizei in Umeå weitaus harmonischer zu als in Stockholm.

Per setzte sich neben sie an den Tisch.

»Jetzt müssen wir Ibrahim dazu bringen, dass er uns erzählt, wo Samir stecken könnte.«

Charlottes Bauchgefühl sagte ihr, dass es nicht leicht sein würde, Ibrahim einzuschüchtern. Aber er hatte Umgang mit dem Hauptverdächtigen, und der Umstand, dass Samir einer schweren Straftat verdächtig war, könnte ihn vielleicht dazu bewegen, zu seinem Kumpel auf Distanz zu gehen. Deshalb mussten sie sich während der Vernehmung auf den Mord an Lena konzentrieren.

Die Tür ging auf, und Ibrahim kam mit seinem Anwalt, seinen Pflegeeltern und einem Mitarbeiter des Sozialdienstes herein. Es wurde eng im Raum. Charlotte hängte ihr Jackett über die Stuhllehne und gab den Blick auf ihre Dienstwaffe frei, die im Schulterholster steckte.

Sie musterte den jungen Mann. Seine braunen Augen waren munter, im Gegensatz zu denen von Omar, die stets schläfrig wirkten. Er grüßte höflich auf Schwedisch. Man hatte ihnen mitgeteilt, dass ein Dolmetscher nicht nötig sei.

Per begann mit der Vernehmung, und Ibrahim hörte aufmerksam zu. Er saß still in vorgebeugter Haltung und atmete ruhig.

»Wir haben Sie vorgeladen, weil wir wissen, dass Sie regelmäßigen Umgang mit einer Person haben, für die wir uns interessieren.«

»Samir Al Tajir, das haben Sie bereits gesagt, aber was hat er getan?« Ibrahim klang gestresster, als er nach außen hin den Anschein erweckte.

»Wir müssen ihn im Zusammenhang mit einer schweren Straftat befragen. Er ist vielleicht ein wichtiger Zeuge«, sagte Charlotte. Sie konnte ihm nicht sagen, dass Samir des Mordes verdächtig war, denn sie hatten ihn noch nicht einmal angehört.

Ibrahim setzte sich aufrecht, blickte zur Überwachungskamera hoch und seufzte.

»Was?«, sagte er nach einer Weile. Ein bisschen zu spät, fand Charlotte. Er wirkte nicht erstaunt über das, was sie soeben gesagt hatte.

»Wie Sie verstehen, müssen wir Samir zur Vernehmung vorladen. Sie sind einer seiner engsten Bekannten. Wo ist er?«

Ibrahim lachte auf. »Das frage ich mich auch.«

»Wann haben Sie sich zuletzt mit Samir getroffen?«

Ibrahim erwiderte Charlottes Blick. »Am Samstagabend. Wir waren zusammen in der Stadt.«

Charlotte lächelte ihn an. Laut Omar hatten sie sich einen Film angesehen, aber sie glaubte Ibrahim mehr.

»Wo haben Sie ihn zuletzt gesehen?«

Ibrahims Blick huschte nervös umher. Der Anwalt flüsterte ihm etwas ins Ohr.

»Am Rathausplatz«, sagte Ibrahim. »Das war mitten in der Nacht. Omar und ich sind nach Hause gegangen, aber ich weiß nicht, wo Samir hingegangen ist.«

»Was *genau* haben Sie in der Stadt gemacht? Sagen Sie uns jetzt die Wahrheit.«

Der Anwalt unterbrach sie. »Da mein Mandant keiner Straftat verdächtigt wird und mit Ihnen kooperiert, besteht für Sie kein Grund, so zu tun, als hätte er eine begangen.«

»Er wird keiner Straftat verdächtigt, zumindest noch nicht. Aber wir haben ausreichend Beweise, um ihn wegen Raubes festzunehmen.« Charlotte nahm es mit der Wahrheit nicht so genau, um ihm Angst zu machen. »Wir haben einen Zeugen, der Sie, Omar und Samir vor zwei Wochen bei einem Raubüberfall auf einen älteren Mann beobachtet hat. Seiner Aussage zufolge habt ihr ihm die Uhr und die Brieftasche abgenommen und gedroht, ihn zu töten. Der Vorfall wurde sogar gefilmt.«

Apollonia hielt erschrocken die Hand vor den Mund, während Martin den Blick senkte. Ibrahim schwieg.

»Was haben Sie am Donnerstag, den fünfundzwanzigsten August, um 18.45 Uhr gemacht?«, fuhr Charlotte fort.

»Das weiß ich nicht mehr«, antwortete Ibrahim. »Ich glaube, ich war mit Klara, meiner Freundin, zusammen.«

»Was habt ihr gemacht?«

Er zog die Augenbrauen hoch und holte tief Luft. »Äh, wir waren zu Hause und haben Fernsehen geschaut.«

*Das sagen alle Kriminellen, die bei ihrer Vernehmung lügen*, dachte Charlotte. Der Mangel an Fantasie erstaunte sie jedes Mal aufs Neue.

»Zu Hause bei wem?«

»Bei ihr«, erwiderte er.

»Was habt ihr euch angeschaut?«

Ibrahim schwieg.

»Ibrahim?«

»Diese schwedische Serie … *Die Brücke* heißt sie.«

*Wie passend*, dachte Charlotte und sah vor ihrem geistigen Auge die Tegsbrücke, wo Lena gefunden wurde.

Per bat um Klaras Personalien. Nachdem er diese von Ibrahim erhalten hatte, sagte er: »Das werden wir natürlich überprüfen, das ist Ihnen doch klar, oder?«

Ibrahim presste die Lippen zusammen und nickte. Er lehnte sich zurück und verschränkte die Arme vor der Brust.

»Der Grund, weshalb wir fragen, ist, dass wir weitere Beweise gegen Sie im Zusammenhang mit einem Raubüberfall auf einen Jugendlichen letzten Donnerstag haben«, log Charlotte weiter. Sie hatten vor allem gegen Omar und Samir etwas in der Hand, dank der gestohlenen Bankkarte, mit der die beiden Geld abgehoben hatten.

Ibrahim zuckte mit den Schultern.

»Wenn du etwas über diese Raubüberfälle weißt, musst du es sagen«, sagte Martin zu ihm.

Ibrahim saß still da und sah Charlotte an. Er schien zu überlegen, was er sagen sollte.

»Ich weiß nichts darüber«, sagte er.

»Doch, das tun Sie schon«, sagte Charlotte. »Wenn Sie uns helfen, Samir zu finden, helfen wir Ihnen. So läuft das. Wir wissen, dass Sie nicht aktiv an den Überfällen beteiligt waren, sondern nur Schmiere gestanden haben. Wir wissen auch, dass Sie sich Mühe geben, Schwedisch zu lernen, um eine Ausbildung zu machen. Sie haben ein Ziel, Ibrahim, eine Zukunft. Die sollten Sie sich von den Straftaten, die Samir und Omar begangen haben, nicht kaputtmachen lassen.«

Er räusperte sich, ließ erneut den Blick nervös umherhuschen, beugte sich wieder vor und stützte die Ellenbogen auf die harte Tischplatte.

»Wo ist Samir?«, fragte Charlotte noch einmal.

»Ich weiß nicht.«

»Wir wissen, dass er sich in der Nacht auf Sonntag bei der Tegsbrücke befand. Wissen Sie, was er dort gemacht hat?«, fragte Per.

Ibrahim starrte ihn an. »Glauben Sie, dass er diese Frau ermordet hat, die im Wasser gefunden wurde?« Er klang beinahe wütend.

»Samir ist ein Teil unserer Ermittlungen, er hat vielleicht etwas gesehen, das für uns wichtig ist, und wir müssen mit ihm reden.«

»Begreifen Sie doch endlich, ich weiß nicht, wo er ist. Er ist spurlos verschwunden seit …« Ibrahim sprach den Satz nicht zu Ende, sondern schüttelte nur den Kopf.

»Seit … was?«, fragte Per.

»Nichts.«

»Seit der Nacht auf Sonntag?«, fügte Charlotte hinzu. Omar hatte dasselbe gesagt. Anscheinend wusste keiner von ihnen, wo Samir steckte.

Ibrahim führte den Finger zum Mund und kaute auf dem Nagel herum.

Sein Anwalt schaltete sich erneut ein. »Jetzt ist aber genug mit den Spekulationen. Mein Mandant ist nicht wegen irgendetwas festgenommen und kann nicht für die Taten einer anderen Person verantwortlich gemacht werden.«

Der Anwalt hatte recht. Sie kamen mit Ibrahim nicht weiter, auch wenn Charlotte ihn gern noch etwas mehr unter Druck setzen wollte. Er wirkte unsicher, als würde er am liebsten die Wahrheit sagen, es aber nicht konnte.

Schließlich beendete Per die Befragung. Als die Tür aufging, fühlte die frische Luft außerhalb des Vernehmungszimmers sich wie eine kühle Brise an.

»Würden Sie bitte beim Empfang warten, bevor Sie gehen?«, sagte Charlotte, bevor Martin die Tür hinter sich schloss. Der Pflegevater nickte und folgte den anderen.

Per sah sie fragend an, und Charlotte nahm ihn beiseite. »Ich werde versuchen, Ibrahim umzustimmen, und ihm eine letzte Chance geben«, erklärte sie.

Pers Handy piepte. Er holte es hervor und blickte auf die Textnachricht. »Warte«, sagte er. »Der vorläufige Obduktionsbericht ist unterwegs, aber Carola hat mir gerade eine Nachricht geschickt. Unsere ermordete und unidentifizierte Lena hatte große Mengen Rohypnol im Blut.«

»Rohypnol?«, sagte sie. »Davon hat man lange nichts mehr gehört.«

»Ja, der illegale Markt ist heutzutage größer. Aber vielleicht erklärt das, wie sie gefangen gehalten wurde. Die Droge hat nämlich eine lähmende Wirkung, wenn man zu viel davon nimmt.«

»Dann war sie womöglich bei vollem Bewusstsein und unfähig, sich zu bewegen, als der Mörder ihr die Zähne gezogen hat«, sagte Charlotte. »Mit was für einem Sadisten haben wir es hier zu tun?«

# 23

Als Klara zum Polizeirevier kam, war es bereits sieben Uhr abends. Sie hatte nach Ibrahim gefragt und gesagt, dass er hier sei und sie mit ihm reden wolle, aber man hatte sie gebeten, am Empfang zu warten. Die Dame am Schalter war eine verständnislose Hexe, die vermutlich selbst noch nie verliebt war. Sie hatte zu Klara nur gesagt, sie müsse warten, man könne doch nicht einfach so ins Polizeirevier hereinschneien.

Klara hielt verkrampft das entladene Handy umklammert, das sie in Ibrahims Zimmer gefunden hatte. Sie weinte nicht mehr, stattdessen pumpte das Adrenalin durch ihren Körper, und ihre Gedanken überschlugen sich. Jedes Mal, wenn die Aufzugtür aufging, stand sie auf, bereit, Ibrahim mit Fragen zu bombardieren. Jetzt musste sie sich zum vierten Mal wieder hinsetzen.

Als die Tante am Empfang gerade nichts zu tun hatte, ging Klara zu ihr, straffte die Schultern, strich sich die Haare zurecht und versuchte, ihre Atmung mit tiefen Atemzügen zu beruhigen.

»Entschuldigung, aber wie lange behalten Sie ihn noch hier?«

Die Frau sah Klara über den Rand ihrer roten Brille an, die mit einer Kette um ihren Hals hing.

»Junge Frau, das kann mehrere Stunden dauern, und jetzt ist erst eine vergangen. Gehen Sie nach Hause und warten Sie dort. Er wird Sie anrufen, Sie werden sehen.«

*Mehrere Stunden,* dachte Klara, doch im selben Moment ertönte der Klingelton des Aufzugs, und sie wandte sich in die Richtung. Die Türen glitten auf und Ibrahim kam als Erster heraus, dicht gefolgt von seinen Pflegeeltern und einem Mann, den sie nicht kannte.

Klaras Puls beschleunigte sich erneut. Sie rannte auf Ibrahim zu und hielt das Samsung-Handy in der braunen Krokodilhülle hoch. »Wer ist *Liebling*? Ich habe das hier bei dir zu Hause gefunden!«

Ibrahim sah das Telefon und blieb stehen. Er versuchte, es ihr aus der Hand zu reißen, aber sie wich ihm aus und hielt es erneut hoch. Ibrahim blickte sich um. »Beruhige dich«, sagte er.

Apollonia und Martin standen daneben und sprachen mit einer Frau. Sie trug keine Uniform, aber die Pistole im Schulterholster verriet, dass sie Polizistin war.

»Warum hast du zwei Handys?«, stieß Klara hervor. »Antworte mir.« Sie fing wieder an zu weinen, und es pochte in ihren Schläfen.

»Das ist nicht mein Handy«, sagte Ibrahim knapp.

»Wem gehört es dann?«, fragte plötzlich die Polizistin. Sie hatte eine aufrechte Haltung und trug ihr Haar in einem strengen Nackenknoten.

Ibrahim ließ die Schultern hängen und sah Klara an. Sie erkannte an seinem Blick, dass er wütend war.

»Ich habe es von Samir bekommen, ich weiß nichts darüber.«

»Du lügst«, sagte Klara und schubste Ibrahim, obwohl sie eigentlich keine Kraft mehr hatte. Das ungewisse Warten und die Angst hatten bei ihr Bauchschmerzen ausgelöst.

»Ist das Samirs Handy?«, fragte die Polizistin und sah Ibrahim an.

»Ja … oder nein, ich weiß es nicht. Er hat mir nur gesagt, ich soll es bei mir behalten.«

»Wann hat er das gesagt?«

Klara sah zu, während Ibrahim über das Handy ausgefragt wurde. Ihr Fund in seinem Kleiderschrank war offenbar wichtig. Hatte sie ihm jetzt Ärger eingehandelt?

»Das weiß ich nicht mehr genau«, antwortete er. »Am Wochenende. Er hat es mir einfach gegeben.«

»Warum wollte er, dass Sie es bei sich aufbewahren?«

Ibrahim zuckte mit den Schultern und blickte nervös umher. Klara spürte, wie er nach Worten suchte.

»Das hat er mir nie gesagt. Man macht einfach, was Samir sagt.«

Die Polizistin ging auf eine Tür beim Empfang zu. »Kommen Sie mit«, sagte sie.

Sie mussten alle in einen Raum gehen, der wie ein normales Büro aussah, nur ohne Geräte und sonstiges Zubehör.

Die Polizistin verzichtete darauf, sich hinzusetzen, sondern lehnte sich nur an einen Stuhlrücken und verschränkte die Beine. Ibrahim dagegen setzte sich. Sein Rücken war gekrümmt und das Kinn ruhte auf seiner Brust.

»Wollen Sie mir nicht die Wahrheit sagen, weil Sie vor Samir Angst haben?«, fragte die Polizistin.

Ibrahim blickte zu ihr auf. »Wenn Samir wütend ist, ist er zu allem fähig. Aber er hat mich beschützt, als ich allein auf der Flucht war. Er hat mich so oft gerettet, dass ich es nicht mehr zählen kann. Ich schulde ihm Loyalität, verstehen Sie? Ich kann ihn nicht im Stich lassen, sonst …«

Die Polizistin ging vor Ibrahim in die Hocke. »Sonst … was?«, sagte sie.

Klara lehnte an der Wand, biss sich auf die Unterlippe und hörte zu. Sie fand, dass die Frau ihn ziemlich hart rannahm.

»Sonst bringt er mich um«, erwiderte Ibrahim.

Klara starrte ihren Freund an.

»Wir können Ihnen helfen, Ibrahim. Wenn Sie uns helfen, ihn zu finden«, sagte die Frau.

»Können wir jetzt gehen?«, schaltete Apollonia sich ein. Anscheinend sah sie genau wie Klara die Angst in Ibrahims Augen.

»Der Jugendliche, der letzten Donnerstag ausgeraubt wurde, Adrian … er hatte ein solches Handy«, sagte die Polizistin und deutete auf das Telefon, das Klara in der Hand hielt. Sie streckte die Hand danach aus. Klara zögerte.

Ibrahim schüttelte den Kopf. »Ich weiß nichts über diesen Raubüberfall oder irgendwelche anderen Sachen, die Samir gemacht hat.«

Klara spürte, dass er log. Die Polizistin offenbar auch, denn sie nahm Klara das Handy weg.

»Wir kümmern uns darum, danke«, sagte sie und sah Klara an. »Sind Sie Klara, Ibrahims Freundin?«

Klara nickte. Sie war überrascht, dass die Polizistin ihren Namen kannte.

»Würden Sie bitte mitkommen?«

Die Polizistin öffnete die Tür zu einem Nebenraum, und Klara folgte ihr dort hinein. Sobald die Tür geschlossen war, wurde sie gebeten, sich zu setzen, blieb aber stehen.

»Was haben Sie in der Nacht von Samstag auf Sonntag gemacht?«, fragte die Polizistin und verschränkte die Arme.

»Was?«, sagte Klara. »Warum wollen Sie das wissen?«

»Beantworten Sie die Frage.«

»Ich habe bis Mitternacht auf die Kinder von Bekannten aufgepasst. Dann bin ich nach Hause gefahren und habe geschlafen.« Klara verstand nicht, warum das von Interesse sein sollte.

»Hören Sie gut zu«, sagte die Polizistin. »Falls Ibrahim in Schwierigkeiten steckt oder weiß, wo Samir ist, haben Sie die Chance, ihm zu helfen. Sagen Sie ihm, er soll sich trauen, es uns zu erzählen.«

»Er ist der netteste Mensch der Welt und würde nie etwas Böses tun«, sagte Klara. »Ich schwöre, ich weiß nichts, und er auch nicht.«

Aber die Polizistin schien ihr nicht zuzuhören.

»Wir melden uns, falls wir weitere Fragen haben«, sagte sie. »Und versuchen Sie, Ibrahim klarzumachen, dass wir ihm nur helfen wollen.«

Klara nickte und durfte den Raum durch eine andere Tür verlassen. Sie kam direkt beim Empfang heraus. Während sie dort auf Ibrahim wartete, zitterten ihre Beine. Die Fragen der Polizistin machten ihr Angst. Es fühlte sich unangenehm an, in polizeiliche Ermittlungen verwickelt zu sein.

Als die Familie endlich aus dem anderen Raum kam, suchte sie Ibrahims Blick in der Hoffnung, darin zu erkennen, dass sie ihm keine Probleme bereitet hatte. Doch er sah sie nicht einmal an.

Die Polizistin kam ebenfalls aus dem Raum.

»Falls Sie sich entscheiden, mit uns zu reden, Ibrahim, können Sie mich direkt anrufen«, sagte sie und gab ihm eine Visitenkarte. Apollonia und Martin bekamen auch eine. Klara reckte den Hals, um zu sehen, was darauf stand.

*Charlotte von Klint.*

»Nur noch eine Frage, bevor Sie gehen«, sagte die Polizistin, die mit Vornamen Charlotte hieß.

Ibrahim blieb auf dem Weg nach draußen stehen.

»Benutzt Samir Rohypnol? Haben Sie gesehen, dass er es genommen, verkauft oder gekauft hat?«

Klara sah, wie ihr Freund die Zähne zusammenbiss, ehe er antwortete.

»In Deutschland hat er viel von dem Zeug verkauft, aber ich habe nicht gesehen, dass er hier in Umeå damit gehandelt hat.«

# 24

***Dienstag, 30. August***

Per zog die Handschuhe aus. Die Winterjacke durfte heute ihr Debüt hinlegen, ziemlich früh für die Jahreszeit, aber in der Eishalle konnte es bitterkalt sein. So wie jetzt um halb sieben Uhr morgens – die Tageszeit spielte sicher eine Rolle. Per holte das selbst gemachte Sandwich aus der einen und die Thermosflasche mit Kaffee aus der anderen Jackentasche, stellte beides vor sich auf den Boden, blickte über die Tribüne hinweg und gähnte. Das Eis sah gut aus, gleichmäßig und hart. Noch befand er sich als Einziger in der Nolia-Eishalle. Simon zog sich gerade um, und keine anderen Eltern waren anwesend. Per wollte das erste Training seines Sohnes mit der Ü16-Mannschaft sehen. Er entfernte die Plastikfolie von dem Sandwich und biss hinein. Der Leberpastetengeruch weckte seinen Hunger, und er nahm noch einen Bissen. Da fiel ihm ein, dass er sich noch kein Insulin gespritzt hatte. Schnell holte er den Insulinpen hervor, öffnete den Reißverschluss der Jacke und zog den Pullover darunter hoch, sodass sein Bauch zum Vorschein kam, auf dem man noch blaue Flecken von früheren Einstichen sehen konnte.

Eigentlich injizierte er sich lieber in den Oberschenkel, aber hier auf der Tribüne konnte er schlecht die Hose herunterziehen. Als das Insulin in seinen Körper gelangte, klickte es und der chemische Geruch verbreitete sich in der Luft. Per steckte den Pen wieder ein und bückte sich nach der Thermosflasche. Er wollte lieber den Kaffeeduft riechen, den liebte er.

Als die ersten Spieler auf die Eisfläche glitten, hörte er eine wohlbekannte Stimme.

»Hallo Herr Kommissar, wie laufen die Ermittlungen?«

Roger Ren.

Per nahm einen weiteren Bissen von seinem Sandwich und winkte zur Begrüßung mit der Hand, während er fertig kaute. Roger setzte sich neben ihn. Es gab jede Menge freie Sitzplätze, aber er ließ sich ausgerechnet neben Per nieder. Er trug ein schwarzes Käppi, das er sich tief in die Stirn gezogen hatte. Die blauen Augen waren klar, die Haut leicht gerötet, als hätte er sich zu lange in der Kälte aufgehalten. Er trug die gleichen Schneemobilstiefel wie Per, grau und hässlich, aber angenehm in der kalten Eishalle. Roger machte einen freundlichen Eindruck, solange er den Mund hielt.

»Es geht voran«, erwiderte Per. »Ich kann hier nicht über die Ermittlungsarbeit sprechen, aber Sie wissen ja, dass das Jugenddezernat sich jetzt um den Raubüberfall auf Adrian kümmert.«

Er sah Simon aufs Eis kommen und in seine Richtung blicken. Sein Sohn winkte ihm zu, und Per hob den Arm zum Gruß. Roger tat dasselbe, aber Simon war bereits auf seinen Schlittschuhen vorbeigefahren.

»Haben Sie in der Zeitung gelesen, dass die Gemeinde das Risiko von Straftaten vermindern will, indem man mehr Straßenlaternen an dunklen Plätzen aufstellt?«, fragte Roger.

Per schüttelte den Kopf, ohne zu antworten, und schaute nur aufs Eis.

Roger beugte sich zu ihm vor. »Als ob das was nützen würde. Diese Kanaken scheißen doch drauf, ob es Tag oder Nacht ist.«

Per wollte ihn zunächst ignorieren und sein Sandwich weiteressen, konnte sich aber nicht zurückhalten. »Ich finde Ihre Ausdrucksweise ganz ehrlich gesagt vollkommen daneben.«

Roger blickte verwundert drein.

»Ich sitze hier, um meinem Sohn beim Eishockeyspielen zuzuschauen, und Sie belästigen mich in meiner Freizeit. Wenn ich Ihnen einen Rat geben darf: Versuchen Sie, Ihre Fremdenfeindlichkeit herunterzuschrauben und nicht alle über einen Kamm zu scheren.«

Roger saß schweigend neben ihm, und Per überlegte, ob er ein paar Sitze von ihm wegrücken sollte.

»Alle diese Raubüberfälle auf Jugendliche, nicht nur hier, sondern im ganzen Land, da stecken doch junge Ausländer dahinter, oder nicht?«, fragte Roger.

*Verdammt,* dachte Per. *Ich habe keine Lust, mir deine Ansichten anzuhören. Ich will meinem Sohn beim Training zuschauen.*

»Das ist ein weites Feld und ein kompliziertes Thema«, erwiderte Per. »Können wir uns nicht einfach das Training ansehen? Ist Adrian auch in der Mannschaft?«

Roger schlug die Beine übereinander und stieß dabei beinahe Pers Kaffee mit seinem Fuß um. »Entschuldigung, ich wollte Sie nicht stören. Ich bin nur verdammt wütend und kann nicht zulassen, dass die Kerle mit dem, was sie meiner Familie angetan haben, ungeschoren davonkommen. Ich sag's nur, damit Sie es wissen, Herr Kommissar.«

»Das hört sich an, als hätten Sie vor, etwas Ungesetzliches zu unternehmen«, sagte Per, während der Trainer der

Eishockeymannschaft die Jungs zur Besprechung auf dem Eis versammelte.

»Ja, vielleicht klingt es so.«

Per blickte sich nach Rogers Sohn um, konnte ihn aber nirgendwo in der Eishalle sehen.

»Was machen Sie eigentlich hier? Es ist doch erst halb sieben Uhr morgens.«

»Ich gehe ja schon. Genießen Sie das Leben, solange Ihre Jungs nicht betroffen sind. Aber denken Sie dran, was ich gesagt habe.«

Per sah Roger an und hoffte, einen Anflug von Ironie in dessen Gesicht zu finden. Fehlanzeige. Stattdessen stand der Nachbar auf und verließ die Tribüne.

Pers Gedanken blieben unweigerlich an seiner Arbeit hängen. Was wollte Roger ihm sagen? War er nur deswegen in die Eishalle gekommen? War sein Nachbar jemand, um den sie sich Sorgen machen mussten? Per kannte ihn nur flüchtig vom Eishockeytraining seines Sohnes, aber so hatte der Mann noch nie geredet. Es kam ihm so vor, als hätte Roger sich irgendwie radikalisiert. Offenbar hatte der Raubüberfall auf seinen Sohn eine Lawine des Hasses auf Personen mit Migrationshintergrund ausgelöst.

»Gut, Simon!«, schrie der Trainer, und Per konzentrierte sich wieder auf das Training.

Er streckte die Arme und gähnte erneut, bevor er den Rest des Sandwiches verzehrte. Dann lehnte er sich zurück und trank seinen Morgenkaffee. Inzwischen waren weitere Eltern eingetroffen und unterhielten sich miteinander, obwohl sie verstreut saßen. Einige winkten Per zu, der neu in der Runde war. Er saß etwas weiter weg, rückte aber nicht näher, da er in Ruhe zuschauen wollte. Aber er musste erneut an Rogers Worte und dessen Wut denken. Könnte er Samir etwas angetan haben?

Per verwarf den Gedanken sofort wieder. Roger war ein normaler Vater, kein gefährlicher Mensch. Er war nur emotional aufgewühlt. Allerdings war Samir immer noch verschwunden.

Er wurde aus seinen Gedanken gerissen, als jemand ihm eine Hand auf die Schulter legte. Per blickte auf. Charlotte.

»Ich dachte mir schon, dass du hier bist«, sagte sie und schlang sich den Schal enger um den Hals.

Per lachte. Anscheinend war ihm keine ruhige Minute vergönnt.

»Aber was machst *du* hier?«, fragte er. »In einer kalten Eishalle, noch dazu um diese Zeit?«

»Was denn? Sie liegt gleich beim Polizeirevier. Ich habe dein Auto draußen gesehen. Anstatt anzurufen, wollte ich dich persönlich treffen«, sagte Charlotte und schüttelte den Kopf, als sie sah, dass er hier sein Frühstück zu sich genommen hatte.

»Ich habe mein Handy sowieso im Auto vergessen«, sagte Per.

»Wo ist Simon?«, fragte sie und ließ den Blick über das Eis wandern.

Per deutete auf seinen Sohn. »Da drüben, im grünen Trikot mit der Nummer 18 auf dem Rücken.«

Charlotte setzte sich neben ihn und lehnte sich zurück.

»Hast du schon genug von Ola, weil du lieber hier bist, anstatt mit ihm zu frühstücken?«

»Du, ich bin mit Ola in jeder Hinsicht zufrieden, außer vielleicht auf kultureller Ebene. Er geht mit mir weder zu einer Ballettaufführung noch ins Theater. Das Einzige, was er sich anschauen will, ist Sport.« Sie spuckte das letzte Wort förmlich aus. »Vielleicht solltet ihr beide euch zusammentun.«

Per seufzte laut, als Simon das Tor knapp verfehlte. »Dass Ola sich nicht durch eine Ballettaufführung quälen möchte, kann ich voll verstehen. Wer will sich schon so etwas antun?«, sagte er.

»Viele. Ballett ist das Anmutigste, was man sich anschauen kann.«

»Mia kannst du damit vielleicht begeistern, aber mich nicht.« Per richtete seinen Blick auf das, was in seinen Augen das Anmutigste war – seinen Sohn. »Was willst du?«, fragte er schließlich.

»Omar wurde soeben entlassen, sein Anwalt hat die Trumpfkarte mit dem Alter ausgespielt. Das und unsere schwachen Beweise waren der Grund, weshalb wir ihn nicht länger festhalten konnten.«

»Verdammt«, sagte Per, lehnte den Kopf zurück und blickte zur Hallendecke empor. »Ibrahims gestrige Vernehmung hat uns also nicht mehr gebracht als die Erkenntnis, dass auch er vor Samir Angst hat. Omar ist auf freiem Fuß, und wir haben immer noch eine ermordete und gefolterte Frau, die wir bis jetzt nicht identifizieren konnten?«

»Ja, so ungefähr. Bei den Hotels kamen wir auch nicht weiter. Offenbar gab es keine Zimmerbuchungen, wo der Gast nicht erschienen ist. Gibt's was Neues von dem Handy, das wir Ibrahim weggenommen haben?«, fragte Charlotte.

»Noch nicht.«

»Hast du Roger nicht gefragt, ob das Handy seinem Sohn gehört? Ich habe ihn vorhin wegfahren sehen, als ich gekommen bin.«

»Auch wenn Samir und Omar vermutlich den Raubüberfall auf Adrian begangen haben, wissen wir nicht, ob es sein Handy ist. Wir müssen es erst durchsuchen. Ärgerlich, dass Omar jetzt schon freigelassen wurde«, sagte er.

Charlotte sah ihn an. Sie hatte sich irgendeine schwarze Schminke wie eine Linie um die grünen Augen gemalt. Per wusste nicht mehr, wie man so etwas nannte. Mit einem selbstbewussten Lächeln zeigte sie ihre blendend weißen Zähne.

»Wir lassen Omar natürlich observieren. Vielleicht ist es besser, dass er draußen ist, dann können wir sehen, wohin er geht und mit wem er sich trifft«, sagte sie und zuckte zusammen, als der Puck mit lautem Knall gegen die Bande prallte. »Gibt es etwas Neues zu Lenas rotem Auto?«

»Nein. Die Kollegen vom Streifendienst halten die Augen offen, aber es ist so, als würde man eine Nadel im Heuhaufen suchen. Denk daran, wie viele rote Autos es gibt.«

»Es müsste ein älteres Modell sein«, spekulierte Charlotte. »Und etwas abseits parken. Eine Obdachlose kann sich kein neues Auto leisten, es sei denn, es ist gestohlen. In den letzten Wochen hat jedoch niemand ein rotes Auto als gestohlen gemeldet.«

Per blickte auf das Eis. Das Training lief sehr gut für Simon. Die Herausforderung, die das Training mit den älteren Spielern mit sich brachte, schien seinem Sohn gutzutun. Als Simon den Puck ins Tor beförderte, applaudierte Charlotte so eifrig, dass man es in der ganzen Halle hören konnte.

Per bedeutete ihr mit einer Handbewegung, sich zu beruhigen.

»Was denn?«, sagte sie. »Er hat ein Tor geschossen. Sollte man ihm da nicht Beifall klatschen?«

»Nicht als Elternteil beim Training.« Er zwinkerte ihr zu.

»Ich bin aber kein Elternteil, sondern nur ein Fan.«

Sie saßen eine Weile schweigend da und schauten Simon zu. Dann wandte Charlotte sich Per zu.

»Ich habe über die Droge nachgedacht, die Lena im Blut hatte. Rohypnol ist auf der Straße im Umlauf, aber nicht so verbreitet wie zum Beispiel Kokain.«

»Ja, und es ist schon ziemlich viele Jahre her, dass die Tablette so umgewandelt wurde, dass sie sich nicht mehr pulverisieren lässt«, sagte Per und war froh, dass die anderen Eltern weit genug weg saßen, dass sie die Unterhaltung nicht hören konnten.

»Laut Obduktionsbericht hatte Lena Nadelstiche im Arm. Sie hat sich also die Droge gespritzt. Dann handelte es sich wohl um die alte Variante, die sich pulverisieren und mit Flüssigkeit vermischen lässt.«

»Samir hat in Deutschland mit Rohypnol gehandelt«, sagte Per.

»Dazu werden wir ihn näher befragen, wenn wir ihn erwischen«, sagte sie.

Charlottes Handy klingelte laut. Per gab sich Mühe, nicht dem Gespräch zu lauschen, sondern sich auf das Training seines Sohnes zu konzentrieren, hörte jedoch ihre sanfte Stimme. Als sie fertig war, drehte er sich mit dem gesamten Körper zu ihr.

»Anja? Ola?«

»Das war die Familie, bei der Ibrahim wohnt. Er hat sich entschieden, eine Aussage zu machen. Es war ja klar, dass er uns angelogen hat, was sein Alibi betrifft. Er kommt allerdings erst am Nachmittag, da er zuerst einen Test in der Schule hat, den er nicht verpassen will.«

»Entweder weiß er, wo Samir ist, oder er weiß etwas über den Mord«, sagte Per.

# 25

Klara hatte die Nacht zu Hause verbracht. Am nächsten Morgen zwang ihre Mutter sie, in die Schule zu gehen. Sie wollte nicht hier sein. Außerdem war es Dienstag, und aus irgendeinem Grund hasste sie Dienstage. Ihr Herz war in den Magen gesackt. Die ganze Situation war beschissen. Gestern Abend hatte Ibrahims Pflegefamilie beschlossen, dass sie ungestört sein wollten, um über das Geschehene zu reden, und Klara hatte sich ausgegrenzt und ungerecht behandelt gefühlt. Schließlich hatte sie das versteckte Handy gefunden, und nun durfte sie nicht wissen, wem es gehörte. Außerdem hatte sie die ganze Nacht kein Auge zugemacht, sondern Nachrichten auf WhatsApp und Snapchat verschickt und versucht, Ibrahim anzurufen, doch der hatte sie ignoriert. Auf Snap Map hatte sie jedenfalls gesehen, dass er zu Hause war.

Jetzt saß sie auf einer Bank und blickte abwechselnd auf ihr Handy und die Schüler, die im Flur vorbeigingen. Ibrahims Schweigen löste heftige Emotionen aus. Er war ihr Seelenverwandter und sah sie auf eine Art und Weise, wie es kein anderer Junge zuvor getan hatte. Außerdem entdeckte er Details an ihr, die nicht einmal ihren Freundinnen aufgefallen waren. Zum Beispiel das Muttermal hinter dem einen Ohr, die

Tatsache, dass sie beim Lachen die Hand vor die Brust hielt, dass sie mit Tieren in Babysprache kommunizierte und sich auf die Unterlippe biss, wenn sie log. All diese Dinge hatte er bemerkt und es ihr erzählt. Doch jetzt machte Klara sich ständig Sorgen, dass die Beziehung ruiniert war, weil sie das versteckte Handy gefunden und ihn auf dem Polizeirevier damit konfrontiert hatte. Sie befürchtete, dass Ibrahim so wütend war, dass er sie nie wieder sehen wollte. Bei dem Gedanken wurde ihr schlecht.

Klara stand auf, ging an ihrem Spind vorbei und hielt auf das Büro des Sozialarbeiters der Schule zu. Sollte sie bei Erik klopfen und mit ihm reden? War er da? Wenn sie niemandem ihr Herz ausschütten konnte, würde sie nicht überleben, zumindest fühlte es sich so an. Und keine ihrer Freundinnen verstand ihre Beziehung mit Ibrahim. Sie tolerierten ihn, waren aber nicht begeistert. Das war total krank, denn er machte sie glücklich. Sogar Klaras jüngere Schwester war besorgt, obwohl sie sich ständig sahen. Ganz zu schweigen von dem Unbehagen, das Ibrahim bei anderen auslöste. Klara fiel es auf, wenn sie einkauften, mit dem Bus fuhren oder zusammen ins Café gingen. Ibrahims bloße Anwesenheit sorgte dafür, dass die Leute sie misstrauisch beäugten.

Klara blieb vor dem Spiegel neben dem Eingang zu den Toiletten stehen, rückte auf der einen Schulter ihren Rucksack zurecht und betrachtete sich. Die schwarze Jeans und das eng anliegende T-Shirt. Klara war *skinny*, wie ihre Freundinnen sich stets ausdrückten. Ihre Mutter bezeichnete sie als mager, und Ibrahim sagte, dass sie hübsch war. Klara selbst dachte nie an ihr Gewicht. Sie aß, was sie wollte, nahm aber nicht zu.

Eine Klassenkameradin kam zu ihr und umarmte sie, während sie vor dem Spiegel stand. »Verdammt, ich bin total neidisch auf deinen Körper«, sagte sie.

»Dir auch einen guten Morgen«, sagte Klara.

»Isst du überhaupt was?«, fragte das Mädchen.

Klara war an diesen Schlankheitswahn in ihrer Klasse gewöhnt. Alle redeten ständig darüber, was sie aßen und was nicht. Klara fand, dass ihre Mitschülerin Normalgewicht hatte, aber laut einem ungeschriebenen Gesetz war jedes Mädchen, das nicht *skinny* war, fett.

Klara zuckte mit den Schultern und betrachtete ihr Spiegelbild. Sie legte den Kopf schief und fuhr mit der Hand über den langen Pony. Die Ringe unter den Augen verrieten ihre Müdigkeit nach einer schlaflosen Nacht. Sie hatte nicht die Energie gehabt, sich zu schminken.

»Ja, ich esse ziemlich viel. Das liegt wohl an meinen guten Genen oder so.«

»Wie schön für dich«, sagte das Mädchen und verpasste ihr einen Schubser.

Klara lachte nicht. Der Kloß in ihrem Magen trübte ihre Stimmung. Nicht einmal ein Kompliment konnte ihr helfen.

»Wie läuft's sonst so?«, fragte die Klassenkameradin.

»Gut«, log Klara. »Aber ich muss jetzt weiter.«

»Sehen wir uns später in der Kantine?«

»Ja«, lautete ihre knappe Antwort.

Klara stieg ein paar Treppenstufen hinauf in den Lehrerbereich, wo sich auch Eriks Büro befand. Sie war schon ziemlich oft in seiner Sprechstunde gewesen. Man konnte gut mit ihm reden, und er kümmerte sich um seine Schüler. Und um sie. Erik verstand sie und versuchte stets Lösungen zu finden, wenn sie nicht weiterwusste. Außerdem passte sie gern auf seine Kinder auf. Erik war immer nett zu ihr, wenn sie zu Hause bei ihm und seiner Frau war.

Klara klopfte an die braune Holztür und hörte ein »Herein«.

»Hallo Klara«, sagte Erik, als sie sein Büro betrat.

Die Möbel waren aus demselben hellen Holz wie überall in der Schule. Die Neonröhre an der Decke verbreitete ein grelles

Licht und sorgte für eine sterile Atmosphäre. Klara könnte nie in einem Büro arbeiten.

Sie nahm auf einem der Stühle vor dem Schreibtisch Platz. Sobald sie das Sitzkissen unter sich spürte, kamen ihr die Tränen. Sie konnte sich nicht länger beherrschen.

»Was ist los?«, fragte er besorgt und beugte sich über den Schreibtisch, der sauber und aufgeräumt war wie sein und Helens Haus.

Klara blickte auf ihre Hände. An mehreren Fingern war der Nagellack abgeblättert. Sie fuhr sich mit einer Hand über die Wange und wischte die Tränen weg. Der Nebel in ihrem Kopf verursachte ein Brennen hinter den Augen. Sie war so müde.

»Erzähl«, sagte er ruhig.

Klara atmete tief durch, sammelte sich und erwiderte Eriks Blick.

»Nehmen wir an, Sie finden zu Hause ein Handy, von dem Sie nicht wissen, wem es gehört. Sie glauben, dass Helen fremdgeht, und sagen es ihr. Sie wird wütend, und später stellt sich heraus, dass es nicht ihr Handy ist und dass Sie womöglich die Beziehung ruiniert haben … Was würden Sie dann tun?«

Erik saß schweigend da und starrte sie an. »Was?« Er klang fassungslos.

»Ja, also … ich habe daheim bei meinem Freund Ibrahim ein Handy gefunden. Es hat geklingelt, und der Anruf kam von einem Mädchen, das unter dem Namen *Liebling* gespeichert war. Er behauptet, dass das Telefon nicht ihm, sondern seinem Kumpel Samir gehört. Der hat es ihm zur Aufbewahrung gegeben. Und jetzt reagiert Ibrahim nicht mehr auf meine Anrufe. Ich glaube, er ist sauer, weil ich ihm etwas vorgeworfen habe, was er nicht getan hat.« Klara biss die Zähne zusammen, um nicht noch mehr Tränen zu vergießen. Sie zog die Nase hoch und atmete durch den Mund.

»Wenn er sagt, es sei Samirs Handy, solltest du ihm vielleicht glauben«, sagte Erik. »Vielleicht ist er wütend auf dich, weil du ihm misstraust.«

»Aber er geht nicht ran, wenn ich anrufe. Er ignoriert mich komplett.«

»Lass ihm etwas Zeit«, sagte Erik.

Klara nickte und presste die Lippen zusammen. »Die Polizei sagt, dass das Handy von einem Raubüberfall stammt«, sagte sie.

Erik erhob sich, ging um den Schreibtisch herum und setzte sich auf den freien Stuhl neben ihr. »Hat Ibrahim jemanden ausgeraubt?«

Klara atmete schwer. Ihre Nase war vollkommen verstopft. »Ich weiß nicht«, sagte sie und weinte erneut. »Er würde nie so etwas tun, es sei denn, jemand hat ihn dazu gezwungen.«

Erik atmete ein und hielt lange die Luft an, ehe er wieder ausatmete. »Was glaubst du, wem das Handy gehört?«, fragte er.

»Keine Ahnung. Was, wenn es doch von Ibrahim ist? Wer ist das Mädchen? Ich ärgere mich über mich selbst. Wenn ich nur einen kühlen Kopf bewahrt hätte, hätte ich jemand das Handy entsperren lassen können. Dann hätte ich herausgefunden, wem es wirklich gehört.«

»Wie hättest du es entsperren können?« Erik schlug die Beine übereinander und legte eine Hand aufs Knie.

Klara betrachtete seinen Goldring und die schlanken Finger, die aussahen wie die eines Mädchens. Die ganze Hand war schlank. *Bei einem Mann ist das wohl nicht so toll*, dachte sie.

»Ja, also, Ibrahim kennt einen Typen, der sich mit so was gut auskennt. Aber jetzt hat die Polizei das Handy, also …« Sie begriff selbst, wie dumm sich das alles anhörte.

»Warum entsperrt Ibrahim die Handys anderer Leute?«, unterbrach Erik sie. »Sind die womöglich gestohlen?«

Klara zuckte mit den Schultern. »Ich weiß nicht. Aber manchmal vergisst jemand sein Passwort oder tippt zu oft das falsche ein, sodass das Handy gesperrt wird. Die Handys müssen nicht unbedingt gestohlen sein.«

»Mir kommt das verdächtig vor. Wer ist dieser Typ, der die Handys entsperrt?«, fragte Erik.

»Ich weiß nicht, wie er heißt. Ibrahim kennt ihn.«

»Das klingt illegal«, sagte er.

Klara wurde nervös. Hatte sie zu viel gesagt? Würde Erik zur Polizei gehen und dafür sorgen, dass Ibrahim noch mehr Ärger bekam? Sie bereute, was sie gesagt hatte, und hätte die Worte am liebsten zurückgenommen. »Ibrahim tut nichts Böses. Das kam nur einmal vor, glaube ich.«

Erik lachte auf. »So wie es sich anhört, ist Ibrahim in krumme Dinge verwickelt, und deswegen mache ich mir Sorgen um dich, Klara. Warum willst du mit ihm zusammen sein, wenn er kriminell ist?«

»Ibrahim ist der netteste Junge der Welt. Er ist nicht, wie alle denken.«

»Aber die anderen, mit denen er Umgang hat, sind offenbar nicht gerade Milchbubis.«

Erik reichte ihr ein Papiertaschentuch, und sie schnäuzte sich, um wieder durch die Nase atmen zu können. Hinter Eriks Schreibtisch sah sie ein Regal mit Büchern und Aktenordnern. Auf dem obersten Regal stand ein Foto von Helen und den Kindern. Es war älteren Datums, denn die Tochter war noch im Windelalter. Klara musste an das Telefongespräch denken, das sie neulich mit Helen geführt hatte. Es hatte sich angehört, als stünden sie und Erik kurz vor einer Trennung und als hätte sie sich von Klara verabschiedet. Sie wollte Erik direkt fragen, ob Helen und er vorhatten, sich scheiden zu lassen, ließ es aber bleiben.

»Wenn ich dir einen Rat geben darf«, sagte Erik nach einer Weile. »Halte dich eine Zeit lang von Ibrahim fern. Sorge dafür, dass er dich vermisst.«

»Wie soll ich das machen? Ich will wissen, ob er auf mich sauer ist oder nicht.« Sie spürte, wie ihre Wangen heiß wurden.

»Ibrahim wird sich melden. Er hat schließlich nicht mit dir Schluss gemacht. Konzentriere dich auf die Schule und pass heute Abend auf unsere Kinder auf, dann können wir weiter darüber reden. Kannst du schon um fünf kommen? Ich muss früher los, als ursprünglich geplant, und Helen geht mit Liam zum Training.«

Klara lächelte schwach und nickte. Vielleicht hatte Erik recht.

# 26

Das Klappern von Charlottes Absätzen hallte durch die verglaste Brücke, die zu den Chefbüros führte. Die Sonne drang zwischen den Wolken hervor und wärmte den gläsernen Gang. Sie knöpfte ihr Jackett auf. In der Chefetage war alles neuer, weißer und großräumiger. Die Büros waren größer und lagen weiter voneinander entfernt. Die Kaffeemaschine war teuer, und statt der trockenen Kekse gab es saftige Zimtschnecken. Bald würde Per auch hier sitzen. Angeblich wollte Kennet das Team noch vor dem Wochenende über die neuen Interimsposten informieren, aber bisher hatte der Polizeidistriktchef sich bedeckt gehalten. Das Einzige, was die Kollegen im Moment wussten, war, dass Alex im Anmarsch war. Das hatte Per ihnen gesagt.

Per und Charlotte hatten beschlossen, mit Ibrahim in einem der speziellen Räume zu reden, die nicht so sehr an ein Polizeirevier erinnerten. Es gab dort versteckte Überwachungskameras, aber ansonsten war der Raum eher wie ein Wohnzimmer eingerichtet. Sofa, Tisch, flauschiger Teppich, Fernseher, Bilder an den Wänden, Kerzenleuchter und Blumen. Und Spielzeug, aber das hatten sie für diesen Anlass entfernt. Das Zimmer wurde nämlich für Gespräche mit missbrauchten Kindern genutzt. Sie hofften, dass Ibrahim sich in dieser

Atmosphäre sicherer fühlen und ihm das Reden leichter fallen würde.

Per hatte bereits auf dem Sofa Platz genommen und unterhielt sich mit Kennet, der mit dem Rücken zur Tür stand. Als Charlotte im Türrahmen erschien, blickte Per hinter ihm hervor. »Komm rein, Ibrahim und die anderen sind im Aufzug unterwegs.«

Kennet drehte sich um. »Was glaubt ihr, will der Junge uns erzählen?«, fragte er.

»Ehrlich gesagt, habe ich keine Ahnung«, sagte Per.

»Wir hoffen, dass er uns sagen kann, wo unser Hauptverdächtiger Samir steckt«, sagte Charlotte. »Und dass er weiß, wer Lena ermordet hat.«

»Wir werden sehen«, sagte Per und deutete auf die Tür. »Sie sind hier.«

Kennet verließ den Raum, und Ibrahim kam mit seinem Anwalt und seinen Pflegeeltern herein. Alle grüßten höflich. Apollonia trug ihre braunen, schulterlangen Haare offen. Sie war schlank und sportlich, soweit sich das in dem dicken Strickpullover beurteilen ließ. Martin trug einen Anzug und hatte die Haare nach hinten gegelt. Er sah aus, als wäre er einer Reklame für eine Bank entsprungen, wie einer dieser Yuppies aus Charlottes früherem Wohnviertel in Stockholm. *Die Familie hatte ein gutes Herz, weil sie Ibrahim aufgenommen hatte,* dachte sie. Sie engagierten sich und gaben ihm die Hilfestellung, die er brauchte, um in Schweden zurechtzukommen. Was, wenn alle jungen Migranten, die ohne Eltern ins Land gekommen waren, diese Chance bekommen hätten?

»Ja, Ibrahim, Sie möchten uns gewiss etwas erzählen«, sagte Charlotte, nachdem alle sich gesetzt hatten. »Aber vorher würde ich gern von Ihnen wissen, was Sie dazu bewogen hat, mit uns zu reden. Gestern waren Sie nicht sehr gesprächig. Ist etwas passiert?«

Ibrahim sah Martin an. Der nickte ihm aufmunternd zu.

Die Worte kamen langsam.

»Nachdem wir gestern hier waren, haben wir miteinander geredet, wir in der Familie und … Sie haben mir gesagt, dass ich der schwedischen Polizei vertrauen kann und dass man mich fair behandeln wird.«

»Das stimmt. Wir haben nicht vor, Sie festzunehmen. Wir möchten Ihnen helfen«, sagte Per.

Ibrahim nickte. »Ich möchte eine Straftat gestehen«, sagte er, wurde jedoch von Apollonia unterbrochen.

»Wir haben gehört, dass er Strafminderung bekommen kann, wenn er mit der Polizei kooperiert. Stimmt das?«, fragte sie.

»Ja, das ist richtig, und wir werden alles tun, was wir können, um Sie bei einem möglichen Gerichtsverfahren zu unterstützen«, sagte Per und wandte sich Ibrahim zu.

Dem jungen Mann fiel es schwer, stillzusitzen. Er sah erneut zu Martin hinüber. Der nickte ihm freundlich zu.

»Ich habe …« Ibrahim senkte den Blick. »Ich habe zwei Personen ausgeraubt und es tut mir sehr leid. Einen älteren Mann und einen Jugendlichen. Ich wollte niemandem Schaden zufügen …« Er schüttelte den Kopf und erwiderte Apollonias Blick, ehe er fortfuhr. »Ich bin für das, was ich getan habe, selbst verantwortlich, aber ich möchte meine Opfer um Verzeihung bitten.«

Charlotte vermutete, dass der Anwalt ihm vorgegeben hatte, was er sagen sollte, aber der Junge klang aufrichtig. Ibrahim saß nach vorne gebeugt und breitbeinig da, stützte die Ellenbogen auf die Knie und massierte seine Finger, als wären sie eingeschlafen und als müsste er die Blutzirkulation wieder in Gang bringen.

»Sind Sie deswegen hier? Um über die Raubüberfälle zu reden?«, fragte Charlotte. Bestimmt hörte man aus ihrer Stimme die Enttäuschung heraus. Schließlich wollte sie einen Mordfall lösen.

»Ja, was dachten Sie?«

»Sie wissen über den Mord an der Brücke mehr, als Sie zugeben«, sagte sie. »Und über Samir.«

Der junge Mann sah zuerst seine Pflegemutter an, dann den Anwalt.

»Ibrahim ist jetzt hier, um darüber auszusagen, was er weiß. Und er wird seine Straftaten gestehen. Reicht Ihnen das nicht?«, sagte der Anwalt. »Immerhin kooperiert er mit Ihnen.«

Charlotte seufzte. *Herrje*, dachte sie.

»Wer war noch bei den Raubüberfällen dabei?«, fragte Per.

»Samir und Omar. Man sagt zu Samir nicht Nein.«

»Bei unserem letzten Gespräch meinten Sie, Samir würde Sie töten, wenn Sie sich ihm gegenüber nicht loyal verhielten. Was meinten Sie damit?«

»Er ist gefährlich. Ich habe gesehen, wie er Leute getötet hat. Er dreht durch, wenn man nicht ehrlich zu ihm ist oder nicht macht, was er sagt. Einmal hat er eine Frau erstochen, die ihn angezeigt hat, weil er ihren Sohn in einem Geflüchtetenlager misshandelt hat.«

»Warum haben Sie weiterhin Umgang mit Samir und Omar, wenn Sie vor ihnen Angst haben?«, fragte Charlotte.

Er zuckte mit den Schultern. »Wie ich schon sagte: Ich verdanke ihm mein Leben. Da kann ich nicht einfach einen Rückzieher machen.«

»Wenn wir Sie richtig verstehen, wollten Sie bei dem Raubüberfall gar nicht mitmachen, haben es aber trotzdem getan. War das aus Angst oder aus Loyalität?«, fragte sie.

»Sowohl als auch.«

Ibrahim zögerte einen Augenblick. Dann fuhr er fort und gestand die Raubüberfälle auf den älteren Mann und auf Adrian. Charlotte hörte ihm mit wachsender Irritation zu. Sie bekamen alles auf dem Silbertablett serviert, aber es handelte sich um das falsche Verbrechen.

»Ibrahim, falls du etwas darüber weißt, was Samir getan hat, solltest du das jetzt sagen«, sagte Apollonia.

»Ich bin hier, um über die Raubüberfälle zu reden, sonst nichts«, sagte er aufgeregt. »Wenn Samir erfährt, dass ich hier sitze und mit Ihnen rede, bin ich tot.«

»Wir sind gut darin, solche Dinge geheim zu halten«, sagte Per.

»Wo steckt Samir jetzt?«, fragte Charlotte.

»Das ist ja das Seltsame. Er ist spurlos verschwunden.«

»Wann haben Sie ihn zuletzt gesehen oder getroffen?«

Ibrahim seufzte tief. »Das habe ich doch schon gesagt. Letzten Samstag. Ich war mit Samir und Omar zusammen, wir wollten … Samir wollte wieder jemanden ausrauben, also waren wir unterwegs.«

»Wo?«, fragte Charlotte.

»An allen möglichen Orten. Wir haben nach geeigneten Opfern Ausschau gehalten. Man kann Leute leichter ausrauben, wenn sie betrunken sind.«

»Wart ihr irgendwann nach Mitternacht unten an der Strandpromenade?«

»Nein. Meistens in der Gegend um den Rathausplatz.«

Ibrahim kaute auf einem Fingernagel. Er wirkte ehrlich, aber gleichzeitig auch nicht, als würde er nur selektiv die Wahrheit erzählen.

»Jetzt hören Sie mal gut zu«, sagte Charlotte. »Wir wissen, dass Samir sich in der Nähe eines Ortes aufhielt, der für eine unserer Ermittlungen interessant ist. Er hat sich von der Tegsbrücke wegbewegt, als würde er vor etwas davonlaufen. Wenn Sie also nach Mitternacht in der Nacht von Samstag auf Sonntag mit ihm zusammen waren, hätten Sie auch dort sein müssen, oder?«

»Nein.«

*Ehrliche Antwort,* dachte Charlotte.

»Habt ihr ein Opfer gefunden?«, fragte Per.

»Nein«, sagte Ibrahim.

»Was habt ihr dann gemacht?«

»Wir sind nach Hause gegangen.«

»Wir?«

»Omar und ich. Was Samir gemacht hat, weiß ich nicht.« Ibrahim seufzte erneut.

»Um wie viel Uhr war das?«

»Also, das weiß ich nicht mehr. Ich glaube, so gegen Mitternacht. Wir haben uns einen Film angeschaut.«

*Die gleiche Geschichte, die Omar ihnen erzählt hatte,* dachte Charlotte. Aber sie hatte das Gefühl, dass Ibrahim log, was die Zeitangabe für jenen Abend betraf.

»Wissen Sie, ob Samir zum Campingplatz gefahren oder in der Stadt geblieben ist, nachdem Sie sich von ihm getrennt haben?«, fragte Charlotte.

»Ich weiß nicht. Wie gesagt, ich habe ihn zuletzt so gegen zwölf Uhr gesehen.«

Er erzählte nicht die ganze Wahrheit. Irgendetwas passte nicht zusammen, aber Charlotte wusste nicht, was.

Es klopfte an der Tür. Anna steckte den Kopf herein.

Per blieb bei Ibrahim und den anderen sitzen, während Charlotte hinausging, um zu sehen, was Anna wollte.

»Wir haben das Handy geknackt, das Ibrahims Freundin gefunden und er angeblich von Samir bekommen hat.«

»Und was war dadrauf?«, fragte Charlotte. »Wem gehört es?«

»Ich glaube, ihr solltet Ibrahims Vernehmung abbrechen und es euch selbst ansehen.«

# 27

Klara klingelte an der Haustür der Familie Stenlund. Es war bereits nach fünf Uhr, also war sie ein bisschen spät dran. Zunächst hatte sie daran gedacht, ihr Moped zu nehmen, aber dann hatte sie sich wie immer für das Fahrrad entschieden. Als Liam ihr aufmachte und sie hereinließ, sah sie sofort, dass er geweint hatte. Sie hängte die Jacke an den Garderobenhaken, zog die Schuhe aus und ging ins Wohnzimmer. Das einzige Geräusch, das im Haus zu hören war, stammte von dem Fernseher, in dem gerade eine Kindersendung lief. Elsa saß auf dem Sofa und wischte sich Tränen von den Wangen. Liam setzte sich neben seine kleine Schwester, umarmte sie und flüsterte ihr etwas zu, woraufhin sie nickte.

»Hej, ihr beiden. Warum seid ihr so traurig?«

Klara setzte sich zu den Kindern und legte Liam eine Hand aufs Knie. Beide sahen sie an, sagten aber nichts.

»Was ist los?«

»Nichts«, sagte Liam leise.

Klara blickte sich um. Das Haus hatte eine offene Raumgestaltung, sodass sie von ihrem Platz im Wohnzimmer aus auch die Küche sehen konnte. Auf dem Herd stand ein Kochtopf. Es roch gut. Im Haus der Stenlunds sah alles aus wie immer – sauber und ordentlich. Die Kinder waren gut darin, ihre Sachen selbst aufzuräumen. Jedes Spielzeug, das sie benutzten, legten sie anschließend wieder zurück. Zu Hause mitzuhelfen war für sie selbstverständlich und schien ihnen sogar Spaß zu machen.

Helen kam aus dem Bad und blieb stehen, als sie Klara und die Kinder auf dem Sofa sah. Ihr blondes, lockiges Haar hatte sie zu einem Dutt hochgesteckt.

»Liam, bist du fertig? Können wir los?«, fragte sie, ohne zu Klara Hallo zu sagen. Es schien, als wolle Helen sie meiden.

Der Junge blieb bei seiner kleinen Schwester sitzen und sah seine Mutter an.

»Ist Erik schon zur Vorlesung gefahren?«, fragte Klara.

Helen zog sich die Jacke an. »Er ist im Schlafzimmer.«

Bildete Klara es sich nur ein, oder klang Helens Ton wirklich brüsk?

Helen bewegte sich hastig und wirkte gestresst. Sie ging von der Haustür in die Küche und wieder zurück. Anscheinend suchte sie etwas. Ihre Wangen waren rot, und als sie sich die Lippen schminkte, fiel Klara auf, dass ihre Hand zitterte.

»Wir sind in ein paar Stunden wieder zu Hause. Ich habe Essen gemacht.« Sie deutete auf die Küche. »Komm schon, Liam, dein Floorball-Training geht bald los.«

Auch ihrem Sohn gegenüber war sie schroff. Liam erhob sich langsam vom Sofa und seufzte. Offenbar wollte er seine Schwester nicht allein lassen. Klara setzte sich auf seinen Platz und legte einen Arm um Elsa. Die Kleine hatte verweinte Augen und feuchte Wangen. Helen ging zusammen mit Liam in den Flur, ohne ihrer Tochter zum Abschied einen Kuss zu geben, was sie sonst immer tat. Nachdem die Tür hinter ihnen ins Schloss gefallen war, kam Erik ins Wohnzimmer.

»Hallo Klara, entschuldige bitte die Stimmung hier. Helen und ich hatten eine kleine Meinungsverschiedenheit. Ich glaube, Elsa wird sich freuen, dass du heute Abend bei ihr bist.« Er deutete auf den gedeckten Tisch. »Liam hat schon gegessen, wenn ihr wollt, könnt ihr beide euch bedienen.«

Erik ging in die Küche, während Klara bei Elsa auf dem Sofa blieb.

»Hat Ibrahim sich bei dir gemeldet?«, fragte er.

»Ja, er hat angerufen. Er war nicht sauer.«

Erik lächelte sie an. »Was habe ich gesagt? Was lernen wir daraus?«

Klara schüttelte verständnislos den Kopf. »Was?«

»Na ja, bloß weil Ibrahim sich nicht sofort meldet, heißt das noch lange nicht, dass er sauer ist. Vielleicht war er mit etwas beschäftigt, das überhaupt nichts mit dir zu tun hat.«

Sie murmelte etwas als Antwort.

Erik ging in den Flur und zog sich die Jacke an. »Ich muss los«, sagte er und blickte durch das Türfenster hinaus zur Garageneinfahrt.

Elsa sprang vom Sofa herunter und ging in die Küche. Sie hielt ein Stofftier im Arm, ein weißes Kaninchen, das sie in einen Korb mit Spielsachen legte, bevor sie sich an den Tisch setzte. Erik trat zu ihr und klopfte ihr auf die Schulter. Dann bückte er sich und nahm das Kaninchen aus dem Korb.

»Du kannst es am Tisch behalten, Mama ist nicht zu Hause«, sagte er und fing an, etwas in den Küchenschubladen zu suchen. Elsa umarmte ihr Kuscheltier und sah lange ihrem Vater zu, wie er in der Küche herumwühlte.

»Du, Klara … Als wir das letzte Mal miteinander gesprochen haben, hast du einen Typen erwähnt, der Handys entsperren kann. Erinnerst du dich?«

Klara hatte sich ebenfalls an den Tisch gesetzt und probierte gerade den Hackbraten mit Reis. »Ja …«

»Ich brauche seine Hilfe bei einem Handy«, sagte Erik.

Klara blickte auf. »Haben Sie auch jemanden ausgeraubt?«, sagte sie und lachte.

Erik reagierte nicht auf den Scherz, sondern beendete die Suche in den Schubladen, als er seine Autoschlüssel fand. Dann holte er ein Handy aus der Jackentasche und legte es auf den Tisch. Klara betrachtete es, während Elsa still neben ihr saß und aß. Es war ein Nokia und sah alt aus.

»Nein, das ist mein eigenes«, sagte Erik. »Ich habe es vor einer Weile gekauft und den Code vergessen.«

Sie wusste, dass er log. Warum sollte er seinen Code vergessen? Doch bevor Klara sich das Handy näher ansehen konnte, nahm Erik es wieder an sich und verschwand damit ins Bad. Als er wieder zurückkam, war das Nokia-Gerät nirgendwo zu sehen.

»Versuch herauszufinden, ob du den Typen kontaktieren kannst. Ich zahle dir auch was für die Mühe. Ibrahim auch.«

»Okay, ich frage mal nach.«

»Danke. Das ist alles, was ich von dir verlange. Ärgerlich, wenn man das Ding nicht benutzen kann«, sagte er und ging wieder in den Flur zurück. »Jetzt muss ich aber wirklich los. Könntest du bitte den Tisch abräumen?«

Erik schlug die Tür zu. Seine Tochter zuckte bei dem Geräusch zusammen.

Klara nahm die Karaffe mit Wasser, schenkte Elsa ein Glas ein, gab ihr einen Kuss auf die Stirn und holte ihr Handy hervor. Sie schoss ein Selfie und schickte es Ibrahim. Dann schrieb sie:

*Bin heute Abend bei Stenlunds und passe auf die Kinder auf. Sehen wir uns später?*

Er antwortete sofort.

*Hell yes!*

Ihr wurde warm ums Herz und an den Wangen. Sie schoss noch ein Selfie für Ibrahim und schrieb weiter:

*Übrigens, kannst du mal deinen Bekannten fragen, ob er ein Handy entsperren kann? Papa Stenlund hat seinen Code vergessen.*

Ibrahim schrieb zwei Worte als Antwort.

*Mache ich.*

# 28

Charlotte ging zusammen mit Per über die verglaste Brücke, diesmal jedoch weg von den Chefs und hin zum gewöhnlichen Fußvolk. Ibrahims Vernehmung hatte länger als erwartet gedauert. Jetzt eilten sie durch die Räumlichkeiten, um zu sehen, was Anna ihnen zeigen wollte. Das Handy, das Ibrahim bei sich zu Hause versteckt hatte und die Kollegen inzwischen geknackt hatten. Per ging so schnell, dass sie nur mit Mühe mit ihm Schritt halten konnte. Sie wollte ihn gerade bitten, ein bisschen langsamer zu gehen, als ihre Tochter anrief.

»Hallo Anja. Ist es dringend oder können wir in einer Stunde oder so reden?«

Charlotte fiel immer weiter hinter Per zurück.

»Mama, es ist wichtig. Ich möchte mein Jurastudium abbrechen.«

Charlotte blieb stehen und sah Per durch die Sicherheitstür verschwinden. »Was meinst du damit? Du hast doch immer von einem Jurastudium geträumt und sogar darauf verzichtet, zu mir zu ziehen, weil du dieses Fach studieren wolltest. Was ist los, Süße?«

Charlotte ging weiter, gelangte zur Tür und tippte den Code ein. Das Schloss klickte, und sie öffnete die Tür.

»Mama, ich wollte es dir schon länger sagen, aber …«

Anja machte eine dramatische Kunstpause.

»Aber?«, drängte Charlotte. »Ich habe keine Zeit für Rätsel. Sag es mir.« Sie beschleunigte ihre Schritte.

»Ich will das Studium abbrechen und Polizistin werden«, sagte die Tochter.

Das ließ Charlotte wieder innehalten. »Ist das dein Ernst?«

»Ja.«

»Polizistin? Aber warum?«

»Weil ich glaube, dass es ein schöner und interessanter Beruf ist«, sagte Anja. »Ich habe es schließlich hautnah mitbekommen und möchte auch einen Job haben, der mir gefällt und den ich mit voller Hingabe mache. Keinen langweiligen Juristenjob.«

Charlotte lachte auf, schüttelte den Kopf und fuhr sich mit der Hand durchs Haar. »Darüber müssen wir in Ruhe reden, Anja. Ich bin die Letzte, die dich beeinflussen will, aber das alles sollte wohlüberlegt sein. Okay? Ich rufe dich heute Abend an.«

»Okay. Papa weiß übrigens noch nichts.«

»Warte noch, bevor du es ihm sagst«, sagte Charlotte und beendete das Gespräch.

*In Umeå gibt es eine Polizeiakademie*, war ihr erster Gedanke, den sie nicht weiterverfolgen konnte, weil Per irritiert aus dem Besprechungszimmer nach ihr rief.

Charlotte traf als Letzte ein und musste sich mit einem Stuhl ganz hinten begnügen.

»Das Samsung-Handy, das Ibrahims Freundin bei ihm zu Hause gefunden hat, gehört nicht Adrian, sondern Lena, unserem Mordopfer«, sagte Kicki und hielt das Gerät in der Krokodilhülle hoch. »Wir haben es vor Kurzem entsperrt und werden es noch gründlicher durchsuchen. Aber erst müsst ihr euch das hier ansehen.« Sie schaltete den großen TV-Bildschirm ein und rief ein Foto von Lena in einer Bluse mit Bindekragen auf. »Wir wissen jetzt, dass die Saubere Lena keine Obdachlose war.«

Charlotte reagierte auf das Foto, das eine Frau mit perfektem Make-up, geföhntem Haar und einem Glas Weißwein in der Hand zeigte. Sie wusste sogar, wo Lena sich befand – im Sturehof in Stockholm, einem bei Einheimischen wohlbekannten Restaurant.

»Und das Foto stammt nicht aus einem früheren Leben, vor ihrem Absturz?«, fragte Per.

Kicki schüttelte den Kopf und zeigte weitere Fotos. »Diese hier sind zwei Wochen alt.«

Charlotte zog die Augenbrauen hoch. Diese Frau, die sie für eine Obdachlose gehalten hatten, hatte anscheinend ein völlig normales Leben in Stockholm geführt. Die Fotos zeigten Lena lächelnd und wohlauf zusammen mit einem jungen Mädchen. Lena in Trainingskleidung. Lena beim Bootfahren mit Freunden. Lena beim Kochen.

»Das wirft die Frage auf, wie sie in einer Notunterkunft in Umeå gelandet ist«, sagte Charlotte.

»Heißt das, dass Ibrahim unser Täter ist?«, fragte Anna. »Wie hätte er sonst in den Besitz ihres Handys kommen können?«

»Er behauptet, er habe es von Samir bekommen, und ich glaube ihm«, sagte Per. »Aber weiß der Teufel, jetzt müssen wir ihn noch mal vernehmen. Verdammt, wir haben ihn gerade laufen lassen. Dass er das Mobiltelefon des Mordopfers bei sich zu Hause aufbewahrt, macht ihn eindeutig zu einem Verdächtigen. Schauen wir mal, was er dazu sagt.« Er holte sein Handy hervor. »Ich rufe ihn sofort an«, sagte er und verließ den Raum.

Charlotte betrachtete das Telefon. Niemals hätte sie gedacht, dass dieses Gerät, das in einer gut erhaltenen Schutzhülle mit braunem, geriffeltem Krokodilmuster steckte, dem Mordopfer gehörte. Aber immerhin wusste sie jetzt, dass Lena keine Obdachlose war, sondern wie Charlotte selbst eine Frau aus dem Yuppie-Milieu vom Stockholmer Stureplan.

»Wer ist die Person, die unter dem Namen *Liebling* gespeichert ist und angerufen hat, als Ibrahims Freundin das Handy hatte?«, fragte Charlotte.

»Das ist ihre Tochter Emelie«, sagte Kicki und zeigte ein Foto von Lena und einer jungen Frau. »Emelie ist dreiundzwanzig Jahre alt und wohnt zurzeit in New York. Sie ist auf dem Weg nach Umeå. Kennet hat mit ihr gesprochen und ihr in knappen Worten erzählt, was passiert ist. Sie wollte den nächstbesten Flug hierher nehmen.«

Kennet hatte also mit der Tochter des Opfers gesprochen. Es war für einen Polizeichef ungewöhnlich, sich um solche Dinge zu kümmern.

»Ist Lena ihr richtiger Name?«, fragte Per, der inzwischen von seinem Telefonat zurück war.

»Ja, sie heißt Lena Bengtsson, ist vierundfünfzig Jahre alt und alles andere als obdachlos«, sagte Kicki, wurde jedoch plötzlich unterbrochen, als das Samsung-Handy auf dem Tisch klingelte.

Lenas Telefon. Die Nummer begann mit 08, also kam der Anruf aus Stockholm.

Kicki gab Per das klingelnde Handy. Der legte es zurück auf den Tisch, drückte auf die grüne Taste und stellte es auf Lautsprecher. Niemand im Raum sagte etwas. Charlotte hielt den Atem an.

»Hallo?«, sagte eine Männerstimme.

»Ja, hier ist Per Berg von der Polizei in Umeå. Mit wem spreche ich?«

Jemand atmete am anderen Ende. »Äh, Verzeihung. Ich habe mich wohl verwählt.«

»Möchten Sie Lena Bengtsson sprechen?«, fragte Per.

Schweigen. »Ja … Warum hat die Polizei ihr Telefon?«

»Mit wem spreche ich?«, fragte Per.

»Ich bin Lenas Chef. Was ist passiert?« Die Stimme des Mannes klang angespannt.

»Bei welcher Firma arbeiten Sie?«, fragte Per.

»Äh, Ratata Marketing, wir … Was ist passiert, ist alles in Ordnung mit ihr?«

»Darauf kann ich leider nicht eingehen. Wir haben eine laufende polizeiliche Ermittlung. Können wir Sie unter dieser Nummer erreichen?«

»Ja, natürlich … Aber was ist passiert?«

»Wissen Sie, was für ein Auto Lena fuhr?«

»Ja, einen roten Passat, ihren Firmenwagen. Sie, äh … Sie arbeitet im Vertrieb, reist herum und trifft sich mit Kunden.«

»Wissen Sie zufällig das Kennzeichen?«, fragte Per.

»Nein, aber das kann ich leicht herausfinden, wenn Sie mir ein paar Minuten geben.«

»Danke, das wäre nett. Ich rufe Sie gleich wieder unter dieser Nummer hier an.«

Per legte auf, und alle im Raum blickten auf die Fotos auf dem Bildschirm.

Charlotte sprach aus, was wahrscheinlich alle dachten. »Wie ist Lena Bengtsson als Obdachlose unter einer Brücke in Umeå gelandet?«

»Vor höchstens zwei Wochen hatte sie anscheinend ein normales Leben«, fügte Per hinzu.

»Ihre Tochter wird uns mehr dazu sagen können«, sagte Kicki. »Verständlicherweise war sie schockiert, als Kennet am Telefon mit ihr gesprochen hat. Aber sie hat etwas gesagt, was ihn aufhorchen ließ. Etwas in der Art, dass so etwas schon mal passiert ist. Leider konnte Kennet nicht aus ihr herausbekommen, was sie damit meinte.«

»Wir reden mit ihr, wenn sie hier ist«, sagte Charlotte.

»Aber jetzt müssen wir uns wirklich noch einmal Ibrahim vorknöpfen«, sagte Per. »Schließlich gehörte das Handy unserem Mordopfer.«

# 29

Erik nahm sein Handy, das neben ihm auf dem Beifahrersitz lag, und rief eine Website auf, die Helens Telefon über die Nummer orten konnte. Ein Tipp, den er über eine Google-Suche bekommen hatte. Er hatte viel über das nachgedacht, was sein Nachbar ihm erzählt hatte – dass Helen nachts telefoniert und gesagt hatte, sie wolle jemanden töten. Was meinte sie damit? Mit wem hatte sie geredet? Erik war sich nicht sicher, ob er sich wie ein Detektiv oder ein besessener Irrer fühlte, aber er war fest entschlossen, herauszufinden, was es damit auf sich hatte.

Auf seinem Handy-Display sah es aus, als wäre Helen immer noch auf dem Weg zum IKSU-Sportstudio, wo Liams Training stattfinden sollte. Erik lenkte den Wagen in die gleiche Richtung, während er nebenbei auf verschiedenen Auto-Websites surfte. Er hatte beschlossen, ein neues Auto zu kaufen, eins, das ein bisschen größer war. An jeder roten Ampel sah er nach, wo Helen sich befand, und klickte dann neue Autos an. Letzteres half ihm, den Kopf freizubekommen. Sich wie ein eifersüchtiger Loser zu verhalten, war nicht gerade seine Lieblingsbeschäftigung. Es kratzte an seinem Ego. *Erbärmlich*, dachte er und bog in Richtung Ålidbacken ab.

Es war fast acht Uhr abends, und das Tageslicht schwand allmählich. Als er in den Gösta Skoglunds Väg bog, kam er wegen des Verkehrs langsamer voran.

Das große Gebäude diente dem sportbegeisterten Publikum der Stadt. Es gab Hallen für Krafttraining, Schwimmen, Floorball, Basketball und alles Mögliche. Erik war Liam zuliebe ein paar Jahre lang Mitglied bei IKSU gewesen, trainierte jedoch selbst nicht dort. Er bevorzugte kleinere Studios.

Erik bog nach links auf den Parkplatz, fuhr langsam an sämtlichen Fahrzeugen vorbei und hielt nach Helens Auto Ausschau. Als er es sah, verspürte er einen Hoffnungsschimmer. Sollte er hineingehen und nach ihr suchen? Er sah nach, wo Helens Handy sich befand. Wie es aussah, war sie im Studio, aber er durfte nicht auffliegen. Da würde er völlig das Gesicht verlieren.

Liams Training dauerte noch eine Stunde, und Erik wollte gerade sein Auto parken, um so lange zu warten, als er Helen durch den Eingang herauskommen sah. Er beobachtete sie, wie sie zu dem anderen Parkplatz eilte, der ein Stück weiter weg lag. Sie schlich sich schon wieder davon. Wie oft tat sie das wohl, wenn sie mit dem Jungen beim Training war?

Während Erik sie beobachtete, sprang seine Frau in denselben Wagen wie neulich – den grauen Volvo, der sie vor der Stadium-Filiale abgeholt hatte. Bevor er erkennen konnte, wer am Steuer saß, war das Auto zu weit weg. Aber diesmal würde er sie nicht aus den Augen verlieren.

Erik ließ zwei Wagen zwischen sich und dem Volvo, um nicht entdeckt zu werden, und griff zu seinem Handy, um Helen weiterhin orten zu können, falls er abgehängt wurde. Die Markierung zeigte immer noch IKSU an. Sie hatte ihr Telefon bei Liam gelassen.

Nach einer Weile sah Erik von Weitem, wie der Volvo auf den Parkplatz einer Schule in der Ortschaft Innertavle fuhr und sich neben das einzige andere Auto stellte. Da er ihm nicht bis dorthin folgen konnte, blieb er in einer Nebenstraße stehen. Von hier aus hatte er eine gute Sicht auf das Fahrzeug, in dem Helen saß. Inzwischen war es dunkel geworden. Die Straßenbeleuchtung war schwach, und die beiden Autos parkten so weit von den Laternenmasten weg, wie sie nur konnten. Die Türen des Volvos blieben geschlossen, aber jemand stieg aus dem Auto nebenan. Die Person trug ein Käppi unter einer hochgeschlagenen Kapuze, sodass man das Gesicht nicht erkennen konnte. Sie war mittelgroß und hatte schmale Schultern unter dem Kapuzenpulli. Erik biss die Zähne zusammen. Wer war das? Eine Frau oder ein Mann? Er wagte nicht einmal zu blinzeln, aus Angst, irgendein Detail zu übersehen. Die Entfernung war zu groß, um die Person zu erkennen, aber Erik konnte sehen, dass sie etwas in der Hand hielt. Dann verschwand der oder die Betreffende auf dem Rücksitz des Wagens, in dem Helen saß, und stieg erst ein paar Minuten später wieder aus, woraufhin der Volvo rückwärts ausparkte.

Erik notierte sich die Kennzeichen beider Fahrzeuge, als sie an ihm vorbeifuhren.

Was war hier los? Warum traf Helen sich mit zwielichtigen Gestalten auf einem Parkplatz in Innertavle?

# 30

***Donnerstag, 1. September***

Charlotte war als Erste im Auto, obwohl Per es aufgeschlossen hatte. Es war fast vier Uhr nachmittags, und die Stadt ertrank im Regen.

»Wie viel kann es eigentlich regnen? Das geht jetzt schon seit vierundzwanzig Stunden so«, sagte sie und klappte die Sonnenblende herunter. Sie betrachtete sich in dem kleinen Spiegel und überprüfte ihren Lippenstift. Es knallte, als sie die Blende wieder zurückklappte.

»Okay, was sagst du zu Ibrahims Vernehmung gestern?«, fragte Per. »Hast du ihm geglaubt, als er behauptet hat, dass er nicht weiß, wie Samir in den Besitz von Lenas Handy gekommen ist? Dass Samir es ihm am Samstagabend gegeben hat, damit er es bei sich versteckt?«

»Ehrlich gesagt weiß ich nicht, was ich glauben soll«, sagte Charlotte. »Wir haben nichts, womit wir ihm das Gegenteil nachweisen können. Meine Theorie ist, dass Ibrahim und Omar etwas wissen, es sich aber nicht zu sagen trauen, weil sie vor Samir Angst haben. Sie tischen uns die gleiche Geschichte auf und geben sich für die Tatzeit gegenseitig ein Alibi.«

Per nickte. »Zum gegenwärtigen Zeitpunkt können wir ihn nicht festnehmen, aber wir lassen ihn zumindest observieren. Schauen wir, wohin das führt.«

»Samir ist derjenige, der untergetaucht ist«, fuhr Charlotte fort. »Das deutet auf seine Schuld hin. Womöglich hat er Umeå bereits verlassen. Schließlich ist er es gewohnt, von Ort zu Ort zu ziehen.«

Es waren Charlottes letzte Arbeitstage mit Per an ihrer Seite, das wusste sie. Er gab ihr Sicherheit, hatte sie in das Team im Dezernat für Schwerkriminalität geholt, an sie geglaubt und ihr geholfen, sich beruflich weiterzuentwickeln. Allerdings fühlte sie sich auch dazu bereit, mehr Verantwortung zu übernehmen, selbst wenn sie sich damit auseinandersetzen musste, dass Alex neu im Team war. Momentan arbeitete er sich außerhalb des Polizeireviers in ihren Mordfall ein, würde jedoch bald anfangen. Wie es aussah, sollte er ausgerechnet am Samstag vorgestellt werden. Charlotte würde versuchen, ihm so gut es ging aus dem Weg zu gehen. Es war kindisch, aber bei seinem bloßen Anblick wurde ihr heiß, und sie hasste das.

Per drehte den Schlüssel um. Die Scheibenwischer setzten sich sofort in Bewegung. Er verließ den Parkplatz des Polizeireviers und fuhr auf den Ridvägen. Sie wollten zum Hotel Uman, um sich mit Lenas Tochter Emelie zu treffen, die am Tag zuvor von New York nach Umeå geflogen war.

»Lenas Tochter wirkte ziemlich gefasst, als ich gestern mit ihr telefoniert und den Termin vereinbart habe«, sagte Charlotte.

Per fuhr wegen der nassen Fahrbahn langsam. Die Feuchtigkeit drang ins Auto, und es roch säuerlich, wie nasse Kleidung.

»Vielleicht stand sie noch unter Schock«, sagte er. »Aber man weiß nie, wie Angehörige reagieren. Emelie war auf der anderen Seite des Atlantiks und in einer anderen Zeitzone. Sie wird heute wohl mit einigen Fragen gerungen haben.«

Per hielt an einer roten Ampel und sah Charlotte an. »Was ist los? Du scheinst in Gedanken woanders zu sein«, sagte er.

Charlotte fuhr sich mit beiden Händen durch die offenen dunklen Haare. »Anja will Polizistin werden. Wie kann ich das verhindern?«

Per lachte, als es grün wurde und der Verkehr sich wieder in Bewegung setzte. »Eigentlich witzig, wenn man bedenkt, dass du gegen den Willen deiner Eltern Polizistin geworden bist«, sagte er.

»Die Ironie dabei ist mir schon klar. Und als Mutter bin ich offensichtlich ein schlechtes Vorbild, weil ich mein Medizinstudium abgebrochen habe, und jetzt macht sie es mit ihrem Jurastudium genauso.« Charlotte blickte durch die Fensterscheibe nach draußen und beneidete die Leute nicht, die dem Wetter ausgesetzt waren.

»Sie möchte in die Fußstapfen ihrer Mutter treten, das ist doch nicht ungewöhnlich, oder?«, sagte Per, während er die Västra Esplanaden entlangfuhr und nach links in die Storgatan abbog.

»Aber ist sie für diesen Beruf geeignet? Sie wurde mit einem silbernen Löffel im Mund geboren und hat keine Ahnung vom Leben. Die Welt, in der sie lebt, ist sehr privilegiert.«

»Das war doch bei dir genauso, bevor du den Mut hattest, gegen den Willen deiner Eltern zu handeln, vergiss das nicht. Und das Ergebnis ist die beste Polizistin, mit der ich bisher zusammengearbeitet habe.«

Charlotte sah Per an. »Danke, das ist sehr lieb von dir. Aber ich bin aus härterem Holz geschnitzt als Anja. Sie ist … wie soll ich es sagen … ziemlich verwöhnt.«

»Das musst du mir näher erklären.«

Sie fuhren am MVG-Einkaufszentrum und dem Stora Hotellet vorbei.

»Ich habe mit ihr am Telefon gesprochen und ihr zu erklären versucht, wie es ist, Polizistin zu sein. Dass man nicht sofort Ermittlerin wird, sondern erst einmal die Ochsentour im Streifendienst machen muss. Dass man Kotze aufwischt, nachdem man einen Drogensüchtigen ins Krankenhaus gefahren hat. Dass man Ruhe bewahren muss, wenn die Leute einen auf der Straße beschimpfen. Anja wird bereits wütend, wenn ihre Freunde sie ›Dienstmädchen‹ nennen, weil sie so einen alltäglichen Namen wie Anja hat. So hieß mein Kindermädchen, als ich klein war.«

»Dann hat sie aber komische Freunde. Vielleicht sollte sie sich andere suchen.«

Charlotte sah das genauso. Das war auch der Grund, warum sie Anja letztes Jahr zu sich nach Umeå holen wollte. Weg von ihrem destruktiven Umfeld.

»Das war vor ein paar Jahren. Die Freunde sind inzwischen älter und vernünftiger geworden. Aber du verstehst, wie empfindlich meiner Tochter ist.«

»Also, ich kenne Anja, so empfindlich ist sie nun auch wieder nicht. Ich finde sie cool und glaube, dass du von ihren schwächsten Momenten ausgehst, während sie in Wirklichkeit mehr Stärken hat.«

»Hast du eine Therapie gemacht, weil du so analytisch bist?«, sagte Charlotte lächelnd.

»Wie ernst meint sie es denn?«, fragte Per. »Sie macht es doch nicht nur, um deine Aufmerksamkeit zu erregen, oder?«

Der Gedanke war Charlotte noch nicht gekommen.

»Wir haben eineinhalb Stunden geredet. Sie hat sich in das Thema eingelesen und weiß, was sie erwartet, will das Studium aber trotzdem abbrechen. Ihre Freunde sind entsetzt. Und Carl, ihr Vater, wird von einer Brücke springen … Obwohl, das wäre vielleicht gar nicht schlecht.«

Per lachte und drosselte das Tempo. Sie parkten direkt vor dem Hoteleingang in der Storgatan. Charlotte konnte wegen des Regens kaum etwas sehen, aber Per deutete nach links.

»Schau mal da, siehst du ihn? Das ist doch Omar, oder?«, sagte er und schaltete die Scheibenwischer auf die höchste Stufe.

»Richtig, das ist er«, sagte Charlotte. Omar ging mit schnellen und entschlossenen Schritten. Er war allein.

»Laut Berichten der Fahndungsgruppe verhält er sich unauffällig. Bis jetzt hat er keinen Kontakt mit Samir aufgenommen.«

Per folgte dem jungen Mann mit seinem Blick. Er war vom Regen völlig durchnässt.

»Falls Samir Lena Bengtsson getötet hat, werden seine Freunde wohl kaum Aufmerksamkeit auf sich ziehen wollen«, sagte Charlotte. »Wenn sie überhaupt etwas davon wissen. Ich zweifle allmählich daran.«

»Früher oder später wird Omar uns vielleicht zu ihm führen«, sagte Per. »Wie hätte Samir sonst an das Handy herankommen können, wenn er nicht in den Mord verwickelt war?«

Der Regen prasselte auf das Autodach. Die Menschen auf der Straße suchten Schutz, so gut sie konnten. Charlotte freute sich nicht darauf, das Auto zu verlassen.

»Rennen wir los?«

»Jawohl, Chef«, erwiderte Charlotte.

Sie rannten beide zum Hoteleingang. Es waren nur drei oder vier Meter, aber sie wurden trotzdem klatschnass.

Kaum hatten sie die Hotellobby betreten, blieb Per stehen und nahm einen Anruf entgegen, während Charlotte zur Rezeption ging. Sie wischte sich mit beiden Händen die Regentropfen aus dem Gesicht. Die Hose war an den Oberschenkeln durchnässt.

»Was für ein Sauwetter«, sagte der Mann hinter dem Empfangstresen.

»Ja, wirklich«, sagte sie und zog die Jacke aus.

Per schloss zu ihr auf und führte sie zu einer Ecke, in der zwei Sessel standen.

»Das war Kicki«, sagte er.

»Gibt's was Neues?«

»Ja, was sie mir erzählt hat, ist interessant. Momentan überprüft sie Samir, Omar und Ibrahim. Sie durchforstet ihre sozialen Medien und sucht nach weiteren digitalen Spuren, zum Beispiel nach Fotos, die Aufschluss darüber liefern können, wo Samir sich herumtreibt. Dabei hat sie herausgefunden, dass alle drei massiven Hass auf sich ziehen, vor allem auf Flashback.«

»Islamfeindliche Kommentare, oder was?«

Per nickte. »Samir bekommt dort lauter hasserfüllte Kommentare und Drohungen zu hören. Ein Thread sticht besonders hervor. Darin geht es um Gewaltverbrechen und Raubüberfälle hier in Umeå. Vor allem ein Profil fällt auf, weil die Drohungen ernst klingen. Die Person dahinter ist jemand, den wir kennen.«

»Wer?«

»Roger Ren.«

»Was? Hat Adrians Vater Samir auf Flashback bedroht?«, fragte Charlotte.

»Ja.«

»Was schreibt er?«

»Roger hat die Adresse des Campingplatzes bekannt gegeben, wo Samir und Omar wohnen. Außerdem hat er Links zu Videoaufnahmen von den Raubüberfällen gepostet. Dieselben Videos, die das Jugenddezernat für seine

Ermittlungen benutzt und die überall im Internet kursieren. Aber er hat auch geschrieben, dass Samir, Omar und Ibrahim das Land verlassen sollten, sonst würde er im Namen aller Opfer für Gerechtigkeit sorgen.«

»Okay. Könnte Roger Ren oder ein anderer von diesen Spinnern etwas mit Samirs Verschwinden zu tun haben?«

# 31

Es war kurz nach vier Uhr nachmittags, und Erik musste von der Schule weg. Er war bereits spät dran, als es an der Tür zu seinem Büro klopfte. Er fluchte leise, dann sagte er: »Ja, herein.«

»Hallo«, sagte Klara. Sie stand im Türrahmen.

»Mach die Tür zu«, sagte er, ohne aufzublicken. Gleichzeitig blätterte er in ein paar Papieren auf seinem Schreibtisch herum. Das Einzige, woran er denken konnte, war Helen und was sie in diesem Auto auf dem Parkplatz in Innertavle gemacht hatte. Er war dem Volvo zurück zum IKSU-Sportstudio gefolgt, wo sie wieder zu Liams Training gegangen war. Später hatte Erik die Kennzeichen überprüft. Der Volvo gehörte einem ambulanten Pflegedienst und wurde von mehreren Mitarbeitern genutzt, deren Namen sich nicht ermitteln ließen. Der andere Wagen, den er auf dem Parkplatz gesehen hatte, war auf eine Reinigungsfirma in der Stadt registriert. Als er die Firma googelte, fand er weder Fotos noch sonstige Informationen, die ihm verrieten, wer die Person war, die sich mit Helen getroffen hatte.

»Setz dich«, sagte Erik und deutete auf denselben Stuhl, auf dem Klara zuletzt gesessen hatte.

»Geht nicht, ich muss gleich wieder weg. Ich wollte Ihnen nur sagen, dass der Typ, der Handys entsperrt, Ihnen helfen kann. Natürlich gegen Bezahlung.«

Erik nickte. Er war jetzt mehr denn je überzeugt, dass er sich Zugang zu diesem Nokia-Handy verschaffen musste, das Helen vor ihm verheimlichte. Den Gedanken, dass sie untreu war, hatte er inzwischen verworfen. Anscheinend ging es um größere Dinge, und das beunruhigte ihn zutiefst. Schlimmstenfalls hatte es mit ihrer Vergangenheit und ihrem Vater zu tun. Als er sie zum ersten Mal in Malmö getroffen hatte, hatte sie gefährlich ungesunde Ansichten vertreten, die von ihm kamen.

»Hallo? Erik?«, sagte Klara ungeduldig. Sie stand immer noch im Türrahmen.

»Gut«, sagte er hastig. »Was kostet der Spaß?«

»Fünftausend Kronen. Tausend davon sind für Ibrahim und mich.«

»Das ist nicht gerade billig«, sagte Erik und dachte darüber nach, was er gerade tat. Er bat eine Schülerin, eine Straftat zu begehen. »Hör zu, Klara, falls du es nicht machen willst, habe ich Verständnis. Ich will dir das nicht zumuten.«

Sie antwortete nicht.

»Was ist die Adresse des Typen?«, fragte er.

Klara stemmte eine Hand in die Hüfte und hielt in der anderen einen Stapel Kopien, die wie Matheaufgaben aussahen. Sie kaute einen Kaugummi mit einem Eifer, als wäre es ihr letzter Tag auf Erden.

»Ich weiß nicht, ich bin Ihre Kontaktperson. Niemand fährt zu ihm nach Hause. Er möchte anonym bleiben.«

Erik seufzte. Das war nicht, was er sich erhofft hatte. Es bedeutete, dass er keine Kontrolle darüber hatte, wann er das Handy zurückbekommen würde.

»Es geht schneller, wenn ich damit zu ihm fahre.«

»Hm, aber das geht nicht. Ibrahim sagt, dass der Typ niemandem traut. Außerdem hilft er vielen gefährlichen Leuten. Es gibt nur sehr wenige, die seinen Namen und seine Adresse kennen.«

»Aber ich bin nicht gefährlich. Ich bin ein netter Sozialarbeiter«, versuchte Erik es aufs Neue, wusste jedoch, dass die Antwort nein war. Die junge Dame hatte klare Anweisungen erhalten.

»Bringen Sie das Handy morgen in die Schule mit, dann hole ich es ab«, sagte sie.

»Wie lange braucht der Typ dafür?«, fragte er.

Eriks Gedanken kreisten um das Problem, dass er das Handy für eine längere Zeit aus dem Haus entfernen müsste. Was sollte er tun, falls Helen bemerkte, dass es weg war?

»Ich glaube, nur ein paar Tage«, sagte Klara.

»Kannst du sicherheitshalber noch mal Ibrahim fragen?«

»Er hat bereits gesagt, dass er es nicht weiß.«

»Okay, egal«, sagte Erik. »Komm morgen hier in meinem Büro vorbei und hol es ab.«

Klara winkte ihm zum Abschied zu und verließ das Büro. Erik blickte eine Weile auf die geschlossene Tür, bis das Telefon klingelte.

»Erik Stenlund«, meldete er sich.

Es war die Chefin seiner Frau.

»Wissen Sie, wo Helen ist?«, fragte sie. »Sie ist heute nicht zur Arbeit gekommen, und ich kann sie nicht erreichen. Wir machen uns ein bisschen Sorgen, dass ihr etwas passiert sein könnte.«

Erik stand auf. »Was?«

Er klang wütend, das hörte er selbst, und entschuldigte sich sofort bei Helens Chefin.

»Sie wissen also nicht, wo Ihre Frau ist?«, sagte sie.

»Nein. Ist so etwas schon mal vorgekommen?«

Sie antwortete nicht.

»Hallo? Sind Sie noch dran? Hat Helen schon oft bei der Arbeit gefehlt?«, fragte er.

»Ich wollte nur anrufen und mich erkundigen, ob es ihr gut geht«, sagte die Chefin und klang gleich viel milder.

»Ich werde mich um die Angelegenheit kümmern und ihr sagen, sie soll sich bei Ihnen melden«, sagte Erik und legte auf. Dann ging er zur Tür.

Sämtliche Muskeln waren angespannt wie eine Gitarrensaite.

»Verdammt!«, sagte er laut zu sich selbst und schlug mit der Faust gegen die Tür, bevor er sie öffnete und sein Büro verließ.

# 32

Per und Charlotte verließen schweigend die Hotellobby und machten sich auf den Weg zum Zimmer von Lenas Tochter. Der Aufzug hielt im dritten Stock. Als sie ausstiegen, dachte Per darüber nach, in welcher Verfassung sich Emelie wohl befand. Wütend? Traurig? Angehörige konnten auf verschiedene Weise reagieren, wenn ein geliebter Mensch ermordet wurde.

»War es Nummer 32?«, fragte Charlotte, die im Flur vorausging.

Die festen Schritte der beiden hallten vom Teppichboden wider. Das dumpfe Geräusch kam überwiegend von Charlottes Stiefeln. Ein Zimmermädchen nickte ihnen im Vorbeigehen freundlich zu.

Sie blieben vor dem gewünschten Zimmer stehen. Per strich sich die nassen Haare zurecht, während Charlotte ihre Jacke auszog und sich unter den Arm klemmte. Sie klopfte an der Tür. Emelie machte sofort auf.

»Hallo, kommen Sie rein«, sagte Lenas Tochter.

Ihre Augen waren geschwollen und gerötet, aber ansonsten war sie das Ebenbild ihrer Mutter. Es war, als stünden sie einer jüngeren Kopie der ermordeten Frau gegenüber.

Emelie bat sie, Platz zu nehmen. Sie hielt eine Kaffeetasse in der Hand, aber wie es aussah, war nur Wasser drin.

»Entschuldigen Sie, dass ich nicht früher kommen konnte«, sagte sie.

»Kein Problem. Schließlich mussten Sie aus New York anreisen«, sagte Per. »Setzen Sie sich doch auch, dann erzählen wir Ihnen, was wir wissen.«

Lenas Tochter ließ sich auf einem Sessel nieder. Das Licht im Zimmer war gedämpft und kam von einer Stehlampe. Ihr Koffer lag offen auf dem Boden, der Inhalt ein totales Durcheinander. Man sah ihm an, dass sie in Eile gepackt hatte.

»Wann kann ich meine Mutter sehen?«, fragte sie.

»Sobald die Obduktion beendet ist«, sagte Charlotte.

»Was hat man Ihnen darüber erzählt, was mit Ihrer Mutter passiert ist?«, fragte Per.

»Dass jemand sie gefangen genommen, unter Drogen gesetzt und gefoltert hat«, sagte Emelie und wischte eine Träne mit einem Taschentuch weg. »Wer tut so etwas einem unschuldigen Menschen an? Sämtliche Zähne ziehen?«

»Das werden wir herausfinden«, sagte Per.

»Erzählen Sie uns von Ihrer Mutter«, sagte Charlotte. »Wir wissen, dass sie Außendienstmitarbeiterin bei Ratata Marketing war und beruflich in Umeå zu tun hatte. Wir wissen allerdings auch, dass sie zwei Tage lang in einer Notunterkunft hier in der Stadt gewohnt hat. Der Grund dafür erschließt sich uns nicht ganz, denn sie hatte scheinbar bis vor Kurzem ein geregeltes Leben.«

Lenas Tochter schlug die Beine übereinander und schlang sich die Strickjacke enger um ihren Körper. »Meine Mutter war eine tolle Frau, aber sie war nicht wie andere Mütter. Das war sie nie.«

Charlotte holte ihren kleinen Notizblock hervor. »Was meinen Sie damit?«

Emelie sah erst sie, dann Per an. »Äh, also, wo soll ich anfangen …«

»Dort, wo Sie wollen und das Gefühl haben, dass Sie es emotional bewältigen können«, sagte Per. »Und denken Sie daran, dass wir alles wissen müssen. Details, die Sie vielleicht für unwichtig halten, können für unsere Ermittlungen entscheidend sein.«

»Meine Mutter hat … oder hatte einige Probleme. Sie ist nicht das erste Mal in einer Notunterkunft gelandet.«

Charlotte beugte sich vor. »Wir haben mit der Leiterin und einem Bewohner der Notunterkunft gesprochen. Ihre Mutter hat erwähnt, dass sie sich verfolgt oder gejagt fühlte«, sagte sie.

Emelie nickte. »Das könnte sie sich aber auch nur eingebildet haben.«

Per räusperte sich. »Was meinen Sie damit?«

»Meine Mutter hatte eine Krankheit. Sie war bipolar.«

Per hielt den Atem an. Aus seiner Zeit im Streifendienst wusste er einiges über diese Diagnose. Für Betroffene war es wichtig, dass sie regelmäßig ihre Medikamente nahmen.

»Das war das dritte Mal, dass meine Mutter verwirrt war und als Obdachlose lebte. Manchmal hat sie aufgehört, ihre Medikamente zu nehmen, und dann ging es schnell mit ihr bergab.«

Per nahm die Brille ab und rieb sich zwischen den Augen. Er spürte Charlottes Blick.

»Wissen Sie, warum Ihre Mutter ihre Medikamente nicht regelmäßig genommen hat?«, fragte er.

Emelie seufzte tief. Per ahnte, was sie damit ausdrücken wollte – das Gefühl, über einem Abgrund zu hängen. Er hatte es selbst erlebt, als die Situation mit Mia und ihrer Krebserkrankung am schlimmsten war.

»Jedes Mal, wenn sie ihre Medikamente nicht mehr nimmt, liegt es an irgendeiner Form von Stress. Das dauert ein paar Tage, dann setzt die manische Phase ein«, sagte Emelie.

»Wie hat die ausgesehen?«, fragte Per.

»Eines Nachts habe ich sie dabei erwischt, wie sie auf dem Küchenboden gekniet und ihn wie verrückt mit einer Zahnbürste geschrubbt hat. Ein anderes Mal saß sie vor dem Spiegel und bürstete stundenlang ihre Haare. Wenn man das nicht rechtzeitig gestoppt hat, wurde es schlimmer. Dann war meine Mutter verwirrt, paranoid und hyperaktiv. Sie fing an zu trinken, vernachlässigte ihre Körperhygiene und irrte ziellos durch die Stadt. Man konnte das Ganze nur stoppen, indem man sie zwangseinweisen ließ und ihr unter Aufsicht Medikamente verabreicht hat. Nach ein paar Tagen ging es ihr meistens wieder besser.«

Per fragte sich, wie Emelies Kindheit und Jugend wohl ausgesehen hatte, erwähnte es jedoch nicht.

»Wissen Sie, wann Ihre Mutter nach Umeå kam?«

»Ja, sie ist vor eineinhalb Wochen mit dem Auto angereist, am zweiundzwanzigsten August oder so. Ich habe ein paar Tage zuvor mit ihr gesprochen, da hat sie einen normalen Eindruck gemacht. Allerdings lässt sich das am Telefon nur schwer abschätzen, vor allem wenn sie gerade erst begonnen hat, die Medikamente nicht mehr zu nehmen.«

»Haben Sie mit ihr gesprochen, nachdem sie nach Umeå gekommen war?«, fragte Charlotte.

Lenas Tochter schüttelte den Kopf.

»Wir wissen, dass sie nirgendwo in ein Hotel eingecheckt hat. Also können wir vermutlich davon ausgehen, dass sie bereits auf dem Weg hierher in schlechter Verfassung war«, sagte Per.

Emelie seufzte. »Es ist lange her, dass sie zuletzt ausgeflippt ist. Ich habe mich deshalb in einer falschen Sicherheit gewiegt und gedacht, es ginge ihr gut. Allerdings hat meine Mutter meistens in verschiedenen Hotels gewohnt und nie im Voraus ein Zimmer gebucht.«

»Ihr Vater, wo ist er?«

Emelie schüttelte erneut den Kopf. »Mein Vater, ja. Er ist ein Dreckskerl, zu dem keiner von uns noch Kontakt hat.«

»Warum nicht?«

»Er hat meine Mutter während ihrer Ehe geschlagen. Sie waren zwölf Jahre verheiratet.«

»Hat sie Anzeige erstattet?«, fragte Per und dachte, dass sie den Ex-Mann so schnell wie möglich vernehmen mussten. Zwar resultierte Gewalt in Beziehungen nicht zwangsläufig in dieser Art von sadistischer Folter, wie Lena sie erlebt hatte, aber Per verwunderte nichts mehr.

»Einmal, glaube ich«, sagte Emelie. »Als ich jünger war. Aber das machte alles zehnmal schlimmer. Schließlich hat sie ihn verlassen und ist mit mir umhergezogen. Aber … seit ein paar Jahren hat er eine neue Frau und hat meine Mutter in Ruhe gelassen. Das war jedenfalls gut.«

»Wie heißt Ihr Vater und wo wohnt er?«, fragte Charlotte. Per wusste, dass sie diese Information später von Kicki bekommen würden, aber sie konnten genauso gut fragen.

»Lars Bengtsson. Er wohnt jetzt in Solna, also in Stockholm«, sagte Emelie, als wüssten sie nicht, wo Solna lag.

»Was ist passiert, als sie ihn verlassen und die Scheidung eingereicht hat?«, fragte Per. Er wusste, dass dies die gefährlichste Zeit für eine Frau war, die mit einem gewalttätigen Mann verheiratet gewesen war.

»Er hat sie gestalkt. Manchmal hat meine Mutter es sich nur eingebildet, aber manchmal lag sie mit ihrem Gefühl richtig. Etwa ein Jahr, nachdem sie ihn verlassen hatte, sah sie meinen Vater im Wald außerhalb unserer Wohnung stehen und uns mit einem Fernglas beobachten. Wir haben im Erdgeschoss gewohnt, mit einem Kiefernwald hinter dem Haus, und er stand einfach neben einem Baum und hat geraucht. Er hat sich nicht einmal die Mühe gemacht, sich zu verstecken. Aber da er sie nicht direkt angegriffen hat, bekam meine Mutter keine Hilfe von den Behörden.«

»Ich verstehe«, sagte Per.

»Kann mein Vater diese Tat begangen haben?«, fragte Emelie und fing an zu weinen, während sie sich ein Papiertaschentuch vor den Mund hielt.

Per dachte angestrengt nach. Konnte Lenas Ex-Mann sie getötet haben? Immerhin hatte er eine gewalttätige Vergangenheit. Männer wie er kamen im schwedischen Rechtssystem meist ungeschoren davon. Eine betroffene Frau hatte kaum Möglichkeiten, sich zu schützen. Meistens konnte der Mann sein Recht auf Privatsphäre geltend machen, oder das gemeinsame Sorgerecht für die Kinder zwang die Frau, ihm weiterhin ausgeliefert zu bleiben. Ihr Leben wurde zerstört, während der Täter ein normales Leben führen und sie weiterhin bedrohen und schlagen konnte.

»Könnte er es getan haben?«, fragte Emelie erneut.

»Das wissen wir noch nicht. Wir werden in alle Richtungen ermitteln.«

»Wissen Sie, ob Ihre Mutter einen neuen Mann kennengelernt hat?«, fragte Charlotte.

Emelie schüttelte erneut den Kopf. »Meine Mutter wollte keine Beziehung mehr. Sie sagte, sie sei mit Männern fertig und fühle sich so frei wie schon lange nicht mehr. Allerdings lief sie ständig mit einem Blick über die Schulter durchs Leben.«

»Wissen Sie, ob außer Ihrem Vater sonst jemand sie bedroht hat?«

Lenas Tochter erhob sich von ihrem Sessel, warf das Taschentuch in einen Papierkorb und nahm sich ein neues aus der Box auf dem Schreibtisch.

»Zumindest hat sie mir gegenüber nichts erwähnt. Meine Mutter ist der netteste Mensch der Welt, oder war … Ich … Verzeihung«, sagte sie und weinte hemmungslos.

Per wollte am liebsten aufstehen und sie umarmen.

»Meine Mutter hatte keine Feinde«, fuhr Emelie fort. »Sie hat nie Chaos oder Unfrieden gestiftet. Sie war total harmlos … Übrigens, da wäre noch etwas mit meinem Vater. Vielleicht wissen Sie es schon. Er wurde neulich aus dem Gefängnis entlassen.«

Per und Charlotte wechselten einen Blick.

»Wir werden weiterhin sämtliche Personen aus dem Umfeld Ihrer Mutter überprüfen. Weshalb hat er eingesessen?«, sagte Per.

»Ein Jahr wegen schwerer Körperverletzung.«

Per nickte. »Wer war das Opfer?«

»Seine neue Frau, die ich nie kennengelernt habe. Ich kann Ihnen ihren Namen geben, wenn Sie möchten.«

»Danke«, sagte er.

»Ich muss mich eine Weile hinlegen«, sagte Emelie. »Können Sie später wiederkommen?«

Per und Charlotte erhoben sich gleichzeitig, wie auf Kommando. Sie hatten jetzt einen Namen, einen Ex-Mann, den es zu überprüfen galt. Und eine Erklärung für Lenas Obdachlosigkeit. Das genügte fürs Erste.

»Wir geben Ihnen Bescheid, wann Sie Ihre Mutter sehen können und falls wir weitere Fragen haben«, sagte Per und folgte Charlotte nach draußen.

Sie gingen in Richtung Aufzug, blieben aber unterwegs stehen.

»Samir ist immer noch unsere heißeste Spur«, sagte Per. »Aber wir müssen mit dem gewalttätigen Ex-Mann reden. Wusste er, dass Lena sich in Umeå aufhielt? Wo ist er jetzt?«

# 33

***Freitag, 2. September***

Klara saß unbequem auf dem Fahrradständer vor dem Gebäude des Migrationsamtes in der Kungsgatan. Sie gähnte. Es war neun Uhr morgens, was für sie früh war. Normalerweise schlief sie lange, wenn der Unterricht später am Tag begann. Heute jedoch war sie bereits in der Schule gewesen und hatte das Nokia-Handy bei Erik abgeholt. Jetzt wartete sie auf Ibrahim, der einen Termin bei der Behörde hatte. Er stand immer noch unter dem Verdacht, in den Raubüberfall verwickelt zu sein. *Total verrückt, dass er überhaupt bei den anderen dabei war*, dachte Klara und trat ein paar Kieselsteine weg. Es hatte aufgehört zu regnen, aber der Boden war immer noch nass. Sie lehnte sich gegen die gelbe Fassade und scrollte durch ihr Handy. Die Bäume raschelten im Wind, ein paar einzelne Blätter fielen herunter und wehten davon. Sie schoss ein Foto und postete es auf Instagram.

»Hej, das hat verdammt lange gedauert«, sagte Ibrahim, als er aus dem Gebäude kam.

Klara sprang vom Fahrradständer, direkt in seine Arme. »Wie ist es gelaufen? Worüber habt ihr dadrinnen geredet?«, fragte sie, während sie ihre Beine um seine Taille und die Arme um seinen Hals schlang.

»Ach, belangloses Zeug. Ein paar Fragen, du weißt schon. Scheiß drauf«, sagte er und hielt Klara fest, damit sie ihm nicht aus den Armen fiel.

Er wollte losgehen, tat sich jedoch schwer damit, weil ihr Körper ihm die Sicht versperrte.

»Gut, dass du so leicht bist«, sagte Ibrahim.

»Warte, ich muss mein Fahrrad mitnehmen«, sagte Klara und ließ von ihm ab. Sie zog es aus dem Ständer und schob es neben sich her. »Willst du es nicht mal versuchen?«, fragte sie und deutete auf das Rad.

»Nein«, sagte er.

Klara hatte ihn gedrängt, aber er hatte nie gelernt, Fahrrad zu fahren. Noch etwas, worüber sie nachgedacht hatte. Für sie und viele andere Schweden war es eine Selbstverständlichkeit, Fahrrad fahren und schwimmen zu können. Letzteres konnte er ebenfalls nicht, wohingegen er gut Fußball spielte. Manchmal schaute sie zu, wenn er mit seinen Kumpels vom Integrationskurs spielte. Er schien Talent zu haben. Oder seine Gegenspieler waren einfach nur sehr schlecht. Sie wusste es nicht.

Klara holte Eriks Nokia hervor, das sie dem Handy-Fuzzi geben sollte. Ibrahim nahm es entgegen und steckte es in seine Jackentasche.

»Willst du es wirklich tun, vor allem jetzt, wo du wegen dieser Raubüberfälle verdächtigt wirst?«, fragte sie.

»Mach dir keine Sorgen. Du hast es doch dem Typen versprochen, oder?«, sagte Ibrahim. »Warum will er es eigentlich entsperren lassen?«

Klara zuckte mit den Schultern. »Keine Ahnung, er sagt, er hätte den Code vergessen.«

»Hat er es vielleicht geklaut?«, sagte Ibrahim.

Die Frage war nicht ernst gemeint. Klara warf den Kopf zurück und lachte laut auf. »Bist du bescheuert? Er ist der Sozialarbeiter an unserer Schule. Der legt bestimmt seine Unterhose zusammen, bevor er Sex mit seiner Frau hat.«

»Was meinst du damit, der legt seine Unterhose zusammen, bevor er Sex hat? Ich verstehe das nicht.«

Sie gingen die Kungsgatan entlang in Richtung des Stadtteils Öbacka, wo der Handy-Fuzzi anscheinend wohnte.

Klara nahm Ibrahim bei der Hand und schob mit der anderen ihr Fahrrad. »Das sagt man, wenn jemand stinklangweilig ist. Jemand, der nie locker ist oder impulsiv handelt. Er ist so spießig, dass er seine Unterhose zusammenlegt, bevor er mit einer Frau ins Bett steigt. Also kein spontaner Sex, verstehst du?«

Ibrahim hatte beim Gehen auf den Boden geschaut, aber jetzt blickte er zu ihr auf und schenkte ihr ein breites Lächeln, das ihr Herz so schnell schlagen ließ, dass es sich anfühlte, als würde es explodieren.

»Ich verstehe«, sagte er und deutete auf ihren Gepäckträger. »Komm, wir fahren mit dem Rad.«

Klara schwang sich auf den Sattel, während Ibrahim sich auf den Gepäckträger setzte. Sie trat in die Pedale, woraufhin das Fahrrad zunächst wackelte, ehe es schließlich Fahrt aufnahm. Er schlang die Arme um ihre Taille und streckte die Beine aus. Klara musste sich wegen des zusätzlichen Gewichts anstrengen, genoss jedoch gleichzeitig seine Nähe. Sie wollte seine Hände in ihre nehmen, traute sich aber nicht, den Lenker loszulassen. Der Fahrtwind streichelte ihre Wangen und ließ die Haare nach hinten wehen. Eine ältere Dame sah sie vorwurfsvoll an, als sie auf dem Gehsteig an ihr vorbeifuhren.

»Hier, bieg rechts ab«, rief Ibrahim und deutete nach links.

»Was jetzt? Links oder rechts?«, sagte sie und fuhr langsamer.

»Da drüben«, sagte er und zeigte erneut mit dem Finger. »Halt beim Restaurant an.«

Er meinte die Svingen-Pizzeria ein Stück weiter vorn.

»Die liegt doch auf der linken Seite«, sagte Klara lachend und radelte zu dem Gebäude.

Ibrahim sprang während der Fahrt vom Gepäckträger. Die Bremsen quietschten, als Klara anhielt. Sie lehnte das Fahrrad an die Hauswand.

»Lass mich mit ihm reden, okay?« Er legte den Arm um ihre Schultern, zog ihren Kopf zu sich heran und küsste sie auf die Stirn.

»Sicher. Was ist, wenn er mich etwas fragt?«

Ibrahim lachte. »Dann antwortest du.«

Sie gingen in den zweiten Stock und klingelten. Aus der Wohnung drang laute Musik. Metallica.

»Die Achtzigerjahre haben angerufen und wollen ihre Musik zurück«, sagte Klara.

Die Tür ging einen Spaltbreit auf. Eine Kette verhinderte, dass sie sich vollständig öffnete.

»Hallo, ich habe einen Termin ausgemacht«, sagte Ibrahim. »Bin ein Kumpel von Samir, wir haben gestern telefoniert.«

Die Tür ging zu und ein metallisches Geräusch war zu hören, als die Kette aus der Halterung genommen wurde. Dann wurde die Tür wieder geöffnet und die beiden traten ein.

Der Typ, den sie auf der anderen Seite der Tür antrafen, musterte Klara langsam von oben bis unten. Sein Blick veranlasste sie, den Saum ihres Ausschnitts hochzuziehen. Er selbst schien sich jedoch nicht zu genieren. Als der Typ mit dem Abchecken fertig war, ging er voraus in ein anderes Zimmer.

Das Erste, was ihnen dort drinnen ins Auge fiel, waren Computermonitore, die den Raum beleuchteten. Klara zählte vier. Sämtliche Vorhänge waren zugezogen, und es roch nach einer Mischung aus Pizza und Fürzen. Sie hielt sich instinktiv die Hand vor die Nase. An den Wänden hingen Poster mit nackten Frauen. *So was von niveaulos*, dachte sie.

»Ich kann das Handy nehmen«, sagte der Typ und streckte die Hand aus.

Ibrahim gab es ihm.

»Geld?«

Klara holte es aus ihrer Jackentasche. Das Bargeld, das sie zuvor von Erik in der Schule bekommen hatte. Die Tausend, die für Ibrahim und sie bestimmt waren, behielt sie jedoch.

»Danke«, sagte der Typ und setzte sich mit dem Rücken zu ihnen an einen der Monitore.

Er trug eine schlabbrige kurze Hose, die so tief saß, dass man mehr sehen konnte, als einem lieb war. Das T-Shirt war abgetragen und verbarg seinen Bierbauch nicht. Seine langen, dünnen Haare hatte er hinter dem Nacken zu einem Zopf zusammengebunden. Er kam Klara vor wie einer dieser unfreiwilligen Singles. Ein Incel. Sie hatte darüber im Internet gelesen. Solche Männer hatten eine Wut auf Frauen, weil sie keine abbekamen.

Der Typ drehte sich auf seinem Bürostuhl und sah seine Besucher an.

»Ihr könnt jetzt gehen. Ich rufe dich an, sobald ich das Handy entsperrt habe.« Er sprach zu Ibrahim, starrte aber auf Klaras Brüste.

Klara wünschte sich nichts sehnlicher, als diese versiffte Wohnung zu verlassen. Sie ging vor Ibrahim in den Flur und war schnell draußen im Treppenhaus. Hierher würde sie nie mehr wiederkommen, so gruselig fand sie es. Sie schüttelte sich, um Ibrahim zu zeigen, wie sie sich fühlte.

»Ist der Typ gefährlich?«, fragte sie.

»Nein, das glaube ich nicht. Aber seine Kunden.«

# 34

Per betrachtete Mia, die neben ihm im Auto saß. Sie hatte ihn am Vormittag zur Elternversammlung an Hannes' Schule begleitet. Es war das erste Mal seit längerer Zeit, aber heute hatte sie die Energie dafür gehabt. Mia rückte das Tuch zurecht, das sie sich um den Kopf gewickelt hatte. Es war von Hermès, offenbar eine gute Marke. Charlotte hatte es ihr gekauft, und Mia gefiel es sehr.

»Wie lange es wohl dauert, bis mir die Haare zurückwachsen?«, sagte sie und legte eine Hand auf sein Bein.

»Vielleicht ein paar Monate, aber mach dir keinen Stress. Du bist schön, wie du bist«, sagte er und drückte ihre dünne Hand.

Mia hatte stark abgenommen und bestand nur noch aus Haut und Knochen.

»Können wir Charlotte und Ola an einem Wochenende zu uns zum Abendessen einladen? Es wäre nett, mal wieder Freunde zu treffen«, sagte sie.

Per blinzelte die Freudentränen weg und ließ seine Gefühle nicht zum Vorschein kommen. Dass sie andere Menschen treffen wollte, war ein deutliches Zeichen, dass es ihr besser ging.

Er fuhr auf dem Weg zu ihrem Haus in Degernäs am Flughafen vorbei.

»Ich frage Charlotte, wenn ich auf dem Revier bin«, sagte er und lächelte sie an.

»Ich hätte selbst mit dem Auto zur Elternversammlung fahren können«, sagte Mia. »Du musst aufhören, mich zu verhätscheln.«

»Sagt die Frau, die für mich all die Jahre wegen meines Diabetes dasselbe getan hat.«

Sie lachte. »Stimmt. Aber du scheinst auch ohne meine Hilfe gut zurechtgekommen zu sein.«

»Was glaubst du, wie ich zurechtgekommen bin, bevor ich dich kennengelernt habe?«

Er bog in die Einfahrt zu ihrem Haus.

»Überhaupt nicht«, sagte Mia und küsste ihn zum Abschied, ehe sie die Wagentür öffnete und ausstieg.

Kaum hatte sie die Tür geschlossen, klingelte das Handy.

»Hej, hier ist Tobbe von der Fahndungsgruppe.«

Per klemmte das Handy zwischen Kinn und Schulter und fuhr rückwärts aus der Einfahrt. »Hej. Hast du gute Nachrichten für mich?«, sagte er.

»Ja, vielleicht. Du kennst Mr T?«

»Ja, was ist mit unserem Technikgenie? Sag bloß nicht, er ist tot.«

»Tot? Warum sollte er tot sein?«, sagte Tobbe.

»Ich weiß nicht. Egal. Was ist mit Mr T? Will er nicht mehr als Informant für uns arbeiten?«

»Schön, dass du heute so positiv drauf bist. Meine Jungs draußen auf der Straße haben grad angerufen. Wie du weißt, haben wir Ibrahim und Omar unter verstärkte Beobachtung gestellt …«

»Ja?«, sagte Per.

»Ibrahim hat ein Telefon zu Mr T gebracht. Zum Entsperren«, berichtete Tobbe.

»Wem gehört das Telefon?«

»Das wissen wir noch nicht. Aber Mr T hat die Information bestätigt. Nachdem meine Jungs beobachtet haben, wie Ibrahim in sein Haus rein- und wieder rausgegangen ist, hat Mr T freundlicherweise auf ihre Fragen geantwortet. Er wird euch benachrichtigen, wenn er das Handy entsperrt hat.«

Per gähnte. Er fühlte sich kaputt. Aber Tobbes Information war interessant.

»Gut gemacht«, sagte Per. Er näherte sich dem Flughafen und konnte ein Flugzeug sehen, das sich gerade im Landeanflug befand.

»Er hatte seine Freundin dabei. Die Blonde, wie heißt sie noch mal?«, fragte Tobbe.

»Klara?«

»Genau. Laut Mr T hat sie nicht viel gesagt. Sie ist anscheinend nur mitgekommen. Ibrahim hatte das Telefon.«

»Okay. Hat Mr T sonst noch etwas gesagt, das für uns interessant sein könnte?«

»Nein, aber er wird sich wie gesagt melden, sobald er das Handy entsperrt hat.«

»Großartig. Danke, Tobbe. Die Zusammenarbeit mit Mr T funktioniert gut.«

»Wir lassen ihn sein kleines lukratives Geschäft betreiben. Im Gegenzug informiert er uns, wenn etwas Interessantes auftaucht«, sagte Tobbe.

»Ja. Eine Win-win-Situation«, sagte Per.

Sie legten auf. Per fuhr am Avion-Einkaufszentrum vorbei, als sein Handy piepte. Mia hatte ihm eine MMS geschickt. Ein Foto von ihrem Kopf, auf dem ein kleiner Haarflaum wuchs. Sie lachte auf dem Foto, was Per ein Lächeln entlockte. Doch dann riss ein Anruf von Charlotte ihn aus seinen Gedanken.

»Per, hast du von Mr T und dem Handy gehört, das Ibrahim ihm gebracht hat?«

»Ja. Mit ein bisschen Glück ist es Samirs Telefon.«

»Genau«, sagte sie. »Außerdem hat Carola von der Kriminaltechnik soeben angerufen.«

»Ja, sie hat es auch bei mir versucht«, sagte Per.

»Carola möchte, dass wir in die Rechtsmedizinische Abteilung kommen. Sie will uns etwas zeigen, das sie stutzig gemacht hat. Etwas an Lenas Leiche.«

»Interessant. Sehen wir uns dort in zehn Minuten? Schaffst du es bis dahin?«, fragte Per.

»Ich bin schon da«, erwiderte Charlotte.

Sie beendeten das Gespräch und Per drückte etwas stärker aufs Gaspedal. Er dachte darüber nach, was die Kollegin gesagt hatte. Was könnte Carola stutzig gemacht haben?

Da er vor der Rechtsmedizinischen Abteilung keinen Parkplatz fand, parkte er vorschriftswidrig und rechnete mit einem Bußgeld. Er ertappte sich dabei, dass er sich wie Charlotte benahm. *Wenn man Geld wie Heu hat, ist das kein Problem,* dachte er und ging mit eiligen Schritten zu Carolas Abteilung.

Charlotte saß vor dem Eingang und wartete auf ihn. Ihre schwarze Strickjacke hatte an der Außenseite des Kragens ein kariertes Muster, das zu ihrem Halstuch passte. Gut gekleidet wie immer.

Sie erhob sich, als Per zu ihr kam. Er zeigte ihr das Foto, das Mia ihm geschickt hatte.

»Es geht bergauf«, sagte Charlotte.

»Ich wage es kaum zu hoffen, aber es sieht so aus.«

Carola öffnete ihnen, ohne dass sie klingeln mussten. »Ihr wart schnell, muss ich sagen.« Carola zog den Mundschutz hoch, der ihr ums Kinn hing, und gab ihnen Gummihandschuhe.

Sie ging voraus und drückte die Tür zum Obduktionsraum auf. Lenas nackter Körper wurde von einer grellen Lampe beleuchtet. Per gewöhnte sich nie daran, Tote auf einem sterilen Tisch zu sehen. Lenas Fußnägel waren weinrot lackiert. Ihr Körper war dünn, die Hüftknochen traten hervor.

»Abgesehen von den neueren Verletzungen, die euer Täter ihr zugefügt hat, weist die Leiche Anzeichen auf, dass sie mit einem gewalttätigen Mann zusammengelebt hat«, sagte Carola. »Einige der Verletzungen sind älter, Knochenbrüche an den Unterarmen und Händen. Das sind klassische Abwehrverletzungen. Das Schlüsselbein ist nach einer Fraktur verheilt, die sie sich als Erwachsene zugezogen hat. Sie kann eine andere Ursache haben, aber im Hinblick auf ihre Vorgeschichte … Na ja …«

»Wir haben ihren Ex-Mann in unsere Mordermittlung einbezogen. Mal sehen, was dabei herauskommt«, sagte Per.

Carola beschrieb als Nächstes die inneren Verletzungen, die Lenas gewalttätiger Partner ihr zugefügt hatte. *Das Elend, das diese Frau erlebt hatte, schien kein Ende zu nehmen,* dachte Per. Wie um alles in der Welt konnte so etwas geschehen, ohne dass jemand in ihrem Umfeld reagiert hatte?

»Ihr bekommt noch heute einen endgültigen Obduktionsbericht«, sagte Carola. »Aber ich habe noch etwas gefunden, war mir aber nicht sicher, ob es für euch von Interesse ist oder nicht. Hier, ihr könnt es euch selbst ansehen.«

Sie ging zu einer Seite der Leiche und hob Lenas Unterarm an. Unmittelbar unterhalb der Innenseite des Ellenbogens befand sich ein Zeichen, das aussah, als hätte es jemand mit einem blauen Kugelschreiber eingeritzt. Es war wie ein V. Ziemlich groß und aus diesem Winkel nicht zu übersehen.

Per beugte sich vor und fuhr mit dem Zeigefinger über das Zeichen. »Sie kann es sich selbst eingeritzt haben.«

Charlotte machte ein Foto mit ihrem Handy, während Carola sich von der Leiche entfernte, die Gummihandschuhe auszog und den Mundschutz wegwarf.

»Ich war so frei, bei der Notunterkunft anzurufen, in der sie ein paar Nächte verbracht hat«, sagte Carola. »Ich wollte wissen, ob jemand das V-Zeichen während der Zeit, als sie dort war, gesehen hat. Sie hatte ein zu großes T-Shirt angehabt, aber die Leiterin hat nichts an ihrem Arm bemerkt, als Lena noch lebte.«

Pers Puls beschleunigte sich ein bisschen.

»Das Zeichen könnte also von dem Mörder stammen?«, sagte Charlotte und wirkte über diese Information unpassend erfreut.

»Steht es vielleicht für einen Namen? Der Name des Ex-Mannes beginnt nicht mit V, und die Tochter auch nicht«, sagte Per.

»Ja, vielleicht hat der Mörder das Opfer mit seinem eigenen Initial markiert«, sagte Charlotte.

»Das wäre eine Theorie«, sagte Per.

»Wenn ich dazu etwas sagen darf«, sagte Carola. »Meine Vermutung ist … Für mich ist das kein Buchstabe V, sondern ein Häkchen, wie wenn man etwas als erledigt abhakt. Vielleicht liege ich völlig daneben, aber so kommt es mir vor.«

Per zog die Augenbrauen hoch. Was Carola sagte, klang weit hergeholt, aber es konnte etwas dran sein.

# 35

***Samstag, 3. September***

Charlotte stellte sich als Letzte in die Schlange vor der Torte. Eine rosa Prinzessinnentorte. Anna hatte sie ausgesucht, was ironisch war, denn sie war die Einzige im Team, die nie etwas Süßes aß. Das schöne Wetter lud dazu ein, im Pausenraum des Polizeireviers die Fenster zu öffnen. Die Torte war vielleicht ein Dankeschön an das Team, das an einem Samstag auf Hochtouren arbeitete, oder ein Willkommensgruß an Alex. Charlotte war sich nicht sicher.

Außer der gewöhnlichen Besprechung hatte es für die Gruppe während des Vormittags eine Menge interner Informationen gegeben. Charlotte hatte bereits davon gewusst, aber es war trotzdem interessant, die Reaktionen der Kollegen zu beobachten. Zuerst, als Kennet berichtete, dass er krankgeschrieben sei und Per solange seinen Posten als Polizeidistriktchef übernehmen würde. Dann wurde bekannt gegeben, dass Charlotte das Dezernat für Schwerkriminalität als Interimschefin leiten würde. Kicki hatte die meiste Zeit still dagesessen, aber die anderen schienen mit dieser Übergangslösung zufrieden zu sein. Am meisten imponierte ihnen, dass es Kennet gelungen war, Alex als externe Verstärkung aus Göteborg zu holen. So etwas war innerhalb des Polizeiapparats fast unmöglich. Und sie waren erleichtert, als Kennet erwähnte, dass sie weiterhin wie gewöhnlich arbeiten würden, bis der Mord an Lena aufgeklärt war. Die Sache mit Alex war für Charlotte etwas heikel. Bisher hatte sie von ihm Abstand halten können, da er seit seiner Ankunft in Umeå nicht auf dem Revier gewesen war, aber das ging jetzt nicht mehr.

»Das ist aber nett«, sagte Alex in seinem breiten Göteborger Dialekt und begrüßte alle, die zu seiner Willkommensfeier erschienen waren, mit ausgebreiteten Armen. Charlotte betrachtete ihn aus dem Augenwinkel und konzentrierte sich darauf, sich ein Stück Torte zu nehmen. Sie bemühte sich, so wenig wie möglich aufzufallen, indem sie den Kopf gesenkt hielt. Allein seine Stimme, die durch den Raum hallte, löste etwas in ihr aus.

»Was für eine tolle Truppe ihr hier habt!«, rief er laut, woraufhin sämtliche Blicke außer Charlottes sich auf den Neuen richteten. Sie versuchte ihre Nervosität zu verbergen, indem sie die Sahne von ihrem Tortenstück aß.

Alex besaß die Gabe, einen Raum für sich einzunehmen, und wurde sofort ins Team aufgenommen. Es war nicht gerade der gleiche Empfang, den Charlotte erlebt hatte, als sie die Neue war. Sie verzichtete als Einzige darauf, Alex zu begrüßen. Widerwillig drehte sie sich um, als sie nicht länger mit der Gabel in dem Tortenstück herumstochern konnte, und musterte ihn diskret, als er jedem Anwesenden die Hand reichte. Alex hatte Bartstoppeln und blonde Haare, die struppig aussahen. Sie wusste genau, wie sie sich anfühlten … Ihr gefiel es besser, wenn er seinen Bart abrasiert hatte, sein Lächeln war jedoch dasselbe wie früher, genau wie die fröhlichen Augen. Das Kreuz, das er stets um den Hals trug, glänzte. Sie fragte sich, ob er immer noch vor dem Essen ein Tischgebet sprach.

Auf seinen Armen bemerkte sie ein paar neue Tätowierungen. Sie waren mit Symbolen und Bildern bedeckt.

Nach einer gefühlten Ewigkeit richtete Alex den Blick auf sie.

»Hallo Süße, wir haben uns lange nicht gesehen«, sagte er fröhlich und ging direkt auf sie zu. Charlotte biss die Zähne zusammen. Was fiel ihm eigentlich ein, sie vor sämtlichen Kollegen »Süße« zu nennen? Selbst wenn sie noch eine Zeit lang in ihren alten Rollen arbeiteten, würde sie bald die Chefin sein.

»Ja, das stimmt«, sagte sie und gab ihm aus alter Gewohnheit einen leichten Wangenkuss.

»Wir küssen uns also immer noch auf die Wangen? Der Norden hat wohl noch nicht allzu sehr auf dich abgefärbt«, sagte er, und Kicki lachte laut.

Eigentlich wollte Charlotte so schnell wie möglich wieder an die Arbeit und sich von dieser Vorstellungsrunde absetzen, die Alex gerade im Pausenraum abzog. Gleichzeitig war es jedoch vielleicht Pers letzte Chance, mit den Kollegen Kaffee zu trinken, bevor er auf die andere Seite der Glasbrücke wechselte. Hinüber zu den richtigen Chefs.

»Wie geht es …« Alex schnippte mit den Fingern und suchte nach dem Namen.

Charlotte ließ ihn ein wenig zappeln und sein Gedächtnis bemühen. Versuchte, von seiner Anwesenheit unbeeindruckt zu wirken.

»Deine Tochter? Wie heißt sie noch mal?«

»Anja.«

»Ja, wie geht es Anja?«, fragte er und nahm sich ein Tortenstück, das für Charlottes Geschmack ein bisschen zu groß war.

»Es geht ihr gut.«

Alex lächelte und erwartete wohl eine etwas ausführlichere Antwort.

Charlotte bemerkte ein Krokodil-Tattoo, das längs seines Unterarms verlief. Als sie ihn an der Polizeiakademie kennengelernt hatte, waren nur seine Oberarme von Tattoos geziert. Jetzt waren sie überall, hinunter bis zu den Händen.

»Das ist neu«, sagte sie und deutete auf das Reptil.

Alex krempelte den Hemdsärmel hoch und zeigte mehr von seinem Arm. »Ich hab mehrere neue und eine Narbe«, sagte er und deutete auf den Ellenbogen.

»Autsch. Wurdest du angegriffen oder hattest du einen Unfall?«

Sie dachte an Alex' Vergangenheit bei der Polizei. Er ging nie einem Nahkampf aus dem Weg. Verschaffte sich Respekt, obwohl er nicht besonders groß war. Seine Ausstrahlung hatte etwas an sich, das viele vor einer Konfrontation mit ihm zurückschrecken ließ.

»Ein Typ hat mich mit einem Messer angegriffen«, sagte Alex und lachte. Seine blauen Augen waren klein, zeigten aber genau, was er fühlte.

Alex war furchtlos und ein bisschen verrückt. Er hatte jahrelang als verdeckter Ermittler gearbeitet und die schlimmsten Banden infiltriert. Charlotte kannte niemanden, der so war wie er. Obwohl Alex draußen auf der Straße wie ein Bulldozer voranpreschte, war er hinter seiner harten Fassade ein netter Kerl, der selten Grenzen überschritt – es sei denn, die Situation erforderte es. Bald würde sie seine Chefin und damit für ihn verantwortlich sein. Du liebe Güte, wie sollte das funktionieren?

Er stach mit dem Tortenheber in das Marzipan, schnitt ein Stück ab, das von der Größe her gerade richtig war, und legte es auf ihren leeren Teller. Charlotte lächelte und warf erneut einen Blick auf seine Halskette. Er war also immer noch religiös.

Sie griff nach einer Serviette, die auf dem Tisch lag, und streifte Alex dabei unbewusst mit ihrem Arm. Der süße Duft der Torte vermischte sich mit seinem Parfüm. Sie sah ihn an.

Der hemdsärmelige Typ mit wilden Tattoos und einer religiösen Seele.

Doch dann riss Anjas Anruf sie aus ihren Gedanken.

»Hallo Süße. Entschuldige, dass ich dich nicht zurückgerufen habe. Hier geht es gerade drunter und drüber.«

Anja lachte. »Ich habe jetzt meine Bewerbung an die Polizeiakademie geschickt. Wir wollten sie eigentlich gestern zusammen ausfüllen.«

Charlotte schlug sich mit der Hand an die Stirn. »Du hast recht! Entschuldige, ich bin eine lausige Mutter.« Sie entfernte sich von Alex, der ungeniert mithörte. »Hast du dich in Stockholm oder in Umeå beworben?«

»Beides.«

»Hast du es Papa erzählt?«

»Ne. Er würde einen Nervenzusammenbruch bekommen.«

»Dann lügen wir ihn beide an? Er hat also keine Ahnung, dass du das Jurastudium abgebrochen hast?«

»Mama, wir haben keine andere Wahl. Wenn ich es ihm sage, bevor ich weiß, ob die Polizeiakademie mich nimmt, macht er mir die Hölle heiß. Ich halte seine Wutanfälle nicht mehr aus.«

Anja ging es genauso wie ihr. Carl war ein Mensch, der Chaos und Drama verursachte, wenn nicht alles nach seinem Willen lief. Dass seine Tochter Polizistin werden wollte, würde er nur über seine Leiche zulassen, weil es nicht zu seinem Leben passte. Und es war ihm vollkommen egal, ob Anja glücklich war oder nicht. Es ging ihm nur um sich selbst und seine Gefühle, genau wie während seiner Ehe mit Charlotte. Damals war er notorisch untreu gewesen.

Gerade als sie Anja fragen wollte, ob sie zu Besuch nach Umeå kommen wollte, klingelten sämtliche Telefone im Pausenraum gleichzeitig. Charlotte blickte auf ihr Handy. Ein

Notruf war bei der Leitstelle eingegangen, und alle verfügbaren Streifenwagen waren zum Rathausplatz unterwegs.

»Entschuldige, Anja, aber ich muss Schluss machen«, sagte sie und drückte das Gespräch weg.

Per und Alex liefen auf sie zu.

»War doch klar, dass ausgerechnet heute ein Irrer sich mit einer Sprengstoffweste auf den Rathausplatz stellt«, sagte Per.

»Das können Charlotte und ich übernehmen«, sagte Alex.

»Nein, verdammt noch mal. Ich bin immer noch der Chef von diesem Laden«, sagte Per und versammelte das Team um sich.

# 36

Ibrahim starrte auf sein Bein und schüttelte es in einem verzweifelten Versuch, das Feuer zu löschen. Er schrie, hörte aber nichts. Sosehr er sich auch anstrengte, nichts kam aus seinem Mund. Obwohl der ganze Platz voller Menschen war, sah niemand, dass er Hilfe brauchte. Der Fuß, der in dem Turnschuh steckte, war unnatürlich verdreht. Er wälzte sich über den trockenen Boden und bekam Staub in Augen und Mund. Der Schmerz fuhr durch seinen Körper wie ein Peitschenhieb und ging durch Mark und Bein. Von Weitem hörte er, wie jemand seinen Namen rief.

»Ibrahim!«

Er versuchte zu antworten, aber seine Stimme war weg. Er bemühte sich, etwas zu sehen, bekam aber die Augenlider nicht auf.

»Ibrahim!«

Mit einem Ruck setzte er sich auf und spürte ein Paar Arme um seinen Körper.

»Du träumst, du träumst.«

Sein Herz pochte in seiner Brust, und er starrte direkt an eine Wand. Er befand sich in seinem Schlafzimmer in Umeå. Das Tageslicht fiel durch das Fenster herein. Klara hielt ihn von hinten umschlungen und versuchte, ihn zu beruhigen. Er hörte ihr Schluchzen und spürte die dünnen Arme. Er war klatschnass, und die Muskeln waren angespannt.

»Verdammt, was für ein Traum«, sagte er und legte sich wieder mit dem Rücken auf das durchgeschwitzte Bettlaken.

»Du machst mir Angst«, sagte Klara. »Wo warst du?«

Ibrahim musste überlegen. Er konzentrierte sich auf einen Punkt an der Decke. Sein Hirn stand noch unter Schock. Wo war er gewesen?

Raqqa in Syrien.

Er versuchte, die Erinnerung festzuhalten, starrte zur Decke empor und prägte sich die Szene auf dem Marktplatz ein. Doch das Bild wurde immer verschwommener, als würde es mit jedem Atemzug verblassen.

Klara hatte den Kopf auf seine Brust gelegt. Er spürte ihre Tränen auf der Haut.

»Was hast du geträumt?«

Ibrahim legte ihr die Hand auf den Kopf. »Dass eine Bombe explodiert ist und ich Feuer gefangen habe. Ich habe ein Bein verloren«, sagte er und hielt das eine Bein hoch.

»Wo denn?«

Er lauschte seinem eigenen Atem. Er versuchte, die trockenen Lippen zu befeuchten, aber alles im Mund fühlte sich wie ausgedörrt an.

»In Syrien. Total verrückt, ich erinnere mich nämlich kaum noch an meine alte Heimat. Aber in dem Traum war alles so deutlich. So ist es jedes Mal. Die Geschäfte, der Geruch, der Klang einheimischer Musik, alles war da, bevor es geknallt hat.«

»War deine Familie in dem Traum auch dabei?«

Er überlegte und kramte in seinem Gedächtnis. »Nein, ich glaube nicht.«

»Wir haben den ganzen Vormittag verpennt«, sagte Klara und kroch näher an ihn heran.

Plötzlich piepte ihr Handy, und sie streckte die Hand danach aus. Sie blickte auf das Display und setzte sich sofort auf.

»Was zum Teufel …«, sagte sie und klang schockiert. »Meine Schwester hat eine Nachricht auf Snapchat geschickt. Schau mal!«

Ibrahim las.

*Da steht ein Irrer auf dem Rathausplatz und will sich in die Luft sprengen. Wo bist du?*

# 37

Charlotte legte sich die Schutzweste an, während sie durch die Straßen in Richtung Rathausplatz rannte. Der Alarm wegen eines Selbstmordbombers mitten in der Stadt war um 12.34 Uhr rausgegangen, und der Platz war bestimmt voller Stadtbummler, die mitten in das Chaos hineingeraten waren. Die Umgebung wurde nun abgeriegelt, außerdem hatte man Bombenentschärfer sowie die nationale Polizeibehörde NOA und den Inlandsgeheimdienst Säpo hinzugezogen. Sämtliche Polizeidistrikte Schwedens hatten für ein solches Szenario geübt, aber niemand war darauf erpicht, es in Wirklichkeit zu erleben. Charlotte lief dicht hinter vier schwer bewaffneten Elitepolizisten von den Nationalen Einsatzkräften her, die sich von der Skolgatan hinunter zur Rathausesplanade bewegten. Überall in der Stadt konnte man hören, wie ständig neue Verstärkung anrückte. Über ihnen brummte ein Hubschrauber.

Mit geübter Bewegung entsicherte sie ihre Dienstwaffe. Sie war bereit.

»Charlotte! Geh da bloß nicht als Erste rein!«, rief Per hinter ihr. Er packte sie so fest am Arm, dass es wehtat.

Charlotte blieb gezwungenermaßen stehen.

»Denk an Anja«, sagte er, sein Gesicht nahe an ihrem. Um sie herum ertönten Kommandorufe. Waffen wurden entsichert. Charlotte atmete schnell unter der schweren Weste. Sie waren hinter der Fassade des Utopia-Einkaufszentrums in Deckung gegangen. Durch die Glasfenster konnte sie den Mann mit der Sprengstoffweste ausmachen. Er hatte sich bewegt und stand nun ihnen zugewandt, die Arme ausgestreckt, in der einen Hand einen Auslöser. Jeans, schwarzer Kapuzenpulli, Sneakers, grüne Weste. Charlotte machte ein paar schnelle Schritte nach vorn und hob die Waffe.

»Verdammt!«, rief Per.

Wenn der Selbstmordbomber sich jetzt in die Luft sprengte, würde er sich verletzen oder vielleicht ums Leben kommen. Charlotte hielt das Warten nicht länger aus. Sie rückte näher an das Zentrum des Geschehens heran, blieb stehen, sobald sie freie Sicht hatte, und scannte ihn mit den Augen ab. Er sah sie nicht, sondern hatte den Blick auf den Boden schräg vor sich gerichtet. Charlotte wusste genau, wer er war. Sie suchten den Burschen seit einer Woche. Der Schweiß lief Samir die Schläfen hinunter. Er murmelte vor sich hin und schrie in regelmäßigen Abständen irgendetwas, das sie nicht verstehen konnte. Er stand breitbeinig da und starrte auf den Asphalt vor sich. Manchmal schwankte er hin und her.

Charlotte verstand es nicht. Warum wollte Samir sich selbst in die Luft sprengen?

»Das passt doch alles nicht zusammen«, sagte sie laut.

Per hielt sie an der Weste zurück und hinderte sie daran, sich Samir weiter zu nähern.

»Warum macht er das? Es gab keine Hinweise auf Radikalisierung oder etwas in der Richtung. Er ist ein Mordverdächtiger, aber kein Terrorist.«

Per nickte. »Es ist seltsam, aber was wissen wir schon? Vielleicht haben wir es nur nicht mitbekommen.«

»Warum hat Samir es dann noch nicht getan? Der Platz war voller Menschen, als er ankam, aber jetzt steht er allein da.«

»Ich weiß, darüber habe ich mich auch schon gewundert. Vielleicht hat er es sich anders überlegt und will die Aktion abbrechen«, sagte Per und drehte sich um. »Wir müssen auf den Dolmetscher warten. Er ist unterwegs.«

»Ich will ihn lebend. Wenn Samir stirbt, nimmt er die Antworten auf eine Menge Fragen zu unseren Ermittlungen mit ins Grab«, sagte Charlotte und richtete die Waffe auf den Boden. Ihr Körper war verkrampft, aber die Hände, die die SIG Sauer umklammerten, waren entspannt. Sie war darauf trainiert, in Stresssituationen nicht aus Versehen zu schießen. Das Gewicht der Weste drückte auf ihre Wirbelsäule, und die Skoliose verursachte ihr Schmerzen. Sie drehte den Hals hin und her, um die Blockade im Nacken zu lösen. Dann lehnte sie sich mit dem Rücken an die Hauswand und beugte sich leicht vor. Sie musste versuchen, den Puls herunterzubringen.

Per hielt sie weiterhin an der Weste fest, während er mit einem Mann von den Nationalen Einsatzkräften sprach. Charlotte ließ den Blick umherschweifen. Sie suchte etwas, wusste aber nicht, was. Weiter weg, bei der Bronzeskulptur auf dem Rathausplatz, stand ein Mann, der schockiert aussah. Jemand anders versuchte ihn wegzuziehen, aber er wirkte wie gelähmt.

Per ließ sie los. Er sagte nichts, aber sein Blick sprach eine deutliche Sprache: Bleib, wo du bist. Dann ging er zurück zum Einsatzleiter.

Die Bombenentschärfer standen bereit, über den Stöpsel in ihrem Ohr konnte sie deren Dialoge hören. Sie sprachen über eine einfache Konstruktion, die jeder mithilfe von Anleitungen im Internet bauen konnte. Per blickte auf einen Bildschirm, den sie weiter weg aufgestellt hatten und der vermutlich die Nahaufnahmen der Bombentechniker von Samirs Weste zeigte.

Charlotte betrachtete Samir. Bisher war er während der gesamten Aktion in Bewegung gewesen, aber jetzt stand er vollkommen still.

Sie winkte Per herbei. Er rannte zu ihr.

»Schau dir seine Augen an, er hat Angst«, sagte sie.

Einer der Männer von den Nationalen Einsatzkräften wandte sich ihr zu. »So etwas kam öfter vor, als ich als Soldat in Afghanistan war. Selbstmordbomber, die es sich anders überlegt und ihre Aktion abgebrochen haben und dann abgehauen sind. Aber manchmal wurden sie von jemand anderem in die Luft gejagt, der die Bombe über ein Handy zündete. Der Schrecken in ihren Augen, als ihnen klar wurde, was es bedeutet, sich selbst zu sprengen … das vergisst man nie.«

Charlotte blickte zu dem großen Mann hoch, dessen Gesicht sich unter einem Helm, einem Schutzvisier und einer schwarzen Maske verbarg.

»Dann ist es umso merkwürdiger, dass die Bombe noch nicht explodiert ist«, sagte Per, und Charlotte stimmte mit ihm überein.

»Offenbar ist Samir ein Einzeltäter, sonst wäre er bereits tot«, sagte der Elitepolizist.

Charlotte steckte die Pistole in das Holster und ging mit ein paar schnellen Schritten auf Samir zu. Sie wusste, dass er ein bisschen Englisch verstand. Falls er es sich anders überlegt hatte und auf eigene Faust handelte, müsste es möglich sein, ihn zu erreichen. Sie hob die Hände, um ihm zu zeigen, dass sie keine Waffe hielt. Hinter sich hörte sie die Rufe der Kollegen. Samir hob den Blick und starrte sie an. Die Nasenlöcher weiteten sich vom Atmen, die Brust hob und senkte sich in schnellem Rhythmus. Die Augen waren gerötet, die Lippen trocken, und die Hände zitterten. Er hatte sich eingenässt.

»Samir, wir können Ihnen helfen«, sagte sie auf Englisch. »Die Bombenentschärfer können Ihnen die Weste abnehmen, ohne dass jemand zu Schaden kommen muss.«

Keine Reaktion. Hinter Charlotte schrien die Kollegen, sie solle zurückkommen.

»Samir? Verstehen Sie mich?«

Immer noch keine Antwort.

»Hallo, verstehen Sie mich?«

Zwei Schritte vorwärts. Charlotte blendete alles andere aus, konzentrierte sich auf Samirs Gesicht und suchte nach Anzeichen, dass er die Bombe hochgehen lassen würde. Die Hand, die den Auslöser hielt, begann heftig zu zittern. Sie rutschte nach unten, als die Muskeln nicht länger in derselben statischen Position verharren wollten. Samir bemühte sich, sie oben zu halten. Jetzt, wo Charlotte näher an ihn herangekommen war, nahm sie seinen vernebelten Blick wahr. Die Augenlider fielen ihm fast zu, als wollte er schlafen.

»Samir!«, schrie sie ihn an. »Samir!«

Sie wich zwei Schritte zurück. Er sah aus, als würde er gleich zusammenbrechen. Als die Beine unter ihm nachgaben, drehte sie sich um und schrie mit aller Kraft: »Er verliert das Bewusstsein! In Deckung!«

Dann rannte sie von Samir weg.

Charlotte hörte den lauten Knall und wurde gleichzeitig in die Luft geschleudert. Sie spürte die Druckwelle am ganzen Körper.

Als das Explosionsgetöse verklungen war, lag sie mit dem Gesicht und den Händen auf den Asphalt gepresst. Sie hörte ein leichtes Klingeln in den Ohren und Schritte, die näher kamen. Der Staub erschwerte ihr die Sicht, und sie blinzelte, um ihn aus den Augen zu bekommen. Etwas Nasses lief ihr den Nacken hinunter. Plötzlich tauchte Pers Gesicht in ihrem Blickfeld auf.

»Charlotte! Sag etwas!«, vernahm sie wie aus weiter Ferne. Sie öffnete den Mund, um zu sprechen, aber es fühlte sich an, als hätte sie Sand gegessen.

Stattdessen testete sie die Bewegungsfähigkeit ihrer Arme, die zum Glück funktionierten. Auch die Beine reagierten, als sie den Oberkörper anhob. Ihr Schädel pochte. Obwohl Per sich genau neben ihr befand, klang seine Stimme, als käme sie von weit weg. Sie tastete sich ab. Wo tat es weh? Hauptsächlich im Kopf und in den Ohren. Per griff ihr unter die Achseln und half ihr auf die Beine. Sie zitterten, taten aber nicht weh. Anscheinend war sie trotz allem glimpflich davongekommen.

»Mensch, um Himmels willen«, sagte Per und umarmte sie. Jetzt klang seine Stimme deutlicher. »Du bist gerade noch rechtzeitig gerannt, bevor die Bombe explodiert ist. Gott sei Dank.«

Kurz darauf kümmerten sich Rettungssanitäter um sie und belehrten Per. »Sie kann Nacken- oder Rückenverletzungen haben. Sie können sie nicht einfach hochheben.«

Charlotte wollte protestieren, da sie selbst hatte aufstehen wollen, ließ es aber bleiben.

Um sich herum sah sie nur Staub und Chaos.

# 38

Erik setzte sich außerhalb der Polizeiabsperrung in sein Auto. Das Herz hämmerte in seiner Brust. Er atmete tief durch und lehnte den Kopf an die Nackenstütze. Nur ein paar Sekunden später, und er hätte es nicht mehr geschafft, in Deckung zu gehen. Verdammt, er hätte tot sein können. Es fühlte sich an, als würde sein Blut wie ein Tsunami durch die Adern rauschen. Er konnte wirklich spüren, wie es pulsierte.

Das Klingeln des Handys riss ihn aus seinen Gedanken. Er dachte, es sei Helen, die von dem Vorfall gehört hatte.

Doch als er den Anruf entgegennahm, tönte die Stimme seines Nachbarn aus dem Lautsprecher des Autos.

»Mensch, Erik, ich wollte nur fragen, ob bei Ihnen alles in Ordnung ist.«

»Ich war dort und wäre beinahe draufgegangen. Aber ich bin unverletzt.«

Stille am anderen Ende. Eriks Hände zitterten. Er versuchte, den Adrenalinschub zu beruhigen. »Und wie geht es Ihnen?«, fragte er, als ihm einfiel, dass der Nachbar ebenfalls in der Innenstadt gewesen war. Immerhin waren sie sich am Rathausplatz begegnet, kurz bevor das Chaos ausbrach. Erik griff mit der zitternden Hand an den Autoschlüssel und drehte ihn um.

»Mir geht's gut, ich bin rechtzeitig vom Rathausplatz weggekommen«, sagte der Nachbar. »Was für ein Knall!«

»Ja, mein Gott«, sagte Erik.

»In den Nachrichten hieß es, außer dem Terroristen sei niemand zu Schaden gekommen«, sagte der Nachbar.

»Zum Glück«, sagte Erik und fuhr los. Mehrere Personen standen auf der Straße und warteten darauf, Zugang zu ihren Autos zu bekommen. »Hören Sie, ich muss jetzt Helen anrufen und ihr sagen, dass es mir gut geht. Bis dann.«

Sie beendeten das Gespräch.

Erik wählte Helens Nummer, aber es sprang nur die Mailbox an. Er versuchte es noch einmal. In seinen Ohren ertönte ein leises Piepen, das von der Explosion herrührte. *Verdammt, sie müsste eigentlich zu Hause sein.* Was machte sie? Erik unterdrückte den Impuls, ein drittes Mal anzurufen. Er wollte nach Hause, aber wohin er auch fuhr, staute sich der Verkehr.

Erik schaltete das Radio ein, um die Nachrichten zu hören. Auf allen Kanälen ging es um den mutmaßlichen Terroranschlag. Die Polizei hielt sich bedeckt und sagte, man wisse noch nicht, ob es sich um eine organisierte Aktion oder einen verrückten Einzeltäter handelte. Medienberichten zufolge hatte sich noch keine Terrororganisation zu dem Anschlag bekannt.

Gerade wollte er Helens Nummer zum dritten Mal wählen, als sie endlich zurückrief.

»Hallo, warst du in der Stadt, als die Bombe hochging?«, fragte Helen. Sie klang besorgt, aber er war sich nicht sicher, ob er es richtig interpretierte.

»Ja, es war ziemlich knapp. Ein Wunder, dass ich heil davongekommen bin«, sagte er und trug etwas dicker als nötig auf.

»Aber dir geht's gut?«

Seine Muskeln entspannten sich, als er den milden Tonfall in ihrer Stimme hörte. Die Hände zitterten nicht mehr so heftig, und der Puls ging langsamer. »Ja, und ich bin auf dem Heimweg, aber in der Stadt gibt es lange Staus.«

»Wann, glaubst du? Ich meine, wann bist du zu Hause?«

Plötzlich klang sie gestresst.

»Keine Ahnung. Ich muss mal schauen, wie der Verkehr sich entwickelt.«

»Okay«, sagte sie und legte auf.

Erik seufzte. Warum wollte sie wissen, wann er nach Hause kam? Wollte sie sich wieder heimlich mit jemandem treffen? Sollte er sie konfrontieren? Sie in die Enge treiben und ihr sagen, dass er über das Nokia-Handy, die nächtlichen Telefonate und die heimlichen Treffen in dem Volvo Bescheid wusste? Er hatte sich immer noch nicht getraut, sie auf den Anruf ihrer Chefin anzusprechen, auf die Tatsache, dass sie nicht zur Arbeit erschienen war. Er sollte sie zwingen, die Karten auf den Tisch zu legen. Aber eine innere Stimme sagte ihm, er solle sich noch eine Weile bedeckt halten und abwarten. Sobald er das entsperrte Nokia zurückbekam, würde er über mehr Informationen verfügen und wissen, wie er die Situation am besten handhaben sollte.

# 39

Charlotte verließ als Erste den Fahrstuhl, gefolgt von Per und Kennet. Das Dezernat für Schwerkriminalität war in eine Einsatzzentrale für sämtliche mit der Aufklärung des Bombenanschlags beschäftigten Dienststellen umgewandelt worden. In einem separaten Raum hatte man Hinweistelefone eingerichtet, die ununterbrochen klingelten. Der Inlandsgeheimdienst Säpo hatte sämtliche verfügbaren Plätze in Beschlag genommen, und unten im Empfangsbereich saßen Journalisten und warteten auf die Pressekonferenz.

Charlotte wollte sich eine Weile hinlegen und ihrem Kopf, der sich schwer wie ein Medizinball anfühlte, etwas Ruhe gönnen. Als sie Ola auf sich zukommen sah, wallten ihre Gefühle auf. Er führte sie in die Küche, wo noch Tortenreste vom Vormittag übrig waren. Offenbar hatte niemand Zeit für eine Kaffeepause. Sobald sie dort angekommen waren, beugte sie sich über den Abfalleimer und übergab sich. Sie hustete, würgte und spuckte den letzten Rest heraus. Der unangenehme Geruch ließ sie ein paar Schritte zurückweichen. Sie machte sich im Hinterkopf eine Notiz, den Abfall wegzubringen, wischte sich mit der Handfläche über den Mund und spülte ihn anschließend im Waschbecken aus. Danach drehte sie sich um, stützte sich mit beiden Händen an der Spüle ab und lehnte sich mit dem Hinterteil gegen die Küchenschubladen. Ola stand dicht bei ihr und streichelte ihre Wange. Alex steckte den Kopf zur Tür hinein, machte jedoch kehrt, als er die beiden sah.

»Warum begebe ich mich in solche gefährlichen Situationen?«, fragte sie.

Ola schüttelte den Kopf. »Ich habe keine Ahnung. Vielleicht willst du uns anderen gegenüber etwas beweisen. Dass du mutig bist oder so, ich weiß es nicht. Du stürzt dich Hals über Kopf hinein, ohne zu denken.«

»Ich weiß, ich muss das mit meiner Therapeutin besprechen. Mein Verhalten ist vollkommen unlogisch«, sagte sie, blickte zur Decke empor und blinzelte die Tränen weg. »Irgendwas läuft da bei mir falsch.« Sie erwiderte Olas Blick und legte ihre Hand um seinen Nacken.

»Anja hat vorhin angerufen und geweint. Sie war unglaublich wütend. Ich wurde von meiner achtzehnjährigen Tochter belehrt.«

»Das wirst du wohl auch von anderen, zum Beispiel von Kennet und Per.«

»Und von mir selbst …« Charlotte legte ihren Kopf auf Olas Brust. »Ich kann mich nicht zurückhalten in dem Moment, wenn ich dort bin. Es ist wie eine Droge. Mein ganzes Wesen wird von der Situation angezogen. Was, wenn das selbstschädigendes Verhalten ist?«

Ola umarmte sie, und sie erwiderte seine Geste. Sie inhalierte seinen Duft und wusste, dass sie sein weißes Hemd mit ihrem verlaufenen Make-up verschmierte. Sie spürte die Bewegungen seiner Muskeln. Er ließ sie eine Weile in dieser Position verharren.

»Seit der Explosion sind gerade mal drei Stunden vergangen. Gib dir ein bisschen Zeit«, sagte Ola und ließ sie los. »Ich muss jetzt weiterarbeiten. Ruf an, falls es dir schlecht geht. Ich bin im Haus.«

Ola gab ihr einen sanften Kuss auf den Mund und verzog das Gesicht. *Ich rieche immer noch nach Kotze*, dachte Charlotte.

»Du wirst von mir keine Moralpredigt hören. Das überlasse ich anderen.«

»Du hast mir gerade eine gehalten«, sagte sie und lächelte.

»Gut, dann ist das erledigt. Wir sehen uns später bei dir zu Hause, wenn wir Zeit haben«, sagte er und ließ sie in der Küche zurück.

Charlotte füllte ein Glas mit Wasser und gab eine schmerzstillende Brausetablette hinein. Die Ärzte hatten etwas von einer Gehirnerschütterung erwähnt. Anscheinend lagen sie damit richtig.

Alex kam in den Pausenraum zurück und stellte sich mit ein bisschen Abstand vor sie, die Hände in den Taschen seiner Jeans. »Wie geht es dir?«, fragte er.

»Mir ist schwindlig und ich habe Kopfschmerzen«, erwiderte Charlotte.

»Man sollte dich einsperren. Zu deiner eigenen Sicherheit«, sagte er und lächelte.

»Genau mein Gedanke. Und der meiner Tochter«, sagte sie lachend.

Alex blieb stehen und fuhr sich mit einer Hand durch die blonden Haare. Der Pony fiel ihm links in die Stirn und war länger als die restlichen Haare, die an den Seiten relativ kurz geschoren waren. Sein Blick war sanft. Charlotte erinnerte sich immer noch an seine Haut und seinen Duft und musste sich zwingen, kühler zu wirken, als sie wollte. Sie wandte ihm den Rücken zu und wusch sich die Hände im Spülbecken.

»Kommt ihr? Es ist Zeit für unsere Besprechung«, sagte Per und klopfte zweimal an den Türrahmen. Er musterte die beiden für einen Moment, und Charlotte merkte, dass er sich fragte, was zwischen ihr und Alex ablief. Aber er sagte nichts. Was hätte sie auch antworten können? *Ja, wir hatten früher mal guten Sex.*

Sie trank das Wasser mit der Brausetablette und ging mit Alex im Schlepptau zu den anderen hinüber. Er lächelte hinter ihr, und sie hasste das.

Das Zimmer, in dem sie sonst ihre Besprechungen abhielten, war für sämtliche Beteiligte zu klein. Stattdessen benutzten sie den Konferenzraum. Charlotte wollte am liebsten den Blicken der anderen ausweichen, als sie den Raum betrat, wohl wissend, was sie dachten. Dass sie verantwortungslos gehandelt hatte. Ausgerechnet sie, die neue Interimschefin.

»Schön, dass du kommen konntest«, sagte Kicki laut.

Sämtliche Köpfe wandten sich Charlotte zu. Einige der Anwesenden klatschten ihr Beifall.

»Ich bin froh, dass es dir gut geht«, sagte Anna.

Charlotte nahm ganz vorn Platz. Kennet eröffnete die Besprechung, indem er unmittelbar Fanny Nyberg von der lokalen Abteilung des Inlandsgeheimdienstes Säpo das Wort erteilte.

»Es ist gut drei Stunden her, dass Samir sich in die Luft gesprengt hat, und keine Terrorgruppe hat sich zu der Tat bekannt.«

»Na ja, wer zum Teufel will schon einen missglückten Anschlag auf seine Kappe nehmen«, sagte Kicki.

Fanny ging nicht auf den Kommentar ein. Anscheinend fühlte sie sich unwohl und spielte die ganze Zeit an ihrem Pony herum. Sie war auffällig klein, aber Charlotte sah zu ihr auf, denn Fanny war die interessanteste Person im gesamten Polizeirevier. Sie nahm sich vor, die Säpo-Agentin eines Tages zu sich nach Hause einzuladen.

»Wir sehen keine Anzeichen für eine Aktivierung der bekannten Terrorzellen hier im Norden. Deshalb empfehlen wir Ihnen, ergebnisoffen in alle Richtungen zu ermitteln. Bei

Samir kann eine Radikalisierung durch das Internet erfolgt sein, das ist durchaus möglich, aber genauso gut kann ihn etwas anderes getriggert haben. Die Bombentechniker arbeiten gerade am Tatort. Kurz zusammengefasst lässt sich sagen, dass es sich um eine klassische Rohrbombe mit drei miteinander verbundenen Rohren handelt. Viel ist nicht davon übrig geblieben, aber wir können feststellen, dass das Rezept für den Sprengstoff, den er verwendet hat, leicht zu beschaffen ist, zum Beispiel im Darknet. Jeder kann die Utensilien für diese Art von Bombe online bestellen.« Fanny machte eine kurze Pause und schaltete die Deckenbeleuchtung aus, ehe sie fortfuhr. »Wir wissen, dass Samir einen Auslöser in der Hand hielt, aber die Bombe war auch mit einem Handy verbunden. Zum gegenwärtigen Zeitpunkt wissen wir nicht, wie sie gezündet wurde – mit dem Handy oder dem Auslöser.«

»Ein überaus wichtiges Detail«, sagte Per. »Falls es ein Handy war, kann jemand anders die Bombe gezündet haben. Dann war Samir kein Einzeltäter.«

»Genau. Ich komme noch darauf zurück«, erwiderte Fanny. »Wir haben das Filmmaterial über den Vorfall durchgesehen und festgestellt, dass Samir kurze, zum Teil unzusammenhängende Sätze geschrien hat.«

Fanny startete eine Filmsequenz, die auf einer weißen Leinwand an der Wand gezeigt wurde und Charlotte auf den Rathausplatz zurückversetzte.

»Hier kommt Samir angelaufen. Schauen Sie, wie er sich bewegt, als wäre er betrunken. Er macht einen verwirrten Eindruck«, sagte Fanny und ließ den Film ein Stück weiterlaufen. »Jetzt sehen wir, wie ihm auf einmal klar wird, was er trägt, und in diesem Augenblick … Schauen Sie … Hier kommt der entsetzte Blick.«

Fanny startete den Film aufs Neue, und Charlotte stimmte ihr zu. Samir entdeckte die Bombe und den Auslöser in seiner

Hand, als er auf dem Rathausplatz ankam. Er fing an zu schreien, aber zu dem Zeitpunkt verstand ihn niemand. Inzwischen hatten die Dolmetscher jedoch daran gearbeitet.

»Er ruft mehrmals ›Ihr Schweine!‹«, sagte Fanny, hielt den Film an und spulte ihn ein Stück vorwärts. »Andere Sätze, die wiederholt vorkommen, sind ›Hilfe!‹ und ›Allahu akbar!‹. Wie Sie wohl alle wissen, bedeutet Letzteres ›Gott ist größer‹. Es ist ein kraftvoller Ausdruck, den Muslime bei verschiedenen Anlässen und in vielen Gebeten benutzen. Eigentlich ist es eine Huldigung an das Leben. Aber wie Sie wissen, wird der Satz auch im Zusammenhang mit bestimmten schweren Verbrechen verwendet, was ihm zu Unrecht einen negativen Beigeschmack verliehen hat.«

»Bittet er also uns oder Allah um Hilfe?«, fragte Charlotte.

»Das wird sich noch zeigen und hängt davon ab, was Sie in Ihren Ermittlungen herausfinden. Wir müssen auch davon ausgehen, dass Samir die Weste nicht freiwillig trug, wenn man bedenkt, dass er anscheinend erst in dem Moment erkennt, was er bei sich hat. Der Schrecken in seinen Augen wirkt echt. Was für Drohungen gab es gegen ihn?«

Charlotte biss die Zähne zusammen. »Wo sollen wir anfangen? Hier in Umeå gibt es viele, die ihn hassen. Er hat einiges auf dem Kerbholz.«

Fanny machte mit ihren Ausführungen über die Bombe, die Weste und Samir weiter. Charlottes Gedanken schweiften ab. Sie dachte daran, dass er offenbar unter Drogeneinfluss gestanden hatte.

»Woher kam er? Wissen wir das?«, fragte Per.

Fanny deutete auf die Leinwand. »Zuerst dachten wir, er käme von einem Auto, das ihn abgesetzt hat, aber wenn Sie mal hier schauen …« Sie zeigte auf einen Punkt hinter Samir, auf eine Stelle an einer der Fassaden der Ladenkette, die nicht von der Überwachungskamera erfasst wurde. »Dort um die Ecke haben wir auf dem Boden einen Schlafsack gefunden. Bisher konnten wir ihn nicht einer bestimmten Person zuordnen. Er wird zurzeit in der Kriminaltechnischen Abteilung auf DNA-Spuren untersucht. Aber wir vermuten, dass Samir von dort kam, weil mehrere Zeugen behaupten, sie hätten dort den ganzen Vormittag jemanden liegen sehen.«

»In dem Schlafsack?«, sagte Per verwundert.

»Ja, er war vollständig darin eingehüllt. Und denken Sie daran, dass es nicht möglich ist, die Stelle mit Kameras zu erfassen. Das sieht mir nicht nach einer spontanen, ungeplanten Aktion aus.«

»Hat er dort gelegen und auf den richtigen Augenblick gewartet? Mit der Bombe am Körper?«, fragte Charlotte. »Im Schlafsack versteckt?«

»Das ist zumindest unsere Theorie. Oder dass ihn jemand dorthin gebracht hat.«

»Es ist mitten an einem Samstag, die Stadt ist voller Leute, und niemand hat auf einen Mann in einem Schlafsack geachtet?«, sagte Kicki.

»So sieht unsere heutige Gesellschaft aus«, sagte Per.

»Konnten wir irgendwelche Proben entnehmen oder die Leiche untersuchen?«, fragte Charlotte. »Als ich versucht habe, ihn zu erreichen, wirkte er vollkommen weggetreten.«

»Noch nicht. Die Leiche wird noch … aufgesammelt. Körperteile wurden über den ganzen Platz verteilt. Sie müssen mir und meinen Kollegen noch etwas Zeit lassen.« Fanny sah Per an. »Das war es von meiner Seite. Falls Sie noch Fragen oder Anregungen haben, sagen Sie es bitte jetzt.« Sie lächelte zurückhaltend und spielte an ihrem Pony herum.

Per übernahm das Wort. »Ich werde gleich zu der Pressekonferenz gehen. Ich möchte, dass ihr sämtliches Filmmaterial von Privatpersonen und Überwachungskameras in der gesamten Innenstadt sammelt, das ihr bekommen könnt.

Wir wissen, dass Samir von dem Fundort von Lenas Leiche weggelaufen ist. Was bedeutet das?«

Charlotte meldete sich zu Wort. »Könnte Samir mit Lenas Mörder unter einer Decke gesteckt haben? Wie groß ist die Wahrscheinlichkeit, dass er genau zu diesem Zeitpunkt zufällig dort herumläuft, um später auf dem Rathausplatz in die Luft gesprengt zu werden? Warum? Wusste er zu viel?«, fragte sie.

»Wie gesagt, wir müssen in alle Richtungen ermitteln und mit verschiedenen Hypothesen arbeiten. Das ist eine davon.«

»Es gibt da noch eine Richtung«, warf Anna ein. »Ich bin gerade dabei, Lenas Ex-Mann zu überprüfen. Ob er zur Tatzeit in Umeå war oder ein Alibi hat.«

»Ausgezeichnet. Ich möchte nicht, dass ihr diesen Ball fallen lasst. Der Ex-Mann ist der Einzige, von dem wir mit Sicherheit wissen, dass er ein Motiv hat, Lena zu töten. Kann er jemanden mit der Durchführung des Mordes beauftragt haben?«, sagte Per und blickte in die Runde. »Ich möchte auch, dass ihr Roger Ren vernehmt. Er hat in einem Online-Forum Samir mit dem Tod gedroht und den Wunsch geäußert, sich an den jungen Männern zu rächen, die seinen Sohn ausgeraubt haben. Kümmert euch sofort darum.«

»Das übernehme ich«, sagte Kicki.

»Gut. Wir führen gerade Befragungen von Zeugen auf dem Rathausplatz durch. Aber ich möchte alles über Samir wissen, zum Beispiel, wo er sich die letzte Woche über, als wir ihn gesucht haben, aufgehalten hat. Wir fangen mit dem Schlafsack an, da er vermutlich von dort mit der Bombe kam, und verfolgen die Spur rückwärts. Sein Handy wurde bei der Explosion zerstört, aber jeder hinterlässt digitale Spuren. Ich will alles, was ihr findet. Bevor wir heute Abend nach Hause gehen, wissen wir Samirs Schuhgröße, was er zum Frühstück gegessen hat und mit wem er Umgang hatte. Der Wohnwagen, in dem er gehaust hat, wird auf den Kopf gestellt … Ihr versteht, was ich meine«, sagte Per.

Er hielt kurz inne, als Kennet, der schweigend zugehört hatte, einen Anruf erhielt und den Raum verließ.

»Bearbeitet alle eure Quellen und Informanten. Sorgt dafür, dass sie reden«, fügte Per hinzu.

Anna hatte noch eine Frage. »Was machen wir mit Samirs Freunden Omar und Ibrahim? Sollen wir sie noch einmal zur Vernehmung holen?«

»Guter Punkt«, sagte Per. »Ich glaube, wir bekommen mehr aus ihnen heraus, wenn wir sie stattdessen verstärkt observieren. Ich möchte, dass ihre Telefone abgehört werden und dass die Fahndungsgruppe sie auf Schritt und Tritt beschattet. Wobei wir Ibrahim ruhig noch einmal vernehmen können. Er redet immerhin ein bisschen.«

Kennet kam wieder ins Zimmer. »Entschuldige die Störung, aber Carola ist am Rathausplatz und kann dich nicht erreichen.« Er gab Per sein Handy.

»Okay, ihr wisst, was zu tun ist«, sagte Per zu den anderen.

Er bat Charlotte und Alex, mit ihm nach draußen zu kommen. Als sie allein waren, stellte er das Handy auf Lautsprecher, sodass alle drei mithören konnten.

»Wir hören Sie jetzt, Carola. Was haben Sie gefunden?«

»Teile von Samir, die für eine Ihrer Ermittlungen interessant sind.«

»Sie sprechen in Rätseln«, sagte Per.

»Kommen Sie zurück zum Rathausplatz. Das müssen Sie sich selbst ansehen.«

# 40

Klaras Kehle spannte sich an, als sie ihren Vater anschrie. Die Augen blitzten vor Wut, das spürte sie selbst. Der Vorfall hatte ganz Umeå erschüttert. Ein stinknormaler Samstag hatte sich in den schlimmsten Tag ihres Lebens verwandelt.

»Ihr könnt mich nicht daran hindern, das Haus zu verlassen! Ihr checkt überhaupt nichts!« Ihr ganzer Körper fühlte sich an wie ein Pulverfass, das zu explodieren drohte. Die Schläfen, das Herz, die Adern – überall pochte es.

»Der Kumpel von deinem Freund hat sich heute am Rathausplatz in die Luft gesprengt. Du gehst nirgendwo hin! Du triffst dich jetzt nicht mit Ibrahim, kapiert!«, schrie ihr Vater. Die Worte trafen sie wie ein Schlag ins Genick. Ihr kamen die Tränen.

»Ihr seid verdammte Rassisten!«, sagte sie und warf die Jacke hin, die sie in der Hand hielt. »Ibrahim würde nie so etwas tun, und Samir ist nicht sein Kumpel!«

Ihr Vater versperrte ihr den Weg zur Tür, ihre Mutter saß in der Küche.

»Klara, du musst verstehen, dass jetzt nicht der richtige Zeitpunkt ist, um Ibrahim zu sehen«, fuhr ihr Vater fort und gestikulierte mit den Armen. »Glaubst du nicht, dass die Polizei sämtliche Leute sucht, die etwas mit Samir zu tun haben? Willst du, dass sie dich ebenfalls vernehmen? Dass dein Name in der polizeilichen Datenbank landet, als Freundin eines jungen Mannes, der unter Terrorverdacht steht?«

»Aber Ibrahim ist kein Terrorist!«, schrie Klara. »Ihr habt ihn doch kennengelernt. Er hat mit der Sache nichts zu tun. Seid ihr vollkommen bescheuert, oder was!«

Die Mutter stellte sich in die Küchentür und lehnte sich an den Türstock. »Süße, wir mögen Ibrahim. Aber im Moment solltest du dich zurückhalten, bis die polizeilichen Ermittlungen abgeschlossen sind. Warte ab. Sei vernünftig. Wenn sich herausstellt, dass er mit der Explosion nichts zu tun hat, kannst du dich wieder mit ihm treffen.«

»Du gehst dieses Wochenende nicht aus dem Haus«, sagte ihr Vater, diesmal in einem etwas sanfteren Tonfall. »Was, wenn noch mehr passiert … Keine von euch Mädchen verlässt das Haus.«

»Aber gerade jetzt braucht er mich«, sagte Klara. Dann drehte sie sich um, rannte in ihr Zimmer und warf sich aufs Bett.

Sie zitterte am ganzen Körper, als die Gefühle sie überwältigten. Hielt das Kissen fest umklammert und drückte es sich ins Gesicht. Ihre Eltern verstanden sie nicht. Das Einzige, was sie wollte, war, Ibrahim zu sehen. Er musste eine furchtbare Angst haben. Klara holte ihr Handy hervor, doch als sie seine Nummer wählte, sprang nur die Mailbox an. Dann schickte sie ihm eine Nachricht auf Snapchat. Keine Antwort. Hatte die Polizei ihn schon abgeholt? Klara drehte sich auf den Rücken. Alles schien aus dem Ruder zu laufen. Erst der Raubüberfall, dann Samirs Sprengstoffanschlag … Sie setzte sich auf und griff nach der Küchenrolle auf dem Nachttisch. Schnäuzte sich, strich sich die Haare nach hinten und band sie zu einem Zopf. Plötzlich klingelte ihr Handy. Ihr Herz machte vor lauter

Erwartung einen Hüpfer. Eine Sekunde später wurde sie jedoch enttäuscht, als sie auf das Display blickte. Es war nicht Ibrahim.

»Hallo«, antwortete sie auf den Anruf mit unterdrückter Nummer.

»Hallo, hier ist Mr T. Ich erreiche Ibrahim nicht, aber du kannst ihm ausrichten, dass das Handy, das ihr mir gebracht habt, sich nicht so leicht entsperren lässt, wie ich dachte. Es wird noch etwas dauern.«

»Woher haben Sie meine Nummer?«, sagte sie.

Der Typ lachte. »Richte es ihm einfach aus.«

Klara legte auf. Eriks verdammtes Handy war ihr im Augenblick egal.

Sie erstarrte, als es an der Haustür klingelte. Ibrahim?

Sie rannte in den Flur, blieb jedoch abrupt stehen. Zwei Polizisten standen vor der Tür.

»Hallo Klara, wir suchen Ibrahim. Können Sie uns sagen, wo er sein könnte?«

»Nein, ich weiß nicht. Hier ist er jedenfalls nicht.«

»Wann haben Sie ihn zuletzt gesehen oder von ihm gehört?«

»Heute. Ich war bei ihm zu Hause. Aber seitdem habe ich nichts von ihm gehört, nicht seit der Explosion …« Sie fluchte leise in sich hinein. Das klang ja, als hätte Ibrahim etwas mit dem Anschlag zu tun gehabt. »Ich meine, er war bei mir, als Samir …«

»Ist es in Ordnung, wenn wir uns ein wenig umsehen?«, fragten die Polizisten Klaras Mutter. Sie zuckte mit den Schultern und sah den Vater an.

Die Uniformierten traten ein und ließen die Schuhe an. Sie gingen durch das Wohnzimmer, die Küche, das Bad und das Obergeschoss. Während sie einen Blick in Klaras Zimmer warfen, lächelten sie der Familie höflich zu. Dann gingen sie weiter zu Sveas Zimmer. Die Tür war zu. Als einer der Polizisten die Hand nach der Klinke ausstreckte, riss Svea die Tür auf.

»Dürfen wir kurz reinschauen? Wir suchen eine bestimmte Person«, sagte der Polizist.

»Hören Sie, das ist *ihr* Freund. Der kommt nicht in mein Zimmer, der verdammte Terrorist.«

Klara stockte der Atem.

»Ibrahim war nie hier drinnen«, fuhr Svea fort. »Er ist ein Loser.«

Die Polizisten ignorierten sie und traten zwei Schritte vor. Sie zog die Tür, die sich nach innen öffnete, ein Stück weiter auf, stellte sich in den Türrahmen und deutete mit ausgestrecktem Arm in das Zimmer.

»Sehen Sie, hier ist kein Terrorist.«

Klara schüttelte den Kopf. Jetzt kam zum Vorschein, was Svea wirklich über ihren Freund dachte.

Die Polizisten warfen einen kurzen Blick in Sveas Zimmer und gingen dann zurück in den Flur.

»Ibrahim wird keiner Straftat verdächtigt. Wir müssen nur mit ihm reden. Würden Sie bitte diese Nummer anrufen, wenn er mit Klara Kontakt aufnimmt?«, sagte einer der Beamten und gab Klaras Mutter eine Visitenkarte.

Sie nahm sie entgegen, streckte den Rücken durch und hob das Kinn. »Das werden wir auf jeden Fall tun.«

Nachdem die Polizisten das Haus verlassen hatten, ging Klara zurück in ihr Zimmer. Die Absätze ihrer Schuhe klapperten auf dem Holzboden, und sie knallte die Tür hinter sich zu. In ihr loderte eine solche Wut, dass sie das Gefühl hatte zu verbrennen.

Svea rief aus ihrem Zimmer: »Kannst du mal kommen, Klara?«

Aber Klara dachte gar nicht daran, zu ihrer Schwester zu gehen. Mit ihr würde sie nie wieder reden. *Feige Verräterin*, dachte sie. Sobald Ibrahim in Schwierigkeiten geriet, ließ Svea ihre ältere Schwester im Stich.

»Kannst du mal kommen, du Erbsenhirn?«, sagte Svea leise. Sie stand jetzt im Türrahmen.

Klara starrte sie wütend und voller Verachtung an. »Du Miststück«, sagte sie.

Svea schnitt komische Grimassen und gestikulierte wild, ohne etwas zu sagen.

Klara erhob sich vom Bett und starrte ihre Schwester an, die so hässliche Dinge über Ibrahim gesagt hatte.

»Komm«, flüsterte Svea, packte sie am Arm und zog sie mit in ihr eigenes Zimmer.

Ibrahim saß in der Ecke hinter der Tür.

# 41

Per stieg vor den Kollegen aus dem Auto und sah sie durch die offene Fahrertür an. »Kommt ihr?«

Er sah, wie Charlotte die Augen öffnete. Während der kurzen Fahrt zum Rathausplatz hatte sie den Kopf auf der Nackenstütze ruhen lassen. Sie hatte eine vernähte Wunde auf der Stirn und schien Schmerzen zu haben. Per hatte sie gebeten, nach Hause zu fahren, hauptsächlich, weil ein Chef so etwas sagen musste. Er wusste natürlich, dass sie es niemals tun würde. Es war 17.04 Uhr, aber diese Schicht war noch lange nicht vorbei.

Charlotte stieg mit langsamen Bewegungen aus dem Auto. Bestimmt spürte sie die Nachwirkungen der Druckwelle, der ihr Körper bei der Explosion ausgesetzt war, dachte Per und sah, wie Alex ihr in die Jacke half. Er vermutete, dass die beiden früher etwas miteinander gehabt hatten, und das beunruhigte ihn. Womöglich könnte es zu Komplikationen mit Ola führen.

Ein Haufen Journalisten rannte ihnen entgegen. Ihre Fragen hallten zwischen den Hauswänden wider. Per hob das Absperrband und ließ Charlotte als Erste darunter hindurch.

»Sie erhalten sämtliche Informationen auf der Pressekonferenz in ungefähr einer Stunde«, sagte Per. Sie war seit der Explosion mehrmals verschoben worden.

Das Klicken der Kameras war etwas, an das er sich nie gewöhnen würde.

»Charlotte, sind Sie schwer verletzt?«, fragte einer der Journalisten.

»Nicht so schlimm wie der Täter.« Ihre Antwort sorgte für weit offen stehende Münder.

»Ja, was sollen sie dazu sagen«, sagte Per, während sie zum Rathausplatz gingen. Die Personen, die Zugang zum Tatort hatten, arbeiteten fieberhaft, doch es herrschte eine seltsame Stille.

»Ich glaube, alle stehen noch unter Schock«, sagte Charlotte, als hätte sie seine Gedanken gelesen.

»Das hätte verdammt übel ausgehen können«, sagte Alex und blickte sich um. »Schließlich war Hauptverkehrszeit an einem Samstag. Wenn die Bombe ein paar Minuten früher explodiert wäre, müssten wir jetzt noch mehr Körperteile vom Boden kratzen.«

Rund um den Platz waren kleine gelbe Schilder mit Nummern angebracht. Fundorte. Körperteile. Aus purem Instinkt fasste Per sich an die Nase. Eisen, vermischt mit etwas Süßlichem. Der Gestank von Körperflüssigkeiten. Er blinzelte in die Sonne. Der Himmel war strahlend blau. Vögel zwitscherten. Der Kontrast zu dem, was auf dem Boden lag, war frappierend.

Er sah, wie Carola und ihre Kollegen über etwas gebeugt standen. Teile eines Torsos.

»Verdammt!«, sagte er. Im selben Moment rief Carola nach Charlotte.

Sie durften ohne Begleitung nicht weitergehen, da die Kriminaltechniker voll damit beschäftigt waren, Spuren zu sichern.

»Carola sieht aus wie eine Astronautin«, sagte Per, um die Stimmung aufzulockern. Momentan war sie von Kopf bis Fuß in einen weißen Overall gekleidet. Das Einzige, was man von ihr sehen konnte, waren die Augen hinter dem Schutzvisier. Der Overall raschelte, als sie auf Per und Charlotte zuging. Sie stieg über Beweisstück Nummer acht. Soweit Per sehen konnte, war es eine halbe Hand. Das Blut, das auf den Boden gespritzt war, war inzwischen getrocknet. Neben derselben Markierung lag ein umgekippter, mit Blut befleckter Kinderwagen.

»Das hier ist makaber«, sagte Per und hielt sich weiterhin die Nase zu. Er warf einen Blick auf Alex, aber den schien das, was er sah, nicht nennenswert zu schockieren.

Carola blieb ein paar Meter vor ihnen stehen. Sie blickte auf ihren Bericht und blätterte darin herum. Dann schob sie das Visier über die ebenfalls weiße Kopfbedeckung nach oben.

»Kommen Sie mit und sehen Sie es sich an«, sagte sie schließlich und zeigte ihnen den Weg. Sie mussten an der Außenseite des Mittelbereichs entlanggehen, wo sich die meisten Markierungen befanden. Gegenüber dem Haupteingang zum Utopia-Einkaufszentrum blieb Carola stehen. Beweisstück Nummer fünf, ein ganzer Arm, der an der Schulter abgerissen worden war. Per wandte sich ab, sein Mageninhalt drängte nach oben.

»Wenn Sie sich übergeben müssen, dann hier hinein«, sagte Carola und bot ihnen einen trichterförmigen Behälter an. Charlotte nahm ihn als Erste. Per beugte sich stattdessen vor, schloss die Augen und atmete ein paar Mal tief durch. Er wollte sich nicht am Tatort erbrechen müssen. Der Schweiß sickerte durch sein T-Shirt. Als er Charlotte würgen hörte, biss er die Zähne zusammen und schluckte mehrmals. Per fragte sich, ob ihre Reaktion auf die Explosion zurückzuführen war oder auf das, was sie um sich herum sahen. Sie musste sich ausruhen. Alex hingegen schenkte ihr ein leichtes Lächeln und legte ihr den Arm auf den unteren Rücken – eine Geste, die wie das Natürlichste auf der Welt aussah. *Der Bursche muss aus Stahl gemacht sein,* dachte Per.

»Ja, das ist ein besonders übler Tatort, ich weiß«, sagte Carola.

Per betrachtete Charlotte. Das Chaos um sie herum erinnerte ihn daran, dass seine Kollegin um ein Haar zusammen mit Samir umgekommen wäre. Genau genommen war es ein Wunder, dass sie sich keine schwereren Verletzungen zugezogen hatte.

Schließlich beruhigte sein Magen sich ein wenig, aber er hielt trotzdem den Blick nach oben gerichtet und ließ ihn über den Rathausplatz schweifen. Umeå, seine Heimatstadt, war erschüttert und menschenleer. Abgeriegelt. Der Flughafen geschlossen, bis der Inlandsgeheimdienst Säpo ihn wieder öffnen lassen würde. Ein Gefühl der Traurigkeit traf ihn wie ein Fausthieb in den Magen.

Charlotte drückte mit zwei Fingern auf das Klebeband, das den Verband an ihrer Kopfverletzung fixierte. Die schwarz lackierten Fingernägel glitzerten in der Sonne. Sie breitete die Arme überschwänglich wie eine Italienerin aus, als Carola vor einem Körperteil stehen blieb, das nur ein paar Stunden zuvor zu Samir gehört hatte.

»Ich halte das nicht mehr aus«, sagte sie.

»Sehen Sie hier«, sagte Carola und ignorierte Charlottes Kommentar. Sie setzte sich vor den losen Arm und hob ihn vorsichtig an. Per überwand sich, neben ihr in die Hocke zu gehen und hinzusehen.

»Sehen Sie das Zeichen auf Samirs Unterarm?«, fragte sie und deutete darauf.

»Was um alles in der Welt …?«, sagte Charlotte und hielt sich die Hand vor den Mund.

»Dasselbe Zeichen wie das auf Lenas Arm, an genau derselben Stelle«, sagte Per und spürte, wie sein Puls schneller ging.

Charlotte holte ihr Handy hervor und fotografierte das Symbol.

»Ein V, blaue Farbe, gleiche Größe. Das kann unmöglich Zufall sein«, sagte sie und schien vergessen zu haben, wie schlecht es ihr ging. »Hat also Samir Lena ermordet oder war er Opfer desselben Täters?«

»Warum sollte Samir Lena umbringen und sich dann selbst auf dem Rathausplatz in die Luft jagen? Dieses Zeichen, das beide Opfer gemeinsam haben, deutet ganz klar darauf hin, dass die beiden Verbrechen zusammenhängen«, sagte Alex.

Per stimmte ihm zu.

Charlotte wandte sich an Carola. »Sie arbeiten schon lange hier in Umeå und haben im Laufe der Jahre einiges gesehen. Ist Ihnen das Zeichen schon mal in einem anderen Fall zu Gesicht gekommen?«, fragte sie.

»Nein, noch nie. Aber ich werde mich bei meinen Kollegen umhören.«

»Danke.«

»Die Markierungen an den Armen sind momentan unsere beste Spur«, sagte Per. »Wir müssen herausfinden, ob es irgendwo in Schweden einen ähnlichen Fall gibt.«

»Wenn ja, dann ist das hier erst der Anfang«, sagte Charlotte.

# 42

Ibrahim aß einen Bissen von dem Sandwich, das Klaras Schwester ihm in ihr Zimmer gebracht hatte. Sein Lieblingsbelag: Eier mit Salz. Die Stehlampe in der Ecke war die einzige Lichtquelle. Die Dunkelheit außerhalb des Fensters wurde von dem Rollo verdeckt. Klara saß neben ihm und lehnte sich mit dem Rücken an die Wand. Ihr blondes Haar fiel offen über ihre Brust.

Als Klaras Eltern sie nach der ersten Nachricht über den Bombenanschlag abgeholt hatten, hatte er nicht zu Hause bleiben, sondern bei seiner Freundin sein wollen. Also war er zu dem Haus gegangen, in dem sie wohnte, hatte jedoch den Streit gehört, den Klara seinetwegen mit ihrem Vater gehabt hatte. Sie hatten sich angeschrien. Ibrahim hatte deshalb nicht an der Tür geklingelt, sondern an Sveas Fenster geklopft. Auf diesem Weg war er heimlich ins Haus gelangt.

Klara sah ihn an. »Wie geht's dir?«

Er wich ihrem Blick aus. »Schlecht. Ich weiß nicht, was ich tun soll«, sagte Ibrahim und klang verzweifelter, als ihm lieb war.

»Du sollst das Richtige tun«, erwiderte sie.

Er schnaubte. *Du hast leicht reden*, dachte er, wollte jedoch nicht gemein zu ihr sein. Er hatte Angst, Klara zu verlieren.

Ohne sie war er nichts. Sie war perfekt, wie ein Traum. Er hatte den Rat seines Vaters befolgt und sich ein kluges Mädchen gesucht.

»Wenn du unschuldig bist und nichts über Samirs Bombenanschlag weißt, musst du mit der Polizei reden«, fuhr Klara fort.

Plötzlich klopfte es an der Tür.

»Hallo, was macht ihr dadrinnen?«, fragte die Mutter.

Ibrahim hielt mitten in einer Bewegung inne und starrte auf die Tür. Klaras Eltern durften nicht wissen, dass er hier war. Sie würden die Polizei anrufen. Er war nicht zu einer weiteren Vernehmung bereit.

»Wir reden nur, Klara ist ganz schön mitgenommen«, sagte Svea.

Die Mutter sagte nichts. Wenn sie merkte, dass die Tür abgeschlossen war, würde sie Verdacht schöpfen.

»Okay«, sagte die Mutter schließlich. »Wir gehen schlafen. Weck mich, wenn du reden willst, Klara.«

»Ich kümmer mich schon«, sagte Svea. »Sie isst gerade ihr Sandwich.«

Ibrahim atmete erleichtert auf und aß das Sandwich fertig. Er überlegte, wie er auf die Toilette gehen könnte, ohne entdeckt zu werden.

Svea setzte sich ihm gegenüber aufs Bett. Klara kam neben ihre Schwester und griff nach Ibrahims Hand. Er spürte ihre weiche Haut um seine Finger. Die ganze Situation war seltsam, nicht nur die Sache mit Samir und Omar. Sveas Zimmer war farbenfroh eingerichtet. Rosa, blau, grün, weiß. Und Klara sah inmitten von allem wie ein Engel aus. Unschuldig. Er, der fast sein ganzes Leben in Slums gelebt hatte, umgeben von Drogen, Kriminellen, Gewalt und Schlechtigkeit, saß jetzt in einem Zimmer mit Pastellfarben, das nach Veilchen duftete. Vor ihm saßen zwei junge Frauen, die keine Ahnung vom wirklichen

Leben hatten. Ibrahim dachte an die Frauen, die ihm auf seiner Reise nach Schweden begegnet waren. Sexsklavinnen, IS-Frauen, Unterdrückte und Unterdrückerinnen. Opfer und Täter. Alle zusammengepfercht in Geflüchtetenlagern, die wie eine große Mülltonne mit Menschen waren, von denen niemand etwas wissen wollte.

Ibrahim hatte es leichter gehabt, weil er ein Junge war und von Samir und Omar beschützt wurde. Die drei waren immer zusammengeblieben. Als sie nach Schweden kamen, entschied Ibrahim sich zu Ehren seiner Eltern für einen anderen Lebensweg. Er ging in Therapie und verarbeitete alle seine Traumata, während Samir und Omar ihre Gefühle mit Drogen betäubten, was wiederum zu mehr Gewalt und anderen schlimmen Dingen führte. Ibrahim dachte an Raqqa, den Ort, der ihn erneut als verschwommene Erinnerung heimsuchte. Die Albträume, die er in regelmäßigen Abständen hatte, waren furchtbar. Omar und Samir erlebten Ähnliches. Ihre Hirne verarbeiteten die schrecklichen Erlebnisse, während sie schliefen.

»Kannst du uns erzählen, was du über Samir weißt?«, fragte Klara und verschränkte ihre Finger mit seinen.

Er wich ihrem Blick aus. Was sollte er sagen?

»Ihr begreift es nicht. Ihr hattet es immer leicht im Leben. Wie solltet ihr es verstehen?«

»Probier es einfach«, sagte Svea.

Ibrahim musterte die Frau, die er nie verlassen würde. Er öffnete den Mund, um etwas zu sagen, doch dann überlegte er es sich anders.

»Ibrahim, wir gehen nicht zur Polizei, wenn du es nicht willst. Du kannst uns vertrauen. Aber du musst uns erzählen, was du weißt, damit wir gemeinsam entscheiden können, was für dich am besten ist.« Klara klang entschlossen, fast erwachsen. Wie eine besorgte Mutter.

Ibrahim plagten Schuldgefühle. Er hatte seine Freunde im Stich gelassen. Die Freunde, die sich auf der Flucht um einen elternlosen Jungen gekümmert hatten. Gleichzeitig veränderte sich Ibrahims Menschenbild immer mehr. Im Vergleich zu Samir verlief seine Entwicklung in eine entgegengesetzte Richtung. Sein Kumpel war voller Hass und von dem Wunsch nach Rache getrieben. Die Sicherheit, die Ibrahim jahrelang in seiner Nähe verspürt hatte, war in Angst umgeschlagen. Diese Gefühle waren schwer zu ertragen, etwas, das Klara nie verstehen würde. Angst hatte sie höchstens vor Spinnen.

Er hatte von den Raubüberfällen erzählt und versucht, das Richtige zu tun. Aber das war, bevor Samir in die Luft gesprengt wurde. Als Terrorist eingestuft zu werden, war eine ganz andere Geschichte. Was mit Samir passiert war, löste eine neue, unkontrollierte Angst in ihm aus. Omar rief ständig an und schickte ihm Textnachrichten, in denen er schrieb, dass sie das Land verlassen sollten. Aber Ibrahim hatte es satt zu fliehen. Er hatte keine Kraft mehr dafür.

Er erwiderte Klaras Blick. Er hatte das Gefühl, als würde er darin versinken.

»Samir ist ein … *war* ein übler Bursche«, sagte Ibrahim. »Aber seine Bösartigkeit hat mich mehrmals gerettet. Sie waren für mich wie Brüder, er und Omar. Wir waren wie eine Familie, verstehst du? Nur so konnten wir überleben. Samirs Wut hat mich auf der Flucht beschützt … Das ist schwer zu erklären.«

»Wie meinst du das, seine Wut hat dich beschützt?«, fragte Svea.

Ibrahim wandte seinen Blick nicht von Klara ab. »Das ist genau das, was ich meine«, sagte er irritiert. »Ihr werdet das nie verstehen.«

Klara nahm seine andere Hand. »Du musst nicht ins Detail gehen. Samir hat dich vor schlimmen Dingen beschützt, und deshalb stehst du in seiner Schuld. Aber wenn er versucht hat, andere Menschen zu töten, indem er sich selbst in die Luft sprengt, musst du es sagen. Das ist das Richtige. Was, wenn woanders noch so eine Bombe hochgeht, wenn Samir zu einem Netzwerk von Leuten gehört hat, die das Gleiche tun werden? Verstehst du?«

Ibrahim fuhr sich mit den Händen durchs Haar, fasste sich an die Schläfen, presste den Kopf an ihre Brust und schloss die Augen. Sein Handy hatte er inzwischen ausgeschaltet. Er wusste, dass die Bullen versuchten, ihn aufzuspüren, dass seine Pflegeeltern, Omar und ein Haufen anderer Leute versuchten, ihn anzurufen. Er wollte mit niemandem reden, ehe er nicht das Chaos in seinem Kopf sortiert hatte.

»Ich glaube nicht, dass es weitere Bombenanschläge geben wird. Samir hätte sich niemals von sich aus in die Luft gesprengt.«

»Woher willst du das wissen?«, sagte Svea. »Was, wenn Samir zu einer Gruppe gehört hat? Zu so einer Terrorzelle?«

»Das hätte ich gewusst«, sagte Ibrahim.

Beim Gedanken an das, was er den beiden gleich erzählen würde, schüttelte er den Kopf. »Also, das hier ist nicht leicht.« Er erhob sich vom Bett und setzte sich auf den Boden, wie er es gewohnt war. »Erinnert ihr euch an diese Frau, die unter der Tegsbrücke gefunden wurde … Sie …«

»Hat Samir sie getötet?«, unterbrach Svea ihn. Sie klang beinahe aufgedreht.

Ibrahim wurde wütend. »Willst du es wissen oder es dir selbst ausdenken?«

»Okay, sorry.«

»Samir, Omar und ich waren dort, am Kai, als jemand etwas Großes angeschleppt hat. Wir waren ziemlich weit weg und haben darüber geredet, die Person auszurauben, weil ja nur wir dort waren. Niemand hätte uns gesehen.« Ibrahim machte eine Pause und kramte in seinen Erinnerungen an diese Nacht.

»Wir sind auf diese dunkel gekleidete Person zugegangen. Sie hatte uns noch nicht gesehen. Plötzlich ist sie an der Kaimauer stehen geblieben und hat etwas auf dem Boden abgelegt. Es sah aus wie eine große Sporttasche oder so. Zuerst wussten wir nicht, was da abging. Es war wie im Film. Und Samir hat alles mit seinem Handy aufgenommen.« Ibrahim machte wieder eine Pause. »Als die Person davongerannt ist, sind wir zur Kaimauer, um nachzusehen. Schließlich hatten wir grad beobachtet, wie dieser große Gegenstand ins Wasser gelegt wurde, und waren neugierig. Und das … ja … Verdammt, das war sie. Die Frau, die die Polizei einen Tag später gefunden hat.«

»Was?«, sagte Klara.

Ibrahim kratzte sich an der Stirn. Jetzt, wo er die Geschichte laut erzählte, hörte er selbst, wie verrückt sie klang.

»Sie war irgendwo im Wasser hängen geblieben und lag mit dem Gesicht nach unten. Das Einzige, was hervorschaute, war ihr Hintern. In der Gesäßtasche steckte ein Handy. Wir haben es an uns genommen.«

Klara fuhr hoch und hielt sich beide Hände vor den Mund.

»Um Himmels willen«, sagte Svea.

»Warum habt ihr sie nicht gerettet?«, sagte Klara und klang anklagend.

»Sie war schon tot«, erwiderte er.

»Wer macht so was? Einen Menschen einfach liegen lassen und sein Handy nehmen?«, sagte Svea.

Ibrahim seufzte. »Ich weiß«, sagte er leise.

Die Scham lastete schwer auf ihm. Er sah Klara an, die auf ihre Hände starrte. Vielleicht verlor er sie jetzt.

»Vielleicht hätte die Frau überlebt«, sagte Klara.

»Sie war schon tot«, wiederholte Ibrahim leise, war sich jedoch bewusst, wie schlimm es klang. »Also haben wir nichts weiter getan … Samir hat das Handy genommen. Ich dachte daran, die Polizei anzurufen, habe mich aber nicht getraut.

Schließlich hat jemand sie umgebracht. Wenn ich angerufen hätte, hätte man uns die Schuld in die Schuhe geschoben. Flüchtlinge und so.«

Klara fuhr sich mit der Hand über die Wange und wischte die Tränen weg. »Wer hat sie ins Wasser geworfen?«, fragte sie.

»Keine Ahnung, es war dunkel. Die Person trug eine Sturmhaube oder so was in der Art.«

»Du kannst überhaupt nichts zu ihrem Aussehen sagen?«

Ibrahim schüttelte den Kopf. »Das Gesicht war ja bedeckt, und der Körper war normal, ziemlich klein.«

»Dieses Samsung-Handy, das ich in deinem Zimmer gefunden habe, hast du also auf diese Weise bekommen?«, fragte Klara. »Du hast die Wahrheit gesagt.«

»Ja, beziehungsweise … Samir hat das Handy aus der Gesäßtasche der Frau genommen. Dann hat er mir gesagt, ich soll es verstecken. Er wollte herausfinden, wer die ermordete Frau war. Wir wollten das Handy zu Mr T bringen, aber dazu bin ich nie gekommen, weil du es bei mir zu Hause gefunden hast.«

»Oh mein Gott«, sagte Svea und starrte Klara an, die schweigend dasaß.

Ibrahim suchte Klaras Blick und hoffte, dass sie ihm verzeihen würde.

»Was habt ihr dann gemacht?«, fragte sie kurz.

»Samir hat alles gefilmt und wollte den Mörder um Geld erpressen. Aber dazu musste er wissen, wer es war. Also ist er ihm hinterhergelaufen, um mehr herauszufinden.«

»Was ist dann passiert?«

»Wir haben ihn nie mehr gesehen. Und dann wurde er am Rathausplatz in die Luft gesprengt. Omar und ich haben ihn dauernd angerufen, aber es sprang nur die Mailbox an. Wir dachten, er hätte entweder aus irgendeinem Grund die Stadt verlassen oder mit seiner Erpressung Erfolg gehabt und das

Geld für sich behalten wollen. Uns gingen die verrücktesten Gedanken durch den Kopf.«

Ibrahim beugte den Nacken, zog die Beine an den Bauch heran, stützte die Ellenbogen auf die Knie und faltete die Hände.

»Warum erzählst du das nicht der Polizei?«, sagte Klara und hob die Stimme. »Wenn Samir der Person gefolgt ist, die die Frau ins Wasser geworfen hat, hat der Mörder ihn sich vielleicht geschnappt.«

Ibrahim hob den Kopf und sah sie an. Ihr Vertrauen in die Polizei war süß, aber dumm.

»Zuerst habe ich mich nicht getraut, weil ich nicht wollte, dass man mir die Schuld gibt, und jetzt … Jetzt läuft ein verrückter Mörder dort draußen herum, und die Leute glauben womöglich, dass ich es bin … Oder der Mörder weiß, dass ich ihn gesehen habe.«

Er schloss die Augen. »Ich habe Angst, verstehst du?«

Ibrahim schämte sich dafür, wie schwach er war. Ein Mann sollte niemals Furcht zeigen. Nichts war schlimmer als Feigheit.

Klara sprang vom Bett, setzte sich auf seinen Schoß, schlang die Arme um ihn und drückte ihn fest.

»Omar und ich vermuten, dass uns jemand folgt. Irgendein Typ beschattet uns.«

Klara ließ ihn los und legte die Hände auf seine Wangen. Ibrahim spürte, wie sich die Anspannung in seinen Muskeln löste. Klara nahm ihm die Angst. Sie sah ihm in die Augen und küsste ihn auf die Stirn und die Nase.

»Du musst es der Polizei erzählen«, sagte sie leise. »Vertrau mir. Wenn du nicht wieder auf der Flucht sein willst, bleibt dir nichts anderes übrig.«

# 43

***Sonntag, 4. September***

Erik saß aufrecht im Bett und lehnte sich an das Kopfteil. Es war kurz nach Mitternacht, und der Sonntag hatte begonnen. Sein Schlafanzug war frisch gewaschen und roch nach Weichspüler. Helen putzte sich im danebenliegenden Bad die Zähne. Er hörte das Wasser aus dem Hahn laufen, griff nach dem Handy auf dem Nachttisch und scrollte durch die Nachrichten, da er tagsüber nicht dazu gekommen war. Die Bombenexplosion sorgte überall für Drama – im Fernsehen, in der Presse, unter Freunden und Bekannten …

Erik hörte, wie Helen den Wasserhahn zudrehte. Er wartete darauf, dass sie zurück ins Schlafzimmer kam, aber die Tür blieb zu. Aus dem Bad drang kein Laut.

»Helen? Alles in Ordnung?«

Keine Antwort.

Erik schwang die Beine über die Bettkante, lief die paar Schritte über den Holzfußboden zur Badtür und hielt ein Ohr dagegen, um zu lauschen. Das versteckte Nokia-Handy hatte er nicht in diesem Bad gefunden, sondern im Wäschekorb unten in dem Bad, das die Kinder benutzten. Er fragte sich, ob der Handy-Experte, den Klara kannte, etwas darauf finden würde.

»Helen?«, sagte er erneut.

»Ich komme«, antwortete sie endlich. Die Stimme klang gestresst. Die Toilettenspülung lief.

Erik ging wieder ins Bett. Helen kam in ihrem blauen Nachthemd aus dem Bad. Sie hatte die Haare zu einem Zopf zusammengebunden und zog am Stoff des Nachthemdes, um die Ärmel so weit wie möglich herunterzubekommen. Dann setzte sie sich auf die Bettkante und griff zu der Creme, die sie stets vor dem Schlafengehen benutzte. Während sie sich damit eincremte, verbreitete sich der Geruch nach etwas Chemischem im Zimmer. Ihre Bewegungen waren langsam und es dauerte furchtbar lange, bis sie sich endlich hinlegte. Sie deckte sich zu und starrte zur Zimmerdecke empor.

»Wie geht's dir?«, fragte Erik.

Helen wandte ihm den Kopf zu. Sie hatte den Zopf geöffnet, und jetzt bedeckten die lockigen Haare das Kopfkissen. Sie sah müde aus.

»Na ja, wie immer.«

Erik biss die Zähne zusammen. »Wir müssen reden. Ich habe nicht den Eindruck, dass es dir gut geht«, sagte er in einem Versuch, sie dazu zu bringen, sich zu öffnen.

»Was soll das jetzt?«, sagte sie kurz und blickte erneut zur Decke empor.

»Vor ein paar Tagen hat deine Chefin angerufen und nach dir gefragt. Angeblich bist du nicht zur Arbeit erschienen. Was war da los?«

Helen reagierte augenblicklich. Sie setzte sich im Bett auf und zog die Decke über ihre Brust. »Haben die bei dir angerufen?« Sie schien Angst zu haben.

»Ja. Ich glaube, es war am Donnerstag. Was hast du da gemacht?«

»Ja, was habe ich am Donnerstag gemacht …«

Erik setzte sich neben ihr auf. »Wo warst du da, Helen?« Diesmal klang er anklagender, als er beabsichtigt hatte.

»Was spielt das für eine Rolle!«

Ihre heftige Reaktion überraschte ihn. Das passte nicht zu Helen. Sie war sonst immer ausgeglichen. Wenn sie wenigstens versuchen würde, sich aus der Situation herauszulügen. So viel sollte er ihr wohl wert sein.

»Genau das meine ich. Du benimmst dich seltsam. Was ist los mit dir?«

Er schlug die Decke zurück und stand auf. Helen blickte ihm nach, blieb aber unbeweglich sitzen.

Erik musste sich zusammenreißen, um nicht zu verraten, dass er das Nokia-Handy gefunden und ihre heimlichen Treffen beobachtet hatte. Er wollte es für sich behalten und sie weiterhin beschatten. Sobald er Beweise hatte, würde er sie damit konfrontieren, in der Hoffnung, dass sie damit aufhören würde. Wie schrecklich die Wahrheit auch immer war, er würde Helen immer lieben und beschützen.

»Gibst du dich wieder mit den falschen Leuten ab?«, fragte er vorsichtig.

»Was? Ich habe nur verschlafen.« Ihr Ton verriet sie. Offenbar fühlte sie sich von seinen Fragen in die Enge getrieben.

»Verschlafen? Das war um die Mittagszeit«, sagte er sanft.

Erik ging zu ihrer Seite des Bettes und setzte sich auf die Kante. Ihre Wangen waren rot angelaufen. Die Röte hatte sich bis zum Hals ausgebreitet, wie immer, wenn sie wütend oder gestresst war.

»Du verstehst, dass ich mir Sorgen mache, oder? Als wir uns kennengelernt haben, hast du mit gefährlichen Menschen verkehrt. Rechtsextremisten. Du warst genauso durchgeknallt wie dein Vater, Helen. Woher soll ich wissen, ob du nicht rückfällig geworden bist und dich wieder mit ihm triffst?«

»Hör auf!«, schrie sie und versuchte aufzustehen, aber Erik hatte den Arm über ihren Bauch gelegt. Er wollte, dass sie verstand, dass er sich ernsthaft Sorgen machte.

»Was jetzt, habe ich recht? Hast du wieder Kontakt zu deinem Vater? Er ist gefährlich.«

Helen holte tief Atem, legte die Hand auf seinen Arm und streichelte ihn sanft. Es war, als hätte jemand einen Schalter umgelegt. Von wütend auf fürsorglich. Erik wollte ihre Liebe und sehnte sich danach, aber der plötzliche Stimmungswechsel machte ihn nur noch misstrauischer.

Er strich eine Haarsträhne weg, die ihr in das eine Auge gefallen war. Helens heftige Reaktion war ein Hinweis, dass er auf der richtigen Spur war. Sie benahm sich wie jemand, der sich schuldig fühlte.

Er nahm seinen Arm weg, sodass sie sich bewegen konnte. Sie war vollkommen still und sah ihn unverwandt an, als wartete sie darauf, dass er etwas tat. Aber Erik blieb nur auf der Bettkante sitzen, sein Rücken so gekrümmt wie sein Selbstvertrauen. Der Versuch, sie dazu zu bringen, sich zu öffnen, war gescheitert.

Helen atmete tief durch, zwängte sich auf dem Bett an ihm vorbei und ging zur Tür.

»Wohin gehst du?«

»Ich habe etwas vergessen«, sagte sie und verließ das Zimmer.

Erik schielte zum Nachttisch hinüber, wo ihr Handy noch lag. Ihr normales, das sie offen benutzte. Nach einem Blick zur Tür nahm er das Gerät schnell an sich und entsperrte es mit der ihm bekannten PIN-Nummer. Zwischen ihnen hatte immer völlige Transparenz geherrscht, und sie konnten problemlos auf das Handy des anderen zugreifen. Keiner hatte vor dem Partner Heimlichkeiten gehabt – bis jetzt.

Er rief ihre Textnachrichten auf. Wie er befürchtet hatte, befand sich ganz oben eine SMS von ihrem Vater.

*Gut gemacht, Liebling.*

Sie hatte ihm mit einem Herz-Emoji geantwortet. Es gab keinen gespeicherten Verlauf, der auf einen zuvor stattgefundenen Austausch hinwies.

# 44

Charlotte wachte von Olas angestrengter Atmung auf, als er ins Schlafzimmer kam. Sie drehte sich im Bett um und sah aus dem Augenwinkel, wie er das Gesicht verzog und sich mit einem Handtuch den Schweiß von der Stirn wischte. Sie zog die Bettdecke hoch, sodass nur noch ihr Kopf hervorschaute.

»Warst du schon draußen beim Joggen?«, fragte sie.

Ola atmete schwer. »Ja, ich konnte nicht schlafen.«

»Aber es ist Sonntagmorgen«, sagte sie, hob die Decke und zeigte ihm ihren nackten Körper. Ola war jedoch schon auf dem Weg hinaus.

»Nicht Sonntagmorgen … Vormittag«, sagte er und ließ sie allein zurück.

*Witzbold*, dachte sie und streckte sich. Ihr Körper schmerzte von der Anstrengung, aber sie erweckte dadurch jeden Muskel zum Leben. Sie sah zum Fenster hinüber und ließ den Blick auf dem Wasser draußen ruhen. Der Wind wehte ein paar Laubblätter umher. Das war etwas, das ihr an Norrland nicht gefiel – der Herbst kam zu früh.

Charlotte schlug die Decke zurück, stieg aus dem Bett und ging nackt ins Bad. Die Bräunungsstreifen verblassten allmählich. Sie hüllte sich in ihren Bademantel und setzte sich auf die Toilette. Ihre Finger fummelten an dem Pflaster auf ihrer Stirn herum. Es saß zu straff und tat weh. Am Tag zuvor hatte Per sie angewiesen, nach Hause zu fahren und sich auszuruhen. Nach ihrem zweiten Besuch am Rathausplatz hatte sie ihm schließlich gehorcht wie ein gut trainierter Hund. Ihrem Kopf hatte die Auszeit gutgetan, denn er pochte jetzt nicht mehr so stark.

Als sie fertig war, verließ sie das Bad und griff nach ihrem Handy. Es war 10.43 Uhr. *Nicht optimal*, dachte sie und stellte fest, dass niemand von der Arbeit angerufen hatte. Sie wusste, wie viel auf dem Polizeirevier los war, und fand es beunruhigend, dass man sie dort anscheinend nicht brauchte. Entweder ruhten die Ermittlungen oder die Kollegen kamen gut ohne sie zurecht.

»Ola, hast du etwas von den Leuten auf dem Revier gehört?«, rief sie. »Hat jemand mich gesucht?«

Er war in der Küche. Sie roch das Aroma von frisch gebrühtem Kaffee.

»Ja! Aber ich wollte dich nicht wecken!«

»Meine Güte!«, sagte sie laut und ging zu ihm hinunter ins Erdgeschoss. Ola stützte sich mit einer Hand an der Kochinsel ab und dehnte den Oberschenkel. Sein Gesicht glänzte immer noch vor Schweiß.

»Was haben sie gesagt? Gibt es etwas, das ich wissen sollte?«

»Ja, aber nichts, was sie nicht auch ohne dich erledigen können.«

Charlotte vergrub die Hände bis zum Anschlag in den Taschen ihres Bademantels. »Du hättest mich wecken sollen, das weißt du«, warf sie ihm vor, nahm ihre Kaffeetasse, stellte sie unter den Auslauf der Kaffeemaschine und drückte auf den Knopf, um die Bohnen zu mahlen.

»Du musstest dich ausruhen«, sagte Ola und dehnte das andere Bein.

»Wer hat angerufen?«

»Alex, der Neue. Er wollte dir etwas von einer Jagdweste erzählen, die Samir getragen hat.«

»Was? Und das muss ich dir erst aus der Nase ziehen?«

Sie wartete, bis ihr Kaffee fertig war. Die schöne Sonntagsstimmung war ruiniert.

Ola begriff anscheinend nicht, dass er ins Fettnäpfchen getreten war. Er setzte sich seelenruhig an den Küchentisch und trank seinen Kaffee.

»Beruhig dich mal«, sagte er und klang wie ein genervter Teenager.

»Ich soll mich beruhigen?«

Ohne eine Antwort abzuwarten, verließ sie mit entschlossenen Schritten die Küche und ging die Treppe hoch. Manchmal wünschte sie sich Ola in seine eigene Wohnung zurück, die er nicht länger nutzte. Sie schloss die Schlafzimmertür und rief Alex an, der sofort ranging.

»Guten Morgen, Schönheit«, sagte er gut gelaunt.

Es war lange her, seit sie diesen Kosenamen gehört hatte. »Schönheit« hatte Alex sie genannt, als sie sich zum ersten Mal getroffen hatten. Er hatte sie auf der Polizeiakademie angesprochen und genau diese Worte gesagt. Wegen seines Göteborg-Akzents klang es besonders charmant. Zu dem Zeitpunkt war sie bereits mit Carl zusammen, aber weil er ihre Berufswahl verabscheute, gab es so oft Streit, dass sie beschlossen, eine Pause in der Beziehung einzulegen. Genau in dieser Zeit begannen Charlotte und Alex in der Schule miteinander zu reden. Nach und nach gingen sie dazu über, in der lokalen Bar zusammen Wein zu trinken. Kurz vor den Weihnachtsferien schliefen sie zum ersten Mal miteinander. Die Beziehung hatte sechs Monate gedauert – sechs herrliche Monate, bis ihr klar geworden war, dass Alex sie nie über alles lieben würde, und Carl in ihr Leben zurückkehrt war.

»Als ich vorhin angerufen habe, hat Ola gesagt, dass er dich schlafen lassen will. Er war besorgt darüber, dass du dich gestern überanstrengt hast, vor allem im Hinblick auf deine Gehirnerschütterung. Aber gut, dass du jetzt anrufst. Ich habe Per bereits informiert, und jetzt erzähle ich es dir. Es geht um die Weste, die Samir anhatte.«

Alex machte eine Pause, und Charlotte hörte, wie er in Papieren blätterte. Er war auf dem Revier, im Hintergrund klingelten Telefone. Charlotte nutzte die Gelegenheit, um ihren Kaffee zu trinken und sich gleichzeitig anzuziehen.

»Es war eine Jagdweste«, fuhr Alex fort. »Die Marke ist allerdings ungewöhnlich. Exklusiv. Mit so etwas müsstest du dich auskennen.«

Anscheinend wartete er darauf, dass sie über seine Bemerkung lachte, aber sie war zu neugierig, um das Spiel mitzuspielen.

»Ich weiß nicht genau, wie man den Namen der Marke ausspricht, aber die Weste scheint die teuerste auf dem Markt zu sein und wird in ganz Skandinavien nur in einem Jagdgeschäft verkauft. In der Kungsgatan in Stockholm.«

Charlotte nahm ihr Handy mit ins Bad, damit sie gleichzeitig telefonieren und sich schminken konnte. »Dann hat Samir sie wohl bei einem Raubüberfall erbeutet. Oder unser Mörder ist Jäger«, sagte sie.

»Vermutlich Letzteres«, sagte Alex. »Dein guter Kollege Per hat sich heute Morgen mit Ibrahim unterhalten. Der Bursche hat ihm von etwas erzählt, das er beobachtet, aber worüber er sich zuvor nicht zu reden getraut hat.«

»Was denn?«, sagte sie.

»Er hat etwas Interessantes erwähnt, das Samir als Täter im Mordfall Lena Bengtsson ausschließt …«

Anscheinend war Alex nebenbei mit etwas anderem beschäftigt, während er sprach.

»Was hat er gesagt?«, fragte Charlotte.

»Darüber kann ich am Telefon nicht reden, das muss Per dir persönlich sagen.«

»Alex, ich habe zwölf Stunden geschlafen, nicht zwölf Tage! Warum hat niemand mich wegen dieser Sache angerufen?«

»Anweisung vom Chef. Schließlich wurdest du gestern verletzt. Die wollen dich nur schützen.«

»Ich bin kein Kind mehr! Sag Per, ich komme gleich aufs Revier und möchte einen vollständigen Bericht.«

Mit schnellen Bewegungen schminkte sie sich fertig und griff im Vorbeigehen nach ihrer Handtasche. Das silberne Dior-Markenzeichen glitzerte, als die Sonne im richtigen Winkel darauf traf. Sie ging hinunter in den Flur und wollte in ihre Stinaa.J-Stiefeletten schlüpfen. Doch dann überlegte sie es sich anders und entschied sich für die hässlichen Polizeistiefel.

Ola kam zu ihr. Er schwitzte immer noch.

»Oh, du bist schon auf dem Weg. Ich wollte eigentlich bei dir mitfahren.«

»Zu spät«, sagte Charlotte, warf ihm eine Kusshand zu und ging zur Tür hinaus.

Als sie in ihr Auto stieg, rief Per an.

»Warum hast du mir nichts von der Sache mit Ibrahim gesagt?«, fragte sie irritiert.

»Guten Morgen erst mal, Dornröschen.«

»Was hat er gesagt?«

Während Per ihr von seinem Gespräch mit Ibrahim erzählte, hielt Charlotte an einem Café und kaufte ein Sandwich zum Frühstück. Sie hörte ihm zu, als er berichtete, dass das Trio vor einer Woche in der Nacht von Samstag auf

Sonntag eine maskierte Person dabei beobachtet hatte, wie sie Lena über die Kaimauer warf. Dass Samir das Ereignis gefilmt hatte und dem Mörder nachgelaufen war, um dessen Identität festzustellen und ihn später erpressen zu können. Und dass er Lenas Handy an sich genommen und Ibrahim gebeten hatte, es zu verstecken.

Als er fertig war, saß sie wieder im Auto und hatte ihr Handy an die Lautsprecher angeschlossen.

»Warum hat Ibrahim uns das nicht schon früher erzählt? Warum erst jetzt?«, fragte sie.

»Er hatte Angst«, erwiderte Per.

»Dann können wir also mit ziemlicher Sicherheit davon ausgehen, dass Samir weder sich noch andere in die Luft sprengen wollte. Höchstwahrscheinlich hat er sich übernommen und einen Fehler gemacht. Der Mörder hat ihn getötet, um nicht aufzufliegen oder erpresst zu werden.«

»Das ist die Hypothese, mit der wir im Moment arbeiten. Samir ist Lenas Mörder gefolgt und nie zurückgekehrt. Niemand hat ihn danach gesehen, jedenfalls nicht vor der Aktion am Rathausplatz«, sagte Per.

»Aber warum ihn in die Luft sprengen?«, sagte sie. »Das ist doch unnötig schwierig und riskant.«

»Da hast du recht.«

Charlotte hielt an einer roten Ampel. Pers Stimme schallte aus dem Lautsprecher, und sie stellte die Lautstärke leiser.

»Samir und Lena könnten also demselben Täter zum Opfer gefallen sein … Wissen wir, ob er noch alle seine Zähne hatte? Ich meine, bevor die Bombe explodiert ist?«

»Ja, seine Zähne waren sozusagen vor Ort«, sagte Per und wechselte das Thema. »Wir beide fahren nach Stockholm. Wir müssen mehr über Lenas Ex-Mann in Solna herausfinden, vor allem, ob er Lena nach der Trennung weiterhin bedroht hat und ob es zwischen ihm und Samir eine Verbindung gibt. Und wir müssen mit den Mitarbeitern des Jagdgeschäfts reden. Vielleicht können wir herausfinden, wer die Weste gekauft hat. Wenn sie überhaupt von dort stammt.«

Charlotte blinkte und bog nach links ab. »Gut. Wir können in meiner Wohnung in der Floragatan wohnen. Ich muss dort sowieso nach dem Rechten sehen.«

»Da wird sich der Chef freuen. Weniger Ausgaben. Halt, ich bin ja schon bald der Chef.« Per lachte. »Das wird ein schneller Abstecher nach Stockholm werden. Wir nehmen den Flieger heute Abend.«

»Kommt das Team allein mit der Ermittlung klar, wenn wir beide fahren?«

»Alex wird den Laden schon schmeißen«, sagte Per.

Es tutete in den Lautsprechern im Auto. Ein eingehender Anruf. Unbekannte Nummer.

»Per, ich muss rangehen. Wir sehen uns in zehn Minuten. Tschüss.« Sie wechselte zu dem anderen Anruf. »Charlotte von Klint, Polizei Umeå.«

»Hallo, hier ist Mr T.«

»Hallo«, sagte sie zu dem Informanten.

»Hören Sie, dieses Nokia-Handy, das der Ausländer und seine schwedische Freundin vorbeigebracht haben …«

»Sie meinen Ibrahim und Klara? Konnten Sie es entsperren und mehr herausfinden?«

»Ja, beides. An dem Ding ist was faul. Vermutlich ist es ein Wegwerfhandy, weil nur eine Nummer gespeichert ist. Das ist alles. Keine Textnachrichten, keine Fotos oder andere Kontakte … nichts. Es gibt nur ein- und ausgehende Anrufe über die gespeicherte Nummer, aber ich kann nicht herausfinden, zu wem sie gehört.«

»Was meinen Sie damit? Kann man das nicht zurückverfolgen?«

»Nein, das ging nicht. Womöglich gehört die Nummer zu einem anderen Prepaid-Handy. Ich habe ein paar Mal angerufen, aber es ist immer ausgeschaltet.«

Charlotte dachte an das Handy, das Samir der ermordeten Lena abgenommen und das Klara bei Ibrahim gefunden hatte. Das mit der Krokodilhülle, von dem sie zunächst geglaubt hatten, es gehöre Adrian. Und jetzt hatte Ibrahim Mr T ein anderes Handy zum Entsperren gebracht, ein Nokia. Woher stammte und wem gehörte es?

»Schicken Sie mir die Nummer, dann schaue ich, ob wir was machen können.«

»Das ist verdammt seltsam, oder vielleicht auch nicht«, sagte Mr T. »Wegwerf-Handys sind bei Kriminellen gang und gäbe. Wie auch immer, ich dachte, Sie sollten es wissen, vor allem wenn man bedenkt, was alles passiert ist. Ich werde Ibrahim das Handy zurückgeben und sagen, dass ich nichts darauf gefunden habe. Er bekommt nicht die Information, die ich Ihnen gegeben habe.«

»Okay, gut. Danke. Kann ich Sie anrufen, falls wir weitere Hilfe benötigen?«

»Ja. Der Typ ist ja ein Kumpel von Samir, der sich in die Luft gesprengt hat, da bin ich mehr als bereit, mit der Polizei zusammenzuarbeiten. Terrorismus müssen wir gemeinsam bekämpfen.«

Charlotte bog auf den Parkplatz des Polizeireviers ein und ließ sich durch den Kopf gehen, was sie soeben erfahren hatte. Sie glaubte Ibrahims Geschichte darüber, was mit Lena und Samir passiert war. Dass er und seine Freunde gesehen hatten, wie Lena am Kai ins Wasser geworfen wurde, und dass Samir daraufhin dem Täter gefolgt war, um dann bis zu seiner Aktion auf dem Rathausplatz zu verschwinden. Er hatte nichts davon zu lügen, und nach dem, was sie Ibrahims Telefongesprächen und Textnachrichten entnehmen konnten, sagte er die Wahrheit.

Der junge Mann schien das Richtige tun zu wollen, und was er sagte, stimmte mit dem Beweismaterial überein. Aber dieses neue Handy, das jetzt aufgetaucht war, war interessant. Ibrahim hatte Per nichts davon gesagt, obwohl er ansonsten mit offenen Karten gespielt und alles erzählt hatte, was er wusste. Warum hatten Ibrahim und Klara es zu Mr T gebracht?

# 45

Erik steckte die Hände in die Jackentaschen. Er stand vor der Centralskolan, einer Sekundarschule im Stadtteil Teg, und wartete auf seine Tochter. Elsa spielte mit ein paar Freundinnen in der Turnhalle, die an den Wochenenden der Öffentlichkeit zur Verfügung stand. Die Luft war so kühl wie schon lange nicht mehr. Der Kunstrasen auf dem Fußballplatz war grün und es würde noch eine Zeit lang dauern, bis die Bäume sich in schönen Herbstfarben präsentierten.

Er gähnte und hielt die Hand vor den Mund. Die Erkenntnis, dass Helen in Kontakt mit ihrem rechtsextremistischen Vater stand, hatte ihm eine schlaflose Nacht beschert. Die Gedanken nagten an ihm und zerfraßen seine Hoffnung. Dass sie wieder in dieser Scheiße steckte, hatte ihn schockiert, aber nicht überrascht. Es war, als wäre alles, wofür er gekämpft hatte, unter seinen Füßen weggezogen worden. Er lehnte sich mit dem Rücken an den Zaun, der das Schulgelände vom Fußballplatz trennte, und überkreuzte die Beine.

Ein paar Meter weiter weg stand ein anderer Vater mit einer Plastiktüte in der Hand. Erik lächelte ihm vorsichtig zu, als sich ihre Blicke trafen.

»Sie hat ihre Sportsachen vergessen«, sagte der Mann und hielt die Tüte hoch.

»Ich warte auf meine Tochter.«

Der Zaun war der vereinbarte Treffpunkt. Elsa wusste, dass sie ihren Vater dort finden würde. Erik holte das Handy hervor, um eine Textnachricht an Helen zu schicken. Er war neugierig, ob sie ihm antworten würde. Da sie mit Liam beim Einkaufen war, fragte er, wie es im Supermarkt war. Die Antwort kam sofort.

*Gut.*

Erik betrachtete das Handy. Sie war so kurz angebunden. Er sah nach, wo ihr Handy sich befand. Am richtigen Ort.

Der Mann mit der Tüte trat näher an Erik heran. Freundliche blaue Augen, Gel im Haar. Gepflegte Erscheinung.

»Hallo. Roger Ren«, sagte er und streckte Erik die rechte Hand entgegen.

Erik grüßte. Der Mann kam ihm bekannt vor. Vielleicht waren sie sich schon einmal begegnet.

»Erik Stenlund«, stellte er sich vor.

Sie standen einen Moment schweigend da. Die Blätter raschelten im Wind.

»Haben Sie gehört, ob es hier Probleme mit Raubüberfällen auf Jugendliche gab?«, fragte Roger. »Mein ältester Sohn geht auf diese Schule.«

»Nicht, dass ich wüsste. An dem Gymnasium, an dem ich arbeite, haben wir jedoch einige Probleme damit. Man hat das Gefühl, dass es von Jahr zu Jahr schlimmer wird und zunehmend jüngere Altersgruppen betrifft.«

Roger warf einen Blick auf das Backsteingebäude. »Das ist furchtbar. An welcher Schule arbeiten Sie? Sind Sie Lehrer?«

»Nein, ich bin Sozialarbeiter an der Dragonskolan«, sagte Erik und scharrte mit dem Schuh über den Boden. Er wartete auf den Klingelton seines Handys, der ihm ankündigte, dass Elsa auf dem Weg zu ihm war.

Roger trat zwei Schritte vor. »Mein Sohn wurde neulich von einer Bande von Ausländern überfallen und ausgeraubt.«

Erik blinzelte. »Oh Gott, wie geht es ihm?«

»Den Umständen entsprechend miserabel. Die Polizei unternimmt auch nichts. Man hat den Eindruck, dass Ausländer Narrenfreiheit genießen.«

Erik sah Roger von der Seite an. Wo hatte er den Mann schon einmal gesehen?

»Den Eindruck habe ich nicht. Aber die Polizei kann nicht nach Belieben Leute festnehmen und in Untersuchungshaft stecken. Dafür braucht es triftige Gründe. Dieser Schutz gilt für alle Einwohner unseres Landes.«

Roger blickte vom Boden auf. »Einwohner? Es geht hier um kriminelle Einwanderer. Würden Sie genauso denken, wenn Ihre Tochter betroffen wäre?«, fragte er und deutete in Richtung der Turnhalle, in der Elsa sich aufhielt.

Erik hatte das Gefühl, als wäre er zehn Jahre in die Vergangenheit gereist und würde mit Helens Vater reden. Die gleichen Ansichten.

»Das weiß ich nicht. Aber als Sozialarbeiter bekomme ich viel von den Geflüchteten mit, die unsere Schule besuchen, und die meisten sind gute Menschen, denen das Schicksal übel mitgespielt hat. Sie haben oft schlimme Dinge erlebt.«

»Genau das macht mich so wütend!«, sagte Roger laut. »Dass man ihnen alles durchgehen lässt, nur weil sie schutzbedürftig sind. Aber was ist mit unseren Jugendlichen, die diesen Kerlen zum Opfer fallen? Wer schützt sie?«

Erik klopfte Roger auf die Schulter und lächelte ihn an. »Das ist ein kompliziertes Thema. Für Raubüberfälle gibt es keine Entschuldigung, das sehe ich auch so. Was Ihrem Sohn passiert ist, tut mir leid, und ich hoffe wirklich, dass die Schuldigen ihre gerechte Strafe bekommen.«

Erik blickte jetzt in die Richtung der Turnhalle und hoffte, dass seine Tochter ihn retten würde. Aber Roger ließ nicht locker.

»Sie gehören ja auch zu denen, die es den Ausländern leichter machen, andere auszurauben, indem Sie ihnen Nachsicht entgegenbringen. Nein, man sollte jeden von denen, die eine Straftat begehen, einsperren oder abschieben. Ein Zusammenleben von Leuten mit so unterschiedlichen Auffassungen von Menschenwürde funktioniert nun mal nicht.«

Erik sagte nichts, sondern hielt weiterhin nach Elsa Ausschau.

»Ich glaube, man muss bald aus Schweden wegziehen, weil die Einwanderer unser Land übernehmen werden«, fuhr Roger fort. »Ich sage zu meinen Kindern immer, dass sie aus dem Land flüchten müssen, wenn ich tot bin.«

Erik verschränkte die Arme und streckte den Rücken durch. Was war das eigentlich für ein Vater?

»Man darf nicht glauben, dass alle Geflüchteten einem etwas Böses antun wollen«, sagte Erik und scharrte erneut mit dem Fuß über den Kiesboden. »Sie können nicht eine ganze Gruppe von Menschen für die Taten einiger weniger verantwortlich machen.«

»Wenn mein Sohn nicht zu seinem Recht kommt, werde ich es ihm verschaffen«, sagte Roger und winkte einem vorbeilaufenden Mädchen zu.

Erik sah ihn an. Was meinte er damit?

# 46

Charlotte ging vor Per in das Flugzeug. Draußen war es noch nicht dunkel geworden – zum Glück, denn ihr gefiel es wirklich nicht, in der Dunkelheit zu fliegen. Blindlings. Ohne sehen zu können, bei welchem Wetter sie unterwegs war. Das Flugverbot war erst vor ein paar Stunden aufgehoben worden, und dies war das erste Flugzeug, das seit der Explosion am Tag zuvor startete.

In der einen Hand hielt sie ihr Bordgepäck, in der anderen das Flugticket, auf das sie gerade einen Blick warf.

»Welchen Platz hast du?«, fragte Per hinter ihr.

Wie sich herausstellte, saßen sie nebeneinander. Sie deponierte ihr Handgepäck in der Ablage und setzte sich. Dann nahm sie den Gurt und zog ihn so straff wie möglich an. Sie holte tief Atem und blickte geradeaus. Ihr Herz hämmerte in ihrer Brust.

Per wandte sich ihr zu. »Hast du Angst vor dem Fliegen?«, fragte er.

Sie nickte. »Ich hasse es.«

»Aber du reist doch ständig an exotische Orte. Wie machst du das?«, fragte Per.

Charlotte folgte den anderen Fluggästen mit ihrem Blick. Da mehrere Flüge annulliert worden waren, war das Flugzeug ziemlich voll. Sie musterte jede vorbeigehende Person gründlich und achtete auf verdächtige Verhaltensmuster.

»Ich fliege privat oder in der Businessklasse. Je weiter vorn man sitzt, desto weniger spürt man die Turbulenzen.«

Per legte seinen Gurt an. Als alle Passagiere endlich ihre Sitzplätze eingenommen hatten, ertönte die Stimme des Flugkapitäns aus den Lautsprechern.

»Hast du deshalb am Flughafen ein Glas Wein getrunken?«, fragte Per. »Es wird …«

»Still!«, fiel Charlotte ihm ins Wort. Sie wollte dem Flugkapitän zuhören, der gerade über gutes Flugwetter sprach und darüber, dass sie in einer Stunde in Stockholm landen würden. Als er fertig war, wandte sie sich wieder Per zu. »Ja, was wolltest du sagen?«

»Es wird schon gut gehen«, sagte er.

»Das weißt du nicht. Wie fühlt es sich an, Mia mit den Kindern allein zu Hause zu lassen?«, fragte sie, um das Thema zu wechseln.

»Das ist das erste Mal seit Beginn ihrer Krankheit. Aber sie ist jetzt stärker, und ihre Freundinnen helfen ihr mit Simon und Hannes«, sagte Per.

Charlotte nickte, fühlte sich jedoch wie eine schlechte Freundin, weil sie nicht selbst für Mia da sein konnte. Doch im nächsten Moment hatte sie andere Dinge im Kopf. Als das Flugzeug auf der Startbahn rollte, verkrampften sich ihre Muskeln, und ihre Nerven fühlten sich an wie ungekochte Spaghetti – hart und zerbrechlich zugleich. Sie sah auf das hochgeklappte Tablett vor ihr und folgte dessen Rändern mit ihrem Blick. Dann holte sie tief Luft, hielt den Atem an, zählte bis drei und atmete langsam aus, während sie mit ihrem Blick weiterhin dem oberen Rand folgte, bis sie die Ecke erreichte. Sie wiederholte die Prozedur, wobei sie jetzt an der einen Seite des Tabletts entlangsah. Während das Flugzeug beschleunigte, setzte sie sklavisch ihre Atem- und Gedankenübung fort. Sie hörte auch nicht damit auf, als die Räder vom Boden abhoben, sondern hielt ihre Panik im Zaum.

Die Kabine zitterte. Sie schloss die Augen und spürte den kalten Schweiß durch den Stoff ihrer Bluse sickern. Ihre Fingernägel bohrten sich in die Armlehnen. Sie biss die Zähne fest zusammen und atmete schnell durch die Nase. Doch dann beruhigte sich das Flugzeug, wurde langsamer und flachte ab. Charlotte inhalierte so viel Luft in die Lunge, wie sie konnte, und öffnete die Augen. Draußen vor dem Fenster zogen weiße Wolken vorbei. Das Flugzeug war kurz davor, sie zu durchbrechen. Pers Hand ruhte auf ihrem Arm. Sie hatte nicht einmal bemerkt, dass er sie dort hingelegt hatte.

»Wirst du den ganzen Flug Angst haben oder ist es nur am Anfang schlimm?«

Charlotte sah ihn an, ohne sich zu entspannen. »Den ganzen Flug. Aber solange es keine Turbulenzen gibt, kann ich reden. Ansonsten schiebe ich eine Stunde lang totale Panik.«

»Wenn man selbst nicht unter Flugangst leidet, kann man nur schwer nachvollziehen, wie das ist«, sagte Per.

Die Anschnallzeichen erloschen und die Flugbegleiterinnen machten sich an die Arbeit. Charlotte zog an ihrem Gurt. Bei kräftigen Turbulenzen konnte weiß Gott was passieren.

»Ich gehe in Therapie, und man hat mir Übungen empfohlen, die ich beim Fliegen machen soll. Aber die Angst sitzt so tief in mir«, sagte sie und knöpfte ihre Jacke ein wenig auf.

»Möchtest du etwas?«, fragte Per, als der Servierwagen zu ihnen kam.

»Wein.«

»Wein?«

»Ja, für die Nerven.«

»Trinkst du immer Alkohol, wenn du fliegst?«

»Ja, es sei denn, es ist ein Vormittagsflug oder ich muss anschließend Auto fahren. Dann muss ich mit meiner Angst leben.«

Per sorgte dafür, dass sie ihren Rotwein bekam. Sie füllte den Plastikbecher und trank die Hälfte auf einmal.

Per lachte. »Charlotte von Klint, du bist ein äußerst komplexer und interessanter Mensch. Du gehst auf einen Mann mit einer Bombenweste zu, ohne mit der Wimper zu zucken, hast aber eine Heidenangst davor, Bodenkontakt zu verlieren.«

»Man sollte über mich eine Doktorarbeit verfassen«, sagte sie und lachte auch, bevor sie noch einen Schluck trank und auf den beruhigenden Rausch wartete.

Da das Flugzeug voll besetzt war, konnten sie sich nicht ungestört über ihren Fall unterhalten. Stattdessen machten sie Pläne, sich kommendes Wochenende bei Per und Mia zum Abendessen zu treffen. Wenn die Arbeit es zuließ.

Als die Räder des Flugzeugs erneut festen Boden berührten, war Charlotte ein wenig beschwipst und in bedeutend lockerer Stimmung. Sie schalteten beide ihre Handys an. Überall in der Kabine piepte es, aber am meisten bei Per und Charlotte.

»Was ist denn jetzt los?«, sagte Per und las seine Textnachrichten.

Charlotte sah zum Fenster hinaus. Der Flughafen Arlanda war hell erleuchtet. Sie war mehrere Monate nicht mehr in Stockholm gewesen und nahm sich vor, auch Anja zu sehen. Die Tochter, die offenbar Polizistin werden wollte.

Sie überflog ihre Textnachrichten. Eine war von Alex.

*Wie betrunken bist du nach dem Flug? 😉 Ich habe Per und dir den Obduktionsbericht geschickt. Samir hatte Spuren von Rohypnol im Blut.*

Charlotte zeigte Per die Nachricht.

Er nickte ernst. »Rohypnol im Blut. Genau wie Lena.«

# 47

Per hatte am Flughafen Arlanda einen Wagen gemietet, und jetzt waren sie auf dem Weg zu Lena Bengtssons Ex-Mann, der in Solna wohnte. Derselbe Mann, der sich im Wald versteckt und Lena und ihre Tochter nach der Scheidung ausspioniert hatte.

Es war bereits dunkel und für einen Sonntag eigentlich zu spät, um ihn zu Hause aufzusuchen. Per überlegte, welchen Typ Mann sie wohl antreffen würden. Anna hatte Nachforschungen über ihn angestellt. Oberflächlich betrachtet sah alles perfekt aus, abgesehen natürlich von der Verurteilung wegen Körperverletzung.

»Ich bin gespannt, was Lars für ein Typ ist«, sagte Charlotte, als hätte sie seine Gedanken gelesen.

Sie holte Annas Bericht hervor und las laut daraus vor, da Per am Steuer saß. Wegen des Alkohols, den sie getrunken hatte, dürfte sie eigentlich überhaupt nicht arbeiten.

»Früher hat er als Geschäftsführer einer Firma, die Wärmepumpen verkauft, über drei Millionen Kronen im Jahr verdient. Laut Anna war Lars Bengtsson als Manager nicht beliebt, und als er ins Gefängnis kam, hat der Vorstand ihn entlassen. Die meisten Leute scheinen Angst vor ihm zu haben, ein paar bezeichnen ihn als Narzissten. Was meinst du, Per? Tun solche Persönlichkeitstypen sich nicht schwer damit, verlassen zu werden? Sie fassen es als Kränkung auf.«

»Immerhin hat er sich bereit erklärt, uns zu empfangen, ohne irgendwelche Forderungen zu stellen«, sagte Per, »außer, dass sein Anwalt dabei sein soll. Wahrscheinlich tut er das aus purer Neugierde, um zu erfahren, was mit seiner Ex-Frau passiert ist.«

Per lenkte den Wagen durch den mehrspurigen Stockholmer Verkehr in Richtung Stadt. Während der Fahrt unterhielten Charlotte und er sich über den Fall. Er war seit mehreren Jahren nicht mehr hier gewesen. Obwohl er Norrland vorzog, sah er dem kurzen Besuch in der Hauptstadt mit Neugier entgegen, als sie auf der E4 nach Süden fuhren.

Eine halbe Stunde später hielt er vor der zweistöckigen Villa des Ex-Mannes.

»Da sind wir«, sagte er und schaltete den Motor ab. »Schön hier. Ich frage mich, ob die Nachbarn wissen, dass er mal wegen schwerer Körperverletzung verurteilt wurde.«

»In Stockholm bekommt man von den Nachbarn nicht viel mit«, sagte Charlotte. »Man grüßt und redet ab und zu ein bisschen miteinander, aber meiner Erfahrung nach interessiert man sich nicht dafür, was die anderen machen.«

Da es draußen etwas wärmer war als in Umeå, verzichtete Per darauf, für den kurzen Weg zum Eingang die Jacke anzuziehen. Der mit Granitplatten ausgelegte Fußweg wurde von flankierenden Lampen erhellt. Auch die weiß verputzte Fassade war gut beleuchtet. Per fragte sich, wer die Stromrechnung bezahlt hatte, als der Ex-Mann im Gefängnis saß. Gerade wollte er auf die Klingel drücken, als die Tür aufging.

»Hallo! Willkommen«, sagte Lars und lächelte breit.

Per hatte ein Foto von ihm gesehen, und die Wirklichkeit bestätigte das Bild. Mittelgroß, kurz geschnittene, aschblonde

Haare, braune Augen, die nach unten gingen und ihn traurig aussehen ließen. Schmales Gesicht, dünne Lippen und hängende Schultern. Es war schwer, sich ihn als gewalttätig vorzustellen.

Er bat sie herein und deutete auf eine Frau, die ihnen im Flur entgegenkam und sich als Lars' Anwältin vorstellte.

Die Inneneinrichtung des Hauses konnte man kaum als modern bezeichnen, aber altmodisch war sie auch nicht. Per zog seine Schuhe aus und bemerkte, dass Charlotte diesmal seinem Beispiel folgte.

Sie wurden in die Küche geführt und setzten sich an einen weißen Tisch. Lars war ruhig, wirkte weder gestresst noch beunruhigt. Per und Charlotte wussten von der Tochter, dass er eine neue Frau hatte, aber sie war anscheinend nicht zu Hause, oder die beiden hatten sich getrennt. Per hoffte auf Letzteres.

Charlotte erklärte ihm, warum sie hier waren, und Per überließ ihr die Führung, da sie bald seine Rolle übernehmen würde.

»Lena ist also tot?«, sagte Lars und beugte sich über den Küchentisch vor, auf dem eine Kaffeekanne, Tassen und ein Teller mit Zimtschnecken standen. Per musste an eine typische Besprechung denken, bei der Kaffee und Gebäck gereicht wurden.

»Ja, tut mir leid«, sagte Charlotte.

Der Ex-Mann nickte und senkte seinen Blick. »Unsere Tochter, wie geht es ihr?«

»Emelie trauert.«

»Würden Sie ihr bitte ausrichten, dass ich sie sehen möchte?«

»Das werden wir tun«, sagte Charlotte. »Können Sie uns erzählen, warum Sie sich scheiden ließen?«

»Warum *ich* mich scheiden ließ? Lena war diejenige, die mich verlassen hat. Ich hatte keine Ahnung, was los war.«

»Soviel wir wissen, war Ihre Ehe ziemlich gewalttätig.«

»Wer hat das behauptet?«, fragte Lars.

»Es ist dokumentiert«, erwiderte Charlotte.

»Das stimmt überhaupt nicht. Lena hat mich einmal angezeigt, aber die Anzeige zurückgezogen, als sie eingesehen hat, dass das Unsinn war.«

Pers Handy vibrierte in seiner Tasche, aber er ignorierte es. Stattdessen schenkte er sich eine Tasse Kaffee ein und warf Charlotte einen Blick zu. Sie schüttelte als Reaktion auf Lars' Antwort den Kopf. Dann sah Per in die traurigen Augen des Mannes. Lena hatte die Anzeige aus Angst zurückgezogen, aus keinem anderen Grund. Das hatte die Tochter ihnen erzählt.

»Was haben Sie empfunden, als Lena sich scheiden lassen wollte?«, fragte Charlotte.

Lars senkte erneut den Blick. »Traurigkeit«, erwiderte er.

»Wir wissen, dass Sie Lena nach der Trennung das Leben ziemlich schwer gemacht haben. Sie haben sie zum Beispiel bedroht. War das Ihre Art, ihr zu zeigen, wie traurig Sie waren?«

Der Ex-Mann presste die Lippen zusammen. »Das ist also, was Sie glauben? Dass ich hier gesessen und ihren Tod geplant habe?«

»Haben Sie das?«

»Was glauben Sie?«

»Wir glauben nichts, wir untersuchen Fakten«, sagte Charlotte.

»Sie wissen, dass sie psychisch labil war, oder? Deshalb hat sie mich angezeigt, ich war unschuldig. Sie war auf mich und meine Erfolge neidisch und wollte sich rächen.«

*Ein klassischer Narzisst*, dachte Per.

»Aber Sie wurden erst neulich aus dem Gefängnis entlassen, wo Sie eine Haftstrafe wegen schwerer Körperverletzung an Ihrer neuen Frau verbüßt haben«, sagte Charlotte und sah sich um.

Lars lachte und lehnte sich zurück. Die Haare glänzten im grellen Licht der Deckenbeleuchtung. »Ich wurde zu Unrecht verurteilt. Sie hat alles nur erfunden. Das schwedische Rechtssystem ist ein Skandal.«

»Was haben Sie in der Nacht vom siebenundzwanzigsten auf den achtundzwanzigsten August gemacht?«

Der Ex-Mann nahm sich eine Zimtschnecke vom Teller, riss ein Stück ab und steckte es sich in den Mund. Dann griff er zu seinem Handy und rief den Kalender auf.

»Mal sehen …«, sagte er.

Per trank einen Schluck Kaffee, der wie Rattengift schmeckte. Er hörte, wie Charlottes Handy vibrierte. Offenbar versuchte jemand, sie zu erreichen.

»Ach ja, das war *diese* Nacht«, sagte Lars und lächelte. »Da habe ich mit einer äußerst attraktiven Frau aus Kista geschlafen.«

»Wo war das?«, sagte Per und hoffte, von näheren Details verschont zu bleiben.

»Bei ihr zu Hause. Aber wir haben uns auf Södermalm getroffen, in einem Lokal dort.«

»Hat diese Frau einen Namen und eine Telefonnummer, damit wir Ihre Angaben überprüfen können?«, fragte Charlotte.

Lars tippte erneut auf seinem Handy herum. »Diesmal haben Sie Glück. Normalerweise frage ich nach einem One-Night-Stand nicht nach der Telefonnummer, aber da habe ich es getan, weil die Frau so toll war.« Er schrieb die Information auf einen Zettel und wandte sich anschließend an Per. »So, jetzt haben wir den Verdacht gegen mich ausgeräumt. Wie ist meine Lena gestorben?«, sagte Lars und richtete seinen Blick auf ihn.

»Ihnen ist klar, dass wir Ihre Angaben überprüfen werden, wie meine Kollegin gerade gesagt hat?«, fragte Per.

Lars nickte. »Tun Sie sich keinen Zwang an. Also, was ist mit ihr passiert?«

»Darauf können wir leider nicht eingehen, aber sie wurde schwer misshandelt.«

»Und Sie verdächtigen mich? Ich misshandle niemanden.«

Per lachte bitter.

»Jetzt hören Sie mir mal zu«, sagte Lars und sah Per scharf an. »Ich habe sie nicht getötet, aber meiner Meinung nach hat Lena bekommen, was sie verdient hat. Sie war ein schlechter Mensch, und es ist kein Verbrechen, so über sie zu denken. Als sie mich verlassen hat, hat sie unsere Tochter mitgenommen. Um das alleinige Sorgerecht zu bekommen, hat sie mich als gewalttätigen Psychopathen angeschwärzt. Irgendwie ist es eine Ironie des Schicksals, dass sie genau einem solchen zum Opfer gefallen ist.«

Per dachte an das Gespräch, das sie mit der Tochter geführt hatten. Sie hatte ihren Vater als einen Mann beschrieben, der vor Gewalt nicht zurückschreckte. Was Per vor sich sah, war ein Mensch, der alles, was er seinen Partnerinnen angetan hatte, schlichtweg leugnete. Er saß wie ein braver Schüler mit traurigen Augen da.

»Hätten Sie damals das gemeinsame Sorgerecht für Ihre Tochter gewollt?«, fragte Charlotte.

Lars fuhr sich mit der Hand über den Kopf. »Ich habe alles für Lena getan, aber das war ihr nicht gut genug. Und ich wäre ein ausgezeichneter Vater gewesen, wenn ich die Chance dazu gehabt hätte. Jetzt ist meine Tochter erwachsen und kennt mich nicht einmal.«

Das war keine Antwort auf Charlottes Frage. Per beobachtete sie. Seine Kollegin biss die Zähne zusammen.

»Erzählen Sie uns von Ihrem Leben mit Lena.«

»Ich hatte einen guten Job und habe unglaublich viel Geld verdient. Wir wohnten in einem schönen Haus in Täby. Lena konnte ihre Ausbildung machen, während ich sämtliche Rechnungen bezahlt und sie verwöhnt habe. Verstehen Sie?

Und meine Tochter brauchte nur auf etwas zu zeigen, und ich habe es ihr gekauft, auch nach der Scheidung. Ist das nicht nett? Aber ich durfte sie wegen Lena nicht sehen. Habe ich deswegen Krawall gemacht? Nein. Ich habe alles getan, was Lena wollte. Das habe ich versucht ihr zu erklären, aber sie wollte mir nicht zuhören.«

»Wenn die Ehe so toll war, warum wollte Lena Sie dann verlassen?«

»Weil sie ein undankbares Miststück war, das meine Tochter einer Gehirnwäsche unterzogen hat.«

*Jetzt zeigte der Mann einen Aspekt seiner Persönlichkeit, vor dem Lena Angst gehabt hatte,* dachte Per.

»Ihre Tochter ist jetzt erwachsen und trifft ihre eigenen Entscheidungen«, sagte Charlotte.

Lars stand auf und ging ein paar Schritte. Per und Charlotte folgten ihm, als er die Küche verließ.

»Sie wollen wissen, ob ich Lena getötet habe«, sagte er. »Die Antwort lautet nein. Wenn Sie die Sache weiterverfolgen wollen, reden Sie mit meiner Anwältin.«

Er streckte den Arm aus und führte sie zurück in den Flur. Die Anwältin sammelte hinter ihnen ihre Papiere zusammen. Sie war ungewöhnlich schweigsam gewesen. Allerdings war ihr Mandant nicht wegen einer Straftat festgenommen.

»Wann haben Sie zuletzt mit Lena gesprochen oder sie getroffen?«

»Vor etwa zwei Wochen. Das Miststück hat mir nicht aufgemacht, als ich ihr ein Geschenk vorbeibringen wollte. Sie hatte Geburtstag, wissen Sie?«

»Wann war das?«

»Bevor sie nach Umeå gezogen ist. Ich habe das Paket vor der Tür abgestellt. Ich bin nämlich ein guter Mensch und nicht so, wie sie mich darstellt.«

»Was hatten Sie ihr gekauft?«, fragte Charlotte.

»Das geht Sie nichts an, das ist eine Sache zwischen mir und ihr … Oder war«, sagte er und machte eine Geste in Richtung Tür.

Nachdem sie das Haus verlassen hatten, gingen Charlotte und Per schweigend zum Auto.

Per wählte die Nummer der Frau in Kista, erreichte jedoch nur eine automatische Durchsage, die ihm mitteilte, dass die Nummer nicht mehr vergeben war.

»Entweder lügt er, oder die Frau hat ihre Nummer geändert. Das müssen wir überprüfen«, sagte er.

Im selben Moment klingelte sein Handy. Es war Alex. Wahrscheinlich war er es, der versucht hatte, ihn und Charlotte während der Befragung von Lars zu erreichen.

»Hallo Alex. Du lässt aber auch nicht locker.«

»Ja, ihr wart schwer zu erreichen.«

»Kannst du für uns eine Telefonnummer überprüfen?«, fragte Per.

»Äh, ja, natürlich. Schick sie mir einfach. Aber da wäre etwas, das ihr wissen müsst. Wir haben es gerade erfahren. Das war der Grund, warum ich versucht habe, euch zu erreichen.«

»Was?«

»Es gibt ein weiteres Opfer.«

# 48

Per parkte den Wagen in der Floragatan und stieg aus. Hier befand sich Charlottes Stockholmer Wohnung. Er blickte an der Fassade hoch. Weiße Steinmauer mit Stuckleisten, eine prunkvolle Holztür am Eingang und eine Blumenrabatte um das Haus herum.

Alex hatte sich immer noch nicht wegen der Telefonnummer gemeldet, die er überprüfen sollte, aber die große Nachricht war, dass es ein weiteres Opfer gab. Er hatte versprochen, sämtliche Informationen per E-Mail zu schicken, und Per checkte wie ein Besessener seinen Posteingang.

»Kommst du?«, sagte Charlotte und gab den Türcode ein.

»Hast du was Essbares da?«, fragte Per und folgte ihr. »Es ist zehn Uhr und wir werden wohl noch ein bisschen arbeiten müssen, bevor wir ins Bett gehen.«

Er stellte sich hinter Charlotte, während sie auf den Knopf für den Aufzug drückte, der sich mit lautem Gerassel in Richtung Erdgeschoss bewegte. Das Eisengitter sah abgenutzt aus und war bestimmt hundert Jahre alt.

»Wir bestellen uns etwas. In der Nähe gibt es ein Restaurant, das liefert«, sagte sie, als wäre dies das Selbstverständlichste auf der Welt.

Der Aufzug glitt langsam nach unten und hielt abrupt an. Er war klein, und sie mussten sich eng zusammenstellen, um darin Platz zu haben.

»Jetzt haben wir immerhin mit dem Ex-Mann gesprochen. Wir werden sehen, was dabei herauskommt«, sagte Charlotte und stellte ihre Handtasche auf den Kabinenkoffer. »Morgen besuchen wir das Jagdgeschäft in der Kungsgatan und finden hoffentlich heraus, wer die Weste gekauft hat, die Samir anhatte. Vorausgesetzt, sie wurde dort gekauft. Und dann fahren wir zu Lenas Wohnung und schauen, ob wir etwas finden, das uns weiterhilft. Habe ich etwas vergessen?«

Per schüttelte den Kopf.

Der Aufzug brachte sie in die oberste Etage. Charlottes Tür war die einzige dort und befand sich direkt neben dem Fahrstuhl. Drei Schlösser mussten entriegelt werden, bevor sie eintreten konnten. Charlotte deaktivierte die Alarmanlage und hängte die Jacke an die Garderobe. Dann nahm sie einen Kleiderbügel und streckte die Hand aus, um Pers Jacke entgegenzunehmen. Sie zog ihre Stiefel aus und schlüpfte in ein Paar Ballerinas, die im Flur standen. Per ging in Socken.

»Setz dich, ich bestelle uns was zu essen«, sagte sie und nahm eine Treppe, die nach links oben führte.

Per sah sich währenddessen in der Wohnung um. Geradeaus lag ein großes Wohnzimmer mit Kamin, das in einer Mischung aus alt und modern eingerichtet war. Der Parkettboden knarrte unter den Füßen, an mehreren Stellen leuchteten Lampen auf. *Offenbar hat sie überall Zeitschaltuhren installieren lassen*, dachte er und betrat ein weiteres Zimmer zu seiner Rechten. Dort stand ein Esstisch mit zwölf Stühlen und einem großen Kerzenleuchter in der Mitte. Per ging weiter und kam sich wie in einem Labyrinth von Räumen vor. Die blitzsaubere Küche sah aus, als wäre sie erst kürzlich komplett renoviert worden. Per blickte in ein angrenzendes Zimmer, das mädchenhaft wirkte. Das musste Anjas Zimmer sein.

»Wie gefällt dir meine Wohnung?«, fragte Charlotte, als sie hinter Per auftauchte und ihn zurück ins Esszimmer führte. Auf dem Esstisch hatte sie die Unterlagen zu ihrem Fall ausgebreitet.

»Was soll ich sagen? Ziemlich geräumig«, sagte er amüsiert. »Was ist im Obergeschoss?«

»Mein Schlafzimmer, ein Bad, ein Büro, ein Balkon …«

»Wie groß ist die Bude?«

»Zweihundertfünfzig Quadratmeter, eigentlich zu groß, aber … Na ja … Das Essen ist unterwegs, es müsste in ungefähr einer halben Stunde hier sein.«

Per nickte und warf einen Blick auf die Kommode an der einen Schmalseite des Zimmers, die voll mit eingerahmten Fotos von Anja war. Außerdem gab es Fotos von einem Paar, von dem er annahm, dass es sich um Charlottes Eltern handelte, sowie weiteren Personen, vermutlich Freundinnen.

Per setzte sich an den Tisch, während Charlotte den Kronleuchter an der Decke einschaltete. Er reagierte auf die grelle Beleuchtung und kniff die Augen zusammen. Es war, als würde er direkt in die Sonne blicken. Dann checkte er erneut seine E-Mails.

»Jetzt haben wir weitere Informationen von Alex erhalten. Er hat Rechtsmediziner in anderen Städten angerufen und sich erkundigt, ob es dort Tote mit gezogenen Zähnen oder mit einem V-Zeichen am Arm gab.«

Charlotte hörte gespannt zu.

»Laut Alex wurde ein übel zugerichteter Obdachloser in Stockholm gefunden. Das war vor … Was schreibt er …?« Per suchte in der Mail. »Ja … vor zwei Jahren. Dem Opfer wurden zwölf Zähne entfernt, aber die Todesursache war eine Überdosis. Trotzdem wurde wegen Totschlags oder fahrlässiger

Tötung ermittelt. Allerdings bekamen die Ermittler keine weiteren Ressourcen zugeteilt, und der Fall ist immer noch ungelöst.«

»Eine Überdosis von was?«, fragte Charlotte.

»Eine Kombination aus Rohypnol und Alkohol.«

»Rohypnol, wie bei unserem Opfer«, sagte sie.

»Genau. Hier haben wir ein spezifisches Muster, vor allem im Hinblick auf die gezogenen Zähne. Womöglich haben wir es mit demselben Täter wie in Lenas Fall zu tun, aber natürlich ist es noch zu früh, um es mit Bestimmtheit zu sagen«, sagte Per, während Charlotte in die Küche ging. Es klapperte in der Schublade, als sie Besteck herausnahm. Dann kam sie ins Esszimmer zurück und deckte den Tisch.

»Aber damit stellt sich die Frage, warum Samir eines anderen Todes gestorben ist«, sagte Charlotte und verschwand erneut in der Küche. »Warum wurde er in die Luft gesprengt?«, rief sie von dort. »Nach dem, was wir in den Filmaufnahmen sehen können, waren seine Zähne zum Zeitpunkt der Tat intakt.«

Per fixierte ein Gemälde mit seinem Blick und dachte darüber nach, was Charlotte gesagt hatte. Vielleicht hatte der Mörder seine Vorgehensweise geändert.

»Können wir den Ermittlungsleiter in dem Fall in Stockholm treffen?«, fragte Charlotte von der Türöffnung aus.

»Ja, ich werde versuchen, für morgen einen Termin zu bekommen«, erwiderte Per. »Alex hat auch die spärlichen Ermittlungsunterlagen beigefügt.«

»Gab es ein V-Zeichen am Arm?«, fragte sie.

»In dem Material ist nichts dergleichen dokumentiert«, sagte Per, während er las. »Das heißt jedoch nicht, dass das Opfer in Stockholm keins hatte.«

Charlotte holte eine Flasche Rotwein hervor und stellte zwei größere Weingläser auf den Tisch. Dann ging sie zu dem Kamin im angrenzenden Zimmer und erweckte ihn zum Leben. Der offene Grundriss erlaubte Per, ihr dabei zuzusehen.

»Jetzt, wo ich endlich mal wieder hier bin, muss ich ihn ein bisschen durchfeuern«, sagte sie. Das gedämpfte Licht aus dem Zimmer nebenan breitete sich im Esszimmer aus. Es knisterte und knackte. Per verstand, warum sie sich hier wohlfühlte. Die Wohnung war groß, aber alle Räume hingen irgendwie zusammen.

Per sah auf die Uhr. 22.32. Es war zu spät, um den Ermittler anzurufen. Das musste bis morgen warten.

»Das mit dem neuen Opfer ist furchtbar ... Wir haben also Lena, eine Frau, die in Umeå auf der Straße als Obdachlose gelebt hat, obwohl sie keine war. Sie wurde mit gezogenen Zähnen und einem V-Zeichen auf dem Arm gefunden. Außerdem hatte sie Rohypnol im Blut und war vermutlich gefangen gehalten worden. Dann ist da noch Samir, ein Krimineller ohne festen Wohnsitz, von dem wir vermuten, dass er die Jagd auf Lenas Mörder aufgenommen hat. Er wurde in die Luft gesprengt und hatte ebenfalls Rohypnol im Blut und dieses V-Zeichen am Arm. Und jetzt können wir einen obdachlosen Mann in Stockholm hinzufügen, der vor zwei Jahren gefunden wurde. Jemand hatte ihm die Hälfte der Zähne gezogen. Die Todesursache: eine Überdosis derselben Droge. Womit haben wir es hier zu tun?«

Es klingelte an der Tür, aber Charlotte rührte sich nicht vom Fleck.

»Wissen wir, ob Samir das Zeichen am Arm hatte, bevor er spurlos in jener Samstagnacht verschwand?«, fragte sie.

Es klingelte erneut, und Charlotte ging zur Tür, um zu öffnen, während Per antwortete.

»Wir haben Ibrahim gefragt. Seinen Angaben zufolge war da nichts, als er Samir zuletzt gesehen hatte. Zumindest hat er nichts bemerkt ... Also muss Samir das Zeichen während der Woche, in der er verschwunden war, bekommen haben, und zwar von dem Mörder.« Per sah ein, dass dies ihre Theorie bestätigte.

Er vermutete, dass das Essen im Flur übergeben wurde, doch stattdessen kam ein Mann mit Kochkleidung unter seiner Jacke ins Zimmer. Charlotte folgte ihm, legte ihm eine Hand auf die Schulter und stellte die beiden Männer einander vor.

»Lange nicht gesehen, Charlotte. Wir haben dich vermisst«, sagte der Koch, der ein paar Essensbehälter trug. Per zählte fünf Stück. Es duftete köstlich. Er sah zu, wie der Mann sorgfältig Ofenkartoffeln, Kalbsfilet mit Rotweinsoße und Gemüse auf ihre Teller gab. Anschließend bestrich der Koch das Fleisch mit einer Art Chutney und legte zwei Stoffservietten auf den Tisch. Schließlich stellte er zwei kleinere Behälter hin.

»Euer Nachtisch«, sagte er und blickte zufrieden drein.

Charlotte beglich die Rechnung mit der Bezahl-App Swish, dankte dem Mann und begleitete ihn in den Flur. Per nutzte die Gelegenheit, um Wein einzuschenken und seinen Blutzuckerwert zu messen. Er war zu hoch, um zu essen, also musste er sich wieder eine Insulinspritze geben. Er führte die Injektion unmittelbar über dem Bauchnabel durch, was wehtat.

Seine Gedanken kreisten um die Zusammenfassung, die Charlotte skizziert hatte. Er war immer mehr davon überzeugt, dass sie es mit ein und demselben Mörder zu tun hatten.

Das Klingeln des Handys riss ihn aus seinen Gedanken.

»Wer ruft so spät an?«, fragte er und sah auf das Display.

Alex.

»Hi, Charlotte hört auch mit«, sagte er und stellte das Gerät auf Lautsprecher.

»Hallo Lotti und Chef«, sagte Alex. Per musste über Charlottes Spitznamen schmunzeln und war sich zunehmend sicher, dass die beiden früher mehr als nur Kollegen gewesen waren. Der einzige Grund, warum er sie nicht direkt gefragt hatte, war seine Angst vor der Antwort. Im Falle eines Ja obläge ihm die Verantwortung für die Handhabung dieser Situation. Momentan steckte er den Kopf in den Sand.

Charlotte setzte sich an den Tisch und trank einen Schluck Wein.

»Hallo«, sagte sie. »Wie geht's?«

»Gut. Wir arbeiten, während ihr euch in der Großstadt vergnügt.«

»Wenn es ein Vergnügen sein soll, mit einem waschechten Narzissten in Solna zu reden …«, sagte Per und nahm einen Bissen von dem Essen. »Erzähl uns, was bei euch los ist.«

»Hier ist eine ganze Menge los«, sagte Alex schnell. »Fangen wir mit dem Alibi von Lenas Ex-Mann an. Die Telefonnummer, die er euch gegeben hat, gehörte früher einer Frau in Kista, aber sie hat neulich ihre Nummer geändert. Ich suche gerade danach.«

»Wissen wir etwas Neues über Roger Ren, der Samir im Internet bedroht hat?«, fragte Charlotte.

»Noch nicht, aber wir arbeiten daran.«

Per sah Charlotte an, ehe er Alex antwortete.

»Gut. Aber wenn er ein hieb- und stichfestes Alibi hat, sollten wir keine Energie auf diese Spur verschwenden. Und finde diese Frau in Kista.«

»Was gibt es noch? Du hast gesagt, bei euch sei eine ganze Menge los?«, sagte Charlotte und klang ungeduldig.

»Ich dachte schon, du würdest nie fragen, Lotti.«

Per sah, dass Charlotte beleidigt, aber nicht verärgert war.

»Eure Kollegin Kicki hat mich gefragt, ob ich mich mal mit ihr auf ein Bier treffen möchte«, sagte Alex. Sein Lachen schallte aus dem Telefon auf dem Tisch.

Per wusste nicht, was er darauf antworten sollte. Veralberte er Charlotte, oder war es ein Insiderwitz zwischen den beiden?

Sie rührte das Essen nicht an, hielt aber das Weinglas in der Hand, während sie zurückgelehnt dasaß und die Füße auf den Stuhl daneben legte. Entspannter, als er sie jemals in Umeå gesehen hatte.

Charlotte reckte sich nach vorn, um näher an das Handy heranzukommen.

»Ich werde für dich beten, Alex«, sagte sie und drückte das Gespräch weg.

»Was war das gerade?«, fragte Per.

»Nichts.«

»Warum wirst du für ihn beten, wenn er mit Kicki ein Bier trinkt?«

Mit einem schelmischen Lächeln im Gesicht machte sie sich über das Essen her. Die Charlotte, die er im Augenblick vor sich hatte, war eine andere als die, an die er gewöhnt war.

»Ich kann es dir gern sofort sagen, weil du es sowieso bald herausfinden wirst. Alex ist tiefreligiös, und das ist kein Witz. Er spricht vor dem Essen ein Tischgebet und engagiert sich in der Kirche. Außerdem ist er ein echter Charmeur. Du wirst mit ihm alle Hände voll zu tun haben.«

»*Du* wirst mit ihm alle Hände voll zu tun haben, nicht ich«, sagte Per und genoss es, über andere Dinge als Mord und Elend zu sprechen. Auch wenn sie seine Frage nicht beantwortet hatte.

# 49

*Montag, 5. September*

Ibrahim blickte auf die vorbeifahrenden Autos. Es war Mittagszeit, und er war für heute bereits mit der Schule fertig. Auch Klara hatte frei, weil ihr Lehrer Studientag hatte, und so saßen die beiden in der Konditorei Nybro und aßen Kuchen. Die Außenterrasse war geöffnet, aber das bewölkte Wetter hielt sie drinnen. Da Klaras Eltern Ibrahim nicht mehr verdächtigten, etwas mit dem Bombenanschlag zu tun zu haben, war es leichter für die beiden, sich wieder zu treffen.

»Danke, dass du heute für den Kaffee und den Kuchen bezahlt hast«, sagte Klara. »Mein Geldbeutel liegt noch bei den Stenlunds, den habe ich am Freitag dort vergessen, als ich auf die Kinder aufgepasst habe. Ich muss ihn holen.«

»Du hast gesagt, du würdest mich einladen, weil wir etwas zu feiern haben, und am Ende habe ich für den Spaß bezahlt.« Die Ironie in seiner Stimme war nicht zu überhören.

Klara streckte ihm die Zunge heraus. »Du kriegst es zurück. Ich bezahle in Naturalien.«

»Was? In Naturalien, was ist das?«

Klara lachte. »Man sagt das, wenn man jemanden mit Sex bezahlt. In Naturalien, auf eine natürliche Weise, oder was weiß ich. Ich habe keine Ahnung, woher die Redewendung kommt.«

Er schüttelte den Kopf. »Ihr habt komische Namen für Dinge.«

»Ja, oder?«, sagte Klara, ehe sie das Thema wechselte und in einem etwas ernsteren Tonfall fortfuhr: »Wie auch immer, deine Chance auf Strafminderung für deine Beteiligung an diesen Raubüberfällen ist ein Grund zum Feiern.«

Ibrahim nahm einen großen Bissen von der Prinzessinnentorte und nickte. Was Klara gesagt hatte, war eine vereinfachte Version der Dinge, aber er hatte keine Lust, darüber zu diskutieren.

»Wollest du mich deshalb zum Kaffee einladen? Ich bin noch nicht aus den Mordermittlungen heraus, also gibt es vielleicht nicht so viel zu feiern.«

Klara beugte sich über den Tisch vor und flüsterte: »Nein, wir feiern, weil du den Integrationskurs bestanden hast. Jetzt kommst du leicht auf eine weiterführende Schule, das Schuljahr hat ja erst begonnen.«

Sie freute sich über seine Lernfortschritte mehr als er. Ihm selbst saßen die Ereignisse der vergangenen Woche noch in den Knochen. Samir war tot und Omar hatte Umeå verlassen. Zum ersten Mal seit dem Tod seiner Familie war er ohne die beiden. Außerdem stand er unter Mordverdacht. Ibrahim hatte immer davon geträumt, von Samir freizukommen, und jetzt, wo er es geschafft hatte, konnte er sich nicht darüber freuen.

»Was ist los mit dir?«, fragte Klara.

Er zuckte mit den Schultern. »Ich weiß nicht. Ich habe ein mulmiges Gefühl. Ich glaube, jemand beobachtet mich. Omar hat dasselbe gesagt.«

»Da ist sicher nichts dran.«

»Siehst du den Mann dort drüben?«, flüsterte er und beugte sich vor. »Ich habe ihn schon mehrmals gesehen, er ist oft dort, wo ich bin.«

Klara drehte sich um und folgte seinem Blick. Sie fand, dass er übertrieb. Dieser Mann sah aus wie ein Familienvater, der in einem Büro arbeitete. Stinklangweilig. Warum sollte er Ibrahim folgen?

»Und die Polizei hat mir komische Fragen über Samir gestellt, zum Beispiel, ob er sich vor seinem Verschwinden ein Zeichen auf den Arm hat malen lassen.«

Klara bekam große Augen. »Das hast du mir nicht erzählt. Was für ein Zeichen?«

»Sie haben mir ein Foto gezeigt. Es sah aus wie ein V, mit einem blauen Stift gemalt. Die Polizei wollte wissen, ob Samir so ein Zeichen am Arm hatte. Eine echt komische Frage.«

»Da hast du recht«, sagte Klara. »Hatte er denn eins?«

»Ich habe mir unser letztes Treffen immer wieder durch den Kopf gehen lassen. Ich weiß nicht, ob er so etwas hatte. Warum wollen sie das überhaupt wissen?«

»Vielleicht hat jemand, der ausgeraubt wurde, ein solches Zeichen bei dem Täter gesehen«, sagte Klara. Sie stand auf, ging um den Tisch herum und setzte sich neben ihn. »Mach dir deswegen keine Sorgen.«

*Sie hat recht*, dachte Ibrahim, *so einfach konnte es gewesen sein.* Er spürte ihre Hand auf der Innenseite seines Oberschenkels. Sie drückte den Rücken durch, machte einen Schmollmund und zerzauste ihr blondes Haar. Er lachte über ihre übertriebenen Gesten.

»So ist's gut … lächle doch mal«, sagte sie und küsste ihn.

Ihr Eifer weckte seinen Körper zum Leben. Er blickte zur Seite, wohl wissend, dass sie nicht allein in der Konditorei waren, und schob sie sanft weg.

»Okay, okay, ich verstehe«, sagte er lächelnd. »Beruhig dich, sonst müssen wir nach Hause und sofort miteinander ins Bett.«

Klara verzog das Gesicht. »Ich hasse es, wenn du so redest. Es klingt, als würdest du mich einfach nehmen, ohne dass du etwas für mich empfindest, so ungefähr.«

Ihr süßer Kommentar brachte ihn zum Lachen. *Wenn du wüsstest, wie wir Jungs untereinander reden*, dachte er.

»Was meinst du, soll ich sonst sagen?«

Klara rutschte auf dem Stuhl hin und her. »Ich weiß nicht, irgendwas Nettes. Zum Beispiel, wir gehen nach Hause und … lieben uns?« Sie streckte die Arme aus und grinste breit und zufrieden.

Ibrahim zog sie zu sich heran und küsste sie auf den Kopf. Innerhalb weniger Minuten hatte sie seine Laune verbessert. Mit Klara war das Leben einfacher und schöner.

»Das ist gut. Gehen wir nach Hause und lieben uns?«

Sie verdrückten den restlichen Kuchen und begaben sich in Richtung Ausgang. Auf dem Weg dorthin gingen sie an dem Mann vorbei, der Ibrahim verdächtig vorkam. Der Typ gab sich nicht einmal Mühe zu verbergen, dass er sie beobachtete.

Das mulmige Gefühl kehrte zurück.

Wer war der Mann?

# 50

Liam und Elsa stiegen aus dem Auto. Für einen Montag hatten sie einen ungewöhnlich kurzen Schultag gehabt. Irgendwas mit den Lehrern, Erik wusste es nicht genau. Er selbst blieb noch eine Weile sitzen. Er holte das Nokia-Handy, das er inzwischen von Klara zurückbekommen hatte, aus der Innentasche seiner Jacke hervor und betrachtete es mit Unbehagen. Der Technikfreak hatte nichts Brauchbares gefunden. Auf dem Gerät war gar nichts, hatte er gesagt. Keine gespeicherten Nummern, keine Anrufe. Erik verstand das nicht. Helen hatte wieder Kontakt zu ihrem Vater, was sie leugnete. Er dachte an die Textnachricht, die der Vater an Helens normales Handy geschickt hatte. *Gut gemacht, Liebling.* Was bedeutete das? Was hatte Helen getan? Und Eriks beste Spur war dieses zweite Handy gewesen. Hatte er sich alles nur eingebildet? Aus einer Mücke einen Elefanten gemacht? Aber wenn sie das Nokia-Handy nicht benutzte, warum versteckte sie es dann?

Erik stieg aus dem Auto und ging ins Haus. Er blieb im Flur stehen und hängte die Jacke an den Garderobenhaken. Die Kinder saßen direkt vor ihm in der Küche. Liam knabberte an einem Apfel und machte seine Hausaufgaben. Elsa saß über ein Malbuch gebeugt und nahm von ihrem Vater keine Notiz.

»Mama ist zu Hause«, sagte Liam.

»Was? Jetzt schon?« Erik war aufrichtig überrascht. »Wo ist sie?«

»Im Schlafzimmer, glaube ich«, sagte Liam.

Erik hatte das Nokia-Handy in seiner Jeanstasche und musste es zurück an den richtigen Platz im Wäschekorb legen. Es fiel ihm schwer, die Gedanken an Helens seltsames Benehmen in letzter Zeit abzuschütteln. Die Treffen mit der Person im Volvo, dessen Identität sich nicht ermitteln ließ. Der Kontakt zum Vater und die nächtlichen Telefonate, von denen der Nachbar ihm erzählt hatte. *Ich muss sie endlich damit konfrontieren*, dachte Erik und stellte sich in die Türöffnung zum Schlafzimmer.

Helen lag angekleidet im Bett und wandte ihm den Rücken zu. Was machte sie dort? Es war kurz nach dreizehn Uhr.

»Schläfst du um diese Uhrzeit?«, fragte er.

Sie rührte sich nicht und gab ihm keine Antwort.

»Warum bist du mitten am Tag zu Hause?«, sagte Erik und blieb in der Tür stehen. Er brauchte Abstand. Die Nähe zu Helen fiel ihm umso schwerer, je mehr seltsame Dinge ans Tageslicht kamen.

»Was machst du selbst zu Hause?«, fragte sie.

»Hast du mit deiner Chefin gesprochen? Die, die dich letzte Woche gesucht hat? Wenn du nicht zur Arbeit gehst, musst du sie anrufen«, sagte Erik.

Helen drehte sich um und sah ihn an. »Du erdrückst mich, Erik. Lass mich einfach fünf Minuten in Ruhe!«

»Was? Bist du sauer?«, fragte er.

»Nein.«

»Warum schreist du dann?«

Helen setzte sich auf. »Ich schreie nicht«, sagte sie und erhob sich vom Bett. Erik stellte sich ihr in den Weg, als sie das Zimmer verlassen wollte. Sie sah ihn an, sagte aber nichts, sondern stand nur da und wartete darauf, dass er sich von der Stelle bewegte.

Schließlich ließ Erik sie aus dem Zimmer und ging selbst in die Waschküche, wo er sich mit beiden Händen und gesenktem Kopf auf die Waschmaschine stützte und nachdachte. Er musste etwas unternehmen, aber was? Sollte er die Polizei anrufen? Aber was sollte er sagen? Dass seine Frau wieder Kontakt zu ihrem Vater aufgenommen hatte und sich heimlich mit Leuten traf? Man würde ihn auslachen.

Erik richtete den Blick auf den Haufen gewaschener Kleidung, die Helen auf die Bank gelegt hatte. Alles lag ordentlich da, wie überall im Haus. Helen mochte es so.

»Papa!«

Liams Ruf riss ihn aus seinen Gedanken.

»Ja?«, erwiderte er.

»Papa, komm!«

Erik ging in die Küche. »Was ist los?«, fragte er und sah plötzlich, dass sein Sohn ein Messer in der Hand hielt. »Was machst du damit?« Erik trat zwei Schritte nach vorn. »Kinder sollen nicht mit Messern spielen.«

»Ich schneide nur einen Apfel in Scheiben«, sagte Liam und hielt ihn hoch.

Erik nahm ihm das Messer ab, wohl wissend, dass sein Sohn alt genug war, um damit zu arbeiten. Aber Messer hatten innerhalb der Familie eine unglückliche Rolle gespielt. Als Liam klein war, hatte er seinem Vater aus Versehen in den Arm geschnitten.

»Was wolltest du?«, fragte Erik.

»Kannst du meine Hausaufgaben checken?«, sagte der Sohn.

Erik nickte. Sein Blick fiel auf Elsa, die immer noch in ihr Malbuch vertieft war.

»Wie lange schläft Mama?«, fragte Elsa und blickte von dem Malbuch auf.

»Sie schläft nicht. Ich weiß nicht, was sie macht.«

»Wo fährt Mama hin?«

Erik sah seine Tochter fragend an. »Mama fährt nirgendwohin. Wie kommst du darauf?«

»Gestern hat sie aber ihre Sachen gepackt«, sagte Elsa trotzig.

# 51

Charlotte brachte den Wagen vor der roten Ampel zum Stehen und blickte nach links. Dort lag der Humlegården, der abends und nachts als einer der gefährlichsten Parks in Stockholm galt. Sie blinkte und bog nach rechts in die Linnégatan. Per und sie kamen gerade vom Polizeirevier, wo sie den Ermittlungsleiter des zwei Jahre alten Mordfalls getroffen hatten. Leider hatte er nicht viel zu dem hinzuzufügen, was bereits in den Akten stand.

»Was, wenn wir es mit einem Serienmörder zu tun haben?«, fragte Charlotte und klang dabei so zögerlich, wie sie sich fühlte.

Per sog die Luft ein und stieß sie durch die Nase aus. »Wir müssen herausfinden, ob unser neuer Obdachloser ein V-Zeichen hatte«, fügte sie hinzu.

Per nickte. »Ich werde die Abteilung für Operative Fallanalyse bitten, ein neues Täterprofil unseres Mörders zu erstellen.«

»Haben wir es mit einer Person zu tun, die beruflich viel unterwegs ist, oder hat der Täter vor Ort gewohnt?«, sagte Charlotte. »Wir reden von Stockholm und Umeå. Die Opfer sind verwundbar und obdachlos. Irgendetwas ist der Auslöser für Gewalt. Die gezogenen Zähne sind womöglich Trophäen, die der Täter behält. Und wie es aussieht, eskaliert die Gewalt und wird brutaler.«

Charlotte versuchte zu verstehen, während sie den Wagen in ihre Lieblingsparkgarage in der Linnégatan lenkte. Das Parkhaus lag nur einen Katzensprung vom Stureplan entfernt, wo Charlotte sich in ihren jüngeren Jahren unzählige Nächte in den angesagtesten Lokalen um die Ohren geschlagen hatte. Jetzt mischten sich immer mehr Kriminelle unter das Partyvolk und zogen eine Menge Dinge an, die den Ort gefährlicher machten. Aber trotzdem ging von diesem Viertel weiterhin eine ungebrochene Faszination aus.

»Das Wichtigste ist im Augenblick, dass wir nichts an die Presse durchsickern lassen«, sagte Per. »Sonst lösen wir Panik aus und erschweren die Ermittlungen. Als Nächstes müssen wir DNA oder andere schlüssige Beweise finden. Bisher haben wir nur Theorien.«

»Vor allem brauchen wir einen Täter«, sagte Charlotte und parkte den Wagen. Es war Zeit für ein Mittagessen in der Taverna Brillo. Sie würde Per zu einer Maränenrogenpizza einladen, einer Spezialität des Lokals.

»Wir gehen schnell etwas essen, und anschließend schauen wir bei dem Jagdgeschäft und Lenas Wohnung vorbei«, sagte Per, als sie zu Fuß das Parkhaus verließen.

Auf dem kurzen Weg zum Restaurant begegnete Charlotte ein paar Leuten, die sie kannte. Sie blieb stehen, lächelte, tauschte Wangenküsse aus und stellte Per vor, der höflich grüßte. Eine Frau war eine alte Klassenkameradin aus dem Elite-Internat Lundsberg. Ein Mann war ein Bekannter, den sie ein paar Mal zusammen mit Carl getroffen hatte. Am meisten freute sie sich über die Begegnung mit einer Mutter, deren Tochter in dieselbe Klasse wie Anja gegangen war.

»Das waren viele Wangenküsse«, sagte Per, als sie weitergingen.

»Das Interessante ist, dass ich mir die Wangenküsse abgewöhnt habe, seit ich in Umeå wohne. Ich habe die erste Frau aus Versehen umarmt, hast du das gesehen? Das war ihr äußerst unangenehm.«

Als sie das Restaurant betraten, musste Charlotte die Begrüßungen fortsetzen, da das Personal sie kannte. Sie bekamen einen schönen Tisch mitten im Lokal zugewiesen. Als sie Platz genommen hatten, sah Per sich um.

»Schau mal, die Frau dort drüben kenne ich vom Fernsehen. Wie heißt sie noch mal? Von den Morgennachrichten auf TV4?«

Charlotte warf einen unauffälligen Blick über die Schulter. »Jenny Strömstedt.«

»Ja, genau, das ist sie.«

Ein Kellner stellte zwei Gläser Sekt auf den Tisch. »Das geht aufs Haus«, sagte er.

»Danke, das ist nett, aber ich muss heute fahren«, sagte Charlotte.

Sie hatte vergessen, wie es war, in diesem Stadtteil auszugehen. Es war wie ihr eigener Hinterhof. Hier kannte und verwöhnte man sie. Sie bestellten und aßen, ohne in dem vollen Restaurant über die Arbeit zu reden.

»Hallo Charlotte! Was für eine Überraschung!«

Beide blickten mitten beim Essen auf.

*Auch das noch*, dachte Charlotte und stand auf. Erneute Wangenküsse.

»Hallo Marie«, sagte sie und setzte sich sofort wieder. Demonstrativ.

»Was machst du hier in der Stadt?«

»Arbeiten.«

»Ooooh, wie interessant. Stell dir vor, du bist tatsächlich Polizistin geworden. Das hätte man nie gedacht, als wir jung waren«, sagte die Frau und lachte laut über ihren eigenen Kommentar.

Charlotte lächelte, aber innerlich war ihr ganz und gar nicht nach Freundlichkeit zumute. Die Frau gehörte zu ihrem ehemaligen Freundeskreis und außerdem zu den Frauen, mit denen Carl geschmackloserweise geschlafen hatte, als sie verheiratet waren. Sie wusste immer noch nicht, dass Charlotte darüber Bescheid wusste. Und Charlotte hatte keine Lust, darüber zu reden. In Umeå war sie von allen abgeschirmt, mit denen ihr Ex-Mann eine Affäre gehabt hatte. Geld und Macht zogen Menschen an, die beim Erklimmen der sozialen Leiter keine Skrupel kannten, auf andere zu treten. Carl hatte es schließlich weit nach oben geschafft und viele Menschen ausgenützt, um seine Ziele zu erreichen.

»Darf ich mich kurz zu dir setzen?«, fragte ihre alte Bekannte und nahm Platz. »Wer ist der attraktive Mann?«

Charlotte bemerkte, dass sie Per nicht einmal ansah.

»Das ist Per Berg, mein Kollege bei der Polizei von Umeå.«

Per streckte die Hand aus, um sie zu begrüßen, aber sie hatte sich bereits zu Charlotte gebeugt.

»Wie geht es eigentlich Carl, vermisst du ihn?«

Charlotte schloss für einen kurzen Moment die Augen. Die Frau war aufdringlich wie eh und je. »Nein, ich bin mit jemand anders zusammen.«

»Was? Mit wem? Jemanden, den ich kenne?«

»Er ist aus Umeå.«

Ihre alte Bekannte brach in Gelächter aus. Charlotte seufzte, nahm einen Bissen von ihrer Pizza und betete im Stillen zu einer höheren Macht, dass die Frau ein anderes Opfer fand und sie in Ruhe ließ.

»Apropos Umeå, was ist mit dem Bombenanschlag dort oben? Erzähl!« Ihre Augen weiteten sich erwartungsvoll, als wäre es selbstverständlich, dass sie polizeiliche Interna erfahren würde.

»Darüber können wir nichts sagen«, sagte Per und beugte sich vor. »Hallo, ich heiße Per Berg. Wir sind gerade bei einem Arbeitsessen und würden uns gern in Ruhe unterhalten.«

Er streckte ihr erneut die Hand entgegen, und die Frau erwiderte die Geste mit einem kurzen Händedruck. Aber sie verstand den Wink mit dem Zaunpfahl und stand auf.

»Charlotte, lass mal wieder von dir hören und ruf an. Bussi«, sagte sie und ging zu dem nächstgelegenen Tisch, wo jemand saß, den sie kannte. *Arme Jenny Strömstedt*, dachte Charlotte.

»Um Himmels willen, wie kannst du hier leben?«, sagte Per.

Sie trank einen Schluck Wasser und legte die Hand auf seinen Arm. »Das tue ich nicht mehr. Aber weißt du, ich habe viele Freunde, die nicht wie diese Frau sind. Sie ist eigentlich die Schlimmste von allen. Falsch, berechnend, manipulativ und herzlos. Sie ist Geschäftsführerin einer Personalfirma und schläft mit verheirateten Männern, als wären sie Trophäen.«

Per quittierte ihren Kommentar mit einem Nicken und warf einen Blick auf die Frau, die ihn soeben ignoriert hatte. Charlotte richtete ihre Haare zurecht und ertappte sich dabei, das Offensichtliche hier in Stockholm übersehen zu haben. Was sich in diesem Restaurant abspielte, war die Zurschaustellung von Status, die alte Sehen-und-gesehen-werden-Geschichte. Wer war am berühmtesten, berüchtigtsten oder angesagtesten? Hier war es völlig normal, den Wert eines Menschen an der gesellschaftlichen Stellung zu messen. Hier kannte Charlotte ihren Platz in der Hierarchie, der davon abhing, wie man mit Nachnamen hieß, wie viel Geld man hatte und über welche Kontakte man verfügte. In Umeå verhielt es sich anders, dort war nicht offensichtlich, wer sie war. Manchmal vermisste sie dieses Leben, obwohl sie es gleichzeitig hasste.

»Gehen wir?«, sagte Per und verscheuchte ihre Gedanken.

»Ja. Ich übernehme die Rechnung.«

Als Per aufstand, erhielt er eine Textnachricht und blieb stehen.

»Was steht da?«, fragte Charlotte und hängte sich die Handtasche über die Schulter.

Er reichte ihr das Handy.

Die Zeitung *Västerbottens-Kuriren* füllte das Display aus. Ein Foto von Lena und eine fette Schlagzeile.

*Die ermordete Frau unter der Tegsbrücke – keine Obdachlose.*

Der erste Absatz begann mit: *So sah das Leben des Opfers vor dem Mord aus.*

Charlotte stieß einen tiefen Seufzer aus. »Wie viele undichte Stellen haben wir innerhalb der Polizei?«

»Sie schreiben, dass man ihr Rohypnol verabreicht hat. Aber das Wichtigste fehlt, nämlich die Zähne und das V-Zeichen«, sagte Per leise.

»Das ist nur eine Frage der Zeit. Wir müssen mit unseren Ermittlungen vorankommen, bevor alles in der Zeitung steht.«

Sie verließen das Restaurant und gingen in Richtung Kungsgatan, wo sich das Jagdgeschäft befand.

»Drück uns die Daumen, dass wir den Namen der Person erfahren, die die Jagdweste gekauft hat, die Samir bei der Explosion anhatte«, sagte Per und wandte sich Charlotte zu. »Wenn der Mörder Wind davon bekommt, dass wir kurz vor einem Durchbruch stehen, besteht das Risiko, dass er Beweise vernichtet. Zum Beispiel die Zähne der Opfer.«

»Oder noch schlimmer«, sagte Charlotte. »Die Angst, aufzufliegen, kann dazu führen, dass er sich weitere Opfer sucht. Der Täter könnte zu dem Schluss kommen, dass er mit der psychischen Belastung nur fertig wird, indem er erneut tötet. Die Spirale der Gewalt ist erst zu Ende, wenn wir sie stoppen.«

# 52

Klara betrachtete Ibrahim. Ihr Freund hatte sie zu Stenlunds begleitet, um ihren Geldbeutel zu holen, den sie dort vergessen hatte – der Grund, warum er vorhin Kaffee und Kuchen hatte bezahlen müssen. *Er war nicht reich an Geld, aber an anderen Dingen,* dachte sie und kicherte in sich hinein.

»Was ist?«, fragte Ibrahim.

»Nichts. Hier ist es«, sagte sie und deutete auf das Haus der Stenlunds.

»Bölag liegt doch gar nicht so weit vom Zentrum entfernt«, sagte er, und Klara konnte sich ein Lachen nicht verkneifen.

»Das heißt Böleäng«, sagte sie. »Nicht Bölag.«

»Wer gibt einem Stadtteil so einen komischen Namen?«, sagte er und zog Klara näher an sich heran.

Sie waren mit dem Bus gekommen, hatten aber das letzte Stück zum Haus der Familie Stenlund zu Fuß laufen müssen.

»Warum haben wir nicht dein Moped genommen?«, fragte Ibrahim.

»Ich wollte es eigentlich verkaufen. Ich benutze es nie, es steht nur vor der Garage. Ich fahr lieber mit dem Fahrrad.«

Er schüttelte den Kopf, als hielte er es für keine gute Idee.

»Jedenfalls sieht es so aus, als ob sie zu Hause sind«, sagte sie zu Ibrahim, als sie vor der Tür standen. Sie klingelte.

»Herein!«, rief Erik von drinnen.

Klara öffnete die Tür, und sie traten in den Flur.

»Hallo! Ich habe meinen Geldbeutel hier vergessen und will ihn nur schnell holen.«

»Hallo Klara. Komm rein«, sagte Erik. Er machte auf Klara einen etwas bedrückten Eindruck.

Erik setzte sich an den Küchentisch, wo Helen bereits saß und eine Tasse Kaffee trank. Sie blickte weder auf noch grüßte sie. Als ob Klara nicht da wäre.

»Haben Sie einen roten Geldbeutel gesehen? Ziemlich schwer, mit einer Menge Geld drin«, sagte Klara in einem Versuch, eine Reaktion von Helen zu bekommen. Aber die Frau starrte nur geradeaus und führte langsam die Kaffeetasse zum Mund. Ibrahim stand immer noch im Flur.

»Hast du im Wohnzimmer nachgesehen?«, fragte Erik.

»Ich schau dort mal.«

Klara ließ den Blick durch das Zimmer schweifen und hielt nach etwas Rotem Ausschau. Sie hob ein paar Kissen hoch, aber der Geldbeutel war nirgends zu sehen. Wo hatte sie ihn hingelegt?

Sie hörte, wie Erik Ibrahim in die Küche bat, und freute sich, dass jemand ihrem Freund ein Mindestmaß an Höflichkeit erwies. Dann ging sie in Elsas Zimmer. Die Tochter der Familie saß da und zeichnete in etwas, das wie ein Schulbuch aussah.

»Hej Elsa, hast du meinen Geldbeutel gesehen?«

»Nein, schau mal bei Liam. Der klaut immer irgendwelche Sachen«, sagte Elsa und klang aufrichtig wütend auf ihren Bruder.

Klara hatte keine Zeit herauszufinden, was zwischen den Geschwistern vorgefallen war, also ging sie weiter zu Liams Zimmer. Er saß mit dem Rücken zur Tür und zockte an seinem

Computer. Klara nahm ihm die Ohrhörer vom Kopf. Er schrie vor Schreck auf.

»Beruhig dich, ich bin's nur«, sagte Klara. »Hast du irgendwo meinen roten Geldbeutel gesehen?«

»Wo, hier drinnen?«

»Irgendwo im Haus.«

»Nee. Hast du bei Elsa geschaut?«

»Von da komme ich gerade«, sagte Klara und blickte sich um. Es kam selten vor, dass sie tagsüber Liams Zimmer betrat. »Schön hast du's hier.«

Liam saß immer noch mit dem Controller in der Hand da, hatte aber aufgehört zu spielen und sah Klara an.

»Gestern war hier Großreinemachen«, sagte er und klang genauso bedrückt, wie Erik vorhin ausgesehen hatte.

Klara fiel auf, dass das Bett gemacht war. Im Bücherregal standen weniger Sachen herum, als sie es von ihrem letzten Besuch in Erinnerung hatte. Das Zimmer kam ihr so aufgeräumt vor wie das eines Erwachsenen mit manischem Ordnungsfimmel.

*Helen*, dachte Klara und schüttelte den Kopf.

»Okay, kannst du mich anrufen oder mir eine Textnachricht schicken, falls du ihn findest?«, sagte sie und deutete auf Liams Handy. Er griff danach und gab ihre Nummer ein, während sie diese herunterrasselte. »Ich schaue auch in der Küche nach. Irgendwo muss er sein, das weiß ich.«

Klara verwuschelte Liams Haare, aber als sie sein Zimmer verließ, war er immer noch ernst.

Sie gesellte sich zu den anderen. Unter der Jacke war es so warm, dass ihr der Schweiß aus den Achselhöhlen lief und ihr Rücken juckte.

»Hast du ihn nicht gefunden?«, fragte Erik.

»Nein, leider nicht«, sagte Klara und ging in Richtung Flur weiter. Ibrahim stand an den Türrahmen der Küche gelehnt. Er hatte die Jacke anbehalten, aber die Schuhe ausgezogen. Mit gespanntem Blick sah er zu Erik und Helen hinüber.

»Gehen wir?«, fragte sie und zog ihn am Jackenärmel, aber er blieb mit offenem Mund stehen.

»Hallo?«, sagte sie und zog die Schuhe an. »Kommst du, oder was?«

Er drehte sich um und sah sie an.

»Ibrahim, was ist los? Du siehst aus, als hättest du ein Gespenst gesehen.«

# 53

Per blickte auf das Schild des Jagdgeschäfts und folgte Charlotte in den Laden. Ein Geruch nach Leder, Metall und Wald schlug ihm entgegen. Der teilweise von Teppichen bedeckte Parkettboden knarrte unter den Füßen.

Per fand sich in einer Welt wieder, die meilenweit von seiner eigenen entfernt war. An den Wänden hingen Kleidungsstücke, die meisten in Grün- oder Brauntönen. Es gab Spuren von Orange und Dunkelrot, aber ansonsten waren starke Farben anscheinend verboten. Nahe am Eingang stand eine Vitrine voller antiker Revolver. Auf einem Verkaufstresen lagen Schachteln mit Vogelmotiven, und Per vermutete, dass sie Schrotmunition für die Entenjagd enthielten.

Eine Abteilung des Geschäfts enthielt Zubehör für Jagdhunde, eine andere war voller Stiefel. Charlotte verschwand in einem angrenzenden Raum, anscheinend wusste sie, wohin sie wollte. Per folgte ihr und landete in einer Art Waffenkammer. Überall Schusswaffen. Gewehre an den Wänden, in Ständern mitten auf dem Fußboden, in Vitrinen. Per sah ein, dass er wie ein Amateur reagierte, als Charlotte ihn in die Seite stieß.

»Du musst blinzeln, Per, sonst werden deine Augen trocken.«

»Ich bin Polizist und habe noch nie so viele Waffen so offen gesehen.«

»Das ist ein Jagdgeschäft«, sagte Charlotte. »Warst du noch nie in einem?«

»Nein.«

Per drehte sich um, als er eine dunkle Stimme hörte.

»Hallo Charlotte, lange nicht gesehen. Wie geht's dir und deiner wunderbaren Tochter?«

Wieder Wangenküsse.

Der Mann streckte Per die Hand entgegen und stellte sich als Robert vor. Er war der Chef des Ladens. *Wenigstens einer, der grüßt*, dachte Per.

»Gefällt es dir in Umeå?«, fragte Robert. »Es ist eine schöne Stadt.«

Als Charlotte ihm antwortete, war der Östermalmdialekt deutlich zu hören. Ihre sanfte Stimme hatte wieder einen schärferen, präziseren Klang angenommen. Während ihres kurzen Besuchs in Stockholm hatte sie Per ein völlig anderes Bild von ihrem Leben hier präsentiert. Wenn sie in Umeå eine Berühmtheit war, war sie hier so etwas wie eine Königin. Alle wollten sie begrüßen. Sein Respekt vor ihr als Mensch wuchs. Wer konnte diesem Glamour widerstehen und Polizistin werden? Sich einen Teufel um die Erwartungen anderer scheren und die eigenen Träume verfolgen? Und irgendwie schienen alle ihre Berufswahl zu akzeptieren, auch wenn sie so taten, als sei es nur eine Phase, die sie durchlaufen müsse.

Robert sprach genauso artikuliert wie Charlotte, und Per musterte ihn. Der Mann war bestimmt zwei Meter groß. Dunkler Vollbart, fröhliche Augen, glänzende braune Haare mit grauem Einschlag.

Charlotte nahm ein Gewehr aus dem Ständer mitten im Raum. »Ist das neu?«, fragte sie mit freudiger Erregung in der Stimme.

»Na klar«, sagte Robert und rieb sich vergnügt die Hände.

Per zog die Augenbrauen hoch. *Geht Charlotte auf die Jagd?*, dachte er, fragte aber nicht.

Er hörte den beiden zu, wie sie sich über Waffen, Jagd und andere uninteressante Dinge unterhielten, wurde es aber irgendwann leid und ging zurück in die andere Abteilung, wo er nach dem Westenmodell suchte, das Samir getragen hatte. Er hörte Roberts dunkle Stimme, als dieser zusammen mit Charlotte aus dem Waffenraum kam.

»Womit kann ich euch helfen?«, fragte er und lächelte immer noch. Von allen Bekannten seiner Kollegin, die er bisher getroffen hatte, war Robert der netteste.

Per holte das Foto mit der Weste hervor, das Alex ihm geschickt hatte. »Sie haben so eine verkauft. Erinnern Sie sich daran?«, fragte er.

Robert warf einen kurzen Blick auf das Foto. »Ja, das ist die beste auf dem Markt. Selbst für unsere Kundschaft etwas zu teuer. Sie wird überwiegend im europäischen Ausland verkauft. Vor ein paar Jahren haben wir drei Exemplare bestellt, hauptsächlich weil wir dachten, dass es gut wäre, sie im Sortiment zu führen. Sie sind tatsächlich alle weggegangen.«

»Wissen Sie, wer sie gekauft hat?«

»Eine habe ich mir sofort unter den Nagel gerissen. Personalrabatt.«

Er lachte. Per mochte den Mann.

»Einer, der so ein Exemplar gekauft hat, war ein älterer Herr namens Fredrik Adolfson, vor ungefähr einem halben Jahr. Heute ist er leider an Krebs erkrankt und liegt im Krankenhaus.«

»Haben Sie eine Telefonnummer von ihm oder seinen Angehörigen?«

»Aber ja. Ich habe ihn vor drei Tagen im Krankenhaus besucht.«

»Weißt du, ob er die Weste noch in seinem Besitz hat?«, fragte Charlotte.

»Ja, sie hing an einem Kleiderbügel im Krankenhaus. Laut seinem Sohn hat er sie jeden Tag getragen, bevor er eingeliefert werden musste.«

Per machte sich in seinem Block Notizen und ließ sich von Robert eine Telefonnummer geben. Wenn die Information stimmte, konnten sie den alten Herrn als Verdächtigen streichen. Anschließend ließen sie sich von Robert berichten, was er selbst während der letzten zwei Wochen gemacht hatte. Per glaubte nicht, dass der Filialleiter etwas zu verbergen hatte.

»Was ist mit der dritten Weste? Wer hat die gekauft?«, fragte Charlotte.

»Hm, die hat eine Mitarbeiterin verkauft. Augenblick, ich hole sie, sie ist im Büro.«

Robert verließ den Raum.

»Den muss man einfach mögen«, sagte Per.

»Robert? Ja, er ist ein toller Typ.«

»Ein alter Freund?«

»Ein Freund der Familie. Ein Schürzenjäger. Er schnappt sich jede Frau, die nicht bei drei auf dem Baum ist«, sagte Charlotte.

Per schmunzelte, als Robert zurückkam. Er stellte sich vor, wie der Filialleiter seine Kundinnen mit seinen Gewehren probeschießen ließ, wie sie nebeneinanderstanden und zielten.

»So, hier ist sie«, sagte Robert und stellte ihnen eine junge Frau vor, ehe er sie verließ, um sich um einen Kunden zu kümmern.

Charlotte zeigte ihr das Foto von der Weste und erklärte ihr, was sie wissen wollten.

Die Frau nickte. »Ja, ich erinnere mich sehr gut an sie.«

»Sie?«, sagte Per und sah die Verkäuferin fragend an.

»Ja, es war eine Frau, so ungewöhnlich das auch klingt. Das ist wahrscheinlich der Grund, warum ich mich an sie erinnere, und weil sie so unentschlossen war. Sie war bestimmt eine Stunde hier und hat sich verschiedene Westen angesehen. Sie wollte ein Exemplar mit mehreren Taschen und suchte etwas ganz Bestimmtes. Ich hätte nie gedacht, dass sie sich für die teuerste entscheiden würde, aber das hat sie getan.«

»Können Sie die Frau beschreiben?«

»Äh … Nein, nicht genau. Sie sah durchschnittlich aus. Blond.«

Per warf einen Blick auf Charlotte.

»Erinnern Sie sich noch an ihr Gesicht? Irgendwelche besonderen Merkmale?«, fragte sie.

Die Verkäuferin zuckte mit den Schultern. »Nein, nur dass sie ziemlich braun war. Als hätte sie im Urlaub jeden Tag in der Sonne gelegen. Ansonsten erinnere ich mich nicht an ihr Gesicht, so genau habe ich nicht darauf geachtet.«

»Wann war das?«

»Das ist schon lange her, vielleicht zwei Jahre, gleich nachdem wir die Westen auf Lager hatten. Wenn Sie einen Namen möchten, kann ich die Kartenzahlungen manuell überprüfen, aber das kann eine Weile dauern.«

»Rufen Sie uns an, wenn Sie etwas gefunden haben, am besten so bald wie möglich«, sagte Charlotte und gab ihr ihre Visitenkarte.

Sie verließen das Jagdgeschäft.

»Eine Frau«, sagte Charlotte und klang genauso verwundert, wie Per es war.

»Eine blonde Frau noch dazu …«, sagte er. »Die gibt es hierzulande wie Sand am Meer.«

# 54

Charlotte drehte den Schlüssel zu Lenas Wohnung um. Nachdem sie die zwei Zusatzschlösser entriegelt hatte, trat sie zusammen mit Per ein. Die Polizei hatte die Wohnung bereits durchsucht, aber sie wollten überprüfen, ob die Kollegen vielleicht etwas übersehen hatten, und sich eine bessere Vorstellung davon machen, wie Lena gelebt hatte, bevor sie in Umeå unter einer Brücke gelandet war. Hatte der Mörder sie vielleicht beschattet? Sie suchten nach allem, was sie ihrem Täter näherbringen konnte.

Unmittelbar links im Flur befand sich eine ausgeschaltete Alarmanlage. Von der oberen Ecke der Wand war eine Kamera auf Charlotte gerichtet.

»Offenbar hat sie sich von ihrem Ex-Mann bedroht gefühlt«, sagte sie zu Per.

Es war immer unangenehm, das Zuhause eines toten Menschen zu betreten, fand Charlotte. Man drang in die Privatsphäre ein.

Sie holte ihre Gummihandschuhe hervor und ging in den nächstgelegenen Raum, die Küche. Anscheinend hatte Lena dort sauber gemacht, bevor sie auf Dienstreise gegangen war. Charlotte öffnete die Geschirrspülmaschine. Leer.

Dann drehte sie den Wasserhahn in der Spüle auf und wieder zu. Die Fensterläden waren aus Kiefernholz, die Wände weiß. Neben dem runden Küchentisch, auf dem eine Nähmaschine stand, befand sich eine Vitrine. Vier Stühle. Der gesamte Einrichtungsstil schrie Ikea.

An der Kühlschranktür waren ein paar Fotos mit Magneten befestigt. Die Tochter und eine ältere Frau, vielleicht Lenas Mutter. Nichts, was hervorstach.

Per rief aus einem anderen Raum: »Schau mal ins Schlafzimmer.«

Die Wohnung war größer, als sie dachte. Charlotte ging an zwei Schlafzimmern vorbei, die offenbar als Gästezimmer dienten, und an einer kleineren Toilette. Die Panoramafenster in Lenas Wohnzimmer boten eine schöne Aussicht. Auf dem Sofa hatten mehr als zehn Personen Platz. Sorgfältig zusammengelegte Decken lagen darauf. Auf dem niedrigen Beistelltisch standen zwei leere Weinflaschen und ein halb ausgetrunkenes Glas Wein. *Anscheinend hat sie etwas getrunken, bevor sie losgefahren ist,* dachte Charlotte und warf einen Blick auf den BH, der über einer Sofakante hing.

Sie ging nach links und gelangte in Lenas Schlafzimmer. Per stand in dem angrenzenden Bad und durchsuchte den Schrank. Er zeigte ihr Medikamente, die er gefunden hatte. Sie passten zu Lenas bipolaren Diagnose.

»Ihrer Tochter zufolge hat Lena in letzter Zeit ihre Medikamente regelmäßig eingenommen. Die Frage ist, was sie dazu bewogen hat, damit aufzuhören, als sie nach Umeå fuhr. Schau mal, ob du etwas im Schlafzimmer findest«, sagte er.

Charlotte richtete den Blick auf das Bett. Auf dem Nachttisch lag eine mobile Alarmanlage einer Sicherheitsfirma, mit der man vom Zimmer aus eine Alarmmeldung senden konnte. Sie hatte bei sich zu Hause auch so eine. Als sie sich weiter umsah, entdeckte sie in einer Ecke eine Kamera und einen

Fernseher direkt vor ihr. Er diente nicht dazu, um sich im Bett Filme anzusehen, sondern zur Überwachung der Wohnung. Per hatte ihn eingeschaltet, und die Schwarz-Weiß-Bilder auf dem Bildschirm zeigten sämtliche Räume außer des Gäste-WCs.

»Die Wohnung ist ausgerüstet wie Fort Knox«, sagte Charlotte. »Die Leute in der Notunterkunft haben gesagt, dass Lena sich verfolgt fühlte und dachte, jemand hätte es auf sie abgesehen. Vielleicht meinte sie damit ihren Ex-Mann? Sie hatte vor ihm Angst. Obwohl er inzwischen eine Neue kennengelernt und die Situation sich etwas beruhigt hatte, hat vielleicht etwas, das er getan hat, bei ihr Stress ausgelöst, und deshalb hat sie aufgehört, ihre Medikamente zu nehmen.«

Per kam aus dem Bad, und sie durchsuchten die Wohnung weiter nach Hinweisen, aber alles, was sie fanden, waren Anzeichen für ein Leben in Angst.

Charlotte betrat Lenas Büro. Ein kleines Zimmer mit einem Schreibtisch als Mittelpunkt, an dessen einer Seite ein Notebook-Ladekabel herausragte.

»Die Polizei hat doch keinen Computer beschlagnahmt, oder?«, fragte sie.

»Nein, ich glaube nicht«, erwiderte Per.

Charlotte vermutete, dass sich das Gerät in Lenas Auto befand, das man immer noch nicht gefunden hatte. Sie ging zurück in die Küche und durchwühlte die Post, die in einem Stapel auf dem Tisch lag. Ein handgeschriebener Brief ragte daraus hervor. Das aufgeschlitzte Kuvert, das anscheinend dazugehörte, war nicht frankiert, nur Lenas Name stand darauf. Charlotte rief Per herbei.

»Der ist von dem Ex-Mann. Er fragt nach den Kontaktinformationen der Tochter. Der Ton ist hart, aber nicht bedrohlich. Ein unheimlicher Typ, wenn man weiß, was er getan hat«, sagte sie.

»Das erklärt vielleicht die leeren Weinflaschen im Wohnzimmer. Ein Glas, aber zwei Flaschen«, sagte Per. »Und der Alkoholkonsum führte dazu, dass sie ihre Medikamente abgesetzt hat, was wiederum eine Abwärtsspirale in Gang gesetzt hat.«

Charlotte nahm sich die anderen Briefe vor. Rechnungen. Sie wussten, dass Lena keine Geldsorgen gehabt hatte.

»Das Geschenk, von dem der Ex gesprochen hat, was war das wohl?«, fragte sie.

Per blickte sich um. »Da lag etwas im Flur, auf der Hutablage.«

Sie gingen in Richtung Eingang. Tatsächlich war da ein Gegenstand, der wie ein Fotoalbum aussah. Charlotte nahm ihn herunter.

»Eins von der Art, wie man sie früher hatte, mit Fotos, die man einstecken und herausnehmen kann«, sagte Per.

Charlotte blätterte durch die Seiten mit Fotos von Lena und ihrem Ex-Mann. Die beiden sahen jung und glücklich aus. Auf einem der Fotos war Lena hochschwanger.

»An diesen Fotos ist nichts bedrohlich, aber Lena muss es so aufgefasst haben«, sagte Per.

»Ja, kann sein. Aber er hat ihr das Album ein paar Tage vor ihrer Abreise gegeben. Vielleicht wusste er, wie sie darauf reagieren würde.«

Per kam nicht dazu zu antworten, da in diesem Moment sein Handy klingelte. Aus Gewohnheit stellte er es auf Lautsprecher. Es war Alex.

»Hi, ihr beiden, ich muss euch etwas mitteilen, was euch nicht gefallen wird.«

»Was meinst du damit?«, fragte Charlotte.

»Ich glaube, wir müssen davon ausgehen, dass wir es mit einem Serienmörder zu tun haben. Alles deutet darauf hin«, sagte Alex.

»Daran haben wir auch schon gedacht«, sagte Per.

»Es sieht aus, als ob wir vier Opfer haben«, sagte Alex.

»Was?«

»Ich habe ein paar Nachforschungen angestellt und gerade einen Anruf eines Kollegen in Malmö erhalten. Dort haben wir ein weiteres ähnliches Opfer. Ein obdachloser Mann, von dem man annimmt, dass er unmittelbar vor seinem Tod drei Vorderzähne verloren hat.«

»Wann war das?«, fragte Per.

»Vor gut fünf Jahren. Der Vorfall wurde nach den Ermittlungen als Überdosis abgetan, da der Mann als drogenabhängig bekannt war. Er hatte große Mengen Rohypnol im Blut.«

»Wurden die Zähne bei der Leiche gefunden?«, fragte Charlotte.

»Nein. Laut dem Verantwortlichen haben sie die Ermittlungen eingestellt, weil es außer den drei fehlenden Zähnen keine weiteren Anhaltspunkte gab«, sagte Alex.

»Hatte der Mann ein V-Zeichen am Körper?«, fragte Charlotte.

»Dazu liegen keine Informationen vor.«

»Dann ist die Gewalt im Laufe der Jahre tatsächlich eskaliert«, sagte Per. »Was haltet ihr davon: Der Mörder hat seine Vorgehensweise geändert. Es reicht ihm nicht mehr, dem Opfer ›nur‹ die Zähne zu ziehen. Zu seiner Befriedigung braucht er spektakulärere Dinge. Samir wurde zu einem Experiment, das dem Täter in den Schoß gefallen ist. Der Mord an ihm wirkt inszeniert, fast wie für einen Film gemacht. Er schickt ihn mit einer Sprengstoffweste an einen öffentlichen Platz und lässt uns in dem Glauben, es handle sich um einen Terroranschlag.«

»Das klingt plausibel«, sagte Charlotte.

»Anna hat mir mitgeteilt, dass wir morgen ein fertiges Profil unseres mutmaßlichen Serienmörders erhalten werden«, sagte Alex.

»Okay, gut«, sagte Charlotte und fand, dass das Wort »Serienmörder« schwer zu verdauen war. »Was, wenn wir es mit einer Serienmörderin zu tun haben? Ich meine, weil eine Frau die Weste gekauft hat. Das wäre jedenfalls äußerst ungewöhnlich.«

»Statistisch gesehen ist die Wahrscheinlichkeit gleich null, aber wir sollten unvoreingenommen bleiben und den Spuren folgen«, sagte Per.

»Sind es womöglich zwei Täter?«, sagte Charlotte. »Die Frau könnte eine Komplizin sein.«

Per sah sie verwundert an. »Du hast recht.«

»Gibt es weitere obdachlose Opfer da draußen, für die sich niemand interessiert?«, sagte Alex, der immer noch dran war.

»Und wann schlägt der Täter erneut zu?«, sagte Charlotte.

Per sah auf seine Uhr. »Wir müssen los, unser Flug geht in zwei Stunden.«

# 55

***Dienstag, 6. September***

Ibrahim nippte an dem Morgentee, den er im Hause seiner Pflegefamilie als Einziger trank. Apollonia und Martin tranken Kaffee, aber er fand ihn bitter. Er scrollte auf seinem Handy, bald musste er zur Schule aufbrechen. Wie gewöhnlich war er als Erster aufgewacht, das tat er immer, wenn er nicht bei Klara schlief. Jetzt war sie daheim und er war hier, auf Anweisung ihrer Eltern. Sie meinten, die beiden könnten sich gern treffen, aber jeder müsste bei sich zu Hause übernachten.

Klara stand normalerweise um halb acht auf, sodass er noch eineinhalb Stunden warten musste, bis er sie anrufen konnte. Er goss sich noch mehr Tee ein und dachte an Omar. Die Polizei suchte seinen Freund aus dem einfachen Grund, weil er geflohen war und sich wie ein Schuldiger verhielt. Oder wie ein weiteres Opfer.

Ibrahim wusste nicht mehr, was er glauben sollte, aber das Ganze war unbehaglich. Er hatte mehrere Tage lang versucht, Omar zu erreichen, aber jedes Mal dieselbe Sprachnachricht erhalten.

*Die von Ihnen gewählte Rufnummer ist nicht vergeben.*

Sein Besuch auf dem Campingplatz war ergebnislos verlaufen. Der Wohnwagen, in dem Omar und Samir gewohnt hatten, war beschlagnahmt. Ibrahim war zwar immer noch ein Verdächtiger im Fall der ermordeten Frau, glaubte aber nicht mehr, dass die Polizei hinter ihm her war. Das Gefühl, beobachtet zu werden, blieb dagegen bestehen. Der Mann vom Café verfolgte ihn sogar in seinen Träumen. Manchmal war der Unbekannte mit ihm auf dem Marktplatz von Raqqa und lachte über Ibrahim, als er verletzt auf dem Boden lag. Es war, als ließe der Schatten nie von ihm ab, wobei er sich nicht wirklich bedrohlich anfühlte, sondern nur in der Nähe war und ihn beobachtete.

Das Jugenddezernat hatte Ibrahim wegen des Raubüberfalls auf den gleichaltrigen Jugendlichen einen Betreuer zugewiesen. Er hatte seine Beteiligung zugegeben und sich zu einer sogenannten Mediation bereit erklärt, bei der er sich bei dem Jungen entschuldigen und ihm erklären würde, warum er die Tat begangen hatte. Jetzt war die Familie des Opfers am Zug. Von Samir konnte sie nicht länger Genugtuung bekommen, aber es gab in dieser Angelegenheit noch zwei weitere Beteiligte. Ibrahim hoffte, dass die Mediation die Familie des Jungen besänftigen würde.

Er wurde aus seinen Gedanken gerissen, als er hörte, wie jemand ins Bad schlich. Apollonia und Martin standen offenbar gerade auf. Ibrahim ging zur Kaffeemaschine und schaltete sie ein. Das Gerät begann sofort zu blubbern. Er folgte dieser Routine jeden Morgen, wenn er zu Hause übernachtete. Für die Familie Kaffee zu kochen, war eine Art und Weise, etwas zurückzugeben.

Martin kam in seinem schwarzen Bademantel in die Küche. Die Haare standen in alle Richtungen ab.

»Guten Morgen«, sagte er und klopfte Ibrahim im Vorbeigehen auf den Rücken.

»Morgen«, sagte Ibrahim und räumte seine Teetasse in die Geschirrspülmaschine.

»Heute auch keine Klara?«, fragte Martin.

»Nein, ihre Eltern sind noch nicht ganz überzeugt, dass ich kein Krimineller bin. Aber irgendwie bin ich ja einer.«

»Du tust das Richtige, Ibrahim, indem du Verantwortung für deine Beteiligung an den Raubüberfällen auf den Jugendlichen und den älteren Mann übernimmst. Dafür gebührt dir volle Anerkennung«, sagte Martin.

Ibrahim lehnte sich an die Spüle. »Klaras Eltern sehen das anders.«

»Lass ihnen Zeit. Die Stadt steht unter Schock. Du musst damit rechnen, es künftig schwer zu haben, weil du einen Migrationshintergrund hast.«

»Soll ich die Schuld auf mich nehmen, nur weil ich Einwanderer bin?«

»Nein, natürlich nicht. Aber die Leute haben Angst. Und du repräsentierst das, wovor sie Angst haben. Aber das wird sich mit der Zeit legen.«

»Wenn aber jemand wie du, ein weißer Schwede, jemanden tötet, habt ihr doch auch nicht Angst vor allen weißen Personen, oder?«

Martin musste schmunzeln, bestimmt über die Art und Weise, wie Ibrahim ihn beschrieb.

»Das stimmt, so ist es leider. Unfair, aber wahr. Vielleicht liegt es daran, dass wir Schweden so viele andere Schweden kennen, aber nicht gut im Umgang mit Menschen aus anderen Kulturen sind. Obwohl … Das ist …«

Martin sprach den Satz nicht zu Ende, aber Ibrahim dachte darüber nach, was er gesagt hatte.

»In gewisser Hinsicht bin ich froh, dass Samir tot ist. Das gibt mir … wie nennt man das … wenn man sich von allem ausruhen kann und mehr Zeit für sich selbst bekommt?«

»Erholung?«, fragte der Pflegevater.

»Was bedeutet das?«

»Erholung?«, fragte Martin. »Oder meinst du eine Atempause?«

»Ja, vielleicht. Samir hat immer hundertprozentige Loyalität verlangt. Jetzt kann ich zum ersten Mal mein Leben so leben, wie ich es möchte.«

Martin nahm sich eine Tasse und füllte sie mit dem bitteren Gebräu. »Ich glaube, du wirst ihn trotzdem auch vermissen. Er war ein wichtiger Bestandteil deines Lebens, bevor du zu uns gekommen bist. Ohne Samir wärst du vielleicht nicht mehr am Leben. Aber ich verstehe, was du meinst.«

Ibrahim verschränkte die Arme vor der Brust. Allmählich wurde es ihm zu kalt, in einem dünnen T-Shirt herumzulaufen. Er bekam eine Gänsehaut.

Martin beugte sich über sein Handy und las etwas. »Dein Betreuer bemüht sich darum, dass eine Mediation mit dem Jungen und seiner Familie zustande kommt«, sagte er. »Hast du sie bei irgendeiner Gelegenheit getroffen, zum Beispiel auf dem Polizeirevier oder so?«

Ibrahim schüttelte den Kopf. »Nur den Jungen, bei dem Überfall, nicht die Eltern.«

»Der Junge ist bereit, sich mit dir zu treffen, schreibt dein Betreuer hier. Der Mediator war in Kontakt mit dem Sozialdienst und der Staatsanwaltschaft, und alle stehen dem Vorschlag positiv gegenüber. Sie versuchen, den Vater zu überzeugen. Anscheinend ist er der Einzige, der sich dagegen sträubt.«

»Darf er das? Es geht doch allein darum, was ich dem Sohn angetan habe, nicht dem Vater.«

Ibrahim wollte die Begegnung mit dem Jungen, den sie ausgeraubt hatten. Wollte ihm erklären, warum er es getan hatte, und sich bei ihm entschuldigen.

Warum stellte der Vater sich quer? Müsste er nicht auch wollen, dass sein Sohn eine Entschuldigung von einem der Täter bekam?

*Verdammtes Ego*, dachte Ibrahim und sah auf die Uhr.

In einer Stunde würde Klara aufstehen.

# 56

Der Dienstagvormittag verlief schleppend, aber Per begab sich mit zügigen Schritten in das Besprechungszimmer, wo die Abteilung für Operative Fallanalyse ihre Ergebnisse präsentieren würde. In der Hand hielt er eine Fruchtsafttüte. Sein Gehirn arbeitete nur mit halber Kraft. Er spürte kalten Schweiß auf der Haut und hoffte, dass das zuckerhaltige Getränk ausreichen würde, um sein Gleichgewicht wiederherzustellen. Charlotte und er waren spät am Abend zuvor in Umeå gelandet. Außerdem hatte Per früh aufstehen müssen, um seinen Sohn zum Eishockeytraining zu fahren, und bald musste er dessen Ausrüstung in einer anderen Halle abliefern, wo die Mannschaft später am Tag trainieren würde. Die Logistik aus der Hölle, wie er es nannte.

Per betrat das Besprechungszimmer und sah, dass Charlotte, Kicki, Anna, Alex und Kennet bereits an ihren Plätzen saßen – alle, die Bescheid wissen mussten. Jetzt durfte nichts nach außen an die Medien dringen. Charlotte blickte auf, als Per sich räusperte. Ihre Augen tränten, und sie versuchte, ein Gähnen zu unterdrücken.

»Entschuldigung«, sagte sie. »Gestern wurde es spät.«

Die Frau aus der Abteilung für Operative Fallanalyse, die den Vortrag halten sollte, erhob sich und stellte sich neben Per. »Also, mein Team hat in den letzten vierundzwanzig Stunden intensiv gearbeitet, um die Person, mit der wir es hier zu tun haben, besser verstehen zu können. Die Entwicklung der Ereignisse ist besorgniserregend, um es gelinde auszudrücken«, sagte sie und legte eine Mappe vor sich auf den Tisch. »Wir sind inzwischen überzeugt, dass Sie einem Serienmörder auf der Spur sind. Höchstwahrscheinlich handelt es sich um einen Mann. Er ist weiß, zwischen dreißig und fünfunddreißig und …«

Charlotte unterbrach sie, indem sie wie eine eifrige Unterstufenschülerin die Hand hob und drauflosredete, bevor die Frau reagieren konnte.

»Aber die Person, die die Weste gekauft hat, die Samir bei der Explosion anhatte, war eine Frau. Könnte das vielleicht eine Ausnahme von der Statistik sein?«

»Ja, alles ist möglich«, erwiderte die Frau. »Die Opfer wurden unter Drogen gesetzt und waren gesellschaftliche Außenseiter, deshalb waren sie leichter zu handhaben. Das kann auf eine Frau hindeuten. Aber lassen Sie mich das Ergebnis in seiner Gesamtheit präsentieren, dann können Sie anschließend Fragen stellen. Statt ›Täter‹ oder ›Täterin‹ verwende ich den geschlechtsneutralen Begriff ›Täterperson‹. Okay?«

Charlotte nickte und lächelte ein wenig verlegen. Kicki seufzte so laut, dass man es im ganzen Zimmer hören konnte.

»Die Täterperson, mit der Sie es hier zu tun haben, leidet unter einer antisozialen Persönlichkeitsstörung. Ein Psychopath mit sadistischer Ader.«

»Na toll«, sagte Anna leise.

Die Frau ging dazu über, aus einem Dokument vorzulesen. »Die Täterperson, die Sie suchen, tut sich schwer, Empathie zu zeigen. Sie wird vielleicht als gefühlskalt wahrgenommen, hat aber vermutlich gelernt, in gesellschaftlichen Situationen zu funktionieren und sich nach außen hin normal zu verhalten. Dieses Verhalten ist für Ihre Täterperson nicht natürlich, sondern einstudiert. Im Grunde genommen ist sie vollkommen frei von Gefühlen für andere.« Die Frau blickte kurz zu den Anwesenden auf, die ihr still zuhörten, ehe sie fortfuhr. »Diese Person tut sich schwer, eine Arbeitsstelle zu behalten. Sie ist entweder arbeitslos oder wechselt häufig den Arbeitsplatz. Sie passt nicht richtig hinein und ist nach einer gewissen Zeit unfähig, das nette Äußere aufrechtzuerhalten. Irgendwann bekommt die Fassade Risse.«

Die Frau machte erneut eine Pause. Per fand ihre Ausführungen interessant, aber gleichzeitig beängstigend.

»Die Täterperson hat ein enormes Kontrollbedürfnis. Solange der Alltag nach Plan verläuft, kann sie normal funktionieren. Wenn das nicht der Fall ist, beginnt es in ihr zu brodeln. Es ist wie bei einer Flasche mit einer kohlensäurehaltigen Flüssigkeit … je mehr man sie schüttelt, umso stärker wird der Druck. Und irgendwann … Ja, Sie verstehen, was ich meine?«

Alle im Raum nickten. Eine Weile herrschte Schweigen, während die Frau in ihren Unterlagen blätterte. Per dachte an die Leute, denen Charlotte und er im Laufe der Ermittlungen begegnet waren. Auf wen traf diese Beschreibung zu? Auf Roger? Auf Lenas Ex-Mann?

»Die Täterperson mordet, wenn sie unter Stress oder Druck steht, wenn es ihr schlecht geht, weil etwas Großes in ihrem Leben passiert ist. Vielleicht wurde sie gefeuert oder verlassen. Oder jemand aus ihrem näheren Umfeld ist verstorben. Mit anderen Worten: Es ist etwas passiert, das sie aufgewühlt hat.«

Per sah, dass Charlotte sich Notizen machte.

»Den Opfern die Zähne zu ziehen, zielt darauf ab, sie zu erniedrigen, Macht zu demonstrieren, ihnen Angst einzujagen und sie zu verletzen. Es ist eine Fantasie, die in die Tat umgesetzt wird. Später wird die Technik durch Erfahrung und

Risikobereitschaft verfeinert. Eines der Opfer hier in Umeå, die Frau unter der Tegsbrücke, wurde gefangen gehalten, während die anderen offenbar an den Orten, wo man sie anschließend tot aufgefunden hat, ausgesetzt wurden. Vielleicht wollte die Täterperson die Möglichkeit haben, in aller Ruhe zu arbeiten. Ohne Stress, mit viel Zeit. Methodisch und geplant.«

»Wie bei Samir?«, sagte Charlotte.

»Ja, genau. Die Täterperson hat Spaß an dem, was sie tut, und je länger es dauert, desto größer der Spaß, sozusagen. Daher die Gefangenschaft.«

Die Frau blickte in die Runde und stieß erneut auf Schweigen.

»So wird Ihre Täterperson von nun an arbeiten«, fügte sie hinzu. »Auch die Gewalt wird mit jedem Opfer eskalieren und erst aufhören, wenn die Täterperson gefasst wird.«

Per wollte nach Zeitlinien fragen, wartete jedoch ab.

»Denken Sie daran, dass die meisten der Opfer unter Brücken gefunden wurden. Nicht alle im Wasser wie die Frau unter der Tegsbrücke. Aber die Brücke war der Grund, warum die Täterperson die Leiche dort abgelegt hat, obwohl die Tat woanders begangen wurde. Brücken haben also für sie eine Bedeutung, wobei sie bei dem Geflüchteten von ihrer üblichen Vorgehensweise abgewichen ist.«

Per biss die Zähne zusammen. Verdammt, wieso hatten sie dieses Detail übersehen? Was die Frau über die Brücke sagte, stimmte.

»Einen Menschen in die Luft zu sprengen, kann ein Versuch gewesen sein, die Polizei auf eine falsche Fährte zu locken«, fuhr die Frau fort. »Aber vielleicht hat die Täterperson auch begonnen, neues Terrain zu erkunden, denn der Mord an Samir sieht wie eine Inszenierung aus. Allerdings hätte die Tatsache, dass Lena nicht obdachlos war, sie verunsichern müssen. Ein Fehler wurde begangen. Und das ist zu Ihrem Vorteil.«

»Hoffen wir, dass die Wassernixe der Anfang vom Ende ist«, sagte Per und dachte an Carolas Beschreibung von Lena, als sie im Wasser gefunden wurde.

»Was hat die Täterperson mit den Zähnen gemacht?«, fragte Charlotte.

»Da an keinem der Tatorte Zähne gefunden wurden, hat sie diese höchstwahrscheinlich aufbewahrt. Als Trophäe oder Andenken. Aber wie Sie sicher wissen, ist es nicht gerade leicht, einem Erwachsenen sämtliche Zähne zu ziehen. Das erfordert Technik und eine passende Ausrüstung.«

»Ist die Täterperson vielleicht ein Zahnarzt?«, fragte Per.

Die Frau legte den Kopf schief und zuckte mit den Schultern. »Ich bezweifle, dass sie eine solche Ausbildung absolviert hat. Begonnen vielleicht, aber nicht abgeschlossen.«

»Was hat sie bei dem Mord an Samir als Trophäe an sich genommen?«, fragte Per.

»Das wissen wir nicht, da die Explosion Samir regelrecht zerfetzt hat. Sie sollten sich allerdings auf das Zeichen am Arm konzentrieren. Da haben Sie einen gemeinsamen Nenner, zusätzlich zu der Droge.«

»Wohnt die Täterperson hier, oder wo sollen wir suchen? Die Opfer verteilen sich schließlich über das ganze Land«, sagte Anna.

»Ja, das ist ein Problem. Geografisch betrachtet sind diese Verbrechen schwer durchführbar. Eine reisende Tätigkeit, zum Beispiel im Vertrieb oder etwas Ähnliches, passt nicht zum Profil. Die Täterperson braucht Routine und Sicherheit. Aber wie ich schon sagte, handelt es sich womöglich um einen Menschen, der es nicht lange in einem Job aushält und deshalb vielleicht viel umgezogen ist.«

»Der oder die Irre wohnt also jetzt in Umeå?«, fragte Kicki.

»Ja, oder er oder sie besucht hier jemanden. Für einen längeren Zeitraum. Einen Verwandten oder jemanden, der Ihre

Täterperson zu einem längeren Aufenthalt eingeladen hat und bei dem sie sich einigermaßen sicher fühlen kann. An Ihrer Stelle würde ich Mietwagen- und Hotelreservierungen überprüfen.«

»Das haben wir bereits getan, ohne Ergebnis«, sagte Charlotte.

»Ob diese Person wohl bald wieder töten muss?«, fragte Per. »Wann riskieren wir, eine neue Leiche zu finden?«

»Zwischen den ersten drei Opfern, die wir kennen, in Malmö, Stockholm und Umeå, ist viel Zeit vergangen. Was mich beunruhigt, ist der ausgesprochen kurze zeitliche Abstand zwischen Lena und Samir. Entweder schlägt die Täterperson innerhalb weniger Tage erneut zu oder erst in mehreren Jahren und vermutlich in einer anderen Stadt.«

»Was sagen Sie zu dem V-Zeichen? Was bedeutet es?«, fragte Per.

»Unsere Theorie ist, dass die Täterperson das Opfer abhakt, weil sie mit ihm fertig ist.«

»Aber warum richtet sich ihr Hass ausgerechnet gegen Obdachlose?«, fragte Charlotte.

»Das kann mit ihrer Kindheit zu tun haben. Ein bestimmtes Ereignis oder ein Trauma. Aber vielleicht liegt es einfach nur daran, dass Obdachlose perfekte Opfer sind. Niemand vermisst sie sofort. Die Polizei ermittelt in solchen Fällen oft schlampig und neigt schnell dazu, sie als Tode durch Überdosis einzustufen, wie Sie gesehen haben. Das ist wohl der Grund, warum die Täterperson ihre Opfer mit Rohypnol betäubt.«

»Können wir auf Samir und die in seinem Fall völlig andersgeartete Gewalt zurückkommen?«, fragte Charlotte.

»Absolut. Um eine solche Aktion zu planen, braucht man vor allem Geduld. Die Herstellung einer Bombe per se ist heutzutage einfach, wie Sie wissen. Jeder Kriminelle weiß, wie man so etwas macht, zum Beispiel mit Acetonperoxid«, sagte die Frau, und Per konnte nicht umhin, ihr zuzustimmen.

»Allerdings wird dieser Stoff leicht instabil«, wandte Charlotte ein. »Er kann nicht über einen längeren Zeitraum gelagert werden, weil er zerfällt und das Risiko beinhaltet, von allein zu explodieren. Der Sprengstoff, der bei Samir benutzt wurde, ist von einem anderen Kaliber. Wie kam die Täterperson an die Zutaten und das Rezept heran?«

Per sah Charlotte verwundert an. Hier offenbarte sich ein Wissen, das zuvor nicht zum Vorschein getreten war.

»Das ist richtig«, sagte die Frau. »Alles deutet auf einen anspruchsvolleren Sprengstoff hin, auf dessen Herstellung die Täterperson viel Zeit verwendet hat. Das und die Tatsache, dass sie Samir gefangen gehalten, ihm die Weste angelegt und ihn zum Rathausplatz gebracht hat, ohne dass es jemandem auffiel, gibt uns Grund zu der Annahme, dass sie nicht nur über ein außergewöhnliches Kontrollvermögen, sondern auch über eine hohe Intelligenz verfügt.«

»Ja, danke«, sagte Per zu sich selbst.

»Der Stress, den der Fehler mit Lena verursacht hat, und der durch den Bombenanschlag ausgelöste Adrenalinrausch werden vermutlich das Bedürfnis Ihres Serienmörders nach Gewaltausübung und Kontrolle steigern. Das macht diese Person äußerst gefährlich.«

»Herrlich«, sagte Charlotte mit ironischem Ton.

»Und vielleicht schlampig?«, fragte Kicki.

»Ja, das hoffen wir«, sagte die Frau.

»Wissen wir inzwischen, ob die Bombe mit einem Handy oder einem Auslöser gezündet wurde?«, fragte Per sein Team.

»Mit einem Handy«, sagte Anna. »Ihr hättet vor der Besprechung einen Bericht dazu in eurem E-Mail-Posteingang erhalten müssen.«

»Und das passt zu der Annahme, dass wir es mit einem Serienmörder und nicht mit einem Selbstmordbomber zu tun haben«, sagte die Frau mit leichter Ironie. »Das bedeutet, dass

Ihre Täterperson keine Unschuldigen töten wollte, sondern nur Samir, den sie vermutlich für einen Obdachlosen hielt. Sonst wäre die Bombe explodiert, als der Rathausplatz noch voller Menschen war.«

»Sollten wir die Obdachlosen in unserer Stadt nicht irgendwie warnen?«, fragte Kicki.

»Das ist eine heikle Angelegenheit«, sagte Per. »Damit riskieren wir, dass die Medien in sämtlichen Beweisen herumwühlen. Momentan müssen wir die Zähne und das Zeichen geheim halten.«

Das Wort ging an Kennet. »Die Person hat keinerlei DNA-Spuren hinterlassen. Das müsste bedeuten, dass sie auch in diesem Bereich äußerst bewandert und belesen ist.«

»Sie haben es mit einem Perfektionisten zu tun. Nichts wird dem Zufall überlassen«, sagte die Frau. Sie beendete damit ihren Vortrag und bedankte sich für die Aufmerksamkeit.

Per lobte die schnelle Arbeit und wartete, bis die Frau gegangen war, ehe er die Besprechung fortsetzte. »Was Lena betrifft, so gehen wir von der Annahme aus, dass sie an dem Tag entführt wurde, als sie die Notunterkunft verlassen hat. Alles, was an diesem Tag mit ihr geschah, ist von Interesse. Wo sie hingegangen ist, was sie gemacht hat und so weiter.«

Alex meldete sich zu Wort. »Wenn bei uns eine Vermisstenanzeige eingeht, müssen wir sofort reagieren.«

»Aber vielleicht hat der Mörder Umeå inzwischen verlassen«, sagte Kicki mit Hoffnung in der Stimme.

Per nickte, drehte sich um und betrachtete das Whiteboard mit den Opfern. Er hatte nicht den blassesten Schimmer, wer die Täterperson war, und konnte nicht einmal eine Vermutung anstellen.

»Keiner unserer Informanten kennt eine kriminelle Bande, die hier in der Region noch Rohypnol verkauft«, sagte er. »Aber ich wette meinen Kopf darauf, dass irgendwer hier in der Stadt das Zeug vertickt und weiß, wer die Käufer sind. Und die blonde Frau, die die Weste im Jagdgeschäft verkauft hat – wer ist sie? Das herauszufinden, hat Priorität. Fangt bei dem Jagdgeschäft an und arbeitet euch von dort aus nach außen vor.«

Alex hob die Hand, den Blick auf sein Handy gerichtet.

»Man hat uns bestätigt, dass das Opfer in Stockholm ebenfalls ein V-Zeichen am Arm hatte. Das stand nicht im vorläufigen Obduktionsbericht, aber in der Endfassung, die ich aus dem Archiv besorgt habe.«

»Okay, gute Arbeit«, sagte Per. »Das bestätigt unseren Verdacht. Derselbe Täter.«

Annas Stuhl scharrte über den Fußboden, als sie sich erhob. Heute war sie ungewöhnlich gekleidet, statt ihrer Trainingsklamotten trug sie ein weinrotes Kostüm, das zu ihren stets rosigen Wangen passte. Mit einem iPad in der Hand ging sie zu Per. Von dem Gerät aus zeigte sie auf dem TV-Bildschirm Fotos von der Explosion auf dem Rathausplatz.

»Du hattest Kicki und mich beauftragt, Omars, Samirs und Ibrahims Aktivitäten in den sozialen Medien in der Anfangsphase unserer Ermittlungen zu den Raubüberfällen in der Stadt nachzuverfolgen. Wir haben uns Hunderte Fotos angeschaut und es damals nicht gesehen, aber …« Sie deutete auf eines der Fotos auf dem Bildschirm. »Mir ist erst jetzt aufgefallen, dass wir nicht die Einzigen waren, die die Jungs im Auge behalten haben. Seht ihr, wer da mit heruntergezogenem Käppi etwas abseits steht und Fotos von ihnen macht?«

Per betrachtete das Foto genauer. Die Jungs lungerten vor dem Lebensmittelladen im Einkaufszentrum Strömpilen herum. Ein Stück weiter weg stand eine Person. Das Gesicht war schwer zu sehen, aber Per erkannte ihn an der Kleidung.

Roger Ren. Adrians Vater.

# 57

Charlotte fühlte sich unwohl. Pers Fahrweise auf dem Weg zur Eishalle war alles andere als ruhig. Sie hatte Angst, dass er vor lauter Stress einen Herzinfarkt bekommen könnte.

»Ist Roger Ren unser Serienmörder?«, fragte sie, als der Wagen ruckartig stehen blieb. Sie musste tief durchatmen.

»Er ist weiß und im richtigen Alter«, sagte Per. »Außerdem vertritt er extreme Ansichten über Migranten und hat im Internet Drohungen gegen Samir gepostet. Aber wir müssen herausfinden, ob es weitere Übereinstimmungen mit dem Täterprofil gibt. Ich muss hier nur schnell etwas abholen, bevor wir zu Roger nach Hause fahren. Komm mit rein.«

Sie wollten gerade aussteigen, als Alex anrief. Charlotte war neugierig, ob er sich mit Kicki auf ein Bier getroffen hatte, wollte aber nicht fragen, wenn Per dabei war.

»Es gibt neue Informationen zu den Ermittlungen«, sagte Alex, ohne die beiden zu begrüßen.

»Okay, schieß los«, sagte Per und machte sich bereit, die Wagentür zu öffnen.

»Lenas Ex-Mann hat ein stichhaltiges Alibi. Ich habe die Frau erreicht, mit der er sich angeblich getroffen hat.«

»Und?«, sagte Charlotte. »Was hat sie gesagt?«

»Sie hat ein paar Mal die Telefonnummer gewechselt. Der Grund dafür ist ein Mann, den sie auf Södermalm kennengelernt hat. Er hat sie gestalkt und wurde unangenehm.«

»Lenas Ex-Mann«, sagte Per.

»So ist es. Aber sie hat seine Story bestätigt. Die beiden haben sich in der besagten Nacht in der Kneipe kennengelernt, sind zu ihr nach Hause gefahren und hatten Sex. Sein Alibi für die Mordnacht stimmt also.«

Per seufzte.

»Das Ganze fühlt sich wie eine Verkettung unglücklicher Umstände an. Lena lebt unter lebensgefährlicher Bedrohung durch ihren Ex-Mann, befreit sich davon und fällt schließlich einem Serienmörder zum Opfer. Wie groß ist die Wahrscheinlichkeit, dass so etwas passiert?«, sagte Charlotte und blickte durch das Fenster auf das große Gebäude.

»Dann können wir ihn als Täter abschreiben«, sagte Per und beendete das Gespräch.

Sie stiegen schweigend aus. Charlotte dachte an den Ex-Mann. Sie hätte ihn gern ein bisschen aufgeschreckt, aber jetzt mussten sie von dieser Spur ablassen. Als sie die Eishalle, Pers neues Zuhause, durch eine Glastür betraten, musste Charlotte von dem penetranten Schweißgeruch husten.

»Warte hier, ich bin gleich wieder da«, sagte Per und verschwand im Flur.

Entlang der Wände gingen Türen auf und zu, und Eishockeyspieler unterschiedlichen Alters gingen ein und aus. Einige mit Gittern an den Helmen, andere ohne. Per wollte etwas abholen, und Charlotte sollte ihm beim Tragen helfen. Sie mochte dieses Milieu nicht, war noch nie im Leben bei einem Eishockeyspiel gewesen. Nur einmal bei einem Fußballspiel.

»Charlotte, kannst du mal kommen?«, rief Per und schaute aus einem der Zimmer heraus.

Sie ging lautlos auf einer Gummimatte in der Mitte des Flurs und zog den Gürtel ihres Mantels enger, um sich gegen die Kälte zu schützen. Ein erwachsener Spieler stellte sich freundlicherweise an die Wand, um sie vorbeizulassen. In seiner Schutzausrüstung sah er aus wie der Hulk. Der Helm hatte kein Gitter und gab den Blick auf ein ziemlich hübsches Gesicht frei. Der Mann war unrasiert und roch wie ein Affe. Er lächelte Charlotte an.

»Holen Sie jemand ab?«, fragte der Eishockeyspieler, streifte den riesigen Handschuh ab und hielt ihr die rechte Hand hin. Charlotte zögerte ein bisschen zu lange.

»Nicht jemand, sondern etwas«, erwiderte sie, gab ihm widerwillig die Hand und blickte zu ihm hoch.

»Meine Hand riecht vielleicht nach nassen Handschuhen, aber sie ist sauber«, sagte er und entblößte seine weißen Zähne.

»Okay«, erwiderte sie und spürte, wie ihre Wangen heiß wurden.

»Ich heiße Christian. Wir sehen uns«, sagte er selbstbewusst und stakste in seinen Schlittschuhen in Richtung Eisfläche. Bevor er verschwand, drehte er sich noch einmal um und erwiderte ihren Blick. *Vielleicht sollte ich öfter herkommen*, dachte sie, als Per ihr zwei Eishockeyschläger und einen Helm mit Gitter reichte.

»Hier.« Er schleppte eine Kiste voll mit Ausrüstung und atmete angestrengt.

»Das stinkt ja furchtbar.«

»Warte, bis es im Auto liegt und der Geruch sich dort verbreitet«, sagte er und ging schnell in Richtung Ausgang.

»Wer war der Spieler, den ich gerade getroffen habe?«

»Einer aus der A-Mannschaft beim IF Björklöven. Verteidiger.«

Wenn man von dem Geruch absah, strahlte diese Montur etwas sehr Männliches aus. Die Erkenntnis überraschte sie.

Die meisten Männer, mit denen sie in Stockholm ausgegangen war, waren Anzugträger gewesen. Charlotte schüttelte über sich selbst den Kopf. Solche Gedanken lenkten sie von der Ermittlungsarbeit ab.

Per verstaute die Sachen schnell im Kofferraum, setzte sich neben Charlotte hinter das Steuer, startete den Wagen und machte sich auf den Weg zu Roger Rens Haus.

»Sollen wir das Zeug nicht erst ausladen?«, sagte Charlotte und ließ die Fensterscheibe herab, um ein bisschen frische Luft zu bekommen.

»Das machen wir auf dem Rückweg. Roger ist jetzt zu Hause und wir wollen ihn nicht verpassen. Ich musste nur die Eishockeysachen für das nächste Training holen, das in einer anderen Eishalle stattfindet.«

Charlotte verstand nichts von dieser Sache und ließ sie auf sich beruhen.

Vor ihnen fuhr ein Lastwagen auf die Straße, und Per hängte sich dicht an ihn dran.

»Du solltest dich nicht mehr so sehr stressen lassen«, sagte Charlotte.

»Bald sitze ich auf Kennets Stuhl, dann wird es ruhiger«, sagte er.

Charlotte sah zum Fenster hinaus und musste wieder an Männer denken. Alex, Ola und der Eishockeyspieler. Drei völlig verschiedene Persönlichkeiten, die alle eine Anziehung auf sie ausübten. Draußen vermischten sich die grünen Blätter der Birken mit gelben, die in der noch immer warmen Sonne leuchteten.

Als sie vor Rogers Haus hielten, kam Adrian zur Tür heraus. Er winkte ihnen zu und ging an ihrem Auto vorbei auf die Straße hinaus. Bestimmt war er auf dem Weg zur Schule. Roger trat ebenfalls vor die Tür und hieß seine Besucher willkommen. Wahrscheinlich dachte er, dass Charlotte und Per ihm

Neuigkeiten zum Stand der Ermittlungen zu dem Raubüberfall auf seinen Sohn überbringen würden, und nicht, dass sie mit ihm über den Mord an Samir sprechen wollten.

Drinnen im Haus war es aufgeräumt und sauber, aber nicht steril. Charlotte zog die Stiefel aus und ging in Strümpfen, um Roger nicht unnötig zu verärgern. Er bot ihnen Kaffee an, und als alle drei am Küchentisch Platz genommen hatten, kam Per gleich zur Sache.

»Wie Sie wissen, ermitteln wir nicht länger zu dem Raubüberfall, da die Verdächtigen unter achtzehn sind.«

Roger stellte den Kaffeebecher so fest auf den Tisch, dass er etwas verschüttete.

»Man hat mich informiert, dass es irgend so eine verdammte Mediation geben soll. Und das soll Gerechtigkeit sein? Ich dachte, Sie wären gekommen, um mir ausnahmsweise mal eine positive Nachricht zu bringen.« Roger saß nach vorne gebeugt am Tisch.

Charlotte betrachtete ihn und ließ anschließend den Blick in die Küche schweifen. Sie hielt nach irgendetwas Ausschau, das Adrians Vater als den gesuchten Serienmörder entlarven könnte.

Per legte Roger die Fotos vor, die sie von Anna erhalten hatten.

»Was ist das?«, fragte Roger und lehnte sich zurück.

»Sie beschatten die Jungs. Warum?«

»Was zum Teufel glauben Sie? Sind Sie nicht Polizist?«

Per verzog ein wenig den Mund. »Sie haben ein Motiv, ihnen etwas anzutun und …«

Roger beugte sich wieder vor und sah Per an. »Ja, ich habe sie beschattet. Bevor Samir der ganzen Stadt einen Gefallen getan und sich in die Luft gesprengt hat. Mein Plan war, ihnen zu folgen und sie auf frischer Tat zu ertappen, wenn sie wieder einen armen Kerl ausrauben. Ich wollte alles auf Film dokumentieren und Ihnen geben. Ihr seid nämlich vollkommen handlungsunfähig.«

»Das gibt Ihnen nicht das Recht, das Gesetz selbst in die Hand zu nehmen, oder?«

Roger lachte, und Charlotte versuchte, Persönlichkeitszüge bei ihm zu erkennen, die mit ihrem Täterprofil übereinstimmten.

»Ich habe nichts Ungesetzliches getan, sie nur beschattet ... Moment, glauben Sie etwa, ich ...?« Er stand auf und schüttelte den Kopf. »Da hat jemand einen Terroranschlag verübt, und ihr glaubt, ich hätte etwas damit zu tun? Wie schäbig seid ihr Bullen eigentlich?«

»Jagen Sie?«, fragte Charlotte.

»Ich bin Norrländer. Natürlich, meine Frau und ich, wir jagen beide. Wir bewahren unsere Jagdwaffen vorschriftsgemäß in der Garage in einem verschlossenen Waffenschrank auf. Sie können gern nachsehen, wenn Sie wollen.«

*Er macht zumindest einen kooperativen Eindruck*, dachte Charlotte.

»Was haben Sie in der Nacht vom siebenundzwanzigsten auf den achtundzwanzigsten August gemacht?«

Rogers Wangen liefen rot an, aber nach außen hin wirkte er ruhig. »Ich war mit ein paar Kollegen in der Stadt. Wir hatten an diesem Wochenende ein Kick-off-Meeting und haben an dem Abend ein paar Bierchen getrunken.«

»Sie wissen, dass wir das überprüfen werden«, sagte Per.

»Das können Sie gern machen, ich war bis drei Uhr nachts mit ihnen zusammen.«

Charlotte wusste, dass das Team bereits überprüfte, was Roger in jener Nacht getan hatte, aber sie glaubte Roger. Er war ein frustrierter Vater, der nicht die Gerechtigkeit für seinen Sohn bekam, die er sich wünschte. Außerdem wirkte er nicht wie ein Sadist mit Kontrollbedürfnis.

»Samir ist tot. Was haben Sie im Hinblick auf die beiden anderen vor?«, fragte Per.

Roger schenkte sich noch einen Kaffee ein und betrachtete die Fotos mit heruntergezogenen Mundwinkeln. »Na, was wohl? Ich werde auch sie beobachten, bis sie wieder jemanden überfallen. Aber Omar ist wie vom Erdboden verschluckt, und der andere will sich entschuldigen. Ich weiß nicht, ob ich es ihm so leicht machen will.«

»Warum nicht? Vielleicht ist es gut für Adrian, wenn der Täter sich mit ihm trifft und ihn um Verzeihung bittet.«

»Adrian hat immer noch Angst und traut sich bei Dunkelheit nicht aus dem Haus. Wie Sie sicher verstehen, schränkt einen das in unseren Breiten ziemlich ein. Bald geht die Sonne tagsüber kaum noch auf. Warum sollen die beiden ihr Leben weiterleben, als wäre nichts geschehen?«

Charlotte fiel auf, dass Roger seine migrantenfeindliche Einstellung deutlich abgemildert hatte. Aber vor dem Computer zu sitzen und anonym seine Meinung zu äußern, war auch nicht dasselbe, wie wenn man sich vor der Polizei rechtfertigen musste.

Plötzlich hatte sie eine Idee. »Roger, Sie haben die Jungs vor der Bombenexplosion fotografiert. Dürfen wir uns die Fotos ansehen?«

»Warum?«

»Wir versuchen, die letzten Tage in Samirs Leben zu rekonstruieren. Vielleicht haben Sie in Ihrer Kamera Material, das uns bei unseren Ermittlungen helfen kann.«

Per nickte zustimmend.

»Ich hole den Computer«, sagte Roger und verließ die Küche.

»Gute Idee«, sagte Per zu Charlotte.

Sie saßen schweigend da, als Roger mit seinem Laptop zurückkam. Er klappte ihn auf, sammelte die Fotos in einem Ordner zusammen und schickte sie über einen Link an Per.

»Seit wann beobachten Sie die Jungs?«, fragte Charlotte.

»Seit dem Tag nach dem Raubüberfall, als mir klar wurde, dass die Polizei keinen von denen festnehmen würde. Dann ist Samir verschwunden. Aber Omar und Ibrahim gingen ganz normal ihrem Leben nach, während Adrian sich zu Hause eingeigelt hat. Leider haben sie sich bedeckt gehalten und niemanden überfallen. Sie haben meistens irgendwie gestresst gewirkt.«

»Sie sind Arzt?«, sagte Per, obwohl er genau wusste, was Roger beruflich machte.

Roger nickte.

»Wie lange arbeiten Sie schon in Umeå?«

»Ich bin seit fünfzehn Jahren in der Universitätsklinik Norrland tätig.«

Charlotte fand, dass dies überhaupt nicht zu ihrem Täterprofil passte. Andererseits müsste er das eine oder andere über DNA wissen.

»Habt ihr im Krankenhaus hier in Umeå oft mit Rohypnol zu tun?«

»Damit wurde doch die ermordete Frau betäubt, oder? Ich habe in der Zeitung darüber gelesen«, sagte Roger. »Die Antwort lautet nein, nicht oft, jedenfalls nicht heutzutage. Früher gab es mehr davon. Die Ausländer verkaufen viele Pillen, aber nicht diese Droge.«

»Falls Ihnen ein Patient über den Weg läuft, der Rohypnol eingenommen hat, könnten Sie mich bitte anrufen?«, sagte Per.

Roger nickte. »Verdammt, ihr scheint wirklich unterbesetzt zu sein, wenn ihr für alles meine Hilfe braucht.«

Charlottes Handy klingelte. Sie entschuldigte sich und verließ die Küche. »Hallo Anna.«

»Hallo, es gibt etwas Neues zu den gezogenen Zähnen. Wir haben uns bei mehreren Zahnarztpraxen umgehört, ob in den letzten Tagen etwas Ungewöhnliches passiert ist.«

Charlotte sah, wie Per vom Küchentisch aufstand. Es hörte sich an, als unterhielte er sich mit Roger über Eishockey.

»Ja?«

»Wir haben einen Hinweis von einer Zahnklinik in der Rathausesplanade erhalten, nicht weit von der Stelle, wo Samir sich in die Luft gesprengt hat«, sagte Anna.

Charlotte drückte das Handy ans Ohr. »Und?«

»Die Chefin dort hat uns erzählt, sie habe bei der Polizei Anzeige wegen Diebstahls erstattet. Es fehlen Geräte, jemand hat aus der Klinik Werkzeug gestohlen. Die Sache wird intern untersucht. Ich dachte, das könnte für uns interessant sein.«

»Da hast du richtig gedacht. Gute Arbeit«, sagte Charlotte und schöpfte wieder ein wenig Hoffnung.

# 58

Ibrahim lag zu Hause im Bett. Der Dienstag war schnell vergangen, fand er. Es war kurz vor acht Uhr abends und draußen wurde es immer dunkler. Der Mangel an Tageslicht in diesem Land war nach wie vor eine Herausforderung, aber Apollonia hatte wenigstens eine Stehlampe in sein Zimmer gestellt, die ein warmes Licht spendete. Ibrahim lag auf dem Rücken, warf einen Stift in die Luft, fing ihn auf und wiederholte das Ganze. Allerlei Gedanken schwirrten in seinem Kopf herum.

Nach dem Besuch bei der Familie Stenlund, wo Klara ihren Geldbeutel gesucht hatte, war er den Fragen seiner Freundin ausgewichen und hatte ihre Sorge abgetan. Aber etwas, das ihm in der Küche der Stenlunds aufgefallen war, hatte ihm einen kalten Schauer über den Rücken gejagt.

Klara hatte nach der Schule so viel Zeit wie möglich mit ihm verbringen wollen, aber Ibrahim war müde und hatte den gemeinsamen Tag etwas früher als gewöhnlich beendet. Als Grund hatte er seine Pflegeeltern genannt, aber in Wirklichkeit war er allein zu Hause. Martin und Apollonia waren auf einer Veranstaltung der Gemeinde, worum es ging, wusste er nicht genau. Sie würden erst gegen neun wieder nach Hause kommen, sodass Ibrahim bis dahin allein war. Er hatte ein Gefühl, als hätte er ein großes Loch im Bauch.

Er stand auf, legte den Stift aufs Bett, nahm sein Handy und verließ das Zimmer. In der Küche öffnete er den Kühlschrank auf der Suche nach etwas Essbarem und fand zwei Behälter mit Resten. Er nahm einen heraus, ohne nachzusehen, was drin war, und gab den Inhalt auf einen Teller. Dorsch mit Kartoffelpüree. Das passte. Er stellte den Teller in die Mikrowelle und drückte auf den Einschaltknopf. Dann lehnte er sich an die Spüle und scrollte durch sein Handy.

Ibrahim hatte vor Kurzem erfahren, dass die Mediation mit Adrian stattfinden würde. Der Vater hatte schließlich seine Einwilligung erteilt, und der Termin stand fest. *Immerhin etwas*, dachte er.

Im Laufe des Abends hatte er auch über Omar nachgedacht, versuchte jedoch nicht mehr, ihn zu erreichen. Das hatte er aufgegeben, denn er wusste inzwischen, dass sein Kumpel Umeå verlassen hatte. Jemand auf dem Campingplatz hatte ihm erzählt, Omar sei nach Finnland gegangen.

Die Tatsache, dass er jetzt ohne Omar und Samir auf sich gestellt war, ließ ihm keine Ruhe. Dieses neue Freiheitsgefühl war ungewohnt. Ibrahim wurde nicht mehr gezwungen, andere Menschen auszurauben oder zu verletzen, sondern hatte die Chance, sein Leben selbst zu gestalten. Trotzdem verspürte er diese seltsame Leere. Von nun an musste er seine Probleme selbst lösen.

Die Mikrowelle klingelte, und Ibrahim nahm das Essen heraus. Im selben Moment erhielt er eine Snapchat-Nachricht von Klara, die ihm ihr fröhliches Gesicht zeigte und ihn fragte, was er machte.

Was sollte er antworten? Er fotografierte das Essen und schrieb zurück.

*Ich esse gerade. Und du?*

Er setzte sich mit dem Teller an den Küchentisch und machte sich über den Dorsch her. Klara antwortete mit einem Foto, das sie vom Vordersitz eines Autos aus aufgenommen hatte.

*Liam hat meinen Geldbeutel gefunden. Ich passe heute Abend auf die Kinder auf und übernachte vielleicht dort. Mehr Kohle.*

Als Nächstes schickte sie ein Bild mit Dollarscheinen.

Ibrahim hörte auf zu essen.

*Warum übernachten?*

Klara antwortete: *Erik muss weg, um ein neues Auto zu kaufen. Was Helen macht, weiß ich nicht.*

Ibrahim dachte daran, was er in der Küche gesehen hatte, und an Helens Reaktion. Sie hatte den Blick nicht von ihm abgewandt. Alles stimmte mit dem überein, was er in jener Nacht am Kai gesehen hatte. Passte Klara auf die Kinder eines Mörders auf? Oder bildete er es sich nur ein?

Er schlug sich mit der Hand auf die Stirn. Haltlose Anschuldigungen konnte er sich nicht erlauben, denn er hatte bereits Ärger mit den Behörden. Er hatte das Gefühl, verrückt zu werden.

# 59

***Mittwoch, 7. September***

Charlotte fuhr den Wagen in die Parklücke. Es war früh am Morgen, und vor dem Eingang des Elite Hotel Mimer, wo Alex vorübergehend wohnte, gab es noch einen freien Platz. Per war mit Mia im Krankenhaus. Sie hatten gehofft, einen Befund zu erhalten, dass Mias Krebserkrankung in Remission war, wurden aber telefonisch in die Klinik bestellt, was immer beunruhigend war. Trotzdem wollte Per das Gespräch mit der Chefin der Zahnklinik nicht verschieben und hatte Charlotte gebeten, zusammen mit Alex hinzufahren.

Charlotte klappte die Sonnenblende herunter, schaute in den Spiegel und zog den Lippenstift nach. Dann strich sie die Haare zurecht, die sie heute offen trug und sogar geföhnt hatte. Ola hatte heute Morgen anerkennend gepfiffen und nach dem Grund gefragt, worauf sie ihm geantwortet hatte, dass sie zu einem offiziellen Mittagessen bei der Stadtverwaltung eingeladen war. Was eine Notlüge war. Eigentlich musste Charlotte sich nicht zurechtmachen, aber sie tat es trotzdem.

Als Alex aus dem Hotel kam, hupte sie. Er ging zu ihrem Porsche. Marineblauer Anzug, weißes Hemd, keine Krawatte. Darüber trug er eine Jacke, die zu den hässlichsten gehörte, die Charlotte je gesehen hatte. Er öffnete die Beifahrertür.

»Danke, dass du mich abholst. Schönes Auto hast du da«, sagte er mit breitem Göteborger Akzent.

»Furchtbare Jacke«, erwiderte sie.

Alex lachte laut, als er auf dem Beifahrersitz Platz nahm und den Sicherheitsgurt anlegte. Seine schmalen blauen Augen sahen heute noch blauer aus. Der Haaransatz war hoch und die Stirntolle hing locker nach links. Das spitze Kinn mit dem kleinen Grübchen war wie immer von Bartstoppeln bedeckt, aber was Charlotte einst an ihm gefallen hatte, war der Schalk in seinen Augen. Und seine Tätowierungen. Normalerweise mochte sie so etwas nicht, aber es passte zu seiner Persönlichkeit.

»Fährst du im Dienst mit deinem Privatauto?«, fragte er.

»Sonst nicht, aber da ich anscheinend dein Taxi bin, habe ich es nicht zum Revier geschafft, um einen Dienstwagen zu holen. Aber wir fahren nur ein paar Hundert Meter.«

»Man hat mir soeben bestätigt, dass Roger Rens Alibi für die Tatzeit des Mordes an Lena stimmt. Er hat in dieser Samstagnacht mit Kollegen gefeiert. Offenbar war es eine feuchtfröhliche Angelegenheit, die früh am Sonntagmorgen bei einem von ihnen zu Hause endete. Außerdem war Roger das ganze Wochenende bei diesem Kick-off-Meeting. Wir können ihn also von unserer Liste streichen.«

»Okay, nicht gut. Sowohl Roger Ren als auch Lenas Ex-Mann haben ein Alibi. Wir sind also in einer Sackgasse. Hast du Per schon Bescheid gesagt?«, fragte sie.

Er nickte.

Charlotte fuhr auf die Västra Kyrkogatan und weiter auf die Storgatan. Alex schrieb eine Textnachricht. Charlotte schielte auf das Display.

»An deine Frau?«

»An meine Freundin.«

»Nett. Wie lange kennt ihr euch?«

»Ein halbes Jahr vielleicht.«

»Also noch recht frisch. Ist sie auch Polizistin?«

Alex wandte sich Charlotte zu und sah sie an. Das schelmische Lächeln war wieder da. »Die einzige Polizistin, die ich jemals ausziehen durfte, bist du.«

»Oh, aber das ist jetzt verjährt. Schon vor langer Zeit«, sagte sie und erwiderte seinen Blick. Es fühlte sich an, als wäre sie viele Jahre in die Vergangenheit zurückgeworfen worden, als Alex und sie auf die Polizeiakademie gingen und nicht genug voneinander bekommen konnten. Am Ende hatte es ihn nach Göteborg verschlagen, wo er ursprünglich herkam, und sie nach Stockholm. Zu Carl.

»Was macht deine Freundin beruflich, wenn ich fragen darf?«

»Sie ist Pastorin.«

Charlotte musste lachen.

»Lachst du über meine Freundin, Charlotte von Klint?«

»Entschuldige«, sagte sie, als sie sich wieder beruhigt hatte. »Ist doch klar, dass du mit einer Pastorin zusammen bist. Näher kann man Gott im Bett nicht kommen, finde ich.«

Alex sah sie mit seinem schelmischen Blick an, was Charlotte ein wenig nervös machte. Er forderte sie heraus.

»Im Ernst, ich freu mich für dich, Alex. Wenn die Pastorin dich dazu bringt, ein geregeltes Leben zu führen, bin ich auf ihrer Seite.«

»Sie heißt Pernilla.« Er lächelte sie immer noch an. Er war gut drauf.

»Mit Gott könnte ich nicht konkurrieren, aber Pernilla müsste dieser Herausforderung gewachsen sein«, sagte Charlotte und hielt vor der Zahnklinik.

Alex' tiefreligiöse Seite war etwas, das sie bewundernswert und gleichzeitig befremdlich fand. Seine Loyalität zu etwas, das ihrer Meinung nach eine Fantasie und Illusion war, konnte sie nur schwer verstehen. Aber das machte ihn auch begehrenswert, was, wie sie wusste, ein Klischee war. Was man nicht haben kann …

»Du hast ihn als Konkurrenz empfunden, nicht ich«, sagte er ernst, als sie ausstiegen. »Gott war nie mit uns im Bett, nur wir beide.«

»So war es vielleicht für dich. Aber der da oben ist überall bei dir, es hat sich angefühlt, als wären wir nie allein gewesen. Ich war wie deine Geliebte«, sagte sie und zwinkerte ihm zu, um Distanz zu demonstrieren. Sie ging rückwärts vor ihm her und drehte sich in einer Pirouette, um das ernste Gespräch mit Leichtigkeit zu überspielen. Auch wenn ein Teil von ihr auf die Pastorin eifersüchtig war. Und auf Gott.

Charlotte spürte Alex' Blick in ihrem Nacken, als sie vor ihm die Zahnklinik betrat. Sie wollte das, was mal zwischen ihnen gewesen war, nicht wiederhaben. Dass sie sich immer noch zu ihm hingezogen fühlte, war ihr unangenehm. Sie war nach all diesen Jahren nicht darauf vorbereitet.

»Hallo, wir sind von der Polizei Umeå und suchen die Klinikchefin«, sagte sie und zeigte der jungen Frau am Empfang ihren Ausweis.

»Ja, Sie werden erwartet.«

Als sie das Geräusch von Bohrern und den Geruch von Fluor vernahm, bekam Charlotte eine Gänsehaut. Aus irgendeinem Grund musste sie immer an ihre Kindheit denken, wenn sie beim Zahnarzt war.

Die Frau führte sie in ein Büro, in dem eine dunkelhaarige Frau mit großen braunen Augen und weißem Kittel saß. Alex und Charlotte nahmen vor ihrem Schreibtisch Platz.

»Ich habe gehört, Sie interessieren sich für das Material, das in dieser Klinik verschwunden ist«, sagte sie und drehte den Stuhl, um mehr Beinfreiheit zu bekommen.

»Ja, und wir würden gern wissen, ob Sie jemanden vom Personal verdächtigen«, sagte Alex.

»Ich kann mir beim besten Willen nicht vorstellen, dass es jemand aus meiner Praxis war.«

»Was für Material wird vermisst?«, fragte Charlotte.

»Eine ganze Menge. Wir machen gerade eine Bestandsaufnahme und kennen deshalb die genauen Zahlen noch nicht. Aber es handelt sich im Großen und Ganzen um Instrumente für chirurgische Eingriffe im Mund. Zum Beispiel Elevatoren, die man bei einfacheren Zahnextraktionen verwendet.«

»Anästhetika?«, fragte Alex.

»Seltsamerweise nicht.«

»Hat sich einer Ihrer Mitarbeiter in letzter Zeit anders verhalten? Gab es irgendwelche Vorkommnisse, auf die Sie reagiert haben?«

Die Chefin schlug die Beine übereinander und dachte nach. »Schwer zu sagen, ob das etwas mit den Diebstählen zu tun hat, aber es gibt eine Mitarbeiterin, die wir möglicherweise entlassen werden.«

Charlotte blätterte in ihrem Notizblock, bis sie eine leere Seite fand. Alex zeichnete das Gespräch auf. Manchmal dachte Charlotte, dass Tonaufnahmen als Hilfsmittel schwierig zu verwenden waren, weil man vor- und zurückspulen musste, wenn man bestimmte Details im Gespräch finden wollte.

»Wie gesagt, ich weiß nicht, ob es mit dieser anderen Sache zusammenhängt, aber wir haben eine Zahnarzthelferin, die uns Schwierigkeiten gemacht hat. Sie ist wiederholt nicht zur Arbeit erschienen und hat bei Patienten geschlampt. Das ging so weit, dass wir ihr mit Entlassung gedroht haben.«

»Wann fing dieses Verhalten an?«, fragte Alex.

»Vor ein paar Monaten, aber in letzter Zeit ist es schlimmer geworden.«

Charlotte sah Alex an. »Noch etwas?«, fragte sie die Frau.

»Ich weiß nicht. Die Zusammenarbeit mit ihr ist schwierig, aber sie ist noch nicht lange bei uns, vielleicht eineinhalb Jahre. Sie ist aus Stockholm hierhergezogen.«

»Wie heißt sie?«

»Helen Stenlund«, sagte die Chefin.

Charlotte notierte den Namen.

»Wie sieht Helen aus?«, fragte sie und dachte an die Frau, die die Jagdweste in Stockholm gekauft hatte.

Die Chefin zuckte mit den Schultern. »Tja, durchschnittlich, würde ich sagen. Blonde, mittellange Locken. Sie war immer braun, wie jemand, der regelmäßig ins Sonnenstudio geht.«

Das erinnerte an die Beschreibung, die sie im Jagdgeschäft erhalten hatten.

»Haben Sie eine Adresse?«

# 60

Erik schlug die Bettdecke zurück, schwang die Beine über die Bettkante und stellte die Füße auf den Boden. Er hatte es in dieser Nacht nicht geschafft, mehr als eine Stunde zu schlafen. Der Mittwoch würde hart werden. Er warf einen Blick auf Helens Betthälfte, die leer und unberührt war. Das Kissen war kalt, als er die Hand darauflegte. Erik blickte zum Bad. Die Tür war nur angelehnt – Helen schloss immer ab, wenn sie drin war.

Erik stand auf, streckte die Arme zur Zimmerdecke und gähnte. Er fühlte sich wie gerädert, sein Schädel brummte. Die Suche nach einem neuen Auto am Tag zuvor war gut verlaufen. Der Wagen war genau, was er wollte, und er würde ihn diese Tage abholen. Er musste nur noch das Finanzielle mit der Bank regeln.

Als er gegen zwei Uhr nachts nach Hause gekommen war, hatte er Klara schlafend auf der Couch vorgefunden. Gegen vier Uhr hatte er gehört, wie Helen den Schlüssel in die Haustür steckte, und darauf gewartet, dass sie ins Schlafzimmer kam, aber sie war nicht erschienen. Als er nachsah, stellte sich heraus, dass sie angezogen in Elsas Bett schlief. Vermutlich hatte sie sich für eine Weile hingelegt und war irgendwann eingeschlafen. Erik wusste genau, wo sie gewesen war. Er hatte ihr Handy geortet, und das Gerät hatte sich dort befunden, wo Helen sich laut eigenen Angaben aufhalten wollte – in Luleå, auf einer Konferenz mit Teilnehmern aus ganz Schweden. Helens Kolleginnen wollten am Tagungsort übernachten, aber Helen hatte dazu keine Lust. Sie wollte nach Hause, hatte sie ihm in einer Textnachricht geschrieben – immerhin ein Lichtblick in ihrer ansonsten schwierigen Situation. Erik dachte an den Augenblick, als Elsa ihm gesagt hatte, Mama habe ihre Sachen gepackt. Natürlich war das für die Konferenz gewesen. Er hatte nach Hinweisen auf weitere Reisen gesucht, aber nichts dergleichen gefunden.

Mit Pantoffeln an den Füßen und immer noch im Schlafanzug verließ er das Schlafzimmer. Im Haus war es ruhig, man hörte nur das Summen des Kühlschranks. Erik warf einen Blick in Elsas Zimmer. Helen und ihre Tochter lagen eng aneinandergekuschelt in dem schmalen Bett. Er betrachtete seine Frau. Wie sollte es mit ihnen weitergehen? Ihr gemeinsames Leben war perfekt gewesen, bis er das Nokia-Handy im Wäschekorb gefunden und sich daraufhin gezwungen gesehen hatte, Detektiv zu spielen. Und nun hatte das, was er gefunden hatte, solche Konsequenzen. Ihre ganze Geheimnistuerei und das Gefühl, dass er den Ereignissen hinterherlief, belasteten ihn. Der Stress machte sich körperlich durch Schlafstörungen, Rückenblockaden, ständige Kopfschmerzen und hohen Puls bemerkbar. Manchmal fühlte er sich dem Wahnsinn nahe, zum Beispiel, als er herausgefunden hatte, dass Helen wieder Kontakt zu ihrem Vater hatte. Das war ein schwerer Rückschlag für ihn, da er damals alles getan hatte, um sie aus den Fängen des Vaters zu befreien. Von dessen Manipulation und Gehirnwäsche. War alles umsonst gewesen?

Er lehnte sich mit der Stirn an die Wand und biss die Zähne so fest zusammen, dass es ihm Mühe machte, den Mund wieder zu öffnen. Erst als er es in der Küche klappern hörte, schaffte er es, den Kopf von der Wand zu lösen.

Klara war noch im Haus.

Auf dem Weg in die Küche blieb er vor dem Spiegel im Flur stehen und betrachtete sich. Blasses Gesicht, dunkle Ringe unter den Augen, dünn wie ein Kolibri. Seine Nerven lagen blank, und das sah man ihm an. Er ging in die Küche.

Klara stand am Herd und briet Spiegeleier. Liam war auch auf, trug aber noch seinen Schlafanzug, genau wie Erik.

»Guten Morgen«, sagte Klara und brachte Liam das Frühstück.

»Hallo, tut mir leid wegen der Überstunden. Danke, dass du eingesprungen bist und über Nacht bleiben konntest.«

Klara sah auf die Uhr. »Müssen Sie heute zur Arbeit? Können Sie mich zur Schule fahren?«

Erik setzte sich an den Küchentisch. »Ja, wann geht dein Unterricht los?«

»In einer Stunde.«

»Gern.«

In diesem Moment gaben sowohl sein als auch Klaras Handy einen Signalton von sich. Er sah auf das Display. Eine Kurzmeldung einer Zeitung.

*Ermordete Frau in Umeå gefoltert – wurde mit gezogenen Zähnen gefunden. Die Polizei fahndet nach einem Serienmörder.*

»Igitt, das klingt ja gruselig«, sagte Klara und blickte auf ihr Handy.

»Was denn?«, fragte Liam.

»Nichts für dich«, sagte Erik und las, was die Zeitung schrieb. Er überflog den Text so schnell, dass er ihm fast nicht folgen konnte. Schließlich las er, was die Polizei bisher herausgefunden hatte. Es gab noch keine Verdächtigen, aber dafür weitere Opfer in anderen Städten. Allen hatte der Täter die Zähne gezogen.

*Um Himmels willen*, dachte Erik. Seine Kopfschmerzen wurden schlimmer.

»Wie können wir gleichzeitig einen Selbstmordbomber und einen Serienmörder haben, der seinen Opfern die Zähne zieht?« Klara schüttelte den Kopf. »Wir leben doch nicht in Stockholm, das ist doch total krank.«

Erik las den Artikel weiter. Bis der Mörder gefasst wurde, würde es noch mehr solche Schlagzeilen geben. Aber die Polizei schien nicht viel zu haben, dem sie nachgehen konnte.

»Ich habe gehört, dass die Ermittler ein Zeichen auf Samirs Körper gefunden haben. Der Typ, der am Rathausplatz ums Leben kam. Anscheinend wird das näher untersucht.«

Erik blickte zu Klara auf. »Was für ein Zeichen?«, fragte er.

»Irgendwas am Arm, was genau, weiß ich nicht. Ibrahim hat es mir erzählt. Die Polizei hat ihn gefragt, ob Samir so etwas hatte.«

Erik zog die Augenbrauen hoch und sah sie an. Sie war von der ermordeten Frau unter der Tegsbrücke zu Samir am Rathausplatz übergegangen. Glaubte sie etwa, dass es zwischen diesen Fällen eine Verbindung gab?

»Das war wohl ein Terroranschlag, den ein verrückter Einzeltäter begangen hat«, sagte Erik und seufzte. Die Kopfschmerzen wurden immer schlimmer. Er brauchte eine Schmerztablette.

Klara zuckte mit den Schultern und nahm einen Bissen von ihrem Frühstück. »Ich weiß nicht. Auf jeden Fall war da was mit diesem Zeichen.«

»Das klingt ja fast wie im Film«, sagte er, und Klara nickte.

Erik drehte den Hals und versuchte vergeblich, die Blockade zu lösen. Es fühlte sich an, als hätte jemand Stahl in seine Muskeln injiziert.

»Ich gehe erst wieder allein aus dem Haus, wenn der Irre gefasst ist«, sagte sie und legte das Handy weg.

Erik gab eine Brausetablette in ein Glas Wasser, als Helen in die Küche kam.

»War es gestern schön?«, fragte er.

Man sah ihrer zerknitterten Bluse an, dass sie darin geschlafen hatte. Helen antwortete mit einem Nicken. Erik suchte Augenkontakt, aber sie wich ihm aus. Er presste erneut die Zähne zusammen, als wären sie magnetisch. Er schloss die Augen, um seine Gefühle und Gedanken unter Kontrolle zu bringen, und hätte am liebsten geweint, um Helen zu zeigen, was sie ihm antat. Aber die Tränen blieben aus. Er verspürte nur Wut und Müdigkeit.

»Hast du in der Zeitung gelesen, dass hier in Umeå ein Serienmörder sein Unwesen treibt?«, fragte er, um ihre Aufmerksamkeit zu erhalten.

»Was?«, sagte sie und klang aufrichtig überrascht, beinahe ängstlich.

»Ja, lies selbst. Vielleicht solltest du nachts nicht allein aus dem Haus gehen.«

Helen holte ihr Handy hervor.

»Ich habe Klara versprochen, sie zur Schule zu fahren. Kannst du dich um Elsa und Liam kümmern?«, fragte er und trank das Glas aus. Das Wasser zischte und kleine Spritzer erreichten seine Nase. Es schmeckte ekelhaft, aber hoffentlich würde es die brutalen Kopfschmerzen vertreiben.

»In Ordnung, fahr du Klara«, sagte Helen und las auf dem Handy, während sie ins Schlafzimmer ging.

# 61

Charlotte telefonierte über die Freisprechanlage ihres Autos mit Per. Alex und sie waren auf dem Weg zur Familie Stenlund. Die Information, die sie soeben in der Zahnklinik erhalten hatten, machte Helen zu einer Person von besonderem polizeilichen Interesse.

»Ihr müsst mit ihr reden. Achtet darauf, wie sie reagiert, wenn zwei Polizeibeamte an ihrer Tür klopfen«, sagte Per. »Gegen sie besteht ein begründeter Verdacht wegen Mordes in mehreren Fällen. Ich sorge dafür, dass ihr einen Durchsuchungsbeschluss bekommt und sie zur Vernehmung vorladen könnt.«

»Wir brauchen mehr Informationen über die Frau«, sagte Charlotte.

»Ich habe Anna und Kicki darauf angesetzt, alles über sie herauszufinden, was wir wissen müssen. Wir melden uns so bald wie möglich«, sagte Per.

»Dieser Zeitungsartikel über einen Serienmörder, der frei herumläuft und Leuten die Zähne zieht, macht die Sache nicht einfacher für uns.«

»Ich kümmere mich um die Medien, konzentriert ihr euch auf eure Aufgabe. Aber seid vorsichtig«, sagte Per und legte auf.

Helen hatte es schnell auf die Liste der Verdächtigen geschafft. Aber Charlotte war noch lange nicht überzeugt, dass sie auf der richtigen Fährte waren.

Charlotte bog in die Straße im Stadtteil Böleäng ein, in der die Stenlunds wohnten, und hielt ein paar Häuser weiter. Dann stellte sie den Motor ab und sah Alex an.

»Ich verstehe, dass wir sämtlichen Hinweisen nachgehen müssen, aber ist es nicht weit hergeholt, dass eine Mutter von zwei Kindern hier in Umeå eine Serienmörderin sein soll?«

»Lassen wir mal dein Bauchgefühl außer Acht und schauen wir uns an, was wir wissen: Helen hat zu dem Zeitpunkt des Mordes an dem Obdachlosen in Stockholm gewohnt. Ihre Chefin hat bestätigt, dass sie dort gearbeitet hat, bevor sie ihre derzeitige Stelle angetreten hat.«

»Aber wir müssen auch herausfinden, wo sie 2017 gelebt hat, als der Mord in Malmö geschehen ist«, sagte Charlotte.

»Ja, aber sie passt auch in das Täterprofil, wonach unsere Person Schwierigkeiten hat, einen Arbeitsplatz zu behalten. Sie steht sogar kurz vor dem Rauswurf aus ihrem jetzigen Job. Ihr Aussehen stimmt mit der Beschreibung der Frau überein, die die Weste in dem Jagdgeschäft gekauft hat. Alle Opfer wurden unter Drogen gesetzt, vielleicht, um den Umgang mit ihnen zu erleichtern. Und nicht zuletzt ist Helen Zahnarzthelferin und weiß, wie man Zähne zieht«, sagte Alex.

Er beugte sich zu Charlotte vor und suchte Blickkontakt, aber sie öffnete die Tür und stieg aus.

»Was du sagst, ergibt Sinn … Ja … Wir reden mit ihr und dann schauen wir mal, was Kicki und Anna finden.«

Sie gingen schweigend zum Haus der Stenlunds. In der Einfahrt stand ein Auto. Charlotte nahm ein paar Stufen auf der Außentreppe, blieb stehen und drehte sich um. Alex stand unangenehm nahe, und sie spürte seinen Atem. Charlotte dachte an Ola und ging noch eine Stufe höher, weg von Alex.

»Gehen wir rein«, sagte er.

»Ja«, sagte sie und drückte auf die Klingel.

Sie warteten eine Weile, ehe sie noch einmal klingelte. Hinter einem der Fenster bewegte sich eine Gestalt.

Charlotte wollte erneut läuten, als ihr Handy klingelte. Es war Anna.

»Das ging ja schnell. Was hast du gefunden?«

»Noch nicht viel«, sagte Anna. »Aber bevor ihr euch mit Helen Stenlund trefft, solltet ihr eines wissen. Sie hat in Malmö gelebt und gearbeitet, als unser erstes mutmaßliches Opfer dort getötet wurde. Außerdem wohnte sie nur ein paar Hundert Meter vom Tatort entfernt. Ich werde weiter nachgraben, aber seid vorsichtig.«

Charlottes Puls ging schneller. Alles passte, abgesehen davon, dass Helen eine Frau war.

Sie hatten keine Zeit, auf einen Durchsuchungsbeschluss zu warten, da Gefahr im Verzug war. Wenn Helen merkte, dass sie ihr auf der Spur waren, könnte sie Beweismaterial vernichten.

»Schau mal, ob die Tür offen ist«, sagte Alex.

Charlotte drückte die Klinke herunter und die Tür glitt auf. Sie machte einen Schritt nach drinnen.

»Hallo, hier ist die Polizei. Ist jemand zu Hause?«

Stille.

»Hallo?«

Alex ging ein paar Schritte an ihr vorbei.

»Polizei! Ist jemand zu Hause?«, wiederholte er.

Charlotte öffnete das Holster, zog ihre Dienstwaffe und lauschte. Jemand war im Haus, wollte sich jedoch nicht zu erkennen geben.

Sie richtete den Lauf der Waffe auf den Fußboden und ging zusammen mit Alex weiter. Vor der Küche blieben sie stehen. Kaffeeduft. Frühstück, das immer noch auf dem Tisch stand.

Sie warf einen Blick auf die Wand, keuchte und hielt inne. Alex stellte sich neben sie, sah erst sie an, dann die Wand.

»Um Himmels willen«, sagte Charlotte leise, holte ihr Handy hervor und fotografierte, was sie sah.

Alex folgte erneut ihrem Blick und trat mit offenem Mund zwei Schritte nach vorn.

»Verdammt, das kann unmöglich Zufall sein«, sagte er und entsicherte seine Waffe.

*Dafür, dass er tiefreligiös ist, flucht er oft*, dachte Charlotte und konnte den Blick nicht von dem abwenden, was sie sah.

»Die sind genau gleich«, sagte sie und trat näher an die große Tafel mit dem abnehmbaren weißen Papier heran, die auf einer Staffelei an der Wand lehnte. *Wie man sie bei Besprechungen verwendet,* dachte sie. *Zu erledigen* stand mit großen Buchstaben über den Namen der vier Familienmitglieder und allen Wochentagen. Einige Aufgaben waren mit einem V als erledigt markiert. Abgehakt. Check. Alles war mit blauem Stift geschrieben. *Toiletten reinigen*, gefolgt von einem V. *Staub saugen*, ebenfalls mit einem V markiert. *Waschen, Staub wischen, Böden schrubben, kochen, Schränke auswischen.*

»Nach jeder Aufgabe, die erledigt wurde, steht ein V«, sagte Alex.

»Und es sieht genauso aus wie bei unseren Mordopfern«, sagte Charlotte.

»Helen weiß, dass wir hier sind, sie hat uns durch das Fenster gesehen. Ich fordere Verstärkung an«, sagte Alex und ging weiter ins Haus hinein.

# 62

Klara saß neben Erik auf dem Beifahrersitz und starrte auf ihr Handy. Ibrahim hatte ihr gestern Abend, als sie ins Bett gegangen war, mehrere Snapchat-Nachrichten geschickt und gefragt, wie es ihr ginge. Aber jetzt war er nicht zu erreichen. Das machte sie stutzig. Er ließ sonst immer vormittags von sich hören, wenn er wusste, dass sie aufgewacht war. Hoffentlich war nicht schon wieder etwas Neues passiert. Sie sah durch die Windschutzscheibe nach draußen. Vor ihnen reihten sich Autos vor der roten Ampel. Bremsleuchten blinkten auf. Obwohl Erik sie zur Schule brachte, würde sie wahrscheinlich zu spät kommen. Er fuhr ruhig, fast zu langsam, als ob er vor etwas Angst hatte oder auf jemanden wartete. Warme Luft strömte aus den Lüftungsschlitzen. Die Vormittage wurden allmählich etwas kühler. Draußen war alles feucht und mit glänzendem Tau bedeckt.

Klara blickte verstohlen zu Erik hinüber. Wenn sie mit ihrem Vater Autofahren übte, hielt sie das Lenkrad genau wie Erik. Wie man es als Anfänger machte, weil man es so in der Fahrschule lernte.

Sie zuckte zusammen, als Erik fest auf die Hupe drückte. Das Geräusch schnitt durch die Luft.

»Jetzt fahr schon, Freundchen«, sagte er zu dem Wagen vor ihm, der es nicht rechtzeitig über die Kreuzung schaffte, bevor die Ampel erneut auf Rot umsprang.

*Du bist doch derjenige, der super langsam fährt*, dachte Klara, sagte jedoch nichts. Erik hupte ein zweites Mal.

Die Fahrt zur Schule würde Zeit kosten. Im Radio war von einem Verkehrsunfall die Rede. Klara beobachtete die Leute, die an ihrem stehenden Auto vorbeigingen. Die meisten waren für eine kältere Jahreszeit gekleidet. Sie selbst trug ihre dünne blaue Jacke. Eine Mitschülerin fuhr auf dem Fahrrad vorbei. Obwohl sie über das beste Alibi in Gestalt des Sozialarbeiters der Schule verfügte, war Klara gestresst, weil sie es nicht pünktlich zu ihrer ersten Schulstunde schaffen würde.

»Wie geht es Helen?«, fragte sie, um an etwas anderes als verpassten Unterricht zu denken.

Erik warf ihr einen Blick zu. »Was meinst du damit?«

Klara zuckte mit den Schultern. »Na ja, ich finde, sie hat sich in letzter Zeit ein bisschen seltsam benommen.«

»Inwiefern?«

»Ich weiß nicht … Neulich hat sie mich angerufen und sich bei mir bedankt, dass ich so gut zu den Kindern war. Sie wollte, dass ich weiß, wie sehr sie meine Zeit bei euch zu schätzen wisse. Das hat sich so angehört, als sollte ich nicht länger auf die Kinder aufpassen. Aber etwas später hat sie mich erneut um Hilfe gebeten, als wäre nichts gewesen.«

»Das klingt seltsam«, sagte Erik mit müder Stimme.

»Sie wirkte irgendwie abwesend. Mit Ihnen kann ich reden, aber Helen ist verschlossen wie eine Auster. Ich glaube, sie mag mich nicht.«

»So darfst du nicht denken. Helen ist zurzeit etwas seltsam, da gebe ich dir recht. Aber das hat nichts mit dir zu tun. Sie hat Probleme mit ihrem Vater und ihr geht es psychisch nicht gut.«

Klara seufzte. Das erklärte Helens steifes Benehmen. In der Schule hatten sie psychische Erkrankungen durchgenommen, und viele ihrer Mitschüler litten ebenfalls darunter.

Klara trommelte mit dem Zeigefinger auf dem Handy, das auf ihrem Oberschenkel lag. Snapchat-Nachrichten von mehreren Freundinnen trudelten ein, aber keine von Ibrahim. Das Seltsamste daran war, dass er nicht auf Snap Map zu sehen war, obwohl sie einander versprochen hatten, diese Funktion stets einzuschalten.

Plötzlich bog Erik abrupt ab, und ihr Handy fiel zwischen den Beifahrersitz und die Tür.

»Mist«, sagte sie, langte in den Zwischenraum und tastete nach dem Gerät.

Erik sah sie an. »Lass, ich hol es dir, wenn wir da sind.«

»Verdammt, ich finde es nicht«, sagte sie und suchte weiter nach dem Handy.

»Ich kann da vorn anhalten und dir helfen«, sagte er und betätigte den Blinker.

»Aber wir sind eh schon spät dran.«

Erik fuhr in eine Bushaltebucht. »Das haben wir doch gleich«, sagte er.

»Geben Sie mir ein Alibi für meine Verspätung?«

»Selbstverständlich«, sagte er. »Ich werde die Situation erklären.«

Er blieb mit laufendem Motor stehen, stieg aus und ging um den Wagen herum zu ihrer Seite. Klara suchte weiter und tastete unter dem Sitz. Plötzlich spürte sie etwas Hartes. *Da ist es,* dachte sie und zog eine Schachtel mit schwarzem Samtbezug hervor. Sie lächelte Erik an, als er die Beifahrertür öffnete.

»Sie sind also ein Romantiker. Was haben Sie Helen gekauft?«, fragte sie und öffnete die Schachtel.

Klaras Lächeln verschwand, als sie den Inhalt sah. Sie blickte zu Erik auf, der sich über sie beugte. Dann riss er ihr die Schachtel aus der Hand und fluchte. Zunächst sah sie den Zusammenhang nicht, aber mit jedem Atemzug wuchs ihre Einsicht. Panik stieg in ihr auf.

Inzwischen war Erik wieder zur Fahrerseite gegangen und ins Auto gesprungen. Klara hörte die Zentralverriegelung. Sie wollte jemanden anrufen, aber ihr Handy lag immer noch zwischen ihrem Sitz und der Tür. Sie starrte geradeaus und bekam keine Luft.

»Das war verdammt unnötig!«, schrie Erik und fuhr los.

In der Schachtel befand sich kein Schmuck.

Sie war voller Zähne.

# 63

Per legte auf, nachdem er mit Alex über den Fund im Haus der Stenlunds gesprochen hatte. Sie waren der Mörderin auf der Spur. Außerdem erhielt er pausenlos Anrufe von Journalisten. Das Informationsleck mit den Zähnen und einem mutmaßlichen Serienmörder war ein heftiger Rückschlag für die Ermittlungen. Die Schlagzeilen waren fett und groß. Per leitete sämtliche Anrufe an die Presseabteilung weiter, und Kennet half ihm glücklicherweise dabei. Auf die Aufgabe, sich mit Journalisten herumzuschlagen, die jedes Ermittlungsdetail wissen wollten, war Per nicht vorbereitet. Zum Glück wussten die Medien noch nichts von dem V-Zeichen an den Opfern. Aber der Stress hatte das Diabetesmessgerät durch die Decke gehen lassen, und mitten in all dem Chaos musste er auch noch Hannes vom Eishockeytraining abholen. Deshalb saß er um zehn Uhr vormittags im Auto und wartete vor der Nolia-Halle auf seinen Sohn.

Wenigstens hatte Mia eine erfreuliche Nachricht über ihre Krebserkrankung erhalten. *Was für eine verdammte Erleichterung*, dachte Per. Und sie brauchte keine weiteren Behandlungen, was sie im Laufe des Tages mit ihren Freundinnen feiern wollte.

Per stieg aus und blickte sich nach Hannes um. Direkt vor ihm baute die Gemeinde gerade eine große Fußballhalle, die auch Platz für Büros und ein Restaurant bieten würde. Die Eltern der jugendlichen Fußballspieler freuten sich, denn sie würden künftig nicht mehr im Freien stehen und frieren müssen. Er selbst hatte in ein Paar Schneemobilstiefel und eine Thermohose investiert, um es in den Eishallen auszuhalten.

Sein Handy gab einen Signalton von sich. Diesmal war es Mia. Sie befand sich gerade in der Umkleidekabine eines Geschäfts und probierte Kleider an. Das Foto zeigte ein rotes Kleid mit tiefem, aber nicht zu auffälligem Ausschnitt. Ihr Schlüsselbein stach hervor. Er hatte aus erster Hand miterlebt, wie seine Frau von den Behandlungen langsam, aber sicher immer dünner geworden war, aber jetzt war das Lächeln auf dem Foto unverkennbar.

Darunter stand eine Frage.

*Was meinst du?*

Per wurde warm ums Herz und er schrieb zurück.

*Nimm es. Steht dir sehr gut.*

Sie antwortete sofort.

*Es ist ein bisschen teuer …*

*Nimm es.*

Es spielte keine Rolle, was das Kleid kostete. Von ihm aus könnte Mia sich ein neues Auto kaufen, wenn sie wollte. Auf dem Foto verursachte die grelle Deckenbeleuchtung in dem Laden dunkle Ringe unter ihren Augen, die heute geschminkt waren. Sie sah glücklich aus.

*Wir haben im Harlequin einen Tisch zum Mittagessen reserviert. Habe über euren Serienmörder gelesen. Sag Bescheid, wenn ich mich um die Kinder kümmern soll.*

Per antwortete sofort.

*Das mit den Kindern regle ich. Genieß du erst mal, dass du gesund bist. Charlotte ist ganz wild darauf, deine Genesung zu feiern, nur dass du es weißt.* 😉

Eine neue Nachricht mit Foto. Mia mit einem Sektglas in der Hand.

*Sie wusste, dass wir in diesen Laden kommen würden, und hat dafür gesorgt, dass es Schampus gab, als wir ankamen. #verrückt*

Per lachte. Nach dem, was er in Stockholm erlebt hatte, war er nicht überrascht.

»Hej Papa, ich bin da, lass uns gleich losfahren!«

Per drehte sich um und sah, wie Hannes herbeigelaufen kam.

»Wie lange hast du noch Freistunde?«, fragte Per, als sie sich ins Auto setzten.

»Ich habe in zehn Minuten Unterricht.«

»Aber warum musstest du in der Zeit unbedingt Eishockey spielen? Hättest du nicht lieber Hausaufgaben machen sollen?«, sagte Per und klang dabei wie sein eigener Vater.

»Ich musste Schüsse üben.«

Per schüttelte den Kopf. Heute wollte er seinen Sohn nicht maßregeln. Dafür hatte er keine Zeit. Gleichzeitig war er stolz darauf, dass der Junge so motiviert war.

»Willst du eine gute Nachricht hören, die ich Simon heute Früh schon auf dem Weg zum Training erzählt habe?«, fragte er seinen Sohn.

»Was denn? Holen wir uns einen Hund?«

Per lächelte. »Mama ist gesund.«

Hannes sah seinen Vater an. »Gesund, was meinst du damit? Ist der Krebs weg?«

Per nickte, nahm die Hand seines Sohnes und drückte sie.

»Der Tumor hat sich nicht ausgebreitet, und der, den sie in ihrem Körper hatte, ist verschwunden. Die Behandlungen haben gewirkt.«

Per startete den Motor und schaltete die Heizung an, während Hannes schweigend neben ihm saß und vor sich hin starrte. Tränen liefen ihm die Wangen hinunter. Seine Freude war still.

»Ich weiß, Liebling. Sie ist jetzt mit ihren Freundinnen unterwegs, aber heute Abend gehen wir schön essen und feiern.«

Hannes nickte, wischte die Tränen weg, zog die Nase hoch und lächelte. Per fuhr an der Dragonskolan vorbei, wo die Jungs vermutlich aufs Gymnasium gehen würden.

»Kann Mama sich mein Spiel am Sonntag anschauen?«, fragte der Sohn vorsichtig.

»Sie würde nichts lieber tun.«

»Dass Mama gesund ist, ist besser als ein Hund«, sagte Hannes und lachte, bevor er zu seinem Handy griff. Per wusste, dass der Junge seine Mutter anrufen würde, und ihm kamen ebenfalls die Tränen. Er musste sich wirklich zusammenreißen, um nicht vor lauter Gefühlsaufwallung zusammenzubrechen.

Hannes war gerade in ein Gespräch mit seiner Mutter vertieft, als Kicki anrief und Per zurück in den Fall holte.

»Gibt's was Neues?«, fragte er seine Kollegin.

»Helen Stenlund«, sagte Kicki.

»Ja, was ist mit ihr? Charlotte und Alex sind gerade dort.«

»Es gibt da etwas, das du über sie wissen solltest. Die Sache ist heikel und muss diskret behandelt werden. Kannst du aufs Revier kommen? Ich rufe auch Charlotte und Alex an.«

Per vernahm ein Anklopfsignal und sah nach, wer anrief. Alex.

»Ja, wir sehen uns in fünfzehn Minuten. Ich muss Schluss machen, Alex ist auf der anderen Leitung.«

# 64

Charlotte drehte den Kopf in Richtung eines Geräuschs, das irgendwo im Haus der Stenlunds erklang. Es hörte sich an wie ein sprechendes Kind. Sie hielt die Waffe gesichert hinter dem Körper. Alex war in den Flur gegangen, um Per anzurufen, also ging sie allein auf das Geräusch zu, das aus einem der kleineren Zimmer zu kommen schien. Das Haus, in dem sie sich befand, sah aus, als wäre es einer Wohnzeitschrift entnommen – blitzsauber und aufgeräumt. Sonst war es eher so, dass sie bei ihren Polizeieinsätzen direkt mit dem Elend konfrontiert wurde. Hier verbarg sich das Elend anscheinend im Inneren der Menschen.

»Hallo?«, rief sie und bewegte sich in Richtung Wohnzimmer. Die Balkontür war zu, aber ein Fenster stand offen. Im Garten hinter dem Haus konnte sie ein Trampolin, Gartenmöbel und Pflanzen erkennen.

Charlotte ging weiter und stieß plötzlich auf einen Jungen im Schlafanzug, der aus einem der Zimmer eilte. Als er die fremde Person im Haus sah, blieb er abrupt stehen. Charlotte versteckte schnell die Waffe im Hosenbund.

»Mama!«, rief der Junge.

»Hallo, ich bin Polizistin. Ist deine Mutter oder dein Vater zu Hause?«

Er starrte Charlotte an, als wäre sie ein Vampir, deutete dann aber auf eines der Zimmer. Sie warf einen Blick hinein. Die Wände waren in verschiedenen Rosatönen gestrichen. Auf einem niedrigen Bett saß eine Frau. Sie rauchte und telefonierte, während ein kleines, vielleicht sechs Jahre altes Mädchen sich ankleidete. Die Frau, die Charlotte für Helen hielt, flüsterte in den Hörer. Anscheinend wollte sie nicht, dass jemand das Gespräch mitbekam. Charlotte drehte sich zu Alex um und gab ihm mit einem Handzeichen zu verstehen, dass sie vorhatte, das Zimmer zu betreten.

»Entschuldigung, ich bin von der Polizei«, sagte sie. »Niemand hat aufgemacht.«

Helen wandte ihr das Gesicht zu und beendete das Gespräch sofort. Ihre Augen waren rot und geschwollen. Sie nahm einen tiefen Zug an ihrer Zigarette.

»Ich habe telefoniert und Sie nicht gehört. Was machen Sie hier?«, sagte sie, ohne aufzustehen. »Ist was passiert?«

Charlotte fiel eine Reisetasche für Kinder auf, die auf dem Boden lag. Darin befanden sich Kleider, die aussahen, als hätte jemand sie hastig hineingeworfen.

»Nein. Wir sind hier, um Sie zu einer Vernehmung abzuholen.«

Helen musterte ihre Zigarette und blies Rauch aus. »Ich war vor langer Zeit Raucherin, habe aber aufgehört, als ich Erik kennengelernt habe«, sagte sie, als hätte sie nicht gehört, was die Polizistin gesagt hatte.

Charlotte wusste nicht, was sie darauf antworten sollte. Helen wirkte abgestumpft. Der Zigarettenrauch kräuselte sich nach oben und löste sich schließlich in Luft auf.

»Er hat mich dazu gebracht, aufzuhören, das war wohl gut. Aber das ist das einzige Gute, was er mir gebracht hat.« Sie ließ die Zigarette nicht aus den Augen. »Und die Kinder natürlich.«

Charlotte trat einen Schritt nach vorn und lächelte das kleine Mädchen an.

»Jetzt fange ich wieder damit an, weil ich es kann«, sagte Helen.

Charlotte bekam Unterstützung von Alex, der sich in den Türrahmen stellte. Das Mädchen starrte die Eindringlinge an und setzte sich zu seiner Mutter.

»Worum geht es?«, fragte Helen und sah die Polizisten an.

Charlotte dachte daran, was sie an der Wand in der Küche gesehen hatte. Mit dieser Wendung hatte sie nicht gerechnet. Sie beschloss, behutsam vorzugehen und nicht von ihrem zurechtgelegten Plan abzuweichen, bis Verstärkung eintraf.

»Um die gestohlenen Gegenstände in Ihrer Zahnklinik. Wir untersuchen den Vorfall und müssen Ihnen ein paar Fragen stellen.«

»Was denn? Glauben Sie etwa, dass ich es war?«

*Offenbar ist sie beleidigt*, dachte Charlotte angesichts von Helens Ton.

»Nein, das habe ich nicht behauptet. Wir ermitteln in dem Fall und werden uns mit allen Ihren Kolleginnen und Kollegen unterhalten«, log sie in der Hoffnung, Helen zu beruhigen.

»Ich habe jedenfalls nichts gestohlen. Und ich weiß auch nicht, wer es war.«

Charlotte blickte auf die kleine Reisetasche. »Verreisen Sie?«

Helen antwortete nicht, sondern drückte lediglich ihren Glimmstängel in einem Glas aus, das auf dem Boden stand. Charlottes Handy vibrierte in ihrer Tasche, aber sie ignorierte es.

»Sind Sie Polizistin?«, fragte das Mädchen.

Charlotte lächelte. »Ja.«

Das Mädchen blickte auf die Waffe, die unter der Jacke hervorlugte. Charlotte zog an dem Stoff, um sie zu verbergen.

»Cool.«

»Helen, Sie müssen mit uns aufs Revier kommen, damit wir Ihnen ein paar Fragen stellen können.«

»Das geht leider nicht. Meine Tochter und ich müssen weg.«

Helen erhob sich mühsam, als hätte sie Schmerzen. Charlotte fiel ein blauer Fleck an ihrem Handgelenk auf, der unter dem Ärmel ihres Pullovers hervorschaute.

Das Handy in ihrer Tasche vibrierte weiterhin, aber sie ließ sich davon nicht ablenken.

»Wo ist Ihr Mann?«, fragte Alex.

Helen packte die Reisetasche weiter und antwortete nicht.

»Papa ist auf der Arbeit. Klara und er sind vor einer Weile weggefahren«, sagte das Mädchen, während es sich anzog.

»Wer ist Klara?«, fragte Charlotte.

»Unsere Babysitterin.«

»Wie heißt sie mit Nachnamen?«, fragte Charlotte. Hier war eine weitere Person, mit der sie reden wollte.

»Lundquist«, erwiderte Helen.

Alex notierte den Namen in seinem Block. Dasselbe Mädchen, das schon einmal im Laufe der Ermittlungen aufgetaucht war.

»Warum ist das für Sie interessant?«, fragte Helen und sah Alex an.

»Es gibt keinen besonderen Grund, wir ermitteln in alle Richtungen«, erklärte Alex, ehe er sich an das Mädchen wandte. »Wo arbeitet dein Papa?«

»In Klaras Schule«, sagte die Kleine.

Helen fuhr sich mit der Hand über den Rücken. »Er ist Sozialarbeiter an der Dragonskolan«, sagte Helen.

Charlotte überlegte, wie sie das Gespräch von dem Diebstahl in der Zahnklinik auf den Aufgabenplan in der Küche lenken konnte, ohne Verdacht zu erregen.

Alex ging vor der Bettkante, auf der das Mädchen inzwischen vollständig angezogen saß, in die Hocke. Helen machte die Reisetasche zu, stand auf und rief ihren Sohn.

»Ich habe in der Küche euren Aufgabenplan gesehen. Gute Idee, das werde ich meiner Freundin vorschlagen«, sagte Alex in einem lockeren Plauderton, der glaubwürdig klang. »Funktioniert das?«

Helen zündete sich eine neue Zigarette an. Ihre Hand zitterte wie die eines Junkies auf Entzug. »Ja«, erwiderte sie schließlich.

»Ich werde bald sechs, dann bekomme ich mehr Aufgaben«, sagte das Mädchen stolz.

»Das ist ja toll«, sagte Alex. »Aber bist du nicht noch etwas zu klein zum Saubermachen?«, fuhr er fort.

»Nein, ich helfe Mama, dann ist es leichter für sie.«

Charlotte warf Alex einen Blick zu. Sie mussten Helen mit aufs Revier nehmen und ordnungsgemäß befragen. Die Frau wollte sich offenbar aus dem Staub machen.

»Entschuldigen Sie«, sagte Charlotte und verließ das Zimmer. Draußen begegnete sie erneut dem Sohn. Er trug immer noch seinen Schlafanzug und sah aus, als hätte er geweint.

Charlotte ging zurück in die Küche und stellte sich vor den Aufgabenplan. Sie rief Per an, aber der ging nicht ran. Dann versuchte sie es bei Kicki. Diesmal hatte sie Glück.

»Hallo, hier ist Charlotte. Wir kommen mit Helen aufs Revier. Sie hat eine Reisetasche gepackt und war im Begriff zu flüchten. Wie sieht es mit der Verstärkung aus?«

Schweigen am anderen Ende.

»Hallo Kicki?«

»Ja, die ist unterwegs …«

»Gut, wir können nicht riskieren, dass sie uns durch die Lappen geht.«

»… aber ihr dürft Helen nicht aufs Revier bringen«, beendete Kicki ihren Satz.

»Warum nicht?«, fragte Charlotte irritiert. »Sag Per, dass wir mit ihr kommen.«

»Ist ihr Mann zu Hause?«, fragte Kicki.

»Nein.«

»Die Kinder?«

»Ja.«

»Bleib dort und lass sie nicht aus den Augen. Ich rufe gleich zurück!«

# 65

Per zwängte sich mit der Schulter aus dem Aufzug, bevor die Türen sich vollständig geöffnet hatten. Hannes war zurück in der Schule, Pers Herz pochte, und er stieß beinahe mit einer Kollegin zusammen, die zwei Schritte zurückwich.

»Hoppla«, sagte die Frau, an deren Namen er sich nicht erinnern konnte. Momentan wimmelte es in den Räumen des Dezernats für Schwerkriminalität von Menschen.

Er murmelte schnell eine Entschuldigung und eilte weiter. Kickis Anruf wegen Helen war beunruhigend. Worum ging es? Was hatte Kicki mit ihrer Bemerkung gemeint, die Sache sei heikel und müsse diskret behandelt werden?

Als er bei seinem Büro ankam, warf er schnell den Mantel auf den Besuchersessel – daneben. Er ging weiter zu den anderen. Kicki wartete bereits mit einer Mappe in der Hand auf ihn.

»Komm mit«, sagte sie und ging voraus.

»Kicki, wir haben Verstärkung zu den Stenlunds geschickt. Was ist so verdammt wichtig, dass wir es ausgerechnet jetzt klären müssen?«

»Ich weiß, aber es gibt etwas, das ich zuerst mit dir besprechen muss.«

Sie betraten das Besprechungszimmer, das im Augenblick leer war. Kicki schloss hinter ihnen die Tür.

»Was ist los, Kicki? Ich habe Charlotte und Alex zu den Stenlunds geschickt. Sind sie in Gefahr? Du machst mich verdammt nervös.«

Kicki setzte sich an ihren üblichen Platz. *Gewohnheitstier*, dachte Per.

»Neben meinem Job bei der Polizei arbeite ich ehrenamtlich in einem Frauenhaus.«

Per zog die Augenbrauen hoch. »Okay?«, sagte er und verspürte noch mehr Irritation. »Du weißt, dass es Polizeibeamten nicht gestattet ist, sich in einer solchen Einrichtung zu engagieren. Das kann sich auf das Vertrauen zu uns auswirken, wie wir schon einmal hier im Norden gesehen haben.«

Kicki nickte. »Ich weiß, wer die Polizistin war. Sie steht nach wie vor zu dem, was sie getan hat. Aber es gab eine riesige Debatte, sowohl intern als auch in den Medien«, sagte Kicki selbstbewusst.

Per sah sie schweigend an.

»Ja, ich weiß, Loyalitätskonflikt. Deshalb habe ich niemandem was gesagt«, fuhr Kicki fort. »Mein Engagement ist laut meinem Arbeitgeber nicht in Ordnung, und deshalb sind wir beide jetzt hier allein in einem Raum. Aber jetzt haben wir eine akute Situation, die deine Aufmerksamkeit erfordert.«

Per schüttelte den Kopf. *Verdammt*, dachte er. Er würde sich um diese Sache kümmern müssen, wenn der Fall gelöst war.

»Helen Stenlund ist im Begriff, ihren Mann zu verlassen«, sagte Kicki. »Erik ist ein notorischer Frauenmisshandler und hat seine Frau jahrelang geschlagen und manipuliert. Das Frauenhaus stand schon öfter kurz davor, sie aufzunehmen, aber sie hat es sich jedes Mal im letzten Moment anders überlegt.«

Per setzte sich. »Und du kannst es Charlotte und Alex nicht sagen, weil du ein Dienstvergehen begehst«, ergänzte Per.

»Ja, und weil das Frauenhaus sie genau in diesem Augenblick von Erik wegholen wird. Ein Polizeieinsatz im Rahmen unserer Mordermittlung könnte das vermasseln. Charlotte will Helen mit aufs Revier nehmen, und das geht nicht. Wir müssen sie wegbringen.«

»Eine Mordermittlung geht vor«, sagte Per.

»Hör zu. Helen ist nicht unsere Täterin. Sie ist jeden Tag voll damit beschäftigt zu überleben. Ich hatte Erik überhaupt nicht mit dem Mord in Verbindung gebracht. Aber sämtliche Spuren, die uns zu Helen geführt haben, führen vielleicht in Wirklichkeit zu ihm. Sie hat vermutlich die Weste gekauft, vielleicht als Geschenk für Erik? Die zahnärztlichen Instrumente kann er leicht an ihrem Arbeitsplatz entwendet haben. Zum Zeitpunkt der Morde in Malmö und Stockholm haben sie beide dort gewohnt.«

Per stieß die Luft aus der Lunge. »Helen ist also ein Opfer? Erik ist in Wirklichkeit unser Täter?«

Kicki nickte. »Im Frauenhaus bekommen wir jeden Tag Geschichten von Frauen mit, die mit gewalttätigen Männern zusammenleben. Erik war einer der Schlimmsten, von denen ich je gehört habe. Er übt totale Kontrolle über seine Frau aus. Als mir klar wurde, dass die Ermittlungen sich auf *unsere* Helen konzentrieren, bin ich in Panik geraten. Per, wir müssen sie von zu Hause wegbringen, ohne dass ihr Mann Verdacht schöpft.«

Per stand auf. »Hör zu. Wenn Erik unser Täter ist, bekommt er lebenslänglich. Dann ist Helen sowieso sicher. Aber bis wir das genau wissen, müssen Helen und die Kinder in Sicherheit gebracht werden.«

»Ja, genau das versuche ich dir zu erklären«, sagte Kicki. »Ein Team vom Frauenhaus ist gerade auf dem Weg zu Helen, um sie abzuholen. Wir müssen mit Alex und Charlotte reden.«

»Warte noch einen Moment. Was wisst ihr noch über Erik?«

Kicki reichte ihm einen Zettel. »Nicht viel mehr als das hier. Helen war aus irgendeinem Grund äußerst schweigsam.«

Per las. Kickis Notizen waren durcheinandergeschrieben.

Erik, Sozialarbeiter, keine finanziellen Auffälligkeiten oder Vorstrafen. Macht einen gewissenhaften Eindruck. Aber passte er zu ihrem Täterprofil?

»Er ist auch Jäger«, sagte Kicki. »Wie ich schon sagte, muss die Weste, die Helen gekauft hat, ein Geschenk für Erik gewesen sein. Sie hat uns von seinen Jagdwaffen erzählt und dass er sie mehr als einmal damit bedroht hat.«

»So ein Mist, dass wir nicht schon vorher an ihn gedacht haben. Aber bevor du gekommen bist und mir erzählt hast, wer er wirklich ist, gab es kein einziges Warnsignal.«

»Erik ist ein Schwein, keine Frage, aber wenn wir ihn als unseren Serienmörder vor Gericht bringen wollen, brauchen wir hieb- und stichfeste Beweise, bevor wir auch nur ein Wort zu unserem Verdacht äußern«, sagte Kicki. Es klimperte, als sie ihre Hände auf den Tisch legte. Die Armbänder, die Charlotte als Klimbim bezeichnete.

»Finde mehr heraus«, sagte Per. »Kindheit, beruflicher Werdegang, ob es in der Schule Beschwerden gab, alles.«

»Helen hat ihre Sachen gepackt und ist aufbruchbereit«, sagte Kicki. »Was soll ich machen? Was wirst du Charlotte und Alex sagen?«

»Ich werde mit dem Staatsanwalt reden. Wenn wir genug in der Hand haben, um Erik festzunehmen, tun wir das. Sag deinen Leuten vom Frauenhaus, sie sollen nach Plan vorgehen und Helen und die Kinder in Sicherheit bringen, wenn sie jetzt endlich bereit ist, ihn zu verlassen.«

Kicki nickte.

Per fluchte in sich hinein. »Eigentlich müssten wir ihr in dieser Situation Schutz bieten, aber deine Lösung ist momentan die praktischste.« Er sagte es, obwohl er gewisse Zweifel hatte.

»Und wir müssen die Möglichkeit haben, Helen zu kontaktieren, solange die Ermittlungen laufen.«

Kickis Handy klingelte. Sie sah auf das Display. »Charlotte«, sagte sie zu Per.

»Okay, setze sie und Alex mit deinem Team vom Frauenhaus in Verbindung. So schnell wie möglich.«

# 66

Erik stellte das Autoradio lauter und die Heizung niedriger. Dieser Mittwoch verlief nicht nach Plan. Er fuhr auf der E12 und hielt sich an die Geschwindigkeitsbegrenzung. Die Polizei kontrollierte auf dieser Strecke häufig, und er hatte keine Lust, angehalten zu werden. Er dachte an Klara und warf einen Blick auf den Beifahrersitz, wo sie vor Kurzem gesessen hatte. Die Schachtel lag immer noch dort. Erik streckte die Hand aus und fuhr damit über die weiche Oberfläche. Der Samt war an einigen Stellen abgenutzt und wies kahle schwarze Flecken auf. Er besaß die Schachtel, seit er klein war, ein Geschenk seiner Mutter. Als er sie bekommen hatte, hatte sich eine Halskette darin befunden. Im Alter von zehn Jahren war sie sein wertvollster Besitz gewesen.

Klara hatte protestiert, als sie ihren Platz im Auto verlassen musste, aber jetzt war es endlich ruhig. Jetzt, wo er allein war, konnte er seine Gedanken besser ordnen. Die Muskeln fühlten sich lockerer an, aber der Nacken war immer noch verspannt und die Kopfschmerztabletten halfen nicht. Trotzdem sang Erik einen alten Schlager aus den Achtzigerjahren von Ankie Bagger mit, bis das Klingeln seines Handys ihn aus seinen Gedanken riss. Er stellte die Musik leiser.

»Ja, hier ist Erik.«

»Hallo, hier ist Stina von der Schule. Kommst du heute? Vor deiner Tür sitzt ein Schüler und wartet auf dich.«

Verdammt, er hatte vergessen, seine Sprechstunden abzusagen.

»Tut mir leid, ich habe heute einen Arzttermin. Richte dem Schüler aus, dass ich erst morgen wieder da bin.«

Die Kollegin seufzte in den Hörer. »Ich hänge einen Zettel an deine Tür, dann muss ich nicht für dich arbeiten.«

»Was ist das Problem? Tu es einfach, verdammt noch mal!«

Schweigen am anderen Ende. Eriks Atem ging schneller.

»Wie bitte? Das ist genau der Grund, warum das Personal dich nicht mag, Erik. Deine schlechte Laune.«

Er schloss die Augen und biss die Zähne zusammen. »Sonst noch was?«, sagte er kurz angebunden.

»Ja, wir haben erfahren, dass du heute eine Klara Lundquist zur Schule gefahren hast. Aber laut ihrem Lehrer ist sie nicht anwesend.«

Erik drosselte das Tempo. »Was?«

»Ja, ihre Freundinnen behaupten, sie wollte mit dir zur Schule fahren. Aber sie ist nicht erschienen. Weißt du etwas darüber?«

Erik warf erneut einen Blick auf den Beifahrersitz. »Nein, ich habe sie abgesetzt. Sie ist wahrscheinlich irgendwo dort«, sagte er gereizt. »Habt ihr ihren Freund gefragt?«

»Noch nicht«, sagte die Kollegin. »Ja, sie taucht bestimmt auf. Tschüss.«

Erik legte auf und schaltete das Handy aus. Er hatte keine Lust auf weitere Anrufe von der Schule.

Die Hände krallten sich noch fester ums Lenkrad.

Erik schaltete auch das Radio aus. Die Landschaft veränderte sich während der Fahrt. Mehr Wald. Er war schon so oft diese Straße entlanggefahren, dass er sie im Schlaf kannte.

Gerade als er überlegte, ob er Helen anrufen und sich erkundigen sollte, was sie machte, ertönte plötzlich irgendwo im Auto ein Klingelton. Er nahm den Blick von der Fahrbahn und sah auf sein Handy. Es war doch ausgeschaltet. Aber es war nicht sein Telefon, sondern das von Klara.

Er betätigte den Blinker und hielt am Straßenrand. Beugte sich vor und tastete unter dem Beifahrersitz. Klaras Handy lag noch dort. Mit dem Fuß auf der Bremse und eingelegtem Gang gelang es ihm, das Gerät hervorzuholen. Er stand nicht optimal am Straßenrand, und ein Auto hupte im Vorbeifahren. Erik scherte sich nicht darum, sondern starrte auf die Nummer auf dem Display. Er wusste, wem sie gehörte, obwohl sie nicht in Klaras Kontaktliste gespeichert war.

Liam, sein Sohn. Warum hatte er Klaras Nummer?

Erik blickte auf das Telefon, bis es nicht mehr klingelte. Sollte er zu Hause anrufen? Er schaltete in den Leerlauf, machte die Warnblinkanlage an und schrieb auf Klaras Handy eine Textnachricht an Liam.

*Kann jetzt nicht rangehen, was ist los?*

Erik musste herausfinden, warum sein Sohn die Babysitterin anrief.

Liam antwortete sofort.

*Die Polizei ist hier, kannst du kommen? Es ist unangenehm und Mama ist komisch.*

Erik hielt den Atem an und starrte auf die Nachricht. *Was zum Teufel*, dachte er und trommelte mit dem Zeigefinger auf die Seite des Handys. Was sollte er tun? Was machte die Polizei dort?

Er tat weiterhin so, als wäre er Klara.

*Kann jetzt nicht. Was wollen sie?*

Liams Antwort kam schnell.

*Mit Mama reden. Und ich weiß nicht, wo Papa ist, ist er bei dir? Er geht nicht ran.*

Erik biss die Zähne zusammen und dachte an sein ausgeschaltetes Handy. Das Chaos nahm kein Ende.

*Schreib mir am besten weiter hier und halt mich auf dem Laufenden.*

Liam schrieb zurück und versprach, dies zu tun. Erik verließ den Straßenrand.

*Verdammter Mist*, dachte er. Die Ruhe, die er verspürt hatte, war weg. Seine Muskeln verkrampften sich wieder und er hörte seinen eigenen Atem. Er kam nie zur Ruhe, immer gab es irgendwelche Probleme, die er lösen musste.

»Wenn die Leute einfach nur machen würden, was ich ihnen sage«, sagte er laut zu sich selbst. »Warum ist das so verdammt schwer zu verstehen?«

Er gab Gas und fuhr weiter, hielt sich jedoch an die vorgeschriebene Geschwindigkeit. Nach einer Weile schaltete er sein Handy wieder ein und rief Helen an.

Sie ging nicht ran.

# 67

Charlotte hatte sich die neue Information über das Ehepaar Stenlund angehört, die Kicki ihr telefonisch übermittelt hatte, und anschließend Alex erklärt, wer Erik war. Sie baten die zur Verstärkung herbeigeschickten Kollegen, noch zu warten, bis sie ungestört mit Helen gesprochen hatten. Jetzt standen beide mit ihr in der Küche, während die Kinder in Liams Zimmer sich die Zeit mit einem Videospiel vertrieben.

»Wissen Sie, wann Erik nach Hause kommt?«, fragte Charlotte sie.

Helen spülte eine Kaffeetasse aus, bevor sie sie in die Geschirrspülmaschine stellte. Dann zündete sie sich erneut eine Zigarette an.

»Er ist auf der Arbeit«, antwortete sie, immer noch misstrauisch. Sie wirkte, als hätte sie stundenlang bei Minusgraden im Freien gestanden. Ihre Muskeln waren angespannt, ihre Bewegungen steif.

»Ihre Kontaktpersonen im Frauenhaus werden Sie und die Kinder in Sicherheit bringen. Wir bleiben solange hier.«

Helen setzte sich auf den Küchenstuhl und strich eine blonde Locke weg, die sich über ein Auge gelegt hatte. Sie saß eine ganze Weile schweigend da, ehe sie etwas sagte.

»Sie wissen Bescheid.« Ihr Rücken war gekrümmt und Tränen quollen aus ihren Augen, aber sie wischte sie weg.

»Wir wissen Bescheid«, sagte Charlotte.

»Wir wollten es eigentlich heute tun, und jetzt …«, sagte Helen.

»Und jetzt machen Sie weiter wie geplant«, sagte Charlotte. »Wir müssen Ihnen nur ein paar Fragen stellen, sobald die Leute vom Frauenhaus hier sind. Man wird Sie an einen Ort bringen, den nicht einmal wir kennen. Ihre Adresse wird geschützt, und Sie können sogar die Kinder mitnehmen, zumindest anfangs.«

Helen nickte.

Charlotte wollte sie weiter befragen, sah jedoch, wie die Frau vor ihr in andere Gedanken versank.

»Wie konnte mein Leben nur so werden?«, schluchzte Helen und kratzte Nagellack von einem Finger.

»Jeder kann an die falsche Person geraten«, sagte Charlotte. »Jetzt ist es wichtig, dass Sie von Erik wegkommen.«

»Alles ist gepackt. Die Kinder wissen, was los ist. Diesmal ziehe ich es durch«, sagte sie, als wolle sie sich selbst motivieren.

»Wir haben noch ein paar Fragen, die unsere Ermittlungen berühren. Können wir das jetzt hinter uns bringen?«

Helen straffte die Schultern. »Okay, ich werde antworten, so gut ich kann.«

Charlotte gab Alex mit einem Zeichen zu verstehen, er solle das Gespräch aufzeichnen. Jetzt ging es darum, mehr über Eriks Verwicklung in die Morde herauszufinden.

Alex machte den Anfang. »Sie haben in Stockholm eine Weste gekauft, nicht wahr?«

»Eine Weste?«, sagte sie.

»Ja, so eine«, sagte Charlotte und zeigte ihr das Foto auf ihrem Handy.

Helen nahm das Mobiltelefon und starrte auf die Weste. »Was ist damit?«

»Haben Sie die in einem Jagdgeschäft in Stockholm gekauft?«

Helen drückte ihre Zigarette aus und senkte den Blick. »Ja, ich habe sie für Erik gekauft. Er ist Jäger und hat sich eine spezielle Weste gewünscht.«

»Haben Sie eine Quittung von dem Geschäft?«, fragte Alex. »Wir bräuchten sie.«

Helen sah fragend zu ihm auf. »Ja, die Quittung habe ich noch«, sagte sie leise. »Sie müsste in dem Ordner im Büro sein.«

»Hat er sich über die Weste gefreut und sie oft benutzt?«

Der Anflug eines schiefen Lächelns huschte über Helens Gesicht. »Erik freut sich selten, für ihn ist alles selbstverständlich. Er hat die Weste in den Kleiderschrank gehängt, und ich habe sie nie mehr gesehen. Jedenfalls nicht bis jetzt, wo Sie sie mir auf dem Foto zeigen.«

Helen wischte die Tränen aus den Augen. Alex reichte ihr die Küchenrolle.

»Wieso wollen Sie das wissen?«, fragte sie und hielt das Stück Papier fest in den Händen, die sie in den Schoß gelegt hatte.

Charlotte zögerte mit der Antwort. Sie durfte ihren Verdacht gegen Erik nicht äußern, da seine Vernehmung noch ausstand und die Ermittlungen der Geheimhaltung unterlagen. Aber sie musste Helen dazu bringen zu sagen, was sie wusste.

»Wir haben Grund zu der Annahme, dass Erik mehrere äußerst schwere Straftaten begangen haben könnte.«

Helen sah Charlotte verwundert an und öffnete den Mund, um etwas zu sagen. »Was für Straftaten?«, fragte sie.

»Darauf können wir leider nicht eingehen, aber wir versuchen, ein paar Dinge herauszufinden«, sagte Charlotte.

Helen weinte. »Glauben Sie, dass er der Serienmörder ist, über den die Zeitungen berichten?«

»Das dürfen wir Ihnen nicht sagen«, sagte Alex kurz.

Helen ließ die Arme auf ihre Oberschenkel sinken. »Um Gottes willen. Kann es sein, dass Sie sich irren?«

»Wir stehen noch am Anfang unserer Ermittlungen und müssen Ihnen ein paar Fragen stellen«, sagte Charlotte und sah ein, dass sie einen Fehler begangen hatte. Sie hatte Helens Worte beinahe bestätigt.

Die Frau saß eine Weile schweigend vor ihnen, und sie ließen ihr Zeit. Es gab viel, das sie erst einmal verdauen musste.

»Aber er ist nett zu den Leuten …«, sagte Helen schließlich. »Und er … ist gut zu den Kindern. Nur mir gegenüber benimmt er sich wie ein Kontrollfreak. Hat er jemanden getötet …?« Für einen Augenblick vergrub sie das Gesicht in den Händen. Dann putzte sie sich mit dem Küchenrollenpapier die Nase. »Ich weiß nie, was ihn von einem Moment auf den anderen triggert. Manchmal ist es ein Fleck, den ich übersehen habe, ein anderes Mal ist sein Hemd zerknittert … An einem guten Tag spielen der Fleck oder das Hemd keine Rolle, da kann er ruhig sein. Man weiß es nie. Er ist unberechenbar. Aber ein Mörder? Nein …«

Helen schloss die Augen. Charlotte konnte nahezu sehen, wie das Herz unter dem Pullover pochte.

»Das haben wir auch nicht behauptet«, sagte Alex. »Ist Ihnen aufgefallen, ob sein Verhalten sich in letzter Zeit irgendwie verändert hat?«

»Er ändert ständig sein Verhalten. Das Einzige, was er nie ändert, sind seine täglichen Routinen.«

»Gab es in letzter Zeit irgendwelche Abweichungen von seinen Routinen?«

Helen blickte nachdenklich drein. »Jetzt, wo Sie es sagen … Erik ist neuerdings noch misstrauischer geworden. Er hat mein Hilfetelefon gefunden. Oder zumindest glaube ich das. Da war ich sicher, dass er mich umbringen würde …«

»Was ist passiert?«, fragte Alex.

Helen zog die Schultern hoch. »Ich habe vom Frauenhaus ein altes Nokia-Handy bekommen, weil Erik meins ständig kontrolliert. Ich kann nicht protestieren, weil er das als Beweis ansehen würde, dass er recht hat, dass ich etwas vor ihm verberge. Plötzlich war das Hilfetelefon mehrere Tage lang aus dem Versteck verschwunden, aber Erik hat nie etwas gesagt. Normalerweise ist er jemand, der reagiert. Er hält seine Gefühle nicht zurück, sondern lebt sie aus.«

Charlotte betrachtete den blauen Fleck an Helens Handgelenk und holte tief Luft. Helens Leben war der Albtraum jeder Frau.

»Wie ging es mit dem Hilfetelefon weiter?«, fragte sie.

Helen riss ein neues Stück Papier von der Küchenrolle. »Auf einmal war es wieder da. Ich hatte es im Wäschekorb versteckt, und eines Tages lag es wieder darin.« Sie schnäuzte sich. Ihre Hände zitterten.

»Sie haben nie gegen Erik Anzeige erstattet?«, fragte Charlotte vorsichtig.

»Nein, das wäre mir nie in den Sinn gekommen. Oder doch, einmal habe ich es getan, am Anfang unserer Beziehung, aber dann habe ich die Anzeige zurückgezogen.«

»Haben Sie einige der Verletzungen dokumentiert, die er Ihnen zugefügt hat? Material gesammelt, das Sie in einem eventuellen Prozess gegen Erik verwenden können?«

Helen schüttelte den Kopf. »Das ging nicht. Wo hätte ich die Fotos aufbewahren sollen, ohne dass er sie entdeckt hätte?«

Charlotte sah, wie Helen das Papiertuch fest um ihren Zeigefinger wickelte.

Sie würde gern die offensichtliche Frage stellen, warum Helen ihren Mann nicht schon früher verlassen hatte, vermutete jedoch, dass sie sich das bereits selbst gefragt hatte. Unter permanenter Bedrohung zu leben, bricht irgendwann jeden Menschen.

Helen schlug die Beine übereinander. Ihre Augen waren genauso rot wie die vom vielen Schnäuzen gerötete Nase.

»Erik war so unheimlich charmant, als wir uns kennenlernten, dass ich mich Hals über Kopf in ihn verliebt habe. Er hat mir auch mit meinem Vater geholfen, der aus verschiedenen Gründen nicht gut für mich war. Erik hat dafür gesorgt, dass ich von ihm wegkam. Und zum Schluss kam mein Vater ins Gefängnis. Erik war damals mein Held. Er hat mir Forderungen gestellt, und ich dachte, es hätte etwas mit der Vergangenheit meines Vaters zu tun, die ja auch meine Vergangenheit war. Nachdem ich schwanger wurde, fing er allmählich an, mich zu kontrollieren. Er hat es so clever angestellt, dass ich es nicht einmal gemerkt habe. Ich habe mich geschmeichelt gefühlt und dachte, er wäre lediglich ein bisschen eifersüchtig und besorgt. Damals hatte ich keine Ahnung, wozu das alles führen würde. Dass er mir gegenüber gewalttätig werden würde.«

Alex und Charlotte ließen sie reden und hörten schweigend zu.

»Als mein Vater aus dem Gefängnis entlassen wurde, hat Erik mir jeglichen Kontakt zu ihm verboten, obwohl Papa ein neuer Mensch war, ein besserer Mensch mit gesunden Wertvorstellungen. Er hatte Gott gefunden und fing an, Vorträge zu halten. Am Anfang hat er auch wieder Kontakt zu mir gesucht, aber irgendwann rief er nicht mehr an, aus Angst, Erik würde seine Wut darüber an mir auslassen. Auch meine Freundinnen haben anfangs versucht, mir zu helfen, es aber schließlich aufgegeben, weil ich selbst den Ernst der Lage erst kapiert habe, als es schon zu spät war.«

Charlotte nickte. »Wie ist Ihre Beziehung zu Ihrem Vater heute?«

Zum ersten Mal seit Beginn des Gesprächs schenkte Helen ihnen ein echtes Lächeln.

»Eines Tages stand er hier in Umeå, vor meiner Arbeitsstätte. Wir haben uns mehrere Stunden lang unterhalten, und von diesem Tag an hat er mich ermutigt, den Absprung von Erik zu wagen. Ohne ihn wäre ich nicht so weit gekommen. Ich habe ihn zuletzt vor ein paar Tagen in Innertavle getroffen. Er hat für mich eine Wohnung in Südschweden besorgt.«

Charlottes Handy blinkte lautlos. Per rief an. Sie stand auf und verließ die Küche, um ungestört reden zu können.

»Ich habe dir eine Mail geschickt«, sagte Per, sobald Charlotte ranging. »Sie enthält einen Film von einer der Überwachungskameras am Rathausplatz, direkt vor der Explosion. Sieh ihn dir an.«

Charlotte tat wie geheißen.

»Schau genau hin. Wir haben uns die Fotos mehrmals angesehen, aber dieser Film hat mich nicht mehr losgelassen. Jetzt habe ich gefunden, was wir übersehen haben.«

»Was?«, sagte Charlotte verwirrt. »Ich sehe nichts, was ich nicht schon zuvor gesehen habe.«

»Erik war offenbar zum Zeitpunkt der Explosion am Rathausplatz. Siehst du ihn? Er versteckt sich hinter der Litfaßsäule. Siehst du, was er macht? Unmittelbar, bevor die Bombe hochgeht?«

Charlotte spielte den Film erneut auf ihrem Handy ab. »Ja, da ist er. Oh mein Gott.«

Sie musterte Erik, begriff jedoch immer noch nicht, worauf Per hinauswollte.

»Schau genau hin, was er macht, nachdem er sich in Sicherheit gebracht hat. Achte auf seine linke Hand.«

Charlotte starrte auf den Film. Zuerst sah sie, wie eine Person Erik an der Jacke packte. Anscheinend wollte er ihn von der Stelle wegziehen. Erik blieb jedoch noch eine Weile stehen, ehe er hinter der Litfaßsäule in Deckung ging. Dort warf er schnell einen Blick auf seine Hand, die halb unter dem Ärmel verborgen war. Jetzt sah Charlotte, was Per bereits bemerkt hatte. Erik hielt ein Mobiltelefon in der Hand und sah aus, als wollte er mit dem Daumen daraufdrücken. Im nächsten Augenblick geschah die Explosion.

»Er zündet die Bombe vor Ort«, sagte Charlotte.

»Wie konnten wir das übersehen?«, sagte Per.

# 68

Per hatte das gesamte Team versammelt, außer Charlotte und Alex, die noch bei Helen waren. Das Besprechungszimmer war an diesem Mittwoch voll.

»Wir haben gute Gründe, Erik Stenlund dringend mehrerer Morde zu verdächtigen«, sagte er. »Alles deutet in diese Richtung, nicht zuletzt unsere Entdeckung, was die Bombe betrifft. Aber das reicht nicht aus, um ihn in Untersuchungshaft zu nehmen, es ist lediglich ein belastender Umstand. Wir brauchen etwas Konkretes, das ihn mit der Tat in Verbindung bringt.« Er drehte sich zu dem TV-Bildschirm und rief ein Foto von Erik auf, das wie ein Führerscheinfoto aussah. »Wissen wir, wo er sich derzeit befindet?«, fragte Per.

»Laut Auskunft der Schule, in der er arbeitet, ist er heute nicht erschienen«, sagte Anna.

»Wir haben mit dem Direktor gesprochen. Er hat erzählt, dass es auch eine Schülerin gibt, die heute nicht gekommen ist. Klara Lundquist. Sie ist die Babysitterin der Familie Stenlund. Einige ihrer Freundinnen haben berichtet, dass Erik sie heute Morgen zur Schule fahren wollte. Anscheinend hatte Klara mit ihnen auf dem Weg dorthin Kontakt. Der Direktor hat diese Information von einem Lehrer.«

»Aber sie ist nie dort angekommen?«

»Nein, und der Direktor hat noch etwas erwähnt. Erik war in letzter Zeit psychisch instabil. Er hatte neulich einen Wutausbruch gegenüber einer Kollegin.«

»Okay, Klara ist die Babysitterin der Familie, und Erik soll sie zur Schule gefahren haben. Das heißt nicht unbedingt, dass ihr etwas zugestoßen ist, aber wir müssen sie finden. Sofort«, sagte Per, woraufhin einer der Männer den Raum verließ.

»Hat ihre Familie sie als vermisst gemeldet?«, fragte Kicki.

»Nein, noch nicht. Aber ihr Moped ist verschwunden, was seltsam ist, da sie bei Erik mitfahren durfte. Sie suchen ihren Freund Ibrahim, um zu sehen, ob sie bei ihm ist«, sagte Anna. Sie deutete auf das Whiteboard neben dem TV-Bildschirm. Dort befanden sich Fotos von Samir, Omar und Ibrahim, die von Anfang an ein Teil der Ermittlungen gewesen waren.

»Wir haben Erik und sein Auto zur Fahndung ausgeschrieben. Fordert sämtliche verfügbaren Informationen zu den Mobiltelefonen von Erik und Klara an. Findet heraus, in der Nähe welcher Funksendemasten sie sich aufgehalten haben«, sagte Per.

Ein anderer Mann aus dem Team stand auf und wollte den Raum verlassen, als Per ihm hinterherrief. »Und seht zu, dass wir eine Genehmigung zur Telekommunikationsüberwachung erhalten. Ich will sämtliche Textnachrichten haben, die von Erik Stenlunds Mobiltelefon gesendet und empfangen werden, und alle seine Gespräche abhören. Diese Genehmigung zu erhalten, ist ein umständlicher Prozess, also kann man genauso gut schon jetzt damit anfangen«, fügte er mit einem Seufzer hinzu.

Anna winkte mit der Hand. »Ich konnte mehr über Erik herausfinden, vor allem, was seine Kindheit betrifft.«

Per nickte Anna dankbar zu.

»1986 wurden er und seine Mutter obdachlos. Sie ist wegen Drogenmissbrauchs aus ihrer Wohnung in Malmö geflogen.

Ihr gesamtes Geld ging für Drogen drauf. Erik war damals acht Jahre alt. Ein Jahr lang haben sie in Hauseingängen, Kellern und unter Brücken übernachtet. Erik hat in dieser Zeit die Schule besucht, wurde jedoch nach Angaben des Sozialdienstes von den anderen Kindern gemobbt.«

»Erklärt das vielleicht, warum viele seiner Opfer obdachlos waren und unter Brücken gefunden wurden?«, fragte Per.

»Sehr gut möglich. Nach dem Tod seiner Mutter kam er zu einer Pflegefamilie in Malmö. Seitdem ist er weder im Zusammenhang mit polizeilichen Ermittlungen noch beim Sozialdienst aktenkundig geworden, abgesehen von einem Vorfall, bei dem seine Pflegeeltern sich Sorgen wegen seiner Wutausbrüche gegen Tiere gemacht und ihre Katze weggegeben haben.«

»Tierquälerei ist oft ein erstes Anzeichen dafür, dass es einem Kind an Empathie mangelt«, sagte Per.

Anna las weiter von ihrem Blatt Papier ab. »Er hat die Schule mit Ach und Krach geschafft. Das ist alles, was ich herausfinden konnte.«

»Mach weiter. Rede mit der Familie, bei der er in Malmö gewohnt hat«, sagte Per. Im selben Moment klopfte es an der Tür.

Draußen stand ein uniformierter Polizist. Er war der diensthabende Beamte und hatte keinen Zugang zu der Besprechung, die aufgrund der sensiblen Ermittlungslage hinter verschlossenen Türen stattfand.

»Kann das noch warten?«, fragte Per.

»Nein, das glaube ich nicht. Es hat möglicherweise etwas mit eurem Fall zu tun.«

Per trat hinaus in den Flur und schloss die Tür hinter sich.

»Ibrahim Hatims Pflegeeltern sind hier«, sagte der Beamte. »Ibrahim ist seit gestern Abend nicht zu Hause, sie haben ihn die ganze Nacht gesucht. Sein Handy ist ausgeschaltet. Er sollte heute Vormittag an einer Mediation mit Adrian Ren und dessen Familie teilnehmen, ist aber nicht erschienen.«

Per fuhr sich mit der Hand über die Bartstoppeln und verspürte einen Hauch von Irritation darüber, dass die Besprechung deswegen gestört wurde.

»Mein Gott, das ist doch wohl kein Grund zur Sorge? Vielleicht hat er es sich anders überlegt.«

»Seine Freundin ist anscheinend auch nicht erreichbar.«

»Das klingt allerdings ernster. Wir haben Klara zur Fahndung ausgeschrieben. Wenn Ibrahim bei ihr ist, finden wir ihn. Beten wir, dass die beiden irgendwo miteinander abhängen und herumknutschen«, sagte Per und schickte sich an, wieder in das Zimmer zu gehen.

»Es ist nur so, dass Ibrahim laut seinen Pflegeeltern unbedingt wollte, dass die Mediation stattfindet. Der Termin war wichtig für ihn und er wollte ihn nicht versäumen. Jetzt macht sich die Familie Sorgen, weil Samir eine Woche, bevor er auf dem Rathausplatz aufgetaucht ist, spurlos verschwunden war, und jetzt ist Ibrahim ebenfalls unauffindbar.«

Per versank in Gedanken. Das verhieß nichts Gutes. »Es könnte also sein, dass Erik Ibrahim und Klara in seiner Gewalt hat?«, sagte er zu dem Beamten.

»Ja.«

»Scheiße!«

# 69

Charlotte saß wieder in Helens Küche und beugte sich zu ihr vor. Das neue Material von der Überwachungskamera war für die Ermittlungen hilfreich, aber jeder beliebige Strafverteidiger würde eine plausibel klingende Erklärung aus dem Ärmel zaubern, warum Erik zum Zeitpunkt der Explosion am Rathausplatz auf sein Handy gedrückt hatte. Sie mussten mehr wissen.

»Hat der Sozialdienst Ihnen schon eine geschützte Wohnung bewilligt?«, fragte Charlotte.

Helen hielt immer noch das Küchenrollenpapier in der Hand und wickelte es um den Zeigefinger. »Ja, aber was passiert, wenn ich länger als drei Monate Schutz brauche?«

Charlotte wollte ihr sagen, dass Erik wegen mehrerer schwerer Straftaten hinter Gitter kommen würde und dass Helen keine Angst mehr vor ihm zu haben brauchte. Vielleicht musste sie nicht einmal aus Umeå wegziehen. Aber sie konnte es nicht versprechen.

»Darum kümmern wir uns, wenn es so weit ist«, sagte sie stattdessen.

Helen schenkte ihr ein schwaches Lächeln. »Ich habe kein Vertrauen in unsere Justiz. In diesem Land sitzt niemand lange ein. Ich werde an einen anderen Ort ziehen, meinen Namen ändern und mir ein neues Leben aufbauen.«

Charlotte erwiderte nichts darauf, da ihr kein Gegenargument einfiel.

»Ich kann mir ein Auto ausleihen, das nicht zu mir zurückverfolgt werden kann«, sagte Helen. »Dann fahre ich selbst zu einer Adresse, die man mir gegeben hat, wo mich jemand vom lokalen Frauenhaus dieser Gemeinde in Empfang nimmt.« Helen sagte es, als wolle sie die Sätze für sich selbst proben.

Charlotte nickte. Sie wusste, dass jeder Einsatz dieser Art anders aussah, weil er sich nach den Möglichkeiten der jeweiligen Gemeinde richten musste.

»Wie sind Sie hier in Umeå mit Hilfe in Kontakt gekommen?«, fragte sie. »Lief das über jemanden, den Sie kennen und dem Sie vertrauen?«

Helen fuhr sich mit den Händen durch die lockigen Haare. »Die Leute im Frauenhaus sind die einzigen, mit denen ich hier in der Stadt Kontakt hatte. Aber das ist mehr, als ich mich jemals getraut habe. Wir sind oft umgezogen, alle ein bis zwei Jahre in eine andere Stadt. Ich habe keine Freunde und bin völlig isoliert, egal, wo ich wohne. Es ist unmöglich, Kontakte zu knüpfen, wenn man keinen Umgang außerhalb des eigenen Hauses haben darf.«

Charlotte und Alex sahen sich an. Keiner von ihnen konnte das verstehen. Niemand konnte das. Ehe jemand in der Schule oder am Arbeitsplatz merkte, dass bei den Stenlunds etwas nicht stimmte, waren sie bereits weitergezogen.

»Wir haben den Verdacht, dass Erik mit Sprengstoff hantiert hat«, sagte Charlotte und wechselte das Thema.

»Was?«

»Wissen Sie, woher er diese Kenntnisse hatte?«

Helen schien nachzudenken. Schließlich schüttelte sie den Kopf. »Oder warten Sie«, sagte sie plötzlich. »Einmal hat er vergessen, seinen Laptop zuzuklappen, als er auf die Toilette ging. Da habe ich gesehen, dass er eine verdächtige Seite besucht hat, wo etwas über Explosionen und solche Sachen stand. Ich dachte, das war das Darkweb oder wie das heißt.«

»Darknet. Haben Sie gesehen, was er dort gemacht hat?«

»Es sah aus wie ein Chatforum für Leute, die sich für Bomben interessieren. Aber ich konnte es nicht genau sehen.«

Alex beugte sich vor und fixierte Helen mit seinem Blick. »Wann war das?«, fragte er.

»Vielleicht vor zwei Monaten.«

Charlotte schloss die Augen. Das bedeutete, dass Erik sich für Bomben interessiert hatte, lange bevor Samir ihm zum Opfer gefallen war. Hatte er geplant, irgendeine beliebige Person in die Luft zu sprengen, wobei Samir ihm zufällig in die Arme lief? Oder hatte er ein anderes Ziel verfolgt, als er sich beibrachte, wie man Bomben bastelte? Wenn ja, welches?

Sie sah Alex an, der verstand, was sie ihm mit ihrem Blick sagen wollte. Er ging weg und telefonierte. Um herauszufinden, ob Erik auch bei anderen Sprengstoffanschlägen mitgewirkt haben könnte, benötigten sie einen Durchsuchungsbeschluss.

Sie wandte sich Helen zu. »Ist Ihnen hier im Haus etwas aufgefallen? Könnte er irgendwo Bombenmaterial lagern?«

Helen starrte mit gekrümmtem Rücken geradeaus. »Um Gottes willen! Das glaube ich nicht. Die Kinder sind ja hier.«

»Wissen Sie, ob er noch andere Räumlichkeiten hat? Das könnte ein Lagerraum sein, eine Scheune oder sonst etwas in der Art.«

Helen schüttelte erneut den Kopf. »Ich war jedes Mal erleichtert, wenn Erik außer Haus war. Wo er sich herumgetrieben hat, war mir egal.«

Alex kam zurück. »Warum haben Sie nicht die Polizei angerufen, als Sie gesehen haben, was für eine Seite er besucht hat?«, fragte er ein wenig zu gereizt. »So etwas kann man anonym melden.«

»Ich dachte, es hätte etwas mit der Schule oder einem Schüler zu tun, dass er sich diese Information beschafft hat. Niemals hätte ich gedacht … Ja, was da passiert ist.«

Charlotte sah auf die Uhr. Wo waren die Leute, die Helen abholen und zu der geschützten Wohnung bringen sollten? Alex und sie mussten zum Polizeirevier und mit Per reden.

»Wo ist Eriks Computer?«, fragte Charlotte.

»Den hat er immer bei sich. Er ist also dort, wo Erik ist.«

*Mist*, dachte Charlotte. »War Erik an Ihrem Arbeitsplatz in der Zahnklinik?«

Helen blickte auf. Die Frage schien sie zu verwundern. »Ja. Er wollte wissen, wo ich tagsüber war. Er macht … Stichproben. Er denkt, dass ich es nicht weiß, aber nach ein paar Jahren entwickelt man ein Gespür für so etwas. Ich bin gut darin geworden, mich heimlich mit Leuten zu treffen.« Sie blickte zum Küchenfenster hinaus. »Warum fragen Sie?«

»Kann Erik das Werkzeug an sich genommen haben, das von Ihrem Arbeitsplatz verschwunden ist?«, sagte Alex.

Helen sah sie verwundert an. »Man kann doch niemanden mit Zahnarztinstrumenten töten«, sagte sie, doch dann schien es ihr zu dämmern. »Die Frau unter der Brücke, sie hatte keine Zähne, oder?«

»Legt Erik großen Wert auf seine eigene Zahnpflege?«, fragte Charlotte.

»Wie ein Besessener«, sagte Helen. »Nach jeder Mahlzeit benutzt er Zahnseide und Zahnbürste. Und er besteht darauf, dass ich und die Kinder es genauso machen. Sie haben gelernt, selbst die Zähne zu putzen, als sie sehr klein waren.«

Alex deutete auf die Tafel mit dem Aufgabenplan. »Können Sie uns mehr dazu sagen?«

Helen blickte nicht auf. »Erik erstellt jede Woche einen Aufgabenplan. Anfangs fand ich das nett. Dass er so ordentlich war, wissen Sie. Nicht alle Männer sind so.«

»Bedeutet das V etwas Bestimmtes?«

»Wenn man mit der Aufgabe fertig ist, sagt man es ihm, und er setzt ein Häkchen dahinter.«

»Was passiert, wenn man die Aufgabe nicht erledigt?«

»Dann ist er gekränkt und verärgert. Er denkt, dass wir ihn nicht respektieren. Das Schlimmste ist …«, sagte sie und machte eine Pause. Sie fixierte den Aufgabenplan mit ihrem Blick und fuhr dann fort. »Er sucht krampfhaft nach Fehlern. Es verschafft ihm eine Art kranke Befriedigung, wenn er sieht, dass ich Angst habe. Nach einer Weile habe ich kapiert, dass das für ihn das halbe Vergnügen ist.« Helen schwieg. Offenbar fiel es ihr schwer, darüber zu reden. Dann sah sie Charlotte an. »Er schimpft oft und droht mit Gewalt, ohne sie anzuwenden. Manchmal ist das schlimmer, als wenn er tatsächlich zuschlägt. Das zermürbt einen. Liam hat sich angewöhnt, seine Aufgaben gewissenhaft zu erledigen, damit Erik mich nicht bedroht und schlägt.«

Die Haare auf Charlottes Armen stellten sich vor Unbehagen auf. *Die Kinder leiden bestimmt an einer posttraumatischen Belastungsstörung*, dachte sie und fragte sich, wo sie geblieben waren. Saßen sie immer noch brav in Liams Zimmer?

»Macht er selbst auch sauber?«, fragte Alex.

Helen blickte auf den Aufgabenplan. »Nein, sein Name steht nur zur Schau dort. Damit Freunde und Bekannte denken, dass wir in einer normalen Ehe leben«, sagte sie und sah Alex an. »Erik hat übrigens so ein Zeichen am Unterarm.«

»Was für ein Zeichen?« Charlotte musste sich anstrengen, damit sie nicht zu eifrig wirkte. Schließlich wollte sie nicht, dass Helen sich ihren Fragen verschloss.

»Eine Narbe am linken Arm, die wie ein V aussieht.«

»Wissen Sie, woher er die hat?«

»Etwas aus seiner Kindheit, worüber er nicht reden will.«

»Was wissen Sie über seine Kindheit?«

Helen schaute zum Fenster hinaus. »Sein Vater ist früh gestorben, und er war eine Zeit lang mit seiner Mutter obdachlos, bis sie an einer Überdosis gestorben ist. Viel mehr weiß ich nicht. Wir reden nie darüber.« Sie blickte auf die Küchenuhr, dann auf ihr Handy. »Wir müssen jetzt abgeholt werden. Erik kann jeden Moment auftauchen.«

Charlotte wusste, dass die zur Unterstützung angeforderten Kollegen ihn festnehmen würden, wenn er sich hier blicken ließ.

»Was hat er über seine Mutter erzählt?«, fragte sie.

»Nichts. Aber einmal, als er mich geschlagen hat, hat er ihren Namen geschrien. Es war, als würde er sie verprügeln, nicht mich.«

»Schlägt er die Kinder?«

»Nein, aber Liam und Elsa sehen, was mit mir passiert. Er braucht bloß die Hand zu heben, und schon parieren sie. Sie tun immer, was wir sagen, ohne Widerspruch. Mir zuliebe. Vielleicht haben Sie mitbekommen, dass ich sie in Liams Zimmer geschickt habe, und dort bleiben sie auch. Sie stellen nie etwas infrage.« Sie wischte sich die Tränen aus den Augen. »Die Wutausbrüche werden in der Regel schlimmer, wenn er kurz davorsteht, entlassen zu werden. Jetzt sind wir wieder so weit. Erik beschwert sich über seine Kollegen, was normalerweise bedeutet, dass sie von ihm genug haben. Noch so eine Runde halte ich nicht aus. Lieber sterbe ich.« Helen sprach leise. Es war, als wäre ihr die Luft ausgegangen.

»Aber laut Ihrer Chefin hatten Sie ebenfalls Probleme auf der Arbeit«, sagte Charlotte.

»Ja, wenn sein Kontrollbedürfnis zunimmt, wirkt sich das auf verschiedene Art und Weise auf mich aus. Und ich war gezwungen, die Leute, die mich unterstützen, während meiner Arbeitszeit zu treffen. Ich musste Mittel und Wege finden, mich unbemerkt zu bewegen, wie eine Geheimagentin.« Sie lachte trocken.

»Stark«, sagte Charlotte. »Sie imponieren mir.«

»Letzte Woche habe ich meine Kontaktperson vom Frauenhaus und meinen Vater in einem Auto in Innertavle getroffen«, sagte Helen und legte die Hände auf die Hüften.

»Ein Leben im Verborgenen ist nicht leicht, aber bestimmt besser als das Leben, das Sie bis jetzt geführt haben«, sagte Charlotte.

Helen nickte. »Ich bin oft morgens aufgewacht und habe mich gefragt, ob Erik mich heute zu Tode prügelt. Aber in seiner verdrehten Welt führen wir eine gute Ehe. Er glaubt wirklich, dass ich glücklich bin, trotz jahrelanger körperlicher Misshandlungen, Psychoterror und Kontrolle. Um zu überleben, habe ich mitgespielt und so getan, als wäre in unserer Ehe alles in Ordnung. Alles andere wäre zu gefährlich gewesen. Verstehen Sie?«

»Ich glaube nicht, dass wir als Außenstehende das verstehen können«, sagte Alex.

»Nein, das kann wohl niemand. Eine Zeit lang war ich so verzweifelt, dass ich meinen Vater dazu bringen wollte, Erik zu töten. Ich habe ihn am Telefon angefleht, bin mitten in der Nacht auf dem Balkon gestanden und habe gesagt, dass ich es sonst selbst tue.« Sie schüttelte den Kopf. »Aber er hat mich auf bessere Gedanken gebracht.«

Helen stand auf, um nach den Kindern zu sehen, und Charlotte ließ sie gehen. Jede Antwort, die sie erhielten, warf eine neue Frage auf. Sie dachte an das, was sie gehört hatten, und richtete den Blick auf den Aufgabenplan, der so unschuldig aussah. Wie etwas Nettes, das die Familie gemeinsam machte.

# 70

Erik schlug die schwere Stahltür mit lautem Knall hinter sich zu und drehte den Schlüssel um. Er hatte dort drinnen mehrere Stunden mit Klara verbracht und alles gründlich vorbereitet, auch für unvorhergesehene Ereignisse. Der Raum war sauber, aufgeräumt und frisch gestrichen. Es gab sogar einen batteriebetriebenen Heizkörper zum Schutz gegen die schlimmste Kälte. Er nannte diesen Ort den Schutzraum. Der Raum war vermutlich nicht für diesen Zweck gedacht, aber er war wie ein schalldichter Bunker. Man konnte nicht hören, dass jemand sich darin befand, und er hatte ein Hängeschloss an der Tür angebracht, damit niemand sie versehentlich öffnete.

Er brauchte frische Luft und wollte von Klaras ängstlichem Blick wegkommen, um in Ruhe denken zu können. Sie störte ihn und löste Ängste aus. Er musste für eine Weile Abstand davon nehmen. Klara war ein neuer Samir, etwas, das er nicht geplant hatte. Um Samir ruhig zu halten, hatte es großer Mengen an Drogen bedurft, aber bei Klara fast gar nichts. Der dünne Körper nahm das Zeug schnell auf.

Was er mit Samir gemacht hatte, war ein Meisterwerk. Gut inszeniert, wie eine Ballettaufführung. Jede Entscheidung, die er in der letzten Woche im Schutzraum getroffen hatte, war mit enormen Risiken behaftet gewesen. Aber verdammt, es hatte ihn sich lebendig fühlen lassen. Er brauchte nur an die Weste zu denken, an die Bombe, die er selbst gebastelt hatte, an die Angst in Samirs Augen … All das ließ Erik vor Stolz glühen. Durch ihn war die Welt zu einem besseren Ort geworden.

Nun würde er eine neue Aufführung inszenieren. Er würde Klara mit einer Nadel im Arm in einer Garage in der Stadt zurücklassen. Die Polizei würde es als Tod durch Überdosis einstufen. Nichts Verdächtiges, nur eine junge Frau, deren Leben aus dem Ruder gelaufen war. Erik wusste, dass die Polizei keine Ahnung hatte, wer er war. Er war sorgfältig gewesen. Warum sollten sie einen netten Sozialarbeiter verdächtigen, der Klara zur Schule gefahren und sie dort abgesetzt hatte? Er würde an dieser Lüge weiterhin festhalten.

Erik richtete die Taschenlampe auf den Boden. Die Lampen funktionierten nicht, und in dem fensterlosen Keller war es dunkel. Dank des Lichtstrahls sah er, wohin er seine Füße setzte, aber auch den ganzen Müll, der im Flur herumlag – Papier, Glasscherben, Autoreifen, Kanülen und Flaschen. Außer mit den gewöhnlichen Graffiti waren die Wände auch mit eingetrockneten Fäkalien beschmiert. Es knirschte unter seinen Füßen. Er war sich nicht sicher, was es war, achtete jedoch darauf, nicht auf etwas Scharfes oder Spitzes zu treten.

Als Erik sich der Treppe näherte, brauchte er die Taschenlampe nicht mehr, da von oben Licht in den Keller drang. Die Schatten, die das Geländer warf, erweckten die Wand zum Leben. Er stieg Schritt um Schritt nach oben, blieb jedoch mehrmals stehen und lauschte nach Geräuschen. Weder aus dem Schutzraum noch von oben war etwas zu hören.

Lena und Samir hatten die letzten Tage ihres Lebens hier unten verbracht, ohne dass es Probleme gegeben hatte. Sie hatten unter Drogen gestanden und waren leicht zu handhaben gewesen. Samir hatte versucht, ihm zu drohen, und Erik lächelte bei der Erinnerung daran, wie der Junge durch die stockfinsteren Gänge geirrt war, nachdem er Rohypnol gespritzt bekommen hatte. Er hatte versucht, einen Ausgang zu finden, war herumgetorkelt und hingefallen. Erik war ihm gefolgt und hatte sich amüsiert, bis er schließlich gezwungen gewesen war, ihn in den Schutzraum zu sperren und nach Hause zu fahren.

Für die Herstellung der Bombenweste hatte er fast eine Woche gebraucht. Samir so lange unter Drogen zu halten, war schwierig und zeitaufwendig gewesen. Dieses Mal würde es schneller gehen.

Als er am oberen Ende der Treppe angelangt war, bog er nach rechts ab und zog den Reißverschluss seiner Jacke hoch. Praktisch alle Fenster waren eingeschlagen, sodass es drinnen so kalt war wie draußen. Er stieg über eine versiffte Matratze, die mitten im Flur lag, und schob ein kaputtes Bett beiseite, das im Weg stand. Die meisten Räume besaßen noch Türen, aber die Schließzylinder und Klinken waren längst weg.

Erik ging zu einem Fenster, um frische Luft zu schnappen, holte sein Handy hervor und schaltete es ein. Klaras Handy hatte er ausgeschaltet, damit niemand es orten konnte. Er hatte verpasste Anrufe von der Schule und von einer Nummer, die er nicht kannte, sowie eine Textnachricht von dem Schulleiter, der wissen wollte, ob Erik heute kommen würde. Sie war kurz vor der Mittagspause abgeschickt worden.

Er sah auf die Uhr. 14.53. Dass man ihn suchte, war wohl nicht verwunderlich. Aber es blieb keine Zeit zum Arbeiten. Er musste das Problem lösen, das aufgetaucht war, musste planen und organisieren. So etwas verstanden andere Menschen nicht, die wie hirntote Roboter lebten.

Erik ließ die kalte Luft über seine Wangen streichen, atmete ein und schloss die Augen. Konzentrierte seine Gedanken auf das, was er als Nächstes tun musste. Klaras Schicksal lag in seinen Händen, und er wollte, dass sie starb, ohne leiden zu müssen. Sie war eine Person, für die er etwas empfinden konnte, da seine Kinder sie mochten – keine verabscheuenswerte Obdachlose. Lena dagegen verachtete er, deshalb hatte er ihr die Zähne gezogen, genau wie den anderen. Später hatte er erfahren, dass sie in Wirklichkeit keine Obdachlose war. Das würde er ihr nie verzeihen.

Erik holte tief Luft, blickte sich um und lächelte. Er verspürte eine innere Ruhe. Seine ersten beiden Opfer waren dem Tod in Form eines in Panik geratenen und betrunkenen jungen Erik begegnet, der das Ereignis damals nicht richtig genießen konnte. Anschließend hatte er gelernt, sich dabei Zeit zu lassen und völlig auf Drogen und Alkohol zu verzichten. Er wollte klar im Kopf sein, wenn er tötete. Wollte jede Bewegung, jeden Handgriff, jedes Detail bewusst erleben und die Angst des Opfers riechen können. Den Horror, dem er selbst ausgesetzt gewesen war, noch einmal erleben.

Erik drehte sich um, wollte zurück zum Schutzraum und zu Klaras ängstlichem Blick gehen, als das Mobiltelefon in seiner Hand vibrierte. Sein Nachbar. Die Störung kam wie immer ungelegen, und er ließ einen Moment verstreichen, ehe er sich entschied, den Anruf anzunehmen.

»Hallo, kann ich Sie zurückrufen?«, fragte Erik.

»Fahren Sie in Urlaub? Ich sehe gerade, dass Helen und die Kinder Reisetaschen in ein Auto mit irgendwelchen Freunden laden, die ich noch nie gesehen habe.«

Erik blieb auf der obersten Treppenstufe stehen. »Was sagen Sie da?«

»Ja, ich wollte nur fragen, ob Sie bei irgendwas Hilfe brauchen. Sollen wir die Post reinholen, solange Sie weg sind?«

Erik biss die Zähne zusammen und krampfte die Finger so fest um das Treppengeländer, dass das Metall in die Haut schnitt. »Können Sie mir einen Gefallen tun?« Er versuchte, beherrscht zu klingen. »Helen war in letzter Zeit etwas verwirrt, wie Sie vielleicht bemerkt haben. Ihr geht es psychisch sehr schlecht. Könnten Sie ihr ein Stück weit nachfahren und schauen, wohin sie fährt? Ich muss ihren Arzt benachrichtigen.«

Er hoffte, dass der Nachbar ihm die Geschichte abkaufte.

»Selbstverständlich. Rufen Sie mich an, wenn Sie mit dem Arzt gesprochen haben. Soll ich rausgehen und mit ihr reden?«

Erik schüttelte den Kopf, obwohl der Nachbar es nicht sehen konnte. »Das macht die Sache wohl nur noch schlimmer. Schauen Sie, wohin sie fährt, dann kümmere ich mich darum. Danke für den Anruf.«

Erik beendete das Gespräch. Der Nachbar war ein neugieriges Ekel, das gern seine Nase in die Angelegenheiten anderer Leute steckte. Er bewunderte Erik und war ein Chauvinist, der Frauen stets misstraute. Aber im Augenblick war das eine große Hilfe.

Erik holte tief Luft und ließ das Geländer los. Eine beschissene Endlosspirale. Helen war im Begriff, ihn zu verlassen. Das durfte unter keinen Umständen passieren. Als er von unten im Keller ein schabendes Geräusch vernahm, schaltete er die Taschenlampe an. Was war das? Zwei Stufen auf einmal nehmend, ging er leise die Treppe hinunter und rannte durch den Keller, vorbei am Schutzraum, von dem er wusste, dass kein Laut nach außen dringen konnte. Am Ende des Korridors blieb Erik vor einer Betonwand stehen und drehte sich langsam um. Aber außer seinem eigenen Ein- und Ausatmen hörte er nichts. Um ihn herum nichts als Stille und Finsternis.

Erik ging wieder in Richtung Treppe und hoch zum Ausgang. Er drehte den Nacken hin und her und fand, dass er sich steifer anfühlte als zuvor. Als hätte der ganze Stress eine neue Blockade verursacht.

Das war Helens Schuld.

# 71

Per betrat den Raum, in dem Ibrahims Pflegeeltern geduldig warteten. Die Ermittlungsarbeit verwickelte ihn ständig in neue Gespräche, und jetzt hatte die Uhrzeit längst die Mittagspause überschritten, ohne dass er die Gelegenheit gehabt hatte, etwas zu essen. Nicht gut für einen Diabetiker.

Klaras Eltern hatten ihre Tochter inzwischen als vermisst gemeldet. Alex und Charlotte waren bei ihnen gewesen und hatten mit ihnen geredet. Zur gleichen Zeit waren Helen und ihre Kinder auf dem Weg zu einem Ort, der ihnen zumindest vorübergehend Schutz bot.

Erik war der Täter und Serienmörder, den sie suchten. Es gab jedoch keine kriminaltechnischen Beweise, die ihn mit Sicherheit mit den Verbrechen in Verbindung brachten. Trotzdem hatte der Staatsanwalt Erik in Abwesenheit zur Festnahme ausschreiben lassen und einen Durchsuchungsbeschluss für sein Haus bewilligt. Die Polizei suchte jetzt nach ihm.

Ibrahims Pflegeeltern standen auf und begrüßten Per, als er den Raum betrat.

Als Per Apollonia und Martin fragte, was geschehen war, erzählten sie ihm in etwa dasselbe, was der diensthabende Beamte zuvor berichtet hatte. Dass Ibrahim seit gestern verschwunden war. Dass sie weder ihn noch Klara erreichen konnten. Dass er den Mediationstermin mit Adrian niemals absichtlich versäumt hätte …

Nachdem Per ihnen eine Weile zugehört hatte, nahm er die Brille ab und legte sie auf den Tisch. »Fällt Ihnen jemand ein, den er gestern aufgesucht haben könnte?«

»Nein, er verbringt die meiste Zeit mit Klara, aber sie war gestern beim Babysitten.«

Per atmete ein. Er hatte ein schlechtes Gefühl, was Klara anging. Sie hätte längst wieder auftauchen müssen.

»Könnte Ibrahim sich trotzdem mit ihr getroffen haben?«

»Nicht laut ihren Freundinnen.«

»Vielleicht mit Omar?«

Apollonias Augen blitzten auf. »Das hoffe ich nicht. Das Letzte, was ich gehört habe, war, dass Omar sich in Finnland aufhält. Das hat Ibrahim gesagt«, sagte sie mit Verachtung in ihrer Stimme.

»Und Ibrahim ist noch nie zuvor auf diese Weise verschwunden?«, fragte Per.

Apollonia schüttelte den Kopf. »Nein. Aber er hat erzählt, dass Samir eine ganze Woche weg war, bevor das auf dem Rathausplatz passiert ist. Und Ibrahim hat gesagt, er fühle sich von jemandem verfolgt. Was, wenn er damit recht hatte? Was, wenn jemand Ibrahim etwas angetan hat? Sie müssen ihn suchen. Wir brauchen Hilfe.« Die Panik in ihrer Stimme war nicht zu überhören.

»Wer soll ihn verfolgt haben?«, fragte Per. »Wusste er das?«

»Nein, er war sich nicht sicher, ob es wirklich so war. Er hatte nur so ein Gefühl.«

Martin starrte auf sein Handy, und Per sah die Hoffnungslosigkeit in seinem Blick.

»Machen Sie sich keine Sorgen, wir werden alles tun, um Ibrahim zu finden«, sagte Per. Aber was die Pflegeeltern gesagt hatten, stimmte. Samir war ebenfalls spurlos verschwunden, bevor er ermordet wurde.

Charlotte öffnete die Tür, ohne anzuklopfen, stellte sich atemlos in den Türrahmen und reichte Per einen Zettel.

Er las: *Wir haben den Tatverdächtigen lokalisiert. Er hat sein Handy eingeschaltet.*

Per stand hastig auf. »Ich schicke Ihnen einen Kollegen, der sich um Ihre Vermisstenanzeige wegen Ibrahim kümmert«, sagte er zu Martin und Apollonia, ehe er den Raum verließ.

»Erzähl, was wissen wir?«, fragte er Charlotte, während sie sich beeilten, um sich ihrem Team anzuschließen.

»Eriks Handy hat plötzlich ein Signal von sich gegeben. Es bewegt sich auf der E12 in Richtung Umeå.«

»Haben wir grünes Licht für eine Telefonüberwachung bekommen?«, fragte Per.

»Ja, wir haben soeben einen gerichtlichen Beschluss erhalten«, sagte Charlotte. »Aber wir müssen ihm ein Team der Nationalen Einsatzkräfte hinterherschicken. Klara kann bei ihm im Auto sein.«

»Oder er hat sie irgendwo zurückgelassen. Wo genau habt ihr das erste Signal aufgefangen?«

»Bei Gubböle.«

Charlotte und Per eilten zum Besprechungszimmer.

»Wir wissen also, dass er aus westlicher Richtung in die Stadt fährt. Was hat er den ganzen Tag gemacht und wo hat er sich aufgehalten? Alle mal herhören!«, rief Per, als sie den Rest des Teams erreichten. »Wir haben Erik Stenlunds Handy geortet. Es bewegt sich auf der E12 in Richtung Umeå. Alex und Charlotte, ihr beide schließt euch den Einsatzkräften an und nehmt Erik fest. Findet heraus, wo Klara Lundquist ist. Und Anna, ich möchte über alles informiert werden, was auf Eriks Handy geschieht. Wir werden uns sämtliche Textnachrichten ansehen und sämtliche Gespräche anhören. Sofort!«

Anna stellte ihren Selleriesaft so fest auf den Tisch, dass er überschwappte.

Charlotte und Alex legten sich schusssichere Westen an.

»Was gibt es in der Richtung, aus der er kommt?«, fragte Per aufgeregt. »Er muss den größten Teil des Tages dort verbracht haben. Ich bin mir sicher, dass Klara nicht bei ihm im Auto ist. Wenn er irgendwas mit ihr angestellt hat, ist sie noch dort.«

Charlotte zog sich die Jacke an.

»Scheiße!«, schrie Kicki, und alle im Raum richteten ihre Blicke auf sie. Sie starrte auf ihren Computer. »Erik hat sein Handy wieder ausgeschaltet. Wir haben soeben seine Position verloren.«

Per deutete auf Charlotte. »Nehmt euch die Mannschaft, die ihr braucht, und fahrt zu dem Ort, an dem er sich zuletzt aufgehalten hat. Findet ihn, verdammt noch mal!«

»Das Pflegeheim in Brattby!«, rief Anna. »Dort kann er gewesen sein. Ich sehe auf der Karte, dass es in der Nähe liegt. Es ist seit vielen Jahren völlig verlassen.«

»Gut, es lohnt sich, dort nachzusehen«, sagte Per. »Du und ich, wir fahren hin.«

# 72

Nachdem Erik das Pflegeheim verlassen hatte, war er sich nicht sicher, ob er den Schutzraum abgeschlossen hatte. Überall tauchten Ablenkungen auf. *Scheiß Tag*, dachte er und blickte auf sein Handy, das auf der Mittelkonsole lag und aufgeladen wurde. Der Akku hatte sich entleert, aber bald würde er das Gerät wieder einschalten und seinen Nachbarn kontaktieren können. Auf dem Beifahrersitz lag Klaras Mobiltelefon, das ihr auf den Boden des Fahrzeugs gefallen war – der Grund, weshalb sie die schwarze Schachtel gefunden hatte. Als sie die Zähne gesehen hatte, hatte sie sofort begriffen. Klara war ein kluges Mädchen, doch das Öffnen der Schachtel kam einem Selbstmord gleich. Schade, aber sie war selbst schuld daran, dass sie in diese Situation geraten war. Das Leben musste ohne sie weitergehen. Ein Leben ohne Helen hingegen war etwas vollkommen anderes. Er musste mit ihr reden.

Erik griff an den Schalthebel und legte den fünften Gang ein. Es knirschte im Getriebe, als er sich verschaltete, und es klang, als würde das gesamte Fahrzeug kaputtgehen. Er hasste Schaltgetriebe, aber sein eigenes Auto parkte vor dem Pflegeheim in Brattby. Den Lieferwagen, den er gerade fuhr, hatte er erst vor Kurzem abgeholt, nachdem er ihn durch

Zufall im Internet gefunden hatte. Erik fühlte sich ein bisschen wie ein Klischee – ein Mörder in einem Lieferwagen. Aber ein solches Gefährt erleichterte den Transport der Opfer. Sie in den Kofferraum seines anderen Autos zu legen, war umständlich und mit unnötigem Risiko behaftet. Außerdem nahm der Sprengstoff Platz weg. Der Fahrzeughalterwechsel war noch nicht offiziell vermerkt, was ihm im Augenblick gut in den Kram passte. Die Ereignisse der letzten Woche waren nicht optimal verlaufen. Nach der Sache mit Lena hatten die Dinge sich schnell in eine Richtung entwickelt, die er nicht einkalkuliert hatte. Deshalb musste er seine Pläne viel früher als erwartet in die Tat umsetzen.

Auf der Höhe des Verbrauchermarkts ICA Kvantum Kronoparken drosselte er das Tempo. Weiter vorn glaubte er, Polizeiautos zu sehen. Erik stellte die Musik leiser und fuhr etwas näher an den Straßenrand heran. Die Polizei fuhr ohne Sirenen an ihm vorbei, und er sah sie im Rückspiegel verschwinden. *Wahrscheinlich ein Autounfall*, dachte er.

Als er weiterfuhr, kehrten seine Gedanken zu Helen zurück. Sie ruinierte ihm wirklich den Tag. Die Sache mit Klara heute Vormittag war schon schwierig genug gewesen. Erik befürchtete, Details zu übersehen und nicht in der Lage zu sein, sich auf das Wichtigste zu konzentrieren. Die von Klara und Helen verursachten Probleme sorgten dafür, dass er zu viel auf einmal in Ordnung bringen musste. Seine Routinen gerieten durcheinander. Die Anspannung in seinem Körper bescherte ihm einen Druck auf der Brust und pochende Kopfschmerzen. Wohin wollte Helen? Hatte sie vor, sich mit ihrem Vater oder der Person in dem Volvo zu treffen? Das mit den Reisetaschen, die der Nachbar erwähnt hatte, war beunruhigend. Wollte sie ihn wirklich verlassen? Wohin würde sie ohne ihn gehen? Erik musste sie aufhalten. Sie durfte nicht weggehen und ihm noch mehr Ärger machen, das war nicht richtig. Helen war im

Begriff, den größten Fehler ihres Lebens zu begehen. Er musste sie nur dazu bringen, dies selbst einzusehen.

Mitten in der Stadt, auf dem Weg über die Tegsbrücke, war sein Handy wieder betriebsbereit. Er schaltete es ein und rief seinen Nachbarn an, der nach dem ersten Läuten dranging.

»Hallo Erik. Sie können doch nicht einfach Ihr Telefon ausschalten, wenn ich Ihnen einen Gefallen tue.«

»Tut mir leid, der Akku war leer.«

»Ich fahre Helen auf der E4 in südlicher Richtung hinterher«, sagte der Nachbar. »Aber weiter als bis Hörnefors kann ich ihr nicht folgen. Ich muss wieder nach Hause und den Hund ausführen. Haben Sie mit ihrem Arzt gesprochen?«

Erik beschleunigte und fuhr in Richtung E4. Zum Glück befand er sich auf der richtigen Seite der Stadt. »Das verstehe ich, und ich weiß Ihre Hilfe wirklich zu schätzen. Ich bin jetzt auf dem Weg.«

»Was hat der Arzt denn gesagt? Braucht sie irgendwelche Medikamente, oder was ist los?«

»Ich werde sie dorthin fahren«, log Erik. »Erst muss ich sie holen … Aber es besteht die Gefahr, dass sie sich etwas antut.«

»Was? Ist es so schlimm?«, sagte der Nachbar. »Frauen und ihre schwache Psyche. Das tut mir leid.«

»Danke. Ja, das ist sehr schwierig für die ganze Familie.«

»Sie hat auch die Kinder dabei«, sagte der Nachbar.

»Ja, das ist beunruhigend.«

»Es waren zwei Frauen bei ihr zu Hause, aber die sehe ich jetzt nicht mehr.«

Erik wollte gerade fragen, wie die Frauen aussahen, aber der Nachbar redete weiter.

»Hören Sie, jetzt sehe ich, wie ihr Auto hier die Ausfahrt nimmt. Wo sind Sie?«

»Welche Ausfahrt?«

»Moment, ich schau mal …«

Erik hörte, wie der Nachbar den Blinker betätigte.

»Ich glaube, Helen will tanken, sie fährt zum Circle K hier in Hörnefors. Soll ich mit ihr reden?«

»Nein, das ist nicht nötig. Ich kümmere mich darum, aber danke. Sie haben uns beiden einen großen Dienst erwiesen.«

»Dann fahre ich jetzt nach Hause«, sagte der Nachbar. »Ich hoffe, alles wird wieder gut.«

Sie beendeten das Gespräch. Erik fuhr deutlich schneller als erlaubt und würde in ein paar Minuten dort sein. Diesmal war es das Risiko wert.

Als er schließlich auf das Gelände des Circle K fuhr, sah er, wie Helen gerade aus dem Tankstellenshop kam. Sie versteckte die Haare unter einem Käppi. Die Kinder saßen im Auto.

Erik parkte ein Stück weiter weg. Er trommelte mit den Fingern auf das Lenkrad und griff dann nach dem Handschuhfach.

# 73

Charlotte sah auf die Uhr. Es war bereits nach fünf Uhr nachmittags. Höchstwahrscheinlich würde der Mittwoch in den Donnerstag übergehen, ohne dass jemand im Team den Kopf auf ein Kissen legen konnte.

Sie drückte den Stöpsel fester ins Ohr, aus Angst, eine Durchsage des Einsatzleiters zu verpassen, der in dem Wagen vor ihr saß. Alex und sie hatten das Polizeirevier in einem Zivilfahrzeug verlassen und fuhren jetzt auf der E4 in südlicher Richtung nach Hörnefors, wo sie Eriks Mobiltelefon zuletzt geortet hatten. Dank der Telefonüberwachung wussten sie, dass er mit seinem Nachbarn telefoniert hatte. Aus dem mitgehörten Gespräch ging hervor, dass Erik keine Ahnung hatte, dass die Polizei unterwegs war, um ihn festzunehmen. Seine Aufmerksamkeit galt allein seiner Frau.

»Wie lange werden Per und Anna mit dem Auto nach Brattby brauchen?«, fragte Alex, während er den Wagen auf hundertzehn km/h beschleunigte. Auf der E4 war viel los, und eine allzu hohe Geschwindigkeit war mit Risiken behaftet.

»Das sind gut zwanzig Kilometer dorthin, also höchstens zwanzig Minuten«, erwiderte sie. »Aber wir wissen nicht, ob Klara im Pflegeheim ist. Per soll lediglich das Gebäude überprüfen.«

»Wenn sie Klara dort nicht finden, werde ich dafür sorgen, dass Erik mir verrät, wo sie ist«, sagte Alex.

Charlotte nickte. Sie wusste, dass er es ernst meinte. Alex preschte voran und scheute sich nicht, Gewalt anzuwenden, wenn es nötig war, allerdings stets im Rahmen des Erlaubten – oder zumindest fast immer. Sie betrachtete sein Gesicht von der Seite. Die blonden Bartstoppeln, den kleinen Mund, das spitze Kinn. Und wie durchtrainiert er doch war. Die Energie, die er ausstrahlte, sagte: Ich kriege dich, bevor du mich kriegst. Er hatte etwas an sich, dem man nicht widerstehen konnte.

Charlotte richtete den Blick wieder auf die Straße. Alex fuhr in der linken Spur, während die anderen Autos sich rechts hielten, um den Polizeikonvoi, der nicht zu übersehen war, vorbeizulassen. Charlotte versuchte erneut, Helen anzurufen, erreichte jedoch nur die Mailbox, wie bei jedem Versuch zuvor. Sie fluchte still in sich hinein.

»Haben die Kollegen bei der Durchsuchung von Eriks Haus etwas gefunden?«, fragte Alex.

»Noch nicht. Der Computer ist wohl der Schlüssel für uns, aber laut Helen hütet Erik ihn wie seinen Augapfel.«

»Zum Glück weiß Erik nicht, dass wir in der Nähe sind, sonst hätte er nie sein Handy eingeschaltet und mit seinem Nachbarn telefoniert.«

»In der Tat«, sagte Charlotte. »Meiner Meinung nach ist er ein solcher Narzisst, dass er glaubt, er sei uns überlegen. Klara hat irgendwie herausgefunden, wer er ist, und deshalb hat er sie entführt. Trotzdem hat er seelenruhig behauptet, er hätte sie heute Vormittag an der Schule abgesetzt. Er ist eiskalt, allerdings nicht, was seine Haltung gegenüber Helen betrifft. Sie ist seine Achillesferse, die einzige Person, die ihn aus dem Gleichgewicht bringen kann, sodass er vielleicht einen Fehler macht.«

Sie näherten sich dem Ort, zu dem Erik unterwegs war – dem Circle K in Hörnefors.

»Er hat anscheinend dort angehalten«, sagte Charlotte.

Alex fuhr dicht hinter dem Mannschaftswagen der Nationalen Einsatzkräfte her, und Charlotte musste sich festhalten, als sie die E4 verließen. Sie drehte die Heizung herunter und öffnete ihre Jacke. Manchmal fühlte ihr Körper sich an, als käme sie in die Wechseljahre. Sie holte ihre Dienstwaffe hervor und hatte gerade noch Zeit, sie zu überprüfen, bevor sie am Zielort eintrafen. Im selben Moment, als sie die Tankstelle erreichten, rief Per an. Sie stellte ihr Handy auf Lautsprecher.

»Bist du schon beim Pflegeheim in Brattby?«, fragte sie.

»In dreißig Sekunden. Habt ihr Erik?«

»Bald. Wir sind an der Tankstelle in Hörnefors, wo Helen angehalten hat«, sagte Charlotte. »Bleib dran.«

Sie ließ den Blick über die Umgebung schweifen. »Ich sehe weder das Auto, in dem Helen unterwegs ist, noch das von Erik«, sagte sie. »Sind sie womöglich schon weggefahren?«

»Okay, jetzt bin ich beim Pflegeheim«, kam es aus dem Hörer. »Erik benutzt ein anderes Fahrzeug, sein Auto parkt hier.« Er legte auf.

»Dann sind sie bestimmt hier irgendwo«, sagte Alex.

»Wir müssen die Sache richtig angehen. Geh in den Tankstellenshop und lass dir diskret den Live-Feed der Überwachungskamera zeigen. Wir müssen wissen, worauf wir uns einlassen. Dann sage ich dem Einsatzkommando, sie sollen die Umgebung absuchen.«

# 74

Anna hatte richtig vermutet. Das verfallene Pflegeheim war der Ort, an dem Erik zuvor an diesem Tag gewesen war. Per rannte zu Eriks Auto, das ein Stück weit weg parkte. Er riss eine Tür auf und warf einen Blick hinein. Anna öffnete den Kofferraum.

»Leer.«

»Das ist das Fahrzeug, in dem Klara vor ihrem Verschwinden unterwegs war. Die Spurensicherung soll sich darum kümmern.«

Die Kriminaltechniker würden eine gründliche Untersuchung des Autos vor Ort durchführen, ehe es zu einer noch umfassenderen Kontrolle weitergeschickt wurde.

»Warum kümmert sich niemand um diesen Ort?«, fragte Anna.

Alle Bewohner von Umeå kannten das Pflegeheim in Brattby. Ursprünglich ein Schulheim, war es später eine zentrale Einrichtung für geistig behinderte Erwachsene gewesen. 1998 wurde das Heim geschlossen. Jetzt waren nur noch verfallene Gebäude übrig.

Per legte sich die schusssichere Weste an und zurrte sie um die Taille fest. Die Polizei würde das Gelände bald absperren, und in ein paar Stunden würde die Dunkelheit hereinbrechen. Aber schon jetzt wirkte es leer und gespenstisch.

Anna holte ihr Handy hervor und gab den Fund des Autos durch. Sie wussten, dass Erik nicht hier war, aber dessen Kontrollbedürfnis beunruhigte Per. Er hielt nach Überwachungskameras Ausschau, konnte aber keine sehen. Außerdem kannte Erik sich mit Sprengstoff aus. Was, wenn er geplant hatte, das Heim in die Luft zu sprengen, falls er aufflog?

Er wandte sich Anna zu, die sich Handschuhe angezogen und mit einer routinemäßigen Durchsuchung von Eriks Auto begonnen hatte.

»Wir müssen die Gebäude überprüfen. Bis das Bombenentschärfungskommando uns Bescheid sagt, ob sie Leute hierherschicken können, vergeht zu viel Zeit.«

»Das läuft über den diensthabenden Beamten bei der NOA, oder?«, sagte Anna, während sie sich über den offenen Kofferraum beugte.

»Dann nimm mit NOA Kontakt auf. Ich muss Klara suchen. Sie ist bestimmt hier irgendwo. Und sag dem Einsatzkommando Bescheid, dass es herkommen soll.«

»Das Einsatzkommando ist bereits unterwegs«, sagte Anna und griff zu ihrem Handy, um die Nationale Operative Abteilung in Stockholm anzurufen.

Per wandte sich von ihr ab, um sich einen Überblick über das Gelände zu verschaffen. Die verfallenen gelben Backsteingebäude des ehemaligen Pflegeheims standen in einer Reihe. Die Fenster waren eingeschlagen, allerlei Gerümpel, darunter Autoreifen und Matratzen, lagen verstreut auf dem Boden. Sie hatten zuvor erfolglos versucht, den Eigentümer zu kontaktieren. Das Gelände war riesig. Per sah sechs Gebäude, einige zwei-, andere dreistöckig. Dahinter erstreckten sich ein großes Feld und ein Wald.

Per holte ein Paar Gummihandschuhe aus seiner Jackentasche. Anna hatte inzwischen das Telefonat beendet.

Sie kam zu ihm und reichte ihm eine Schachtel mit schwarzem Samtbezug.

»Das hier lag am selben Platz wie das Reserverad.«

Per zog die Handschuhe an.

»Schau mal rein«, sagte Anna.

Per öffnete die Schachtel.

Zähne.

Sein Magen reagierte sofort, und er hielt sich die Hand vor den Mund.

*Verdammt*, dachte er und holte ein paar Mal tief Atem, ehe er erneut einen Blick in die Schachtel warf. Weiße Zähne, graue, einige mit Amalgam-, andere mit Kunststofffüllungen. Die Zähne sahen aus, als wären sie gereinigt worden, es war kein Blut an ihnen zu sehen.

»Hier ist unser Beweis. Wir haben ihn«, sagte Per.

»Aber wo kann Klara sein? Das Gelände ist groß, da gibt es viel zu durchsuchen«, sagte Anna und ließ den Blick über die Gebäude schweifen. Dann drehte sie sich um, als das erste Fahrzeug des Einsatzkommandos eintraf, so, dass man es kaum bemerkte. So arbeitete diese Spezialeinheit. Ein schwer bewaffneter Mann lief auf sie zu.

»Wir haben die Erlaubnis zum Durchsuchen der Häuser, aber beim geringsten Verdacht ziehen wir uns zurück und warten auf das Bombenentschärfungskommando. Sie weichen nicht von meiner Seite, okay?«

Der Mann richtete seinen Blick auf Per, der nickte. Er kam sich vor wie ein Schuljunge, der eine Anweisung von seinem Lehrer erhält.

Das Einsatzkommando näherte sich dem Haus, das Eriks Auto am nächsten war.

Per wandte sich Anna zu. »Du bleibst hier und wartest auf Informationen von Charlotte. Falls sich herausstellt, dass

Klara bei Erik ist, können wir die Suche nach ihr hier in Brattby abbrechen.«

Er folgte dem hochgewachsenen Mann in schwarzer Montur. Als junger Polizist hatte er einer wie dieser werden wollen, hatte jedoch die Eignungstests nicht bestanden, und als der Diabetes hinzukam, war dieser Traum endgültig geplatzt. Per ließ die Waffe im Holster. Die Männer vor ihm besaßen ausreichend Munition. Der Asphalt war nass, und es knirschte unter den Schuhen.

Die Elitepolizisten trugen Helmlampen, die noch nicht benötigt wurden. Er selbst hatte seine Taschenlampe in der Jackentasche.

»Per, warte!« Anna kam ihm nachgelaufen und blieb abrupt vor ihm stehen. »Ich mache mir Sorgen«, sagte sie leise. »Wenn Erik hier Sprengstoff versteckt hat … Was passiert, wenn Charlotte und Alex ihn festnehmen und er kapiert, dass es vorbei ist? Und ihr seid immer noch dadrinnen? Wir wissen schließlich, dass er Samirs Sprengweste mit einem Handy gezündet hat.«

Anna hatte recht. Aber was, wenn Klara in Gefahr schwebte und sie einfach untätig herumstanden? Per würde sich das nie verzeihen.

»Das ist ein Risiko, das wir eingehen müssen«, sagte er. »Aber bleib mit Charlotte und Alex in engem Kontakt. Sie müssen Erik sofort das Handy wegnehmen.«

# 75

Erik ging vor Helen in die Hocke. Sie saß auf dem Toilettensitz und wirkte außer sich vor Angst, ihn zu sehen. Er hielt ihre zitternden Hände. Das Herz pochte in seiner Brust. Als er die Hand nach ihrem Gesicht ausstreckte, zuckte sie zurück, aber er wischte ihr nur die Tränen weg. Und seine eigenen. Dank seines Nachbarn war es ihm gelungen, sie zu stoppen. Sie musste vor sich selbst gerettet werden.

»Bitte, Erik. Lass mich gehen.«

Er suchte Augenkontakt zu ihr, wollte ihr zu verstehen geben, dass er nicht wütend war, sondern nur verletzt. Aber Helen wich seinem Blick aus.

»Aber warum? Warum willst du die Kinder mitnehmen und mich verlassen? Das verstehe ich nicht.«

Erik ergriff wieder ihre Hände, und sie ließ es zu. Ein gutes Zeichen. Sie würden eine Lösung finden.

»Helen, ich bin mir bewusst, dass ich manchmal hart sein kann, aber das ist nur, weil ich dich liebe. Das weißt du. Ich tue alles nur für dich und die Kinder.«

»Wenn du mich liebst, lässt du mich gehen«, sagte sie. »Ich halte es nicht mehr aus. Erik, lass mich gehen. Ich komme zurück, das verspreche ich.«

»Du willst weggehen, aber wiederkommen? Und du sagst, du hältst es nicht mehr aus? Das verstehe ich nicht. Was willst du eigentlich? Du weißt es anscheinend selbst nicht.«

Erik erhob sich. Ihr Gesicht befand sich jetzt direkt vor seinem Schritt. Er stand so nahe vor ihr, dass sie nicht aufstehen konnte. Ihre Wangen glänzten vor Tränen. Warum weinte sie? Er war doch hier das Opfer.

»Ich sehe, dass es dir schlecht geht, Helen, und genau deshalb brauchst du feste Routinen und Regeln. Ich weiß, dass du wieder Kontakt zu deinem Vater hast. Er tut dir nicht gut. Lass mich die Sache in Ordnung bringen.«

Helen erwiderte seinen Blick, und er sah den Hass in ihren Augen. Das ließ ihm das Blut in den Kopf schießen.

Der Schlag traf sie so fest, dass ihr Kopf gegen die Wand knallte.

Erik ging wieder in die Hocke. Blut lief aus ihrer Nase, und er riss ein Stück Klopapier vom Halter. Dann nahm er behutsam ihr Kinn in die Hand und wischte das Blut weg.

»Schau nur, wozu du mich zwingst«, sagte er.

Helens Atem ging schneller. Sie sah Erik an, während er ihr Gesicht säuberte.

»Fahren wir jetzt nach Hause? Ich kann vergessen, dass das hier passiert ist«, sagte er und erhob sich wieder. Dann öffnete er die Toilettentür und gab ihr mit einer Geste zu verstehen, dass sie den engen Raum verlassen durfte. Er strich ihr sanft über den Rücken, als sie aufstand und an ihm vorbeiging. So schlimm, wie Helen dachte, war er nun wirklich nicht.

»Ich fahre mit dir nirgendwohin, Erik. Du bist krank und brauchst Hilfe«, sagte sie.

Die Worte fühlten sich an, als würde ihm jemand mit einem Baseballschläger auf den Kopf schlagen. Wer hatte ihr das eingeredet? Jemand hatte seine schöne Frau einer Gehirnwäsche unterzogen.

Der nächste Schlag beförderte sie zu Boden. Es geschah nicht oft, dass er Gewalt anwendete. Nur wenn es notwendig war. Jetzt hatte er keine andere Wahl, so weh es ihm auch tat.

Er wollte gerade die Hände ausstrecken und ihr aufhelfen, als er draußen Stimmen hörte. Sie klangen schwach, aber er verstand genug, um zu wissen, dass sie über sein Auto redeten.

Erik stand still und lauschte. Wer war das? Die Polizei? Vielleicht bildete er es sich nur ein, Helen machte ihn paranoid. Er streckte die Hand nach ihr aus, während er gleichzeitig zur Tür blickte, die nach draußen führte. Es war höchste Zeit, dass sie nach Hause fuhren.

Aber als Helen seine Hand wegschlug, richtete seine Aufmerksamkeit sich erneut auf sie.

# 76

Per war dem Einsatzkommando in das nächstgelegene Gebäude des Pflegeheims in Brattby gefolgt. Die Dunkelheit im Inneren war trotz des Tageslichts draußen greifbar. Er fummelte an dem Ohrhörer herum, damit er besser saß, und folgte dem Einsatzleiter dicht auf den Fersen. Der Mann vor ihm war eine Mauer aus Muskeln und Munition. Er und sein Team kommunizierten mit Hand- und Fingerzeichen und wechselten nur wenige Worte, obwohl sich außer ihnen aller Wahrscheinlichkeit nach niemand hier befand. Sie konnten jedoch nicht mit Sicherheit wissen, ob Erik allein handelte.

Sie bewegten sich durch einen Korridor nach dem anderen. Das Einzige, was sie hörten, war das Knirschen des Bodens unter ihren Stiefeln. In jeden Raum, an dem sie vorbeikamen, gingen zwei Polizisten hinein und durchsuchten ihn. Je weiter sie in das Gebäude vorrückten, desto größer war das Risiko, dass sie auf etwas Spitzes traten. Überall lagen Bretter mit Nägeln herum, die nach oben zeigten. Per vermutete, dass sie dazu gedient hatten, um die Fenster zu verschließen. Falls Klara hier gewesen war, musste es sich schlimm für sie angefühlt haben. Es war ein schrecklicher Ort.

Plötzlich reckte einer der Männer weiter vorn eine Faust in die Luft.

Alle blieben stehen, außer zwei Polizisten, die einen der Räume durchsuchten. Was war los? Hatten sie etwas entdeckt?

Doch dann kamen die beiden wieder hinaus in den Korridor, und einer von ihnen senkte die Hand. Es wurden Zeichen zum Weitergehen gegeben.

Das Team setzte sich wieder in Bewegung. Als Per an dem Raum vorbeikam, den die beiden Männer durchsucht hatten, warf er einen Blick hinein und leuchtete mit der Taschenlampe. Auf dem Boden lag ein Kleidungsstück, eine blaue Jacke. Sie sah neu aus. Per erinnerte sich daran, was Helen der Polizei erzählt hatte: Klara hatte beim Verlassen des Hauses ein rosa Sweatshirt, eine Jeans und eine blaue Jacke angehabt.

*Verdammt*, dachte er und spürte ein Stechen in der Brust.

Das Team hielt bei einer Treppe, die in den Keller führte. Blinkendes Blaulicht warf gespenstische Schatten auf die Gebäude des verlassenen Pflegeheims. Jetzt waren Polizei- und Rettungsfahrzeuge vor Ort eingetroffen. Endlich.

Der Einsatzleiter hob die Hand über den Kopf und deutete auf die Treppe. Auf dem Weg nach unten nahm Per einen Gestank war, der seine Sorgen um Klara verstärkte. Hier unten herrschte völlige Finsternis.

Per zuckte zusammen, als er Annas Stimme in dem Ohrstöpsel hörte.

»Per, hörst du mich?«

Er drückte auf die Sendetaste, um zu antworten. »Ja, was gibt's?«, sagte er leise, während sie weiter nach unten gingen.

»Charlotte hat angerufen. Sie haben Erik gefunden.«

»Haben sie ihn festgenommen?«

»Nein, wir haben eine Situation an der Tankstelle, die gelöst werden muss. Aber Klara ist nicht dort. Habt ihr sie?«

»Negativ«, sagte Per. »Aber sie ist oder war hier. Wir haben eine Spur in Form einer Jacke gefunden, von der ich glaube, dass sie ihr gehört.«

»Okay, ich gebe es an Charlotte weiter«, sagte Anna, und es wurde still in dem Ohrhörer.

Inzwischen waren sie unten im Keller angelangt. Per starrte in die Finsternis und versuchte, mithilfe seiner Taschenlampe etwas zu sehen. Das Team setzte seinen Erkundungsgang tief unter der Erde fort und stieß in einen Bereich vor, der sich wie ein Labyrinth von Gängen anfühlte. Per fragte sich, ob sie wieder hinausfinden würden. Er spürte einen stechenden Geruch in der Nase.

Plötzlich blieb der Einsatzleiter stehen.

»Bombe gefunden! Evakuieren!«

Per durchfuhr es eiskalt.

# 77

Charlotte stand zusammen mit Alex und dem Einsatzleiter im Büro der Tankstelle und blickte auf den Bildschirm, der die Aufnahmen der Überwachungskamera zeigte, die im Toilettenvorraum in der Nähe des Waschbeckens angebracht war. Eine ungesetzliche Überwachungsmaßnahme, die laut Personal von Problemen mit Schmierfinken herrührte. Charlotte scherte sich nicht darum, da sie momentan an wichtigere Dinge denken musste.

Erik hatte soeben Helen so fest geschlagen, dass sie auf den Boden gefallen war. Die inzwischen eingetroffene Verstärkung hatte den Bereich um die Toilettenräumlichkeiten gesichert, sodass Erik nicht entkommen konnte.

»Wir sind bereit, reinzugehen«, sagte der Einsatzleiter.

»Wir können nicht mit dem Einsatzkommando hineinstürmen«, sagte Alex. »Es ist noch unklar, ob Erik das Pflegeheim in Brattby vermint hat. Wenn er uns sieht, kann er dort alle einschließlich Klara in die Luft jagen.«

»Was schlägst du vor?«, fragte Charlotte. »Sollen wir zulassen, dass die Frau dadrinnen von einem Psychopathen totgeschlagen wird?«

Alex riss sich die Jacke vom Leib. »Ich löse das auf meine Weise. Du, Charlotte, bleibst hier, und ich will zwei von euren Jungs vor der Tür haben«, sagte er zum Einsatzleiter. »Wenn ich ›fuck it‹ sage, könnt ihr reingehen. Dann habe ich den Ort gesichert. Okay?«

»Das Ergebnis ist dasselbe, egal ob er *einen* oder *mehrere* Polizisten sieht«, wandte Charlotte ein.

»Ich habe das schon mal gemacht. Natürlich wird er nicht erkennen, dass ich Polizist bin, wenn er mich reinkommen sieht«, sagte Alex und krempelte die Hemdsärmel hoch. Er öffnete die obersten zwei Knöpfe, steckte die Pistole in den Hosenbund und zog das Hemd darüber. Charlotte sah, wie er seine sorgfältig gekämmten Haare verwuschelte. Er würde so tun, als wäre er ein Zivilist, der einfach nur die Toilette benutzen musste.

»Hat die Kamera Ton? Wir müssen mithören können«, sagte Charlotte zu der Frau, die das Pech hatte, ausgerechnet in dieser Schicht zu arbeiten.

»Nein, leider nicht.«

Charlotte stampfte mit einem Bein auf den Boden und sah Alex an, der bereit war, hineinzugehen. »Lass das Handy in deiner Hosentasche an, damit ich hören kann, was gesagt wird«, sagte sie.

Alex nickte, rief Charlottes Handy an und verschwand mit schnellen Schritten, begleitet von zwei Beamten des Einsatzkommandos. Die Polizeipräsenz sorgte dafür, dass sich keine Kunden in der Tankstelle aufhielten.

Auf dem Bildschirm sah Charlotte, wie Helen mit dem Rücken zur Wand auf dem Boden saß.

Erik stand über sie gebeugt und gestikulierte.

Plötzlich kam Alex zur Tür herein, und Erik drehte sich kurz zu ihm um, ehe er sich wieder Helen zuwandte.

»Du sollst nicht hier sitzen und traurig sein, Süße. Komm, wir fahren nach Hause«, kam Eriks Stimme aus Charlottes Handy. Der Ton war sanft.

Helen stand ohne Eriks Hilfe auf.

*Gut, Helen*, dachte Charlotte und sah, wie Erik zu Alex hinüberschielte. Es sah aus, als überlegte er, ob von dem Fremden eine Gefahr ausging oder nicht.

Alex tat so, als interessierte er sich nicht dafür, was zwischen Erik und Helen ablief. Er stellte sich an eines der Waschbecken und wusch sich die Hände. Aber Helen erkannte ihn. Charlotte sah die Erleichterung in ihrem Gesicht.

»Komm jetzt, Liebling. Du wirst sehen, dass alles besser wird, wenn wir wieder zu Hause sind«, sagte Erik.

Helen verschränkte die Arme vor der Brust. Aus ihrer Nase lief immer noch Blut.

»Entschuldigung, könnten Sie mir bitte ein Papiertuch geben?«, sagte Alex zu Erik und deutete auf den Halter, der hinter Helen an der Wand hing.

Charlotte bemerkte eine Veränderung in Eriks Blick. Etwas hatte bei ihm eine Reaktion ausgelöst. Dann erkannte sie, was es war.

*Verdammt*, dachte sie. Die Pistole in Alex' Hosenbund.

Erik steckte eine Hand in die Hosentasche und schaffte es gerade noch, sein Handy hervorzuholen, bevor Alex ihn mit solcher Wucht gegen die Wand stieß, dass er abprallte. Er schlug Erik das Telefon aus der Hand. Es landete unter einem der Waschbecken.

»Fuck it!«, schrie Alex und zog seine Waffe. Im nächsten Moment stießen die zwei Männer des Einsatzkommandos die Tür auf.

»Polizei! Auf den Boden!«, schrie Alex und richtete die Waffe auf Erik, der mit dem Rücken an der Kachelwand lehnte. Er sank auf die Knie und hielt die Hände hinter dem Rücken, ohne dass Alex ihn dazu auffordern musste. Helen hob die Hände und riss die Augen weit auf, als sie die zwei bewaffneten Männer sah.

Charlotte bemerkte, dass Erik zu seinem Handy unter dem Waschbecken schielte. Alex bückte sich danach.

»Nein, nein, nein!«, rief Charlotte in den stummen Bildschirm, »schau auf seine Hände, du Idiot!«

Plötzlich holte Erik ein anderes Handy aus der Gesäßtasche und drückte schnell auf eine Taste. *Oh nein*, dachte Charlotte und sah, dass Alex es ebenfalls bemerkt hatte. Er warf sich auf Erik und drückte ihn zu Boden.

»Verdammt!«, schrie Alex im selben Moment, als er Eriks Arme festhielt.

Charlotte rannte so schnell aus dem Tankstellenbüro, dass sie ein Regal mit Süßigkeiten umstieß. In diesem Moment hörte sie in ihrem Ohrstöpsel die Stimme des Einsatzleiters.

»In Brattby hat es geknallt!«

# 78

Per hatte keine Ahnung, wie er aus dem Pflegeheim gekommen war. Vermutlich hatten die anderen ihn in die richtige Richtung geschubst. Es klingelte in den Ohren von der Explosion, und im Rücken spürte er die Hitze, die das brennende Gebäude ausstrahlte. Hinter ihm lodernde, prasselnde Flammen, vor ihm ein blinkendes Blaulichtinferno. Alles, woran er im Moment denken konnte, waren seine Jungs und Mia daheim. Die Beine gaben nach, und er fiel zu Boden. Mit den Handflächen fing er den Sturz ab, was ordentlich wehtat. Der Magen verkrampfte sich in einem Versuch, den Inhalt hinauszubefördern, jedoch ohne Ergebnis.

Er musste husten. Als er Annas Stimme hörte, blickte er auf und hielt nach den anderen Ausschau, die mit ihm in dem Gebäude gewesen waren. Sie saßen verstreut auf dem Boden um ihn herum, husteten und krümmten sich vor Schmerz, genau wie er. Nur ein paar Sekunden später, und die Gruppe wäre in die Luft gesprengt worden. Per kniff die Augen zusammen und tastete den Körper nach Verletzungen ab.

»Per! Rede mit mir!«, hörte er Anna sagen, die neben ihm in die Hocke ging.

Er versuchte zu lächeln, um ihr zu zeigen, dass alles in Ordnung war. Dann fasste er an eine schmerzende Stelle an der

Wade und spürte etwas Nasses und Warmes. Im Unterschenkel steckte eine Glasscherbe.

»Der Rettungswagen ist hier«, sagte Anna und verzog beim Anblick seines Beins das Gesicht.

»Haben sie Erik geschnappt?«, brachte er mühsam hervor und legte sich auf den Rücken. Die Wärme in seinem Körper wich der Kälte und Feuchtigkeit.

»Ja, er ist auf dem Weg zum Revier. War Klara dadrinnen?«

Per dachte an die Jacke, die er in einem der Räume gesehen hatte. Klaras Oberbekleidung.

»Ich weiß nicht … Wir kamen zu einer Tür … Die Sprengladung muss dort gewesen sein. Vielleicht war sie im Gebäude. Wir haben es nicht geschafft, sie zu finden.«

Per blickte in den blauen Himmel und roch Rauch und verbranntes Material. Rettungs- und Feuerwehrfahrzeuge fuhren auf das Gelände.

»Charlotte und Alex müssen Erik dazu bringen, dass er uns verrät, ob Klara dadrinnen ist«, sagte er und deutete auf das brennende Gebäude.

»Erik hat die Bombe gezündet, als Alex ihn gerade festgenommen hat. Alex hatte nicht rechtzeitig bemerkt, dass Erik zwei Handys bei sich hatte.« Sie legte ihre Jacke unter Pers Kopf.

»Danke«, sagte er und verzog das Gesicht, als er die Schmerzen im Bein spürte. Sie wurden von Sekunde zu Sekunde schlimmer.

Als er sich aufsetzte, um sich die Verletzung anzusehen, kamen Rettungssanitäter auf ihn zugelaufen. Er betrachtete das brennende Haus. Die Kollegen durchsuchten das Gelände.

»Vielleicht haben wir sie in die Luft gejagt«, sagte Per. Verzweiflung machte sich in ihm breit.

Anna setzte sich auf den Boden. Sie antwortete nicht, sondern starrte nur auf die Flammen.

# 79

Erik entfernte den Dreck unter seinen Fingernägeln. Die Polizei hatte ihn mit einem Affentempo zum Revier gefahren, wo er seine Fingerabdrücke und DNA-Proben abgeben und sich fotografieren lassen musste. Seine Kleider hatten sie in Plastikbeutel gestopft, und jetzt saß er in einem grünen Jogginganzug herum, der nach Chlor roch, und wartete auf seine Vernehmung. Neben ihm saß der ihm zugewiesene Anwalt. Erik war klar, dass die Polizei Klara inzwischen gefunden haben musste. Oder jedenfalls das, was von ihr übrig geblieben war. Da er ihr nicht die Zähne gezogen hatte, würde sie leicht zu identifizieren sein. Vor ihm stand ein Pappbecher mit Wasser. Er roch daran und verließ sich nicht darauf, dass er sauber war. Jeder konnte ihn angefasst haben. Der Anwalt hatte ihm erzählt, er hätte es auf die Titelseiten der Zeitungen geschafft. Ein Serienmörder war offensichtlich interessant. Erik dachte an Helen und die Kinder und fragte sich, was sie wohl denken würden. Er musste hier raus. Es war ein verdammtes Glück, dass die Bombe explodiert war. Sie müsste alles zerstört haben. Im Schutzraum befanden sich sämtliche Details über die Morde, die sein brillantes Gehirn geplant hatte. Fotos, Grundrisse, Bombenrezepte, Zahnarztinstrumente, Filme. Der Bunker war seine eigene *Man*

*Cave Deluxe*. Es gab nur eine Sache, die Erik in dem Stress mit Klara vergessen hatte – die Schachtel mit den Zähnen.

Die Tür zum Vernehmungsraum ging auf, und die Polizisten von der Tankstelle kamen herein. Der Typ mit den Tattoos hatte die Ärmel heruntergekrempelt und sich sauber gemacht. Erik fand, dass er ganz nett aussah. Einer, mit dem er gern ein Bier getrunken hätte. Die Polizistin dagegen wirkte auf eine gewisse Weise vornehm.

Die beiden nahmen schweigend Platz und begannen, ein Foto nach dem anderen auf den Tisch zu legen. Einige seiner früheren Opfer sowie sein neuestes. Erik blickte auf die Frau, die er unter der Tegsbrücke in den Fluss geworfen hatte. Bei dieser Aktion hatte er sich sehr nachlässig verhalten. Erstens war sie nicht obdachlos gewesen. Zweitens hatte er sich nicht vergewissert, ob sie tatsächlich untergegangen war, nachdem er sie über die Kaimauer geworfen hatte. Weil sie an einem Haken hängen geblieben war, hatte man sie zu früh gefunden. Erik schlug die Beine übereinander, betrachtete die Fotos von Samir, seinem anderen Meisterwerk, und nahm jedes Detail in Augenschein. Die Frau unter der Brücke und Samir waren die Opfer, die die Polizei kannte. *Dumme Bullen*, dachte er vergnügt. Seine raffinierte Art, der Gesellschaft zu helfen, wertlose Individuen loszuwerden, reichte noch weiter in die Vergangenheit zurück. Seine Opfer in Malmö würde er nie vergessen, vor allem nicht das erste, weil damit alles begonnen hatte. Die Erinnerungen an Stockholm waren aus irgendeinem Grund verschwommen, aber alles, was in Umeå passiert war, war frisch wie warme Brötchen aus dem Ofen.

»Was wollen Sie mir mit diesen furchtbaren Bildern sagen?«, fragte er die Polizisten.

»Warten Sie noch einen Moment«, sagte der Polizist.

Erik seufzte. Er musste den Blick von dem Tisch losreißen, um nicht zu neugierig zu wirken.

»Was ist mit meiner Frau und den Kindern?«

»Es geht ihnen gut«, sagte die Frau.

Ihr Kollege fuhr einen Computer hoch, der auf dem Tisch stand. Erik seufzte erneut, diesmal demonstrativ laut.

»Langweilen wir Sie?«, fragte der Polizist.

»Ein bisschen. Was mache ich hier?«

Der Mann lachte höhnisch und entblößte dabei einen leicht schiefen Vorderzahn. *Schlimm*, dachte Erik.

Die Polizistin übernahm die Vernehmung. »Mein Name ist Charlotte von Klint, und das ist mein Kollege Alex Alvarez. Wir leiten die Ermittlungen wegen mehrerer Straftaten, derer Sie dringend verdächtigt werden. Vier Morde, schwere Körperverletzung, schwere Sachbeschädigung und illegale Verwendung von Sprengstoff …«

Erik hörte nicht weiter zu, lehnte sich zurück und ließ den Blick auf den Fotos ruhen. Sie konnten ihm nichts davon anhängen. Sein Computer war in Brattby gesprengt worden, alles war weg. Es blieb nur das kleine Detail mit der Schachtel sowie Klara und das Handy, mit dessen Hilfe er die Bombe gezündet hatte, um das Mädchen zu töten. Dafür benötigten er und sein Anwalt einen Plan.

»Wann darf ich meine Frau sehen?«, fragte er.

Charlotte sah ihn als, als wäre er nicht ganz richtig im Kopf. »Nie wieder, hoffe ich.«

»Ist sie hier?«

»Ich glaube, Sie sollten sich jetzt vor allem auf sich selbst konzentrieren, Erik. Aus dieser Nummer kommen Sie nicht mehr raus.«

Alex beugte sich über den Tisch und streckte die Hand nach einem der Fotos aus, woraufhin Erik reflexartig den Rücken gegen den Stuhl drückte. Sein Kopf pochte immer noch von dem festen Aufprall gegen die Wand.

»Ich werde Sie wegen Körperverletzung anzeigen«, sagte er zu Alex.

»Tun Sie das.«

»Wo ist Klara?«, fragte Charlotte. Sie stand auf und stellte sich hinter Alex.

Erik lächelte. Sie hatten das Mädchen also noch nicht gefunden. »Das müssen Sie schon selbst herausfinden.«

»Wann haben Sie sie zuletzt gesehen?«

»Als ich sie heute Früh an der Schule abgesetzt habe, so gegen neun Uhr vielleicht.«

»Wir können beweisen, dass Sie das nicht getan haben. Was wollten Sie im Pflegeheim in Brattby?«

»Ich habe gehört, dass dort Geisterjagden stattfinden, und war neugierig. Ich wollte es mir nur anschauen, also bin ich hingefahren.«

»Und wenn wir Ihnen sagen, dass wir Klara in dem Heim gefunden haben, wie lautet dann Ihre Antwort?«

Erik biss die Zähne zusammen. Hatten sie sie gefunden oder blufften sie nur? *»Echt? Ich habe sie nicht gesehen«, sagte er.*

Alex beugte sich erneut vor. Erik konnte den Blick nicht von dem schiefen Vorderzahn abwenden.

*»Wollen Sie den etwa auch ziehen?«, fragte Alex und deutete auf seinen Zahn.*

Erik antwortete nicht.

*»So*weit wir wissen, sammeln Sie Zähne«, sagte Charlotte und legte ihm ein Foto seiner schwarzen Schachtel vor.

Erik musste seine ganze Selbstbeherrschung aufwenden, um nicht zu zeigen, was in seinem Inneren vorging. Er hielt den Atem an.

*Die Schachtel!* Die er stets gehütet hatte wie seinen Augapfel. Wie hatte er sie nur vergessen können?

*»Die Zähne aller Ihrer Opfer, aufbewahrt in einer* abgenutzten alten Schachtel*«, sagte Charlotte und fuhr mit dem Finger*

*über das Foto. »Sie wurde in Ihrem Auto gefunden, und bestimmt befinden sich DNA-Spuren von Ihnen darin.* Hinzu kommen alle anderen Beweise, die wir gegen Sie haben. Aber Sie können immer noch etwas zu Ihren Gunsten tun.«

Erik antwortete nicht.

*»Wenn Sie uns verraten, was Sie mit Klara Lundquist gemacht haben, versprechen wir Ihnen, dass wir beim Staatsanwalt ein gutes Wort für Sie einlegen und ihm sagen, Sie hätten sich kooperativ verhalten.«*

Erik sah seinen Anwalt an, doch der schrieb nur etwas auf seinen Block und unternahm nichts, um ihm zu helfen.

Alex legte ein weiteres Foto auf den Tisch, eines, das der Rechtsmediziner vor etwa einer Stunde von ihm gemacht hatte. Es zeigte Eriks nackten Körper. Sein Geheimnis.

*»Diese Narbe an Ihrem Arm sieht aus wie ein V. Woher haben* Sie die?«

Erik spürte, wie ihm der Schweiß in den Nacken trat. *»Ein Unfall als Kind.«*

*»Erzählen Sie.«*

*»Nein.«*

*»Stig in Malmö.* Sagt Ihnen der Name was?«, sagte Charlotte.

Erik wischte sich mit der Hand den Schweiß aus dem Genick. Er hatte Kopfschmerzen.

Außer dem Sozialdienst gab es nur zwei Menschen, die Stig kannten. Die Pflegeeltern, bei denen er in Malmö gewohnt hatte.

*»Erzählen Sie uns von ihm«, sagte die Polizistin.*

*Stig.* Es war lange her, dass er auf diese Weise an Stig gedacht hatte. Der Mann, der seine Mutter mit Drogen versorgt und ihn unter einer Brücke vergewaltigt hatte, um ihm anschließend mit einem Kronkorken das V-Zeichen in den Arm zu ritzen. Die stärkste Erinnerung, die er abgesehen von der Vergewaltigung an Stig hatte, waren dessen Zähne und das

Unbehagen, das er verspürt hatte, als Stigs Mund näher gekommen war. Seine Mutter hatte nur teilnahmslos dagesessen, zugedröhnt von den Drogen, die Stig ihr als Bezahlung für Eriks Körper gegeben hatte. Erik war unter dieser Brücke völlig auf sich allein gestellt gewesen.

*»Stig hat Sie markiert, stimmt's?«*

*»Das geht Sie nichts an«, sagte Erik ruhig, aber seine Stimme war angespannt, das hörte er selbst. Die Schläfen pochten im Takt mit seinem Herzschlag. Die Pflegeeltern in Malmö hatten ihn verraten. Sie hatten ihm versprochen, nie jemandem etwas über Stig zu erzählen,* aber hier saßen wildfremde Menschen und wussten genau, was damals passiert war.

*»Wir hören auf, über Stig zu reden, wenn Sie uns von Klara erzählen«, sagte Alex.*

Erik war in seinen eigenen Gedanken versunken. Er hatte Stig nach jahrelangen Rachefantasien aufgesucht und ihn zu seinem ersten Opfer gemacht. Es war der wichtigste und der schnellste Mord, den er begangen hatte. Zu der Zeit war er jung und wütend gewesen. Trotzdem hatte er die Tat geplant. Er hatte Stig schlafend vorgefunden und ihm eine hohe Dosis Rohypnol gespritzt, damit er nie mehr aufwachte. Soviel er wusste, hatte die Polizei nie in diesem Fall ermittelt. Die Abrechnung mit Stig hatte sich befreiend angefühlt, wie wenn man aus einem Ballon die Luft herausließ. Aber der Ballon füllte sich erneut mit Luft, immer und immer wieder. Erik bedauerte, dass Stig so glimpflich davongekommen war.

Die Erinnerungen an den Mann verflüchtigten sich, als es an der Tür klopfte.

Eine junge Polizistin kam herein und gab Charlotte einen Zettel. Charlotte und Alex lasen ihn und wirkten erleichtert. Erik war frustriert, weil er nicht wusste, worum es ging.

Kurz darauf richteten sich die Blicke der Polizisten wieder auf ihn.

*»Der Raum, den Sie im Pflegeheim in Brattby in die Luft ges*prengt haben, enthielt keine menschlichen Überreste«, sagte Alex. »Klara war nicht dort, und das ist gut. Aber entweder erzählen Sie uns, wo sie ist, oder wir sorgen dafür, dass Sie in ein Gefängnis kommen, in dem Ihre bisherigen Lebenserfahrungen sich wie ein sonniger Sommertag anfühlen.«

Erik biss die Zähne zusammen. Er verstand es nicht. Wie konnte der Raum leer sein? Klara konnte sich unmöglich daraus befreit haben. Oder spielten die Polizisten ein Psychospielchen mit ihm?

# 80

Die Rettungssanitäter versorgten die Verletzung an Pers Bein. Die Glasscherbe war nicht so tief ins Fleisch eingedrungen, wie er gedacht hatte. Nachdem man die Wunde provisorisch genäht und ihm ein paar Schmerztabletten verabreicht hatte, setzte Per sich auf. Eigentlich hätte er bei Eriks Vernehmung dabei sein wollen, aber im Augenblick wurde er an diesem Ort mehr gebraucht. Mehrere Streifenwagen waren eingetroffen, und das Bombenentschärfungskommando durchsuchte die restlichen Gebäude. Anna stand etwas abseits und sprach mit einem anderen Polizisten.

»Sie müssen ins Krankenhaus, damit die Wunde ordentlich genäht wird«, sagte der Rettungssanitäter. »Ich kann hier nicht mehr tun.«

Per blickte aus dem Krankenwagen hinaus auf das gesprengte Gebäude. Die eine Hälfte war ausgebrannt, die andere intakt. Das Feuer hatte sich inzwischen beruhigt, was man von den Medien nicht sagen konnte, denn es wimmelte von Journalisten. Seit der Explosion waren gut zwei Stunden vergangen, aber Per hatte es noch nicht geschafft, Mia anzurufen.

»Haben Sie ein Paar Krücken, die ich mir ausleihen kann? Ich verlasse diesen Ort erst, wenn wir wissen, ob unser mutmaßliches Opfer sich hier befindet.«

Der Sanitäter seufzte. »Jeder will ein Held sein«, sagte er und erhob sich.

Per sah, wie Anna ein paar Kollegen den Rücken zukehrte und auf ihn zukam. »Der Raum, in dem die Bombe explodiert ist, ist komplett zerstört«, sagte sie, als sie bei ihm war. »Außer einer verbrannten Pritsche ist nichts übrig.«

»Aber Klaras Jacke war im Haus. Sie muss hier gewesen sein.«

Anna nickte. »Ja, das wissen wir. Und wir suchen jetzt überall. In dem beschädigten Teil des Gebäudes war es zu heiß, um hineinzugehen. Aber wenn sie hier in der Nähe ist, finden wir sie.«

Der Sanitäter kam mit zwei Krücken zurück und reichte sie Per. Sie waren für eine bedeutend kleinere Person gedacht, aber er hüpfte damit so gut es ging in Richtung Versammlungsplatz. Als er die Journalisten sah, wusste er, dass er einen Kommentar abgeben musste. Aber was sollte er sagen?

In diesem Moment kam eine Kollegin auf ihn zugelaufen. »Per, an der Hinterseite wurde ein menschlicher Körper gefunden. Er ist halb verbrannt«, sagte sie und nickte in Richtung des gesprengten Gebäudes.

Per deutete auf den Sanitäter, der sein Bein verarztet hatte. »Gehen Sie sofort dorthin!«, schrie er.

Dann wandte er sich der Polizistin zu.

»Ist es Klara?«

»Das wissen wir noch nicht, aber mein Kollege erwartet euch dort drüben. Ich muss die Medien fernhalten«, sagte sie und ging auf die Journalisten zu, die Per Fragen zuriefen.

Per und Anna machten sich auf den Weg zur Hinterseite des Gebäudes. Er versuchte, mit ihrem schnellen Tempo Schritt zu halten, aber die Krücken behinderten ihn nur, und er warf sie schließlich weg. Ohne sie ging es schneller.

Sie umrundeten das Gebäude und hielten auf den ausgebrannten Teil zu. Der Rauch war dort dichter und erschwerte das Atmen. Per spürte, wie seine Augen tränten. Ein uniformierter Polizist kam ihnen entgegen und zeigte ihnen den Weg. Sie passierten eine Stahltür zu ihrer Linken, die von der Explosion beschädigt worden war.

»Die führt zum Abfallraum, und der wiederum liegt direkt über dem Raum, wo sich die Sprengladung befand«, sagte der Polizist und ging ein paar Schritte weiter.

Er zeigte auf eine Stelle ein Stück weiter an der Außenwand, wo ein schwer verletzter Körper lag. Anscheinend hatte man ihn bei der ersten Durchsuchung übersehen, da er hinter einem Gebüsch versteckt gewesen war, das man inzwischen abgeschnitten hatte, um Platz zu schaffen. Das Gesicht und Teile des reglosen Körpers waren verbrannt. Per musste den Blick abwenden, damit ihm nicht übel wurde, und sah, wie die Rettungssanitäter herbeigerannt kamen.

»Ich vermute, dass sich der Mann zum Zeitpunkt der Explosion in dem Gebäude aufgehalten hat und irgendwie hier im Gebüsch gelandet ist. Entweder ist er ins Freie gesprungen oder er wurde von der Druckwelle nach draußen geschleudert«, sagte der Polizist und deutete auf eines der Fenster im ersten Stock.

»Wer ist er?«, fragte Per.

»Wir haben einen Ausweis bei ihm gefunden. Ein Ibrahim Hatim.«

Per seufzte. »Wie zum Teufel ist der hier gelandet?«, sagte er zu Anna, die den Kopf schüttelte.

Er sah sich um und erblickte unter den Trümmern in der Nähe ein Moped, das anscheinend bei der Explosion von dem Gebäude weggeschleudert worden war. Es passte auf die

Beschreibung von Klaras Moped, das sie laut ihren Eltern vermisst hatte. Per deutete darauf.

»Kann Ibrahim damit gefahren sein?«, sagte er. »Es sieht aus wie das von Klara, und wir wissen, dass sie nicht mit ihrem Moped unterwegs war.«

Plötzlich ertönte der Ruf eines anderen Polizisten ein Stück weiter weg.

»Hier im Graben ist eine junge Frau! Sie …«

Stille.

»Rettet ihn, verdammt noch mal!«, schrie Per und deutete auf Ibrahim, während er sich gleichzeitig der Stimme zuwandte, die gerufen hatte. Sie musste von dem Feld gekommen sein, das sich in Richtung des Waldes erstreckte.

Anna rannte voraus. Ein Polizeiwagen rollte langsam hinter ihnen her, die Scheinwerfer auf das Feld gerichtet. Per hatte noch etwa dreißig Meter vor sich und verfluchte sein verletztes Bein. Die Anstrengung schmerzte, und er versuchte, auf einem Bein zu hüpfen, gab jedoch auf und humpelte auf den Graben zu. Das musste die Stelle sein, wo Klara sich befand.

# 81

***Donnerstag, 8. September***

Klara wurde von einem rhythmischen Piepton geweckt. Noch bevor sie die Augen öffnen konnte, hörte sie die Stimme ihrer Mutter.

»Klara?«

Eine warme Hand auf dem Arm. Klara blickte auf. Sie sah nur verschwommen und blinzelte, um die Sehschärfe wiederherzustellen.

»Sie ist wach!«, rief die Mutter.

Klara drehte den Kopf in die Richtung der Stimme. In ihrem Blickfeld tauchten die Gesichter beider Eltern auf. Sie weinten. Als die Erinnerung zurückkehrte, geschah dies mit voller Wucht. Ihr ganzer Körper verkrampfte sich.

»Ibrahim?«, fragte sie mit kaum hörbarer Stimme.

Ihre Mutter schüttelte den Kopf. »Wir wissen noch nicht, wie es ihm geht. Er ist in schlechter Verfassung.«

Klara spürte, wie ihr die Tränen über die Wangen liefen. Sie hob den Arm und erinnerte sich daran, wie es sich angefühlt hatte, keinen einzigen Körperteil bewegen zu können. Diese Panik würde sie nie vergessen.

Sie versuchte, sich aufzusetzen, als zwei Ärzte ins Zimmer kamen.

»Legen Sie sich hin, Klara«, sagte der eine. »Sie müssen sich ausruhen. Die Drogen sind noch nicht ganz aus dem Körper.«

Sie nahm ein Papiertaschentuch von ihrer Mutter entgegen. Während die Ärzte ihre Tests durchführten, flossen die Tränen weiter. Es war ein befreiendes Gefühl, funktionierende Muskeln zu besitzen. Etwas so Einfaches war plötzlich eine große Sache.

Kurz darauf kam Svea herein und warf sich auf das Bett. Die Infusionsnadel in ihrem Arm schmerzte, aber Klara ließ sich umarmen. Sie hatte während ihrer Gefangenschaft in dem Raum an Svea gedacht und sich gefragt, was mit ihrer kleinen Schwester passieren würde, falls sie starb.

»Draußen sind zwei Polizisten, die ein paar Worte mit dir wechseln möchten«, sagte der Vater.

Svea ließ sie los, blieb aber auf dem Bett sitzen. Klara hielt ihre Hand und wischte die Tränen weg.

»Schaffst du das?«, fragte der Vater. »Es ist anscheinend wichtig.«

Klara nickte. »Ist Erik tot?«, fragte sie.

Der Vater schüttelte den Kopf. »Aber hinter Schloss und Riegel.«

Klara schloss die Augen. Als sie sie wieder öffnete, standen eine Polizistin und ein Polizist vor ihr. Sie hatte die Frau schon einmal mit Ibrahim auf dem Polizeirevier getroffen, aber den Mann hatte sie noch nie gesehen.

Während die beiden sich vorstellten, half ihr Vater ihr beim Aufsetzen. Er verstellte die Neigung des Bettes und schüttelte die Kissen auf. Svea setzte sich zu ihren Füßen und lehnte sich mit dem Rücken an die Bettkante. Klara trank das Glas Wasser leer, das auf dem Tisch stand, und hörte den Polizisten zu, die ihr von Erik und den Straftaten berichteten, deren er verdächtigt wurde. Obwohl sie es bereits wusste, fasste Klara sich unwillkürlich an den Mund, um zu prüfen, ob ihre Zähne noch dort waren.

»Klara, wir benötigen von Ihnen nur ein paar kurze Angaben. Sobald Sie sich stärker fühlen und es Ihnen besser geht, werden wir Sie ausführlicher befragen. Können Sie uns erzählen, was in Eriks Auto auf dem Weg zur Schule passiert ist?«, fragte die Polizistin, die mit Vornamen Charlotte hieß.

Klara überlegte. Es war erst vierundzwanzig Stunden her, fühlte sich jedoch wie eine Ewigkeit an. »Ich habe eine Schachtel mit Zähnen gefunden, und da ist er voll ausgeflippt. Seine Reaktion hat mir Angst gemacht, nicht die Zähne in der Schachtel. Und dann habe ich schnell gecheckt, worum es ging. Was in der Zeitung stand, der Mord an dieser Frau.«

»Wie hat er Sie betäubt?«

Klara fasste sich an den Hals. »Er hat mir hier eine Spritze verpasst. Ich konnte mich nicht bewegen.«

»Das war wahrscheinlich Rohypnol. Ein Muskelrelaxans«, sagte Charlotte.

Klara putzte sich die Nase und nestelte an der gelben Bettdecke herum. Sie wollte sich nicht erinnern, aber die Bilder schwappten wie eine Flutwelle über sie hinweg. »Er hat mich in den Kofferraum gelegt.«

Klara hörte, wie ihre Mutter wieder zu weinen anfing.

»Dann hat er mich in einen Kellerraum geschleppt …« Sie legte den Kopf auf das Kissen und starrte zur Decke empor. »Ich war mir sicher, dass ich dort sterben würde.«

Ihre Mutter ergriff ihre Hand und drückte sie so fest, dass es wehtat. Klara schloss die Augen und war wieder in dem Kellerraum.

»Erik hat mich auf eine Pritsche gelegt und mir die Jacke ausgezogen. Dann hat er eine Decke über mich gelegt. Der

Raum war völlig weiß und steril. Und groß. Auf einem Tablett neben mir lagen Zahnarztinstrumente.« Sie öffnete die Augen wieder, weil sie nicht in diesem Raum bleiben wollte.

»Klara«, sagte ihre Mutter, »hat er dir etwas getan? Hat er sich an dir vergriffen?«

Sie schüttelte den Kopf.

»Okay«, sagte die Mutter, und Klara hörte die Erleichterung in ihrer Stimme.

»Es roch frisch gestrichen. Ich konnte nicht den ganzen Raum sehen, nur den Teil direkt vor mir.«

»Erzählen Sie, was Sie gesehen haben.«

»Auf dem Boden bei der Tür stand etwas, das wie Farbdosen aussah. An der Decke direkt über mir war ein Spiegel, wie bei einem Zahnarzt. Was war das für ein Raum?«

»Wir vermuten, dass Erik sich einen Raum in dem verlassenen Pflegeheim eingerichtet hat, wo er auch andere Opfer eingesperrt hat. Sie hatten Glück, dass Sie gerettet wurden, bevor Erik die Bombe gezündet hat.«

Klara versuchte, sich an weitere Dinge zu erinnern, die sie wahrgenommen hatte. »Auf einer Bank stand ein Computer, der eingeschaltet war. Auf dem Bildschirm konnte man verschiedene andere Räume sehen, die ich nicht kannte. Auf einem Regal direkt vor mir standen Dosen, und dann war da noch ein Heizkörper, der mechanisch klang. Es hat nach einem scharfen Reinigungsmittel gerochen, wie eins, mit dem man Pinsel reinigt.«

Die Polizistin machte sich Notizen, obwohl das Gespräch aufgezeichnet wurde.

»Ich wollte schreien, konnte es aber nicht. Ich habe keinen Ton rausgebracht.«

»Hat Erik irgendwas gesagt?«

»Ja, er hat geredet, als ob nichts wäre. Er sagte, er wüsste, was er mit mir machen würde.«

»Hat er es Ihnen erzählt?«

»Nein, er hat nur gesagt, er wüsste es. Und dass es niemand verstehen würde. Was wollte er machen?«

»Das wissen wir noch nicht. Aber Sie haben ihn mit der Schachtel mit den Zähnen erwischt. Woran erinnern Sie sich noch? Jedes noch so kleine Detail kann wichtig sein.«

»Dass ich mich auf der Pritsche nicht bewegen konnte. Und dass er mir mein Handy weggenommen hat. Er hat es mit der Gesichtserkennung bereits im Auto entsperrt.«

Charlotte setzte sich auf die Bettkante. »Haben Sie gesehen, ob er die Sprengladung während Ihrer Anwesenheit vorbereitet hat?«

»Nein«, sagte Klara. »Aber er hat in etwas, das auf dem Boden neben der Tür lag, einen Code eingegeben. Ich konnte nicht erkennen, was es war. Es hat ständig gepiepst. Und dann hat Erik ein Handy in seine Tasche gesteckt.« Klara schloss erneut die Augen. Sie wollte sich nicht mehr erinnern, wollte nicht mehr spüren, was sie in dem Raum erlebt hatte.

»Wissen Sie, wie Ibrahim in diesem Haus gelandet ist?«

Klara presste die Lippen zusammen, ehe sie die Augen wieder öffnete und zu Charlotte aufblickte.

»Nein, oder …«

Sie atmete schwer. Die Vorstellung, dass Ibrahim schlimm verletzt war, war kaum auszuhalten. Außerdem war es ihre Schuld.

»Ich konnte ihn morgens, als Erik mich gefahren hat, nicht erreichen. Er hat nicht auf meine Textnachricht geantwortet und war auch nicht auf Snap Map zu sehen, was seltsam war. Als ob sein Handy ausgeschaltet war.«

»Konnten Sie ihn auf irgendeine Weise warnen?«

Klara schüttelte erneut den Kopf. »Nein, aber ich wollte ihm gerade eine weitere Nachricht auf Snapchat schreiben, als mir das Handy in Eriks Auto aus der Hand gefallen ist. Das war der Grund, warum ich die Schachtel gefunden habe.«

»Wir vermuten, dass Ibrahim mit Ihrem Moped nach Brattby gefahren ist. Hatte er Zugang zu dem Schlüssel dafür?«, fragte der Polizist, der sich als Alex vorgestellt hatte.

»Nein, der steckte immer im Zündschloss. Ibrahim hat gemeint, das sei bescheuert, jemand könnte es klauen.« Klara dachte darüber nach, was die Polizisten erzählt hatten, und fragte sich, warum Ibrahim ihr Moped genommen hatte. Plötzlich wurde es ihr klar. »Als Ibrahim und ich vor ein paar Tagen bei den Stenlunds waren, ist etwas Seltsames passiert«, sagte sie. »Ich wollte meinen Geldbeutel holen, den ich dort vergessen hatte, und er ist mitgekommen. Aber als wir das Haus verlassen wollten, wirkte Ibrahim völlig verängstigt.«

»Warum?«, fragte Charlotte.

»Ich weiß nicht, er wollte es mir nicht sagen, als ich ihn gefragt habe, ob etwas nicht stimmte. Hat er vielleicht Erik von irgendwoher wiedererkannt? Schließlich hat er gesehen, wie diese Frau unter der Brücke ins Wasser geworfen wurde.« Klara vergrub das Gesicht in den Händen. »Er wusste, dass ich bei Stenlunds übernachten wollte. Irgendwie muss er gesehen haben, wie ich am nächsten Morgen in Eriks Auto gestiegen bin, und ist mir dann nachgefahren. Woher hätte er sonst wissen sollen, wo ich war?«, sagte sie und versuchte, die Puzzleteile zusammenzufügen.

»Das ist eine Theorie«, sagte Charlotte. »Hoffen wir, dass Ibrahim es uns irgendwann selbst erzählen kann. Was ist im Pflegeheim passiert?«

Klara nahm die Hände von ihrem Gesicht und sah die Polizisten an. »Er hat mich gerettet. Plötzlich stand Ibrahim im Raum und meinte, er holt Hilfe. Er hat gesagt, Erik sei weggefahren.« Klaras Schultern zitterten, und Tränen liefen ihr die Wangen hinunter.

Die Polizisten warteten eine Weile, ehe sie die Befragung fortsetzten.

»Hat Ibrahim Sie aus dem Raum gebracht?«, fragte Alex.

Klara nickte und trocknete ihr Gesicht mit dem Bettlaken. »Ibrahim hat mich aus dem Gebäude getragen, ich war ja wie gelähmt. Er hat mich in einen Graben gelegt, der ziemlich weit weg war, weil er Angst hatte, Erik würde zurückkommen und mich finden. Aber unterwegs hatte er irgendwo sein Handy verloren und konnte nicht nach Hilfe rufen. Also ist er noch einmal zum Haus gegangen, um es zu suchen. Bevor er zurückkommen konnte, hat es geknallt. Dann habe ich einen Haufen Blaulichter gesehen, aber nicht ihn.«

»Aber die Polizisten vor Ort sind nirgendwo auf ihn gestoßen, zumindest nicht in dem Gebäude. Wissen Sie, wo er gesucht hat?«, fragte Charlotte.

»Er wusste nicht, wo genau er das Handy verloren hatte, dachte aber, es könnte in dem Raum sein, in dem ich eingesperrt war. Und dann ging alles so schnell. Er war wohl noch dort, als die Bombe explodiert ist. Und ich lag in dem Graben und konnte nicht einmal um Hilfe schreien.« Klara zog die Beine an den Körper und schlang die Arme um die Knie. »Wer ist Erik eigentlich?«, sagte sie. »Ich verstehe es nicht. Er ist doch Sozialarbeiter an unserer Schule, und ich habe auf seine Kinder aufgepasst.«

»Wir vermuten, dass Erik Stenlund mehrere Morde begangen hat und dass er sehr gut darin ist, sein Umfeld zu manipulieren«, sagte Alex.

»Was passiert jetzt mit ihm?«, fragte Klara. »Schließlich ist er gefährlich. Was, wenn er noch mal versucht, mich zu töten?«

»Er wird eine lange Haftstrafe bekommen. Wahrscheinlich wird er in die forensische Psychiatrie eingewiesen, was seine Entlassung erschweren wird. Deshalb ist Ihre Zeugenaussage so wichtig. Mit deren Hilfe können wir ihn für all das von ihm verursachte Leid belangen.«

Klara nickte.

»Draußen ist jemand, der mit Ihnen sprechen möchte«, sagte Charlotte und blickte zur Tür, die vorsichtig geöffnet wurde.

Helen steckte den Kopf ins Zimmer hinein. »Hallo Klara. Darf ich reinkommen?«

Sie nickte und presste die Lippen zusammen, während sie die Frau musterte, die sie nie richtig gemocht hatte. Helen stellte sich ans Fußende des Betts. Sie hielt ein Papiertaschentuch in der Hand und wickelte es sich um einen Finger.

»Entschuldigung«, sagte sie knapp.

»Wofür?« Klara verstand nicht, was die Frau meinte.

»Dafür, dass ich dich nicht davon abgehalten habe, mit Erik zur Schule zu fahren. Wenn ich gewusst hätte, was er getan hat, hätte ich …« Helen hielt mitten im Satz inne, schüttelte den Kopf und wischte eine Träne weg. Dann legte sie ihre Hand auf Klaras Fuß und drückte ihn. »Ich hätte die Warnzeichen sehen und etwas ahnen müssen. Aber ich war so sehr mit der Vorbereitung meiner Flucht beschäftigt und damit, mich selbst und die Kinder zu schützen. Ich hätte dich nicht dieser Gefahr aussetzen dürfen. Ich bin erwachsen und wusste, dass er böse ist.«

Klara verstand immer noch nichts. »Sie wussten, dass er böse war? Wussten Sie auch, dass er Menschen umgebracht hat?«

Offenbar klang ihre Stimme anklagend, denn ihre Mutter fiel ihr ins Wort. »Klara, Helen wurde jahrelang von Erik misshandelt. Sie hat in ständiger Angst gelebt.«

Klara sog Sauerstoff in die Lunge. Helen lächelte die Mutter dankbar an.

»Hat er Sie geschlagen?«, fragte Klara.

Helen nickte. »Er ist manipulativ und kontrollierend. Ist dir das nie aufgefallen?«, fragte sie vorsichtig.

Plötzlich fügten sich die Puzzleteile zusammen. Helens abweisendes Verhalten, ihre Unnahbarkeit. Das lag also an Erik. Klara schüttelte den Kopf. »Nein, ich dachte, Sie wären diejenige, mit der etwas nicht stimmt«, sagte sie.

Helen schenkte Klara einen warmherzigen Blick. Zum ersten Mal. »Ich wollte mich einfach nur bei dir entschuldigen und dir sagen, dass die Kinder dich vermissen«, sagte sie. Dann verließ sie das Zimmer.

Klara saß schweigend da. Sie war noch dabei, das soeben Geschehene zu verarbeiten, als ein anderer Polizist, diesmal in Uniform, zur Tür hereinkam und ihre Mutter zu sich winkte, die sich daraufhin mit einem gewissen Zögern erhob. Klara war froh, als sie das Zimmer verließ. Die Tränen ihrer Mutter waren ihr unangenehm. Sie bekam dadurch ein schlechtes Gewissen.

»Was wollte Erik mit mir machen?«, fragte sie Charlotte erneut und dachte an Helen, die misshandelt worden war.

»Vielleicht sagt er es uns, wenn wir ihn vernehmen. Aber es kann genauso gut sein, dass wir es nie erfahren.«

Die Mutter kam ins Zimmer zurück. Sie sah traurig aus, als sie zu Klara ging und ihre Hand nahm. »Ibrahims Zustand ist immer noch schlecht«, sagte sie. »Es ist nicht sicher, ob er durchkommt. Er wird sediert, damit er keine Schmerzen hat. Die nächsten Tage sind entscheidend.«

Klara spürte, wie ihr wieder die Tränen kamen. »Er hat mich gerettet, er muss überleben!«

# 82

Per nahm die Pizza entgegen, die Mia zubereitet hatte, und stellte sie in den Backofen. Die Hitze, die ihm ins Gesicht schlug, ließ die Brille beschlagen. Es war nach sieben Uhr abends, und er hatte Hunger.

»Haben Charlotte und Ola überhaupt die Energie, hierherzukommen? Ihr seid schließlich in der Endphase eurer Ermittlung«, sagte Mia, während sie sich die Hände wusch.

»Ja, sie möchten dich feiern, und zwar jetzt, bevor ich meinen neuen Posten richtig antrete. Außerdem dachte ich mir, Charlotte könnte eine Pause vertragen, jetzt, wo sich sämtliche Puzzleteile zusammenfügen.«

»Müsst ihr nicht morgen mit Erik zum Gericht?«, fragte Mia.

Per schenkte ihr ein Glas Rotwein ein. »Ja, um die Mittagszeit. Aber davor müssen wir noch einiges durchgehen, deshalb wird es heute Abend nicht spät.«

Als es an der Tür klingelte, reagierte Hannes am schnellsten. Er ließ Charlotte und Ola herein, die ihn fröhlich begrüßten, ehe er nach oben in sein Zimmer verschwand. Simon war beim Eishockeytraining.

Während Ola die Schuhe auszog, kam Charlotte in die Küche und umarmte Mia. Sie hatte ihre Freundin aus Zeitmangel lange nicht gesehen. Und Mia hatte nicht die Energie zu einem Treffen gehabt.

»Charlotte, gibt es etwas Neues zu Anjas Plänen, Polizistin zu werden?«, fragte Per, nachdem sie sich begrüßt hatten.

»Ich hatte keine Gelegenheit, mich mit ihr ausführlicher darüber zu unterhalten. Ich stehe immer noch unter Schock«, sagte sie.

»Was? Will Anja Polizistin werden?«, mischte Mia sich ein und wollte von Charlotte Genaueres wissen.

Während die beiden Frauen sich über Anja unterhielten, verbreitete sich der Pizzaduft im Haus. Per begab sich in den Flur, wo Ola gerade seine Jacke an die Garderobe hängte.

»Willkommen in Degernäs«, sagte er und bot Ola ein Glas Wein an. Dessen dunkle Haare waren sorgfältig nach hinten gekämmt, und das Hemd war tadellos gebügelt. Per empfand leichte Irritation angesichts der Perfektion, die der Mann vor ihm repräsentierte.

Ola hob abwehrend die Hand. »Danke, aber ich fahre heute Abend.«

*Spaßbremse*, dachte Per. Aber er wusste auch, dass Olas Vater früh an einem Herzinfarkt während eines festlichen Abendessens gestorben war.

»Okay, möchtest du Limonade? Wasser? Alkoholfreies Bier?«

»Bier wäre gut«, sagte Ola und klopfte Per zum Dank auf den Rücken.

Per mochte Ola trotzdem und fand, dass er Charlotte guttat. Er hatte sie dazu motiviert, sich mehr zu bewegen und weniger Wert auf oberflächliche Dinge zu legen.

Als es erneut an der Tür klingelte, blickte Ola verwundert drein.

»Das ist Alex«, sagte Per. »Ich habe ihn auch eingeladen, weil er neu ist und die meiste Zeit in seinem Hotel verbringt.«

Charlotte sah Per mit großen Augen an und breitete die Arme in einer fragenden Geste aus.

Per antwortete mit derselben Geste und schenkte Charlotte ein Lächeln, ehe er die Tür öffnete.

Ola und Alex begrüßten sich höflich.

»Habt ihr gehört, dass eine Streife heute Lenas roten Passat gefunden hat?«, sagte Alex, während er seine dünne Jacke an die Garderobe hängte.

»Echt? Das wusste ich nicht«, sagte Per und ging mit den beiden in die Küche.

»Ja, der diensthabende Beamte hat uns vor einer halben Stunde Bescheid gesagt. Der Wagen stand im Univiertel. Alle ihre Habseligkeiten waren noch drin.«

»Wie zum Teufel ist er dort gelandet?«

»Keine Ahnung«, sagte Alex. »Das wird sich wohl im Laufe der Ermittlungen herausstellen.«

Mia deckte den runden Esstisch, der im Wohnzimmer neben der Küche stand. Charlotte zerteilte die erste Pizza in gleich große Stücke.

»Soll ich Hannes holen?«, fragte sie.

»Der isst oben. Er schaut sich die National Hockey League an, davon bringt ihn keiner weg«, sagte Per und lachte.

»Was haltet ihr von Klaras Zeugenaussage?«, fragte Charlotte und nippte an ihrem Wein.

Per schüttelte den Kopf. »Man möchte gar nicht daran denken, was passiert wäre, wenn Ibrahim sie nicht gerettet hätte.«

»Er hat für seinen Einsatz eine Medaille verdient«, sagte Charlotte, während sie die nächste Pizza in Stücke schnitt. »Die Zeitungen sollten über ihn schreiben anstatt über Erik. Ob wir jemals erfahren werden, woher Ibrahim wusste, dass Erik Klara zu dem Pflegeheim in Brattby gebracht hat? Kann er Eriks Auto tatsächlich mit dem Moped auf der E12 gefolgt sein?«

»Mal sehen, was die Ermittlungen ergeben. Vielleicht hat er das Haus der Stenlunds beobachtet, weil er wusste, dass Klara auf die Kinder eines Mörders aufgepasst hat. Wir können nur hoffen, dass er überlebt und es uns selbst erzählen kann.«

»Wie hoch ist die Wahrscheinlichkeit, dass Erik verurteilt wird?«, fragte Mia. »Man weiß ja nie. Plötzlich kommt ein Vergewaltiger trotz schlüssiger Beweise frei … Unser Rechtssystem hat seine Schwächen.«

Charlotte blickte von ihren Pizzastücken auf. »Es gibt eine Menge forensische Beweise, und seine Erklärungen klingen nicht plausibel. Außerdem werden wir die Ermittlungen ausweiten und nach weiteren Opfern suchen. Noch wissen wir nicht, wie viele Menschen er auf dem Gewissen hat.«

Alex stellte sich neben Charlotte, die immer noch mit dem Essen auf den heißen Tellern kämpfte.

»Hej, erinnerst du dich an den Kebab-Imbiss gleich ums Eck von der Polizeiakademie in Solna? Das war mit Abstand der beste in der ganzen Stadt«, sagte er.

Charlottes Augen funkelten. Per fand, dass sie so fröhlich wirkte wie schon lange nicht mehr. Auch Ola machte einen zufriedenen Eindruck, als er sich an den Tisch setzte. Vielleicht war sein Verdacht im Hinblick auf Charlotte und Alex übertrieben.

»Ja, und weißt du noch, wie ich dort mit dem Fahrrad vorbeigefahren, mit dem Vorderreifen in der alten Trambahnspur hängen geblieben und auf einen Mann gefallen bin, der gerade aus der Kebab-Bude kam?«, sagte Charlotte.

Beide lachten laut.

»Übrigens, wie lief das mit Kicki? Habt ihr zusammen ein Bier getrunken?«, fragte Charlotte.

Alex verschränkte die Arme vor der Brust und sah Charlotte an. Er wartete lange und schüttelte dann den Kopf, ohne den Blick von ihr abzuwenden.

Per verwarf seinen letzten Gedanken, während er die beiden beobachtete. Wie sie dasaßen und alte Erinnerungen austauschten, schien es, als wären sie allein in dem Zimmer. Er warf einen verstohlenen Blick auf Ola, der vom Küchentisch aufstand und sich neben Charlotte stellte. Alex machte sofort einen Rückzieher und lehnte sich an den Kühlschrank. Ola legte den Arm um Charlottes Taille, sah ihr zu, wie sie die Pizzastücke auf eine große Platte legte, und küsste sie schließlich auf die Wange. Per wunderte sich über diese Nähe, die Ola noch nie so offen gezeigt hatte. Aber Charlotte schien sich dabei wohlzufühlen, trotz Alex' Anwesenheit.

»Setzt euch an den Tisch«, sagte Mia. »Es gibt ein einfaches Essen und ein bisschen Wein.«

Ola nickte und zeigte seine blendend weißen Zähne. *An denen hätte Erik seine helle Freude gehabt*, dachte Per.

Alex folgte Mia zu dem gedeckten Tisch im Wohnzimmer, wo sie Kerzen anzündete und die Deckenbeleuchtung ausschaltete. Charlotte setzte sich neben Ola, worüber Per sich freute. Alex nahm ihr gegenüber Platz.

»Es ist so schön, die Ermittlungen abzuschließen«, sagte Charlotte. »Und was für ein befriedigendes Gefühl zu wissen, dass ein Mensch wie Erik nicht mehr frei herumläuft.«

»Aber wie wird man eigentlich so krank im Kopf?«, sagte Per. »Die Fernsehsender werden Dokumentarfilme über ihn machen. Serienmörder sind äußerst ungewöhnlich. Kaum zu glauben, dass wir hier im kleinen, beschaulichen Umeå einen haben.«

»Anscheinend hat er eine schlimme Kindheit gehabt«, sagte Alex.

»Wie wird er mit dem Leben hinter Gittern klarkommen?«, fragte Mia.

»Es wird schon gut gehen«, sagte Charlotte. »Sein Persönlichkeitstyp braucht feste Routinen, und die gehören im Gefängnis zum Alltag.«

»Er hat mit vielen Dämonen zu kämpfen, und da stellt sich die Frage, ob der Strafvollzug angemessen ist. Aber wahrscheinlich wird er in die forensische Psychiatrie eingewiesen«, sagte Ola, woraufhin alle zustimmend nickten und sich über das Essen hermachten.

Charlotte deutete auf Alex. »Erinnerst du dich an den Typen, der mit uns auf die Polizeiakademie gegangen ist? Der Rothaarige, der im Unterricht immer alles infrage gestellt hat?«

Alex' Gesicht hellte sich auf. »Besserwisser-Åke.«

»Ja.« Charlotte strahlte. »Er ist nicht mehr Polizist, sondern hat auf Psychologie umgesattelt und arbeitet jetzt im Strafvollzug, wo er sich um genau diese Art von schweren Fällen kümmert. Es muss ein Traum für ihn sein, sich mit Erik zu unterhalten.«

»Das gibt's ja nicht!«, sagte Alex, und Per fiel auf, dass er Charlotte etwas zu lange mit seinem Blick fixierte, ehe er sich räusperte, um die Aufmerksamkeit aller auf sich zu ziehen. »Verzeiht meine Dreistigkeit, aber könnt ihr euch vorstellen, mit mir zusammen ein Tischgebet zu sprechen?«

Per zog die Augenbrauen hoch. *Tischgebet*, dachte er. *Was für ein Quatsch ist das denn?*

Alex lächelte breit. »Kommt schon, ihr werdet davon nicht sterben. Das geht superschnell.«

»Jetzt?«, sagte Charlotte.

»Ja. Ihr müsst nicht, wenn ihr nicht wollt«, sagte Alex, und Per bewunderte sein Selbstvertrauen.

Charlotte faltete die Hände, und Ola folgte ihrem Beispiel, obwohl er genauso überrumpelt dreinblickte, wie Per von sich selbst vermutete.

»Kannst du für ein Glas Wasser beten, wenn du schon dabei bist?«, sagte Charlotte und brachte damit alle zum Lachen.

Während Alex betete, warf Per Mia einen verstohlenen Blick zu. Er wollte ihre Reaktion sehen und stellte fest, dass sie ihn ebenfalls verstohlen ansah. Sie hatte die Hände gefaltet und neigte den Kopf leicht nach vorn. Ihre Blicke trafen sich, und beide lächelten. Per wurde aus dem Kollegen, den er von der Polizei in Göteborg ausgeliehen hatte, nicht schlau. Ein seltsamer Vogel.

Das Gebet dauerte nur ein paar Sekunden, und als Alex fertig war, stand Per auf, um in die Küche zu gehen.

»Gott hat dich erhört, ich hole Wasser«, sagte er und deutete auf Charlotte.

Mia verließ gemeinsam mit ihm das Zimmer und stellte sich neben ihn, während er eine Karaffe mit Wasser füllte.

»Charlotte und Alex«, sagte er. »Ich habe das Gefühl, dass zwischen ihnen mal etwas war. Was meinst du?«

Mia nickte. »Genau mein Gedanke.«

»Es ist ziemlich offensichtlich, so wie sie sich ansehen und miteinander reden. Sie sind wie ein altes Ehepaar«, sagte Per. »Auf dem Revier sind sie förmlicher und steifer im Umgang miteinander. Aber hier … Die Luft um sie herum knistert ja förmlich.«

»Was meinst du, kann das ein Problem werden?«, fragte Mia.

Per sah sie an. Ihre Augen waren von dezentem Make-up umrahmt. Sie trug immer noch ein Tuch um den Kopf, aber es war nicht mehr so fest gewickelt.

»Schlimmstenfalls muss ich Alex zurück nach Göteborg schicken, falls es sich negativ auf die Stimmung im Dezernat auswirkt. Es könnte heikel werden. Schließlich ist Charlotte jetzt Interimschefin und in einer festen Beziehung mit Ola, der ebenfalls im Haus arbeitet. Allerdings würde ich Alex gern behalten. Er ist ein verdammt guter Polizist.«

Mia hob einen Finger. »Du hast geflucht! Was soll Alex dazu sagen?«, sagte sie und kam mit ihrem Gesicht näher.

Per schüttelte den Kopf. »Ich habe gesehen, dass zwischen ihnen etwas war, aber ich hatte auf eine bloße Freundschaft gehofft.«

»Soll ich mit Charlotte reden? Sie ist die klügste Person, die ich kenne, und wird es verstehen«, sagte Mia und deutete auf die Gruppe, die rund um den Esstisch saß. Dann flüsterte sie Per ins Ohr: »Es ist nur so, dass Charlotte über beide Ohren in Alex verliebt ist. So wie heute habe ich sie noch nie erlebt.«

Per blickte zur Decke empor und seufzte. »Warum kann es nie ohne Probleme gehen?«

# 83

***Freitag, 9. September***

Klara wurde von ihrer Mutter im Rollstuhl gefahren und folgte mit ihrem Blick dem gelben Strich auf dem Boden, der den Weg zur Intensivstation zeigte, wo Ibrahim lag. Sie war immer noch zittrig und benommen von den Medikamenten, die man ihr verabreicht hatte. Seit ihrer Rettung waren erst etwas über vierundzwanzig Stunden vergangen. Außerdem hatte die Erkenntnis, wer Erik wirklich war, bei ihr einen Schock ausgelöst, der immer noch andauerte. In Gedanken spielte sie immer wieder sämtliche Begegnungen mit ihm und seiner Familie durch und durchforstete ihr Gedächtnis nach Erklärungen oder Hinweisen, die sie übersehen hatte. Sie dachte an Helen, die immer zugeknöpft und steif gewesen war. Was nicht verwunderlich war, wenn man bedachte, in welcher Angst sie gelebt haben musste.

Der nette Erik … Ein Mörder, ein Monster. Das Wissen, dass er bereit gewesen war, sie zu töten … Jedes Mal, wenn sie daran dachte – *was wäre, wenn?* –, musste sie sich von den Erinnerungen losreißen, um nicht in Panik zu verfallen.

Klara hielt den Blick auf den Boden gerichtet, während sie vorwärtsrollte. Die Infusionsnadel war von ihrer Armbeuge entfernt worden, und sie kam ohne Tropf klar. Später am Tag sollte sie aus dem Krankenhaus entlassen werden.

Pieptöne drangen aus verschiedenen Zimmern in den Flur. Krankenschwestern kamen und gingen. Ein paar von ihnen lächelten Klara an, als wüssten sie, wer sie war.

»Bereite dich darauf vor, dass Ibrahim nicht ansprechbar ist«, sagte ihre Mutter. »Er hat Verbrennungen und Knochenbrüche.«

Klara kaute auf einem Fingernagel und antwortete mit einem Nicken. Ihre Mutter strich ihr mit der Hand über den Kopf.

Abgesehen von der Auskunft, dass Ibrahim in schlechter Verfassung war, hatte sie nur spärliche Informationen erhalten. Und sie hatte ihn bis jetzt überhaupt nicht besuchen dürfen. Nach längerem Drängen war es nun endlich so weit, und Ibrahims Pflegeeltern hofften, dass Klaras Anwesenheit ihn aufbauen würde.

Die Gummiräder des Rollstuhls quietschten, als ihre Mutter in die Intensivstation bog. Klara fühlte sich ein bisschen unwohl und nahm zwei tiefe Atemzüge. Es roch nach Krankenhaus, ein spezieller Geruch, der schwer zu beschreiben war.

Als sie Ibrahims Zimmer betraten, war Apollonia die erste Person, die Klara sah. Sie stand am anderen Ende des Zimmers. Ibrahims Bett befand sich ganz hinten, und sie mussten an drei Betten vorbei, um zu ihm zu gelangen. Er lag geschützt hinter einem blauen Vorhang. Klaras Unwohlsein nahm zu, und sie schluckte mehrmals.

»Hallo Klara«, sagte Apollonia und lächelte zwischen Tränen.

»Hallo«, sagte Klara leise, traute sich jedoch nicht, ihr in die Augen zu sehen.

Ein Schamgefühl stellte sich ein. Ibrahim hatte sie unter Einsatz seines eigenen Lebens gerettet. War sie das wert?

Sie wischte ihre eigenen Tränen weg, hielt sich an den Armlehnen des Rollstuhls fest und zwang sich, die Beine zu bewegen und sich auf sie zu stellen. Sie waren inzwischen stabiler geworden. Ihre Füße, die in Krankenhaussocken steckten, berührten den kalten Fußboden, und ihr Puls stieg von der Anstrengung. Ihre Mutter stand neben ihr, bereit, sie aufzufangen, falls sie das Gleichgewicht verlor, aber Klara fühlte sich stark genug.

Doch als ihr Blick auf Ibrahims Körper fiel, konnte sie nicht länger leise weinen. Sie ließ ihren Gefühlen freien Lauf und gestattete sich, auf das zu reagieren, was sie sah. Ibrahims Mund war geschlossen. Eine Gesichtshälfte war von einem dünnen, durchsichtigen Verbandsmaterial bedeckt. Verbrannte Haut. Ein Arm im Gips. Pflaster und Verbände. Ibrahims lange Wimpern ruhten auf seiner Haut. Er sah friedlich aus, und der Brustkorb hob und senkte sich im Takt mit dem monotonen Piepsen des Beatmungsgeräts.

Der Anblick zerriss Klara das Herz, als hätte etwas es buchstäblich auseinandergebrochen. Sie setzte sich auf die Bettkante und achtete darauf, nicht an etwas zu stoßen. Vorsichtig nahm sie seine Hand in die ihre. Sie beugte sich vor, führte sie zu ihrem Mund und ließ sie dort, während sie seinen Duft einatmete.

»Ich liebe dich«, sagte sie. Die Lippen wurden warm und salzig von den Tränen, und sie hörte ihre Mutter hinter sich weinen.

Ein Arzt trat neben Klara und legte ihr seine Hand auf die Schulter. »Er wird durchkommen.«

Klara sah zu ihm auf. »Wann wacht er auf?«

»Ibrahim wird mit Morphin behandelt, damit er in diesem frühen Stadium keine Schmerzen hat. Auch wenn wir ihn manchmal aufwecken müssen. Er hat sich aber ganz gut geschlagen, es hätte deutlich schlimmer kommen können.«

»Er wird also überleben?«

»Ja.«

Klara lächelte. Durch ihre Tränen sah sie alles nur verschwommen. Dann strich sie mit ihrer freien Hand über seine Wange. »Danke, dass du mich gerettet hast«, sagte sie leise.

Plötzlich spürte sie, wie seine Hand, die sie immer noch hielt, sich um ihre Finger schloss und sie drückte.

Schwach, aber genug, um die Schwere in ihrem Herzen durch Hoffnung zu ersetzen.

# 84

Charlotte saß mit Ola und Alex im Auto. Das Abendessen bei Per am Tag zuvor war nett gewesen, aber es war ein bisschen spät geworden. Sie fuhren hinter dem Justizbus her, der Erik Stenlund zum Gericht brachte, wo der Haftprüfungstermin stattfinden sollte. Er würde in Untersuchungshaft kommen, da waren Charlotte und die anderen sich hundertprozentig sicher. Der Staatsanwalt würde die Beweise gegen den Sozialarbeiter vorlegen, der einen Promi-Anwalt engagiert hatte. Das sorgte in der Presse für ebenso fette Schlagzeilen wie die Verbrechen, die er begangen hatte.

Die Medien spekulierten außerdem darüber, ob es weitere Opfer gab, und erwähnten den Fehler, der den Anfang vom Ende von Eriks verrückter Mordserie eingeleitet hatte: Lena Bengtsson, über die die Zeitungen bereits ausführlich berichtet hatten. Ihr Tod lief unter dem Namen Wassernixenmord, und die Faszination für ihr Schicksal war offenbar größer als für das von Samir.

Charlotte sah zum Fenster hinaus. Es regnete in Strömen, aber die Luft war so warm wie seit Tagen nicht mehr. *Halte noch ein bisschen durch, Sommer*, dachte sie.

»Ich fand, dass Per gestern ganz okay aussah, trotz seiner Beinverletzung«, sagte Ola und hielt ausreichenden Abstand zu dem Justizbus vor ihm. Er musste wegen einer anderen Angelegenheit zum Gericht und fuhr mit ihnen zusammen.

Charlotte saß allein auf dem Rücksitz. Die beiden Männer vorn verwirrten sie. Ola gab ihr Sicherheit, Alex etwas anderes.

»Es geht ihm gut, die Verletzung ist nicht gefährlich. Ich glaube, er wird drüben auf der Chefseite einen guten Job machen«, sagte sie und erwiderte Olas Blick im Rückspiegel. Er blickte ernst drein.

Schon seit gestern Abend verhielt er sich seltsam, er war irgendwie reserviert. Sie nahm sich vor, später mit ihm zu reden, wusste jedoch nicht, was sie sagen sollte. Offensichtlich hatte Ola die Stimmung zwischen ihr und Alex bemerkt, obwohl Charlotte fand, dass es nicht so deutlich gewesen war, dass es einen Grund zur Eifersucht gab. Gleichzeitig lag er mit seinem Verdacht richtig. Sie empfand etwas für Alex, wusste jedoch nicht, was. Ola löste aber ebenfalls Gefühle in ihr aus. Charlotte wusste weder ein noch aus, und ihr wäre es am liebsten, wenn Alex zurück nach Göteborg müsste. Andererseits aber auch nicht.

Als sie sich dem roten Backsteingebäude näherten, wimmelte es von Journalisten. Erik sollte durch die Tiefgarage ins Gericht gebracht werden, aber die Fotografen taten alles, um Schwedens neuen Serienmörder vor ihre Kameras zu bekommen.

»Ich hoffe, die Medien veröffentlichen keine Fotos von ihm, bevor er verurteilt wird, um der Kinder willen«, sagte Alex.

»Wahrscheinlich wollen sie Erik fotografieren, wenn er ins Gericht geführt wird. Das sorgt für ein bisschen Drama«, sagte Ola.

Plötzlich knisterte es in Charlottes Funkgerät.

»Okay, wir haben einen Vorfall unten in der Garage des Gerichtsgebäudes«, sagte eine Stimme über Funk. »Der Transport eines angeklagten Bandenmitglieds zurück ins Untersuchungsgefängnis verspätet sich. Können Sie mit Ihrem Verdächtigen den üblichen Weg zum Hintereingang nehmen oder im Auto abwarten?«

Charlotte beugte sich zu Ola vor. »Was meinst du? Es besteht doch wohl keine unmittelbare Gefahr für Erik, oder?«

»Nein, aber er wird vor den Journalisten sehr exponiert sein«, sagte Ola.

»Wir hüllen ihn in eine Decke ein«, sagte Alex, als sie an der Menschenmenge vorbeifuhren. Zwei Jugendliche auf einem Moped scherten direkt vor dem Wagen ein und zwangen Ola, hinter dem Justizbus abrupt zu bremsen. Charlottes Oberkörper schnellte nach vorn, wurde jedoch vom Sicherheitsgurt festgehalten.

»Verdammte Jugendliche!«, fluchte Ola.

Charlotte gab die geänderte Routenplanung für den Justizbus bekannt. Sie fuhren um den Haupteingang herum und bogen in den Hinterhof, wo ebenfalls ein Haufen Reporter wartete.

»Die waren schon öfter bei so etwas dabei und wissen, wo sie stehen müssen«, sagte Ola und hielt hinter dem Bus.

»Haben wir eine Decke?«, fragte Alex.

»Da hinten«, sagte Charlotte.

Sie öffnete die Tür und trat geradewegs in eine Pfütze. Es goss immer noch wie aus Kübeln. Charlotte war zu müde, um sich darum zu scheren, dass sie bis auf ihren BH durchnässt war. Sie öffnete den Kofferraum und schnappte sich eine Decke. Als sie damit zu dem Bus ging, lief ihr der Regen die Wangen hinunter. Erst als sie unmittelbar vor dem Fahrzeug stand, öffneten die Justizvollzugsbeamten die Tür.

Erik schaute hinaus und dann nach oben. Er war bleich im Gesicht und stand unaufgefordert auf. Dann blieb er mit gekrümmtem Rücken stehen, um nicht mit dem Kopf oben anzustoßen, und zögerte, auszusteigen. Die Hände waren mit Handschellen vor seinem Schritt gefesselt.

»Was für ein Wetter«, sagte er und trat schließlich hinaus auf den nassen Boden. Er straffte die Schultern und streckte sich, ehe er in Richtung der Journalisten blickte, die immer mehr wurden. Sie kamen aus dem ganzen Land, als wäre Erik ein Rockstar. Er blieb hinter dem Bus stehen, wo er vor den Kameras geschützt war.

»Ich bin populär«, sagte er und lachte kurz auf, wurde jedoch sofort wieder ernst.

Niemand erwiderte etwas darauf.

Erik drehte sich zu Charlotte um. »Was passiert jetzt mit Helen und den Kindern?«, fragte er.

»Die können endlich in Ruhe und Frieden leben«, sagte sie.

Er sah sie fragend an. »Aber sie kommen doch bestimmt hierher und unterstützen mich«, sagte er, und Charlotte spürte, dass er es ernst meinte. Erik kapierte nicht, was er seiner Familie angetan hatte. Sie schüttelte als Antwort den Kopf und sah zum ersten Mal eine gewisse Traurigkeit in seinen Augen.

Ola und Alex gingen dicht hinter ihnen her und hielten ihnen die Journalisten vom Leib, so gut es ging. Charlotte hörte das Klicken der Kameras und die Fragen der Reporter, die sie jedoch nicht beantworten durfte. Etwas weiter weg stand ein Mann mit Regenschirm neben einem großen Blumentopf und telefonierte mit einem Handy. Charlotte erkannte ihn, er arbeitete für den öffentlich-rechtlichen Fernsehsender SVT.

Als Erik anfing, im Gleichschritt mit den Justizvollzugsbeamten zu gehen, entfaltete sie die Decke und schickte sich an, sie vor seinen Kopf zu halten, doch er gab ihr unmissverständlich zu verstehen, dass er nicht abgeschirmt werden wollte.

»Ich brauche keine Decke, die sollen mich ruhig sehen«, sagte Erik, während ein Beamter ihn fest am Arm packte und vorwärts führte.

Zusammen mit dem vor den Fotografen ungeschützten Serienmörder begaben sie sich zum Eingang. Charlotte hielt den Blick auf die Journalisten gerichtet und sah auf, als sie erneut das Moped hörte. Es waren nicht dieselben Jugendlichen, die vorhin ihr Auto geschnitten hatten. Charlotte sah als Erste die automatischen Feuerwaffen, aber bevor sie reagieren konnte, zielten die beiden schwarz gekleideten und maskierten Personen damit direkt auf den Eingang.

Charlotte reagierte instinktiv und kauerte sich hinter den Bus.

»Schusswaffen, in Deckung!«, schrie sie. Im selben Moment trafen die ratternden Schüsse alles innerhalb ihrer Reichweite. Charlotte hörte das Einschlagen der Kugeln auf Blech, die Schreie von Menschen und die Panik in ihrer eigenen Stimme. Sie ging in die Hocke, zog ihre Dienstwaffe und lugte hinter dem Fahrzeug hervor.

Charlotte sah, wie das Moped verschwand. Das Ganze war nach ein paar Sekunden vorbei. Sie drehte sich um und rang nach Atem, der nur stoßweise kam. Zwei Journalisten waren getroffen worden, bewegten sich aber noch. Erik lag mit dem Gesicht nach unten auf dem Boden. Die Regentropfen vermischten sich mit seinem Blut auf dem Asphalt. Ein Justizvollzugsbeamter, den ebenfalls eine Kugel getroffen hatte, saß neben ihm.

Weitere Schreie aus den Reihen der Journalisten. Charlotte drehte sich um und blickte kurz zu ihnen hinüber, ehe sie sich nach Ola und Alex umsah. Hinter dem großen Blumentopf lag jemand und bewegte sich nicht. Sie sah nur die Beine herausragen.

Charlotte sprang auf. Ihr Herz drohte zu zerspringen. Die Waffe immer noch in der Hand, rannte sie auf den Mann zu, der reglos auf dem Rücken lag.

»Ola! Alex!«

Sie schrie mit derselben Panik in ihrer Stimme wie vorhin.

# Danksagung

Ich möchte folgenden Personen danken:

Erika Degard, Fredrik Andersson, Janna Norin und Sara Dobareh, meinem fantastischen Dream-Team im Verlag Norstedts, das immer mit klugen Kommentaren zur Stelle ist. Ihr bereichert mein Schreiben und macht es noch besser.

Meinen Agenten und dem Team von Grand Agency, die dafür sorgen, dass meine Bücher außerhalb von Schwedens Grenzen erscheinen, für euer Engagement und eure Begeisterung.

Frida, Mattias und Janis, die mir Einsichten vermitteln und ihr solides und unbezahlbares Wissen mit mir teilen.

Annette, dafür, dass du meine Manuskripte liest und mir mit Textkritik und Zuspruch zur Seite stehst.

Meinem Mann Peter, dafür, dass du mich immer anfeuerst und dich damit abfindest, dass ich manchmal in der Welt meines Manuskripts verschwinde. (Im Klartext: Ich werde unsozial und will mich nicht mit Leuten treffen. 😉)

Meiner Familie und meinen Freunden, dafür, dass es euch gibt.

# Folge der Autorin auf Amazon

Wenn dir dieses Buch gefallen hat, folge Anki Edvinsson auf Amazon. Dann erhältst du eine Benachrichtigung, wenn die Autorin ihr nächstes Buch veröffentlicht. Um der Autorin zu folgen, gehe bitte folgendermaßen vor:

## Desktop:

1) Suche auf Amazon.de oder in der Amazon App nach dem Namen der Autorin.
2) Klicke auf den Namen der Autorin, um auf die Autorenseite zu gelangen.
3) Klicke auf den »Folgen«-Button.

## Smartphone und Tablet:

1) Suche auf Amazon.de oder in der Amazon App nach dem Namen der Autorin.
2) Klicke auf einen Titel der Autorin.
3) Klicke auf den Namen der Autorin, um auf die Autorenseite zu gelangen.
4) Klicke auf den »Folgen«-Button.

## Kindle eReader und Kindle App:

Wenn du dieses Buch auf einem Kindle eReader oder in der Kindle App liest, wird dir automatisch angeboten, der Autorin zu folgen, nachdem du die letzte Seite des Buches gelesen hast.